СОФИ КИНСЕЛЛА

Богиня на кухне

Астрель
МОСКВА

УДК 821.111
ББК 84 (4Вел)
К41

Sophie Kinsella
THE UNDOMESTIC GODDESS

Перевод с английского В. Рединой

Компьютерный дизайн Ж. Якушевой

Печатается с разрешения автора и литературных агентств
Lucas Alexander Whitley и Andrew Nurnberg.

Подписано в печать 20.11.12. Формат 70x90 $^1/_{32}$.

Усл. печ. л. 15,08. Доп. тираж 3000 экз. Заказ № 7410 М.

Кинселла, Софи

К41   Богиня на кухне : [роман] / Софи Кинселла; пер. с
англ. В. Рединой. — Москва: Астрель, 2013. — 411,[5] с.

ISBN 978-5-271-31791-0

Нелепая ошибка — и преуспевающая бизнес-леди становится... экономкой у смешных провинциальных нуворишей!
Бред? Кошмар? Мягко сказано!

Саманта не умеет готовить и пользоваться пылесосом, а
слово «покупки» вызывает у нее мысли о бутике, а не о
супермаркете.

Но горе-экономка почему-то не спешит расстаться с
новым местом.

Почему?

Прочитайте — и узнаете!

УДК 821.111
ББК 84 (4Вел)

Посвящается Линде Эванс

От автора

Я бесконечно признательна всем тем, кто так или иначе помог этой книге увидеть свет. Эмили Стоукли, непревзойденная богиня домашнего очага, научила меня печь хлеб. Роджер Баррон не скупился уделять мне время и поведал множество удивительных вещей о мире корпоративного права (не говоря уже о советах относительно продукции Джо Мэлоуна). В особенности же я благодарна Абигейл Таунли, которая согласилась стать «юрисконсультом» этой книги и позволила мне повсюду ходить за ней и задавать тысячи и тысячи глупых вопросов.

Большое спасибо за неизменную поддержку Патрику Плонкингтон-Смайту, Ларри Финлею, Лоре Шерлок, Эду Кристи, Андруйе Майкл, Кейт Самано, Джудит Уэлч и всем замечательным сотрудникам издательства «Transworld». Спасибо моему чудесному агенту Араминте Уитли, чей энтузиазм по поводу романа не ведал границ, а также Лиззи Джонс, Люсинде Кук, Ники Кеннеди и Сэму Эденборо. А еще — Валерии Хоскинс, Ребекке Уотсон и Брайану Сибереллу. Благодарю всех членов издательского совета и всех моих ребят, от мала до велика.

Разумеется, моя признательность была бы неполной без упоминания Найджеллы Лоусон, с которой я никогда не встречалась, но чьи книги обязательны к прочтению для всех богинь, отданных на заклание.

1...

«Кажется ли вам, что у вас стресс?»

Нет, никакого стресса.

Я просто... занята. Не больше и не меньше. В таком уж мире мы живем — все кругом заняты. У меня высокооплачиваемая работа, которая очень важна для меня, и она мне нравится.

Ну хорошо, хорошо. Порой я и вправду чувствую себя слегка... зажатой. Как если бы на меня давили со всех сторон. Но я же юрист и работаю в Сити. Господи Боже, чего другого можно ожидать?

Задумавшись, я надавила на ручку так сильно, что порвала бумагу. Черт! Ну и ладно. Какой там у нас следующий вопрос?

«Сколько часов в среднем вы ежедневно проводите в офисе?»

~~14~~

~~12~~

8

По-разному.

«Занимаетесь ли вы физическими упражнениями регулярно?»

~~Я регулярно плаваю.~~

~~Я плаваю время от времени.~~

Я собираюсь начать плавать регулярно. Когда у меня появится время. В последние месяцы, сказать честно, было не до того.

«Выпиваете ли вы 8 стаканов воды в день?»

~~Да.~~

~~Иногд...~~

Нет.

Я отложила ручку и прокашлялась. Майя, возившаяся со своими флакончиками с воском и лаком для ногтей, бросила на меня вопросительный взгляд. Сегодня именно Майе выпало заниматься мной. У нее длинные темные волосы — одна прядь выбелена — и крошечная серебряная нашлепка на носу.

— Вам что-то непонятно в анкете? — спрашивает она негромко.

— Я, кажется, упоминала, что тороплюсь, — вежливо отвечаю я. — Все эти вопросы действительно необходимы?

— Мы хотим узнать о вас как можно больше, чтобы ваш визит в косметический кабинет оказался по-настоящему полезным, — доброжелательно, но твердо объясняет она.

Я смотрю на часы. Девять сорок пять.

У меня попросту нет времени. Ни минутки! Но это — мой подарок на день рождения, и я обещала тете Пэтси...

Вообще-то это подарок на прошлый день рождения. Тетя Пэтси прислала мне купон на посещение «Курса полной антистрессовой терапии» год назад. Она — сестра моей мамы и сильно беспокоится за женщин, озабоченных карьерой. Всякий раз, когда мы встречаемся, она обнимает меня за плечи и, тревожно хмурясь, вглядывается в мое лицо; на карточке, приложенной к купону, она написала: «Удели время себе, Саманта!!!»

Я и собиралась. Но на работе случилась очередная запарка, потом еще и еще, так что минул целый год, прежде чем мне удалось выкроить немного времени. Я работаю в «Картер Спинк», и у нас практически всегда на работе сумасшедший дом. Рано или поздно все наладится, но пока... Нужно как-то пережить ближайшие две недели.

Получив от тети Пэтси поздравления по поводу дня рождения в этом году, я внезапно сообразила, что срок действия купона вот-вот истечет. И решила им все-таки воспользоваться. И вот в свой двадцать девятый день рождения сижу на кушетке в белом махровом халате и сюрреалистических бумажных штанишках. У меня в запасе полдня. От силы полдня.

«Вы курите?»
Нет.

«Вы пьете спиртное?»
Да.

«Вы регулярно употребляете в пищу домашнюю еду?»

Я вздернула подбородок. Какое отношение этот вопрос имеет к заботе о моем здоровье? Чем домашняя еда так хороша?

«У меня разнообразная и питательная диета», — написала я в конце концов.

Всем известно, что китайцы живут дольше нашего, а потому что может быть полезнее, чем питаться их стряпней? А пицца — продукт средиземноморский. Вполне возможно, она на самом деле пользительнее домашней еды.

«Вас все устраивает в вашей жизни?»
~~Да.~~

8
Н
Да.

— Готово, — говорю я и протягиваю анкету Майе, которая берет у меня бумаги и начинает читать. Ее палец движется по странице со скоростью улитки. Как будто у нас впереди целая куча времени.

У нее-то, может быть, и да. Но мне кровь из носу надо оказаться в офисе не позже часа.

— Что ж, — Майя задумчиво смотрит на меня, — если исходить из ваших ответов, у вас очевидный стресс.

Что? Откуда она это взяла? Я же специально указала в анкете, что никакого стресса у меня нет и в помине.

— Ничего подобного. — Я улыбаюсь, старательно расслабляя мышцы лица: смотри, как я довольна жизнью.

Майю моя пантомима не убеждает.

— У вас нервная работа.

— Меня это только вдохновляет, — объясняю я. Так и есть. Я знаю это с тех самых пор...

Да, с тех самых пор, когда мама сказала мне, восьмилетней: «На тебя бесполезно давить, Саманта. Под давлением ты лишь расцветаешь». У нас вся семья такая. Можно сказать, это что-то вроде нашего девиза.

Питера мы, конечно же, не считаем. Мой брат — единственный член семьи, у кого случился нервный срыв. Зато остальные по-прежнему цветут.

Я люблю свою работу. Люблю чувство удовлетворения, которое возникает, когда обнаруживаешь неувязку в контракте. Люблю приток адреналина, сопровождающий заключение сделки. Переговоры, споры, умение доказать свою правоту — это такой восторг!

Ну да, порой возникает такое чувство, будто на мои плечи навалили тяжкое бремя. Взгромоздили одну на другую несколько бетонных плит и поручили держать, невзирая на мою усталость...

Но в наше время все себя так чувствуют. Это нормально.

— Ваша кожа обезвожена. — Майя качает головой. Опытная рука скользит по моей щеке, паль-

9

цы ложатся на вену. — А пульс слишком частый. Вас что-то беспокоит?

— Работы много. — Я пожимаю плечами. — Ничего особенного. Я в порядке.

Да хватит же трепаться! Переходи к делу!

— Ну что ж... — Майя встает, нажимает на утопленную в стене кнопку, и комнату заполняет нежный звук флейты. — Я могу сказать, что вы пришли по адресу, Саманта. Мы здесь снимаем стресс, восстанавливаем жизненные силы и оздоровляем организм.

— Прекрасно, — бормочу я, слушая вполуха. Мне только что пришло в голову, что я так и не связалась с Дэйвом Эллдриджем относительно того нефтяного контракта с украинской компанией. А ведь собиралась позвонить еще вчера. Черт!

— Центр «Зеленое дерево» — это гавань покоя, где нет места повседневным заботам. — Майя нажимает другую кнопку, и свет в комнате тускнеет. — Прежде чем мы начнем, вы, возможно, захотите еще что-либо узнать?

— Вообще-то да. — Я подаюсь вперед.

— Отлично! — Она лучезарно улыбается. — Вас интересуют сегодняшние процедуры или курс в целом?

— Можно я быстренько отправлю е-мейл? — вежливо спрашиваю я.

Улыбка на лице Майи застывает.

— Я мигом, — объясняю я. — Пара секунд...

— Саманта, Саманта... — Майя качает головой. — Вы должны расслабиться. Забудьте обо всем, кроме себя. Никаких е-мейлов! Это наваждение! Вредная привычка, ничуть не лучше алкоголя! Или кофеина.

Ради всего святого, в чем она меня подозревает?! Что за чушь! Я проверяю свою электронную почту не чаще чем каждые... тридцать секунд или около того.

Сами понимаете, за тридцать секунд много чего может произойти.

— Вдобавок, — продолжает Майя, — вы видите в этой комнате компьютер?

— Нет, — отвечаю я, послушно оглядывая затемненное помещение.

— Мы неспроста настаиваем на том, чтобы наши клиенты оставляли все электронные приборы в сейфе. Никаких мобильных телефонов. Никаких карманных компьютеров. — Майя обводит комнату рукой. — Это убежище. Укрытие от мирских тревог и забот.

— Хорошо, — я скромно киваю.

Пожалуй, не стоит ей говорить, что я спрятала в штанишках свой наладонник «Блэкберри».

— Давайте приступим, — говорит Майя, снова улыбаясь. — Ложитесь на кушетку. Накройтесь полотенцем. И снимите часы.

— Они мне нужны!

— Еще одна вредная привычка. — Она неодобрительно цокает языком. — Пока вы у нас, вам нет необходимости следить за временем.

Майя предупредительно отворачивается, и я, преодолевая себя, снимаю с руки часы. Потом располагаюсь на кушетке — осторожно, чтобы невзначай не раздавить наладонник.

Я видела в приемной объявление по поводу электронного оборудования. И даже отдала им свой диктофон. Но провести три часа без компьютера? А если в офисе что-нибудь случится? Что, если возникнет экстренная ситуация?

И потом, какая в этом логика? Если они и вправду хотят, чтобы клиенты расслаблялись, стоит не отбирать карманные компьютеры и мобильные телефоны, а, наоборот, следить, чтобы они не забывали свое добро в приемной.

Так или иначе, Майя, слава Богу, ничего не замечает.

— Я начну с расслабляющего массажа стоп, — говорит она. Я чувствую, как мне втирают какой-то бальзам. — Постарайтесь выбросить из головы все посторонние мысли.

Я впер́яю взгляд в потолок. Прочь, мысли, прочь... Мой разум чист и прозрачен... как стекло...

Что мне делать с Эллдриджем? Надо как-то до него добраться. Он ждет моего ответа. Что, если он скажет другим партнерам, что я необязательна? И как это скажется на моей карьере?

Меня охватила тревога. Нет, ни при каких обстоятельствах нельзя полагаться на волю случая.

— Сосредоточьтесь на ощущениях, — мурлычет Майя. — Почувствуйте, как уходит напряжение...

Может, все-таки бросить ему е-мейл? Прямо из-под полотенца?

Я осторожно нащупываю твердый край наладонника. Вытаскиваю компьютер из штанишек. Майя продолжает массировать мне стопы, не обращая внимания на мои телодвижения.

— Ваше тело тяжелеет... Ваш мозг становится пустым...

Я мало-помалу подтягиваю наладонник к подбородку; наконец у меня перед глазами появляется экран. Как удачно, что в комнате полутемно! Стараясь не делать резких движений, чтобы не выдать себя, я начитаю набирать текст сообщения одной рукой.

— Расслабьтесь, — гнет свое Майя. — Представьте, что вы идете по пляжу...

— Угу... — откликаюсь я.

«Дэвид, — набираю я, — что касается нефтяного контракта с ЗФН. Я прочла приложения. По-моему, мы должны...»

— Что вы делаете? — Строгий голос Майи застает меня врасплох.

— Ничего. — Я поспешно прячу наладонник под полотенце. — Просто... э... расслабляюсь.

Майя встает, обходит кушетку и пристально смотрит на бугорок под полотенцем, скрывающий «Блэкберри».

— Вы что-то прячете? — недоверчиво спрашивает она.

— Нет!

И тут наладонник тихонько пищит. Дьявол!

— Машина сигналит, — говорю я небрежным тоном. — За окном.

Глаза Майи сужаются, предвещая неприятности.

— Саманта, вы пронесли сюда электронный прибор?

У меня такое чувство, что если я не признаюсь, она просто-напросто сдернет с меня полотенце.

— Всего-то и нужно было почту отправить, — говорю я и медленно достаю наладонник.

— Трудоголики! — Она выхватывает компьютер из моей руки. — Вы не умеете расслабляться, не умеете и не хотите. Почта может подождать! Любая работа может подождать!

— Я не трудоголик, — обиженно возражаю я. — Я юрист. Это совсем другое дело.

— Подумать только! — Она сокрушенно качает головой.

— Послушайте, — защищаюсь я, — наша компания заключает очень важные сделки. Я не могу оставаться без связи. Особенно сейчас. Я... понимаете, я хочу стать партнером.

Произнося эти слова, я ощущаю, как к горлу подкатывает комок. Стать партнером одной из крупнейших юридических компаний страны — большего мне в жизни не надо.

— Я хочу стать партнером, — повторяю я громче. — Решение должны принять завтра. Если мою кандидатуру одобрят, я стану самым молодым партнером в истории компании. Вы не представляете, что это для меня значит. Вам же не...

— Два часа погоды не сделают, — перебивает Майя. Она кладет руки мне на плечи. — Саманта, вы взволнованы. Плечи напряжены, пульс частит... Мне кажется, вы на грани срыва.

13

— Со мной все в порядке.

— Вы нервничаете.

— Нет!

— Вам нужно успокоиться, Саманта. — Она пристально смотрит на меня. — Только вы сами можете изменить свою жизнь. Вы готовы это сделать?

— Я... Ну да...

Я вздрагиваю от неожиданности — в моих штанишках что-то жужжит.

Мобильник. Я спрятала его вместе с «Блэкберри» и поставила на вибровызов, чтобы он не орал как оглашенный.

— Это что? — Майя в изумлении глядит на полотенце. — Что там такое... вибрирует?

Не могу сказать правду. Хватит с меня и наладонника.

— Гм... — Я прокашливаюсь. — Это моя... э... любовная игрушка... ну, понимаете...

— Ваша что? — Майя потрясена до глубины души.

Телефон жужжит снова. Нужно ответить. Звонят-то скорее всего из офиса.

— Э... Знаете, вот-вот наступит... э... интимный момент... — Я бросаю на Майю многозначительный взгляд. — Не могли бы вы выйти из комнаты?

В ее глазах мелькает подозрение.

— Минуточку! — Она резко машет рукой. — У вас там телефон, не так ли? Вы ухитрились протащить сюда и мобильный телефон?!

Господи, теперь она и в самом деле разъярилась!

— Послушайте, — я старательно изображаю раскаяние, — мне известны ваши правила, и все такое, и я их уважаю, но без телефона мне никак не обойтись. — И сую руку под полотенце.

— Не смейте! — Майя срывается на крик. — Саманта, — продолжает она, с трудом обуздывая эмоции, — если вы запомнили хоть слово из всего, что я вам рассказывала, вы выключите свой телефон немедленно.

Телефон настойчиво жужжит и вибрирует. Я смотрю на номер абонента — и чувствую, как внутри все сжимается.

— Это из офиса.

— Ничего. Пошлют сообщение. Подождут.

— Но...

— Сейчас ваше время. — Майя наклоняется и сжимает мои руки. — Только ваше.

Похоже, она не понимает. Меня разбирает нервный смех.

— Я — младший партнер «Картер Спинк», — объясняю я. — У меня нет личного времени. — Я откидываю флип телефона и слышу сердитый мужской голос:

— Саманта, где вас черти носят?

Душа удирает в пятки. Кеттерман, начальник нашего отдела. Наверное, у него есть имя, как и положено христианину, но все называют его исключительно по фамилии. Черные волосы, очки в стальной оправе, пронзительные серые глаза; когда я начала работать на «Картер Спинк», Кеттерман являлся мне в кошмарных снах.

— Сделка с Фэллонами срывается. Немедленно приезжайте. Жду вас в десять тридцать.

Срывается?

— Буду, как только смогу. — Я со щелчком закрываю флип и виновато смотрю на Майю. — Извините.

Часы — вовсе не вредная привычка.

Но я на них полагаюсь. И вы бы полагались, если бы ваше время измерялось шестиминутными фрагментами. Каждые шесть минут рабочего времени я обязана посвящать отдельному клиенту. Все делается в соответствии с расписанием, все подсчитано компьютером и нарезано на сегменты.

11.00–11.06 Подготовка чернового контракта для проекта А.

11.06–11.12 Подготовка приложений для клиента Б.
11.12–11.18 Консультации по проекту В.

Когда я только начинала работать на «Картер Спинк», эта «фрагментация» меня слегка нервировала: получалось, что нужно расписывать каждую минуту рабочего времени. Помнится, я спрашивала себя: а что произойдет, если очередные шесть минут окажутся пустыми? Что мне тогда занести в расписание?

11.00–11.06 Тупо смотрела в окно.
11.06–11.12 Мечтала о случайной встрече на улице с Джорджем Клуни.
11.12–11.18 Пыталась достать языком до кончика носа.

Но постепенно я привыкла. Так или иначе, человек привыкает нарезать свою жизнь на фрагменты. И работать привыкает — с утра до вечера.

Юристы «Картер Спинк» не просиживают штаны. Они не таращатся в окна и не грезят наяву. Ведь за шесть минут можно столько всего успеть! Сформулируем так: если я проведу шесть минут в безделье, компании это будет стоить 50 фунтов стерлингов. А восемнадцать минут безделья — уже 150 фунтов.

Вполне естественно, что юристы «Картер Спинк» штанов не просиживают.

2...

Когда я влетела в офис, Кеттерман стоял у моего стола и с отвращением на лице разглядывал груду бумаг вперемешку с пластиковыми папками.

Не стану скрывать, мой стол — далеко не самый аккуратный стол в мире. Более того, он и вправду грязноват. Но я намерена в ближайшем будущем разобрать его и рассортировать кипы старых договоров, громоздящиеся на полу по соседству. Как только появится свободная минутка.

— Встреча через десять минут, — сообщил Кеттерман, глядя на часы. — Я хочу получить черновой вариант финансовой документации.

— Конечно, — ответила я, прилагая немалые усилия, чтобы мой голос не дрожал. Это было нелегко — от одного вида Кеттермана меня пробирал озноб.

И в лучшие деньки Кеттерман способен напугать кого угодно. Как некоторые мужчины благоухают лосьоном после бритья, так он буквально обдает окружающих жутью. А сегодня было в миллион раз хуже, потому что Кеттерман — член правления компании. Завтра ему и тринадцати другим старшим партнерам предстоит решать, кто станет их новым коллегой.

Завтра я узнаю, сумела ли чего-то добиться или пустила свою жизнь и карьеру под откос. Причем по собственной инициативе.

— Документация здесь. — Я сунула руку в груду папок и нащупала нечто твердое и объемное.

Это оказалась упаковка от пончиков «Криспи Крим». Я торопливо сунула ее в мусорную корзину.

— Она здесь, я уверена... — Я разворошила груду и наткнулась на искомое. Слава Богу! — Вот она.

— Не знаю, как вы разбираетесь в этой куче хлама, Саманта, — саркастически заметил Кеттерман. В его глазах не было и намека на доброжелательность.

— Зато все под рукой. — Я хихикнула, но встретилась с бесстрастным взглядом Кеттермана, покраснела, отодвинула рабочее кресло — и стопка писем, о которой я напрочь забыла, осыпалась на пол.

— Знаете, в старину придерживались правила, что к шести вечера все рабочие столы должны быть девственно чистыми, — сурово произнес Кеттерман. — Пожалуй, нам стоит вспомнить об этом правиле.

— Может быть. — Я попыталась улыбнуться, но улыбка вышла кривой: Кеттерман пугал меня все сильнее.

— Саманта! — окликнули меня из коридора. Я обернулась и с облегчением увидела Арнольда Сэвилла.

Арнольд — мой любимчик среди старших партнеров. У него волнистые седые волосы, не желающие до конца мириться с подобающей уважающему себя юристу чопорностью облика, а еще он носит галстуки самой невероятной расцветки. Сегодня он выбрал ярко-красный пейсли*, с которым гармонировал носовой платок в нагрудном кармане пиджака. Он приветливо улыбнулся мне, и я улыбнулась в ответ.

---

* Пейслийский узор на тканях имитирует узор кашмирской шали со сложным рисунком в «огурцы». Первоначально изделия с таким узором выпускались в г. Пейсли, Шотландия. — *Здесь и далее примеч. пер.*

Уверена, Арнольд среди тех, кто поддержит завтра мою кандидатуру. А Кеттерман наверняка будет против. Арнольд — наш записной диссидент, он нарушает все и всяческие правила и ему наплевать на такую ерунду, как заваленный бумагами стол.

— Вас одобряют, Саманта. — Арнольд вручил мне листок бумаги. — Письмо от братьев Глейман, за подписью председателя, ни больше ни меньше.

Я в изумлении уставилась на листок.

«...Заслужила уважение... Демонстрирует высокий профессионализм...»

— Должно быть, вы сумели сохранить ему несколько миллионов фунтов, — подмигнул Арнольд, — иначе с чего бы он так расчувствовался.

— Да уж. — Я поняла, что краснею. — На самом деле ничего особенного не было. Я всего лишь заметила аномалию в их системе управления финансами.

— Вы произвели на него большое впечатление. — Арнольд выгнул кустистую бровь. — Он хочет, чтобы отныне всеми его контрактами занимались именно вы. Отлично, Саманта! Великолепная работа.

— Э... Спасибо. — Я бросила взгляд на Кеттермана: вдруг и он за меня порадуется? Но его лицо хранило прежнее нетерпеливо-недовольное выражение.

— Разберитесь с этим. — Кеттерман указал на папку на моем столе. — Мне нужен полный отчет в течение сорока восьми часов.

Черт возьми! Толстая папка привела меня в отчаяние. Сколько времени на нее уйдет!

Кеттерман постоянно побрасывал мне дополнительные задания из разряда дел, с которыми он не желал разбираться сам. Вообще-то так поступали все старшие партнеры, даже Арнольд. В половине случаев меня вовсе не ставили в известность, просто кидали на стол папку с приложенной к ней запиской (накорябанной неразборчивым почерком) и ждали результата.

19

— Какие-то проблемы? — Его глаза сузились.

— Никаких, — ответила я бодрым голосом полноправного партнера. — Увидимся на встрече.

Когда он двинулся прочь, я посмотрела на часы. Десять двадцать две. У меня ровно восемь минут, чтобы убедиться, что с документацией по Фэллонам все в порядке. Я раскрыла папку и быстро пролистала страницы, выискивая возможные ошибки и пропуски. С тех пор как пришла на работу в «Картер Спинк», я научилась читать очень быстро.

По правде сказать, я все стала делать гораздо быстрее, чем раньше. Быстрее ходить, быстрее говорить, быстрее есть... быстрее заниматься сексом...

Не то чтобы в последнее время я много им занималась. Но пару лет назад за мной ухаживал старший партнер из конторы Берри Форбса. Его звали Джейкоб, он вел крупные международные сделки, а потому имел свободного времени еще меньше, чем я. В конце концов мы отточили наш график до такой степени, что вполне укладывались в шесть стандартных минут (осталось только выставлять друг друга счета — по счастью, до этого мы не дошли). Он доводил до оргазма меня, я доводила его. А потом мы бросались проверять почту.

Оргазмы наступали практически одновременно, так что секс у нас получался достойный. Я читала «Космополитен» и знаю, как должно быть.

Джейкобу сделали солидное предложение, он переехал в Бостон, и на том наш роман и закончился. По правде сказать, я не очень-то переживала.

Если уж быть совсем откровенной, он мне не нравился.

— Саманта? — Женский голос прервал мои размышления. Это мой секретарь, Мэгги, начала работать всего несколько недель назад, так что я пока не успела поближе с ней познакомиться. — Вам пришло сообщение. От некой Джоанны.

— Джоанна из конторы Клиффорда Чанса? — Я вскинула голову и сосредоточилась. — Хорошо. Напишите ей, что я получила письмо насчет четвертого пункта и перезвоню после обеда...

— Не от этой Джоанны, — прервала меня Мэгги. — От вашей новой домработницы. Она хочет знать, где лежат мешки для пылесоса.

Я заморгала.

— Что где лежит?

— Мешки для пылесоса, — терпеливо повторила Мэгги. — Она не может их найти.

— Зачем пылесосу мешки? — озадаченно проговорила я. — Она что, собирается его куда-то везти?

Мэгги взглянула на меня так, словно проверяла, не шучу ли я.

— Эти мешки используются для собирания пыли, — объяснила она. — Вставляются внутрь пылесоса. Есть у вас такие?

— А, эти мешки! — воскликнула я. — Ну...

Я глубокомысленно нахмурилась, изображая муки памяти. Честно говоря, я напрочь забыла, как выглядит мой пылесос, не говоря уже о мешках для него. Да попадался ли он мне на глаза? Знаю только, что его привозили из магазина — консьерж расписался в получении.

— Может, у вас «Дайсон»? — поинтересовалась Мэгги. — Они работают без мешков. Какой у вас пылесос — круглый или вытянутый?

Она выжидательно смотрела на меня, а я не имела ни малейшего понятия, о чем она спрашивает. Но признавать это, естественно, не собиралась.

— Разберемся, — проворчала я деловито и принялась собирать бумаги со стола. — Спасибо, Мэгги.

— Еще она спрашивает, — Мэгги сверилась со своими записями, — как включается ваша плита.

Какое-то мгновение я продолжала собирать бумаги, как если бы не слышала вопроса. Разумеется, я знаю, как включается моя плита.

— Ну, надо... э... повернуть ручку, — изрекла я наконец, пытаясь голосом выразить уверенность, которой вовсе не испытывала. — Все довольно просто...

— Она утверждает, что там какой-то хитрый таймер. — Мэгги нахмурилась. — Плита газовая или электрическая?

Так, мне, пожалуй, пора заканчивать эту содержательную беседу.

— Мэгги, я должна позвонить. — Я махнула рукой в сторону телефона.

— Что мне сказать вашей домработнице? — не отступалась Мэгги. — Она ждет моего звонка.

— Скажите ей... пусть сегодня ничего не трогает. Я разберусь.

Едва Мэгги вышла из кабинета, я схватила ручку и записала на листке бумаги:

1. Как включается плита?
2. Мешки для пылесоса — купить.

Потом положила ручку и помассировала лоб. У меня нет времени на всякую ерунду — в смысле, на мешки для пылесоса. Я даже не знаю, как они выглядят, а уж тем более где их можно купить...

Внезапно меня осенило. Я куплю новый пылесос! К новому пылесосу ведь полагается минимум один мешок, правильно?

— Саманта...

— Что? Что такое? — вскинулась я, открывая глаза. В дверном проеме стоял Гай Эшби.

Гай — мой лучший друг среди сотрудников компании. Шесть футов три дюйма ростом, оливковая кожа, черные глаза; обычно он выглядит преуспевающим юристом на все сто процентов. Но сегодня... Темные волосы взлохмачены, под глазами круги...

— Не пугайся, — улыбнулся он. — Это всего

лишь я. Пора на встречу.

Улыбка у него была потрясающая. Так считала не только я. Все, кто работал с ним бок о бок, млели от этой улыбки.

— А... Иду, иду. — Я взяла со стола бумаги, помедлила и все-таки спросила: — Ты в порядке, Гай? Выглядишь не очень.

Он разругался со своей подружкой. Проскандалили всю ночь, а утром она отвалила...

И не просто отвалила, а эмигрировала в Новую Зеландию...

— Не выспался, — пояснил он, виновато моргая. — Чертов Кеттерман своими заданиями меня в гроб загонит. — И широко зевнул, продемонстрировав прекрасные белые зубы, которыми обзавелся во время учебы в Гарвардской школе права.

Он утверждал, что ему пришлось на это пойти. Похоже, они там выдают дипломы только с одобрения косметических хирургов.

— Лентяй, — с ухмылкой прокомментировала я и встала с кресла. — Пошли.

Мы с Гаем знакомы почти год, с той самой поры, когда он переступил порог нашего отдела. Умный, с чувством юмора, работает в той же манере, что и я сама; неудивительно поэтому, что мы... гм... пересеклись.

Да, при иных обстоятельствах между нами могло бы возникнуть романтическое чувство. Если бы не досадное непонимание, если бы...

А, не важно. Не возникло — значит, не возникло. В подробности вдаваться не будем. И сожалеть тоже. Мы друзья — и мне этого вполне достаточно.

А случилось вот что.

По всей видимости, Гай положил на меня глаз в первый же рабочий день. Я ответила ему взаимностью. Он поинтересовался, нет ли у меня парня. Я не стала скрывать.

Как раз перед тем мы расстались с Джейкобом. Я была одна. Идеальная ситуация.

Мне стоит некоторых трудов не вспоминать о том, насколько идеальной она была.

Найджел Макдермот, глупый, тупой, безмозглый осел, сказал Гаю, что за мной ухаживает старший партнер в компании Берри Форбса.

А я была одна!

По-моему, в человеческих взаимоотношениях все слишком запутанно. Я бы предложила людям носить таблички — вроде тех, что в общественных туалетах: «Свободно», «Занято». Тогда бы недоразумений не возникало.

Так или иначе, таблички у меня не было. А без нее я не справилась. Несколько недель подряд я тщетно улыбалась Гаю. Он явно чувствовал себя неуютно и даже начал меня избегать — потому что не хотел а) отбивать девушку у другого и б) становиться третьим в нашей с Джейкобом паре.

Я не понимала, что происходит, поэтому решила спустить несостоявшийся роман на тормозах. Тем паче до меня дошли слухи о том, что Гай принялся ухлестывать за некой Шарлоттой, с которой познакомился на субботней вечеринке. Месяц или два спустя нам довелось вместе работать над очередной сделкой, и мы подружились... В общем-то вот и вся история.

Я хочу сказать, такой расклад меня устраивает. Правда. Так уж заведено: что-то складывается — а что-то нет. Видно, нам не суждено было сойтись поближе.

Разве что в глубине души я признаюсь самой себе, что сожалею о несбывшемся.

— Итак, — сказал Гай, когда мы по коридору направились к переговорной, — что думает старший партнер? — И приподнял бровь.

— Не смей этого говорить! — прошипела я. Еще сглазит.

— Да брось ты! Тебя утвердят без проблем.

— Мне бы твою уверенность.

— Саманта, ты лучший юрист в своем выпуске. И работаешь, как вол. Какой у тебя IQ? 600?

— Заткнись. — Я уставилась под ноги. Гай рассмеялся.

— Сколько будет 124 умножить на 75?

— Девять тысяч триста, — проворчала я.

Это единственное, что меня раздражает в Гае. Лет с десяти я научилась производить в уме арифметические действия с большими числами. Не знаю, благодаря чему; так уж вышло. Обычно все, кто об этом узнавал, говорили: «Круто», — и тут же забывали о моих чудесных способностях.

Но Гай оказался памятливым. Он продолжал забрасывать меня числами, как если бы я выступала в цирке. Должно быть, он находил это забавным, однако меня его настойчивость начинала бесить.

Однажды я преднамеренно назвала ему неправильное число. Как выяснилось, в тот момент ему действительно требовался мой ответ: он вставил неправильное число в контракт и сделка в результате едва не пошла прахом. Больше я таких фокусов не выкидывала.

— Не подбирала еще перед зеркалом позу для фотографии на сайте? — Гай на ходу состроил задумчивую физиономию и приложил палец к подбородку. — Мисс Саманта Свитинг, старший партнер.

— Даже не думала, — отозвалась я, закатывая глаза.

Вру, конечно. Я прикидывала, какую можно сделать прическу. И какой из черных костюмов надеть. И все повторяла себе, что надо улыбаться. На том фото, которое висит на сайте сейчас, я чересчур серьезна.

— Говорят, твоя презентация произвела впечатление, — неожиданно сменил тему Гай.

— Правда? — Я мгновенно забыла о своем раздражении. — Ты сам слышал? — Надеюсь, голос не выдаст моих чувств.

— А еще говорят, что ты размазала Уильяма Гриффитса на глазах у почтенной публики. — Гай остановился, сложил руки на груди и с улыбкой оглядел меня. — Скажи мне, Саманта Свитинг, ты когда-нибудь ошибаешься?

— Я понаделала кучу ошибок, — ответила я, — уж поверь.

Например, не схватила тебя за грудки и не объяснила, что я одна, в первый же день нашего знакомства.

— Ошибка не является ошибкой до тех пор, пока не появится возможность ее исправить. — Мне почудилось, или взгляд Гая, когда он произносил эти слова, сделался таким... многозначительным, что ли?

Да нет, все дело, вероятно, в мешках под глазами после бессонной ночи. Чего я никогда не умела, так это читать взгляды.

Надо было специализироваться не по праву, а по психологии. Больше было бы толку. Почетный бакалавр по распознаванию ситуаций, когда мужчины по-настоящему интересуются женщинами и когда они просто дружелюбны...

— Готовы? — Голос Кеттермана из-за спины заставил нас обоих подскочить. Обернувшись, я увидела в коридоре дюжину мужчин в неброских костюмах и парочку женщин в еще более сдержанных нарядах.

— На все сто. — Гай кивнул Кеттерману, повернулся и подмигнул мне.

А может, мне следовало пойти на курсы телепатии?

3...

Девять часов спустя встреча все еще продолжалась.

На огромном столе красного дерева были разбросаны фотокопии черновых контрактов, финансовые отчеты, листы бумаги с заметками от руки и бесчисленные стикеры; над бумажным морем возвышались пластмассовые кофейные чашки. Пол загромождали коробки из-под еды, заказанной в ближайшем кафетерии. Секретарь раздавала новый текст соглашения. Двое юристов-«оппозиционеров» встали из-за стола и удалились в комнату отдыха, чтобы потолковать наедине. Такие комнаты имелись при каждой переговорной — крохотные помещеньица для приватных бесед и напряженных раздумий в одиночестве.

Самая напряженная часть переговоров миновала. Прилив схлынул. Лица раскраснелись, настроение было по-прежнему боевым, но на крик никто уже не срывался. Клиенты удалились. Они ударили по рукам около четырех, обо всем договорились и отчалили в своих сверкающих лимузинах.

Нам, юристам, следовало определить, что они говорили и что именно подразумевали (если вы ду-

27

маете, что говорить и подразумевать — одно и то же, забудьте о юридической карьере), внести уточнения в контракт и подготовить документы для завтрашнего рандеву.

Причем завтра, вполне возможно, крик начнется по новой.

Я провела рукой по лицу, жадно глотнула капучино — и поняла, что взяла не ту чашку: в этой кофе остыл добрых четыре часа назад. Брр! Тьфу! Жаль, что нельзя выплюнуть его прямо на стол.

С гримасой на лице я проглотила омерзительную жидкость. От флуоресцентных ламп болели глаза. Я чувствовала себя опустошенной. Во всех крупных сделках я выступаю как финансовый консультант, поэтому именно мне выпало вести переговоры о займе между нашим клиентом и банком ПГНИ. Именно я разрулила ситуацию с внезапно всплывшими долговыми обязательствами дочерней компании. Именно мне сегодня досталось три часа кряду обсуждать идиотскую фразу из пункта 29-Г.

Фраза такая: «предпримет все усилия». Оппозиция настаивала на замене «всех» на «разумные», но мы отстояли свой вариант. Почему-то я не испытывала привычного радостного возбуждения. Я думала лишь о том, что сейчас семь девятнадцать и через одиннадцать минут я должна проехать полгорода и оказаться в том самом ресторане, где меня поджидают мама и мой брат Дэниел.

Придется отменить ужин. Ужин в честь моего дня рождения.

Еще не успев как следует обдумать эту мысль, я словно наяву услышала голос своей школьной подруги Фрейи: «Они не посмеют заставить тебя работать в твой день рождения!»

С ней мы тоже не пересеклись, хотя и собирались на прошлой неделе сходить в театр на комедийный спектакль. Мне пришлось доводить до ума очередной важный контракт, так что выбора не было.

Фрейя не понимает, не может понять, что в нашем деле главное — уложиться в срок. Не име-

28

ют значения ни предварительные договоренности, ни дни рождения. Недаром каждую неделю у нас отменяют выходные. Вон, напротив меня сидит Клайв Сазерленд из корпоративного отдела. Сегодня утром жена родила ему двойню, а к обеду он уже был на рабочем месте.

— Так, господа. — Все, кто присутствовал, обернулись на голос Кеттермана.

У него единственного лицо сохранило нормальный цвет; он не выглядел ни утомленным, ни даже чуточку уставшим. Робот, честное слово, весь такой полированный, такой блестящий. Когда он злится, кстати сказать, внешне это никак не проявляется — просто вдруг ощущаешь направленную на тебя обжигающую ярость.

— Сделаем перерыв.

Что? Я не поверила своим ушам.

Другие тоже оживились. Лица осветились надеждой. Будто в школе, во время контрольной по математике: вроде урок прерывают, но никто не смеет хотя бы шевельнуться, чтобы не спугнуть удачу.

— Пока не получим документацию от Фэллонов, работать нам не с чем. Жду вас завтра к девяти утра. — Кеттерман развернулся и вышел из переговорной; только когда дверь за ним закрылась, я сообразила, что затаила дыхание.

Клайв Сазерленд вскочил и кинулся к выходу. Остальные взялись за мобильные телефоны, принялись обсуждать совместные ужины, фильмы, свидания. Атмосфера становилась все более радостной. Я с трудом подавила желание завопить: «Йееееех!»

Это было бы не по-партнерски.

Я собрала бумаги, сунула их в портфель и отодвинула стул.

— Саманта! Совсем забыл. — Гай направился ко мне с другого конца комнаты. — У меня есть кое-что для тебя.

Он протянул мне нечто в упаковке из белой бумаги. Я по-детски обрадовалась. Подарок! Гай **29** единственный во всей компании вспомнил о моем дне рождения! Блаженно улыбаясь, я принялась распечатывать упаковку.

— Гай, мне, право, неловко...

— Ерунда, — перебил он, очевидно довольный собой.

— Ну что ты! Я бы...

Улыбка сползла с моего лица, когда я достала DVD-диск в пластиковом футляре. Отчет о европейской презентации компании. Ну да, я говорила, что хотела бы получить копию...

Я повертела диск в руках, потом собралась с духом и постаралась улыбнуться, прежде чем поднять голову. Разумеется, он не вспомнил о моем дне рождения. С какой стати ему помнить? Он ведь вряд ли знает, когда я родилась.

— Замечательно... — выдавила я. — Большое спасибо.

— Не за что. — Он подхватил свой портфель. — Удачного вечера! Планы есть?

Не буду же я ему говорить, что у меня сегодня день рождения. Он подумает... догадается, что...

— Так... семейные дела. — Я улыбнулась. — До завтра.

Ну и ладно. Главное — я наконец-то выбралась на волю. Ужин состоится. И я даже не слишком опоздаю.

Такси ввинтилось в плотный поток движения на Чипсайд, а я нашарила в сумке новую косметичку. На днях мне пришлось в обед навестить «Селфриджес» — внезапно сообразила, что пользуюсь тем же серым карандашом и той же тушью для глаз, которые купила для выпускного вечера шесть лет назад. Времени подробно изучать ассортимент, естественно, не было, поэтому я просто попросила девушку за прилавком подобрать мне что-нибудь по собственному усмотрению.

Она что-то объясняла, но я не слушала, поскольку одновременно говорила по телефону с Эллдриджем относительно украинского контракта. Правда, почему-то запомнилось, что она настаивала на какой-то пудре «Бронзовый загар». Уверяла, что эта штука заставит меня светиться и избавит от жуткой бледности...

На последнем слове она поперхнулась, извинилась: мол, у меня и вправду такой бледный вид...

Я вынула компакт и кисточку и принялась наносить пудру на щеки и на лоб. Потом бросила взгляд в зеркало — и сдавленно хихикнула. Мое лицо приобрело золотисто-глянцевый оттенок. Чучело разукрашенное!

Кого я пытаюсь обмануть? Юристу из Сити, два года подряд не имевшему отпуска, неоткуда взять бронзовый загар. И глянец. С тем же успехом можно заплести волосы бисером и заявить, что я вчера прилетела с Барбадоса.

Я снова поглядела на себя в зеркало, потом достала очищающую салфетку и терла лицо до тех пор, пока кожа не сделалась снова бледной, с прожилками серого. С возвращением, дорогуша. Помнится, та девица в магазине говорила что-то и насчет кругов под глазами...

Вся проблема в том, что если этих кругов не будет, меня, вероятнее всего, уволят — как не оправдавшую ожиданий.

На мне, как обычно, был черный костюм. На двадцать первый день рождения мама подарила мне пять черных костюмов, и я свыклась с этим цветом. Нарушала ансамбль разве что красная сумка. Ее тоже подарила мне мама, два года назад.

Ну, вообще-то она подарила мне черную сумку. Однако по какой-то причине — то ли солнышко пригревало, то ли я заключила чрезвычайно удачную сделку, не помню — я посвоевольничала и поменяла черную на красную. Не уверена, что мама когда-нибудь простит мне эту вольность.

Я распустила волосы, быстро расчесала их и снова затянула резинкой. Они никогда не были для меня предметом гордости — блеклые, средней длины и средней же волнистости. Во всяком случае, так было

31

в последний раз, когда я к ним приглядывалась. Как правило, всем прическам я предпочитала тугой «хвост».

— Отмечать едете? — поинтересовался таксист, наблюдавший за мной в зеркало заднего вида.

— Да. У меня день рождения.

— А! Поздравляю. — Он подмигнул. — Гуляете, значит. Уж оторвитесь там.

— Гм... Попробую.

С моей семьей оторваться вряд ли получится. Ну и ладно, зато мы наконец встретимся и пообщаемся. Это случается не слишком часто.

И не потому, что мы недолюбливаем друг друга. Просто мы все очень заняты. Моя мама — барристер, и достаточно известный, между прочим. Десять лет назад она открыла собственную контору, а в прошлом году стала лауреатом премии «Женщина года» в юриспруденции. Мой брат Дэниел, которому тридцать шесть лет, возглавляет инвестиционный отдел «Уиттонс». В прошлом году его назвали одним из самых ценных работников компании.

Мой другой брат, Питер, как я уже упоминала, пережил что-то вроде нервного срыва. Теперь он во Франции, преподает английский в школе и не имеет даже автоответчика. А мой отец — куда же без него? — живет в Южной Африке со своей третьей женой. Я с трехлетнего возраста практически его не видела. Ничего страшного, у мамы энергии — за двоих.

Машина выбралась на Стрэнд, скорость возросла. Я посмотрела на часы. Семь сорок две. Предвкушение праздника нарастало. Сколько мы с мамой не виделись? Пожалуй, с Рождества... То есть полгода.

Такси остановилось у ресторана. Я рассчиталась, прибавив щедрые чаевые.

— Повеселитесь как следует, — пожелал водитель. — И... с днем рождения!

32   — Спасибо.

Впорхнув в ресторан, я огляделась, высматривая маму и Дэниела, но их не было.

— Привет! — бросила я метрдотелю. — У меня встреча с миссис Теннисон.

Это мама. Она не одобряет традицию, по которой женщина в замужестве берет фамилию мужа. Еще она не одобряет женщин, которые сидят дома, занимаются готовкой и уборкой или учатся печатать; по ее мнению, женщины должны зарабатывать больше мужчин, поскольку они от природы умнее.

Мэтр провел меня к пустому столику в углу. Я плюхнулась на замшевую банкетку.

Подошел официант.

— Привет! Мне, пожалуйста, бакс-физ* плюс «буравчик» и мартини. Последние два не приносите, пока не придут остальные.

Мама всегда пьет «буравчик». Что касается Дэниела, понятия не имею о его нынешних пристрастиях. Но от мартини, думаю, он не откажется.

Официант кивнул и удалился, а я расстелила на коленях салфетку и огляделась по сторонам. «Максим» — шикарный ресторан, сплошные полы из древесины венге, стальные столики и современные светильники. У юристов он весьма популярен. Мама здесь — постоянный клиент. За столиком неподалеку сидели двое из «Линклейтерс», а у барной стойки я заметила одного из самых известных лондонских адвокатов. Гул голосов, хлопки пробок, вылетающих из горлышка, звяканье вилок и ножей — все это напоминало рокот прибоя. А от неожиданных всплесков смеха буквально кружилась голова.

Изучая меню, я внезапно ощутила зверский голод. По правде сказать, последний раз я ела, а не перекусывала на бегу где-то неделю назад. Все названия такие аппетитные! Глазированное фуа гра. Ягненок с пряностями и хумосом.

---

* Коктейль, состоящий из шампанского и апельсинового сока.

Блюдо дня — суфле из шоколада и мяты с двумя сорбе от шеф-повара. Надеюсь, мама сумеет задержаться до десерта. У нее привычка исчезать, когда и основное-то блюдо еще не съедено. Я много раз слышала, как она объясняла, что половины праздничного обеда вполне достаточно. Дело в том, что еда ее не интересует в принципе — как и люди, уступающие ей в уме. То есть практически все.

Но Дэниел задержится. Стоит моему брату припасть к бутылке с вином, он не успокоится, пока не опорожнит ее досуха.

— Мисс Свитинг? — Я подняла голову: ко мне приближался метрдотель с мобильным телефоном в руке. — Для вас сообщение. Ваша мать вынуждена задержаться на работе.

— О... — Я постаралась спрятать разочарование. Жаль, конечно, но я сама не раз так поступала с ней. — Понятно... Когда она приедет?

Мэтр помолчал. Мне почудилось или в его взгляде промелькнула... жалость?

— Она на связи. Ее секретарь соединит вас... Алло? — сказал он в телефон. — Дочь миссис Теннисон здесь.

— Саманта? — Резкий, деловой тон. — Дорогая, я не смогу приехать. Боюсь, я...

— Не сможешь? — Я перестала улыбаться. — Даже на минутку?

Ее контора в пяти минутах от ресторана, в Линкольнз-Инн Филдз.

— Слишком много дел. Очень важная работа, завтра мне выступать в суде... Нет, другая папка! — рявкнула она на кого-то в своем кабинете. — Не переживай, всякое случается. Надеюсь, вы с Дэниелом проведете чудесный вечер. Да, с днем рождения! Я перевела на твой счет триста фунтов.

— Спасибо, — промямлила я. — Большое спасибо.

— Что-нибудь известно о твоем партнерстве?

— Пока нет. — Я услышала, как она барабанит ручкой по телефону.

— Сколько часов ты отработала в этом месяце?

— Э... По-моему, около двухсот...

— Этого достаточно? Саманта, ты же не хочешь, чтобы тебя прокатили? Молодые наступают тебе на пятки. В твоем положении легко оступиться.

— Двести часов — этого хватит с головой, — попыталась я объяснить. — По сравнению с другими...

— Ты должна быть лучше всех! — Ее голос перекрыл мой, словно она уже выступала в суде. — Мы не можем допустить, чтобы тебя превзошли. Момент критический... Другая папка, я сказала! Саманта, подожди минуточку...

— Саманта?

Это еще кто? К моему столику подошла незнакомая девушка в костюме цвета морской волны. Она широко улыбалась, в руках у нее была подарочная корзинка с открыткой.

— Меня зовут Лоррейн, я личный помощник Дэниела, — сообщила она, и тут я узнала ее музыкальный голос. — К сожалению, он не сможет приехать. Но вот это для вас — и он сам на телефоне.

Она протянула мне раскрытый мобильный телефон. В полном смятении я поднесла аппарат к уху.

— Привет, Саманта, — деловито проговорил Дэниел. — Извини, сестренка, у нас тут мегасделка. Хотел бы, но мне никак не вырваться.

И он туда же? Значит, никто не приедет?

— Мне правда очень жаль, — продолжал Дэниел. — Но вам с мамой там и без меня хорошо, верно?

Я сглотнула. Мне не хватит мужества признаться, что она меня тоже пробросила. Что я сижу в ресторане одна-одинешенька.

— Угу... Конечно. — Сама удивляюсь, как сумела хоть что-то сказать.

35

— Я перевел деньжат на твой счет. Купи себе что-нибудь симпатичное. Лоррейн передаст тебе шоколад. Сам выбирал, — гордо прибавил он.

Я посмотрела на подарочную корзинку. В ней лежали не шоколадки, а мыло.

— Просто здорово, Дэниел, — выдавила я. — Большое спасибо.

— С днем рожденья тебя! — пропели вдруг у меня за спиной. Я обернулась и увидела официанта с коктейльным бокалом на подносе. В бокале играли пузырьки, на подносе карамелью было выведено «С днем рождения, Саманта!», к бокалу прилагалось миниатюрное сувенирное меню, подписанное шеф-поваром. За первым официантом следовали еще трое, распевавшие в унисон.

Мгновение спустя к ним присоединилась Лоррейн.

— С днем рожденья тебя!..

Официант поставил бокал на столик. Обе мои руки были заняты телефонами.

— Я подержу, — вызвалась Лоррейн и забрала у меня телефон Дэниела. Поднесла к уху, лучезарно улыбнулась. — Он поет! — прощебетала она, указывая на аппарат.

— Саманта! — окликнула меня мама. — Ты слушаешь?

— Я... Тут мне поют песню...

Я положила телефон на стол. После короткой паузы Лоррейн положила рядом второй аппарат.

Вот такой у меня семейный праздник.

Два мобильника.

Я видела, как клиенты оборачиваются на пение, как вянут их улыбки, когда они замечают, что я сижу в одиночестве. Я видела жалость на лицах официантов. Я пыталась не опускать голову, но щеки мои горели от стыда.

Внезапно появился тот официант, которому я делала заказ. Он принес три коктейля. Взгляд его выражал легкое смятение.

— Кому мартини?

36   — Предполагалось, что для моего брата...

— Это «Нокия», — вмешалась Лоррейн, указывая на телефон.

Немая сцена. Затем, сохраняя профессиональную невозмутимость, официант поставил бокал перед телефоном и положил рядом салфетку.

Мне хотелось расхохотаться, вот только на глаза наворачивались слезы и бороться с ними становилось все труднее. Официант поставил на стол остальные коктейли, кивнул мне и удалился. Наступила неловкая тишина.

— Тем не менее... — Лоррейн взяла телефон Дэниела и спрятала в свою сумочку. — С днем рождения! Приятного вечера!

Глядя, как она идет к выходу, я подняла второй аппарат, чтобы попрощаться, — но мама уже отключилась. Поющие официанты исчезли. Я осталась один на один с корзинкой с мылом.

— Что будете заказывать? — справился подошедший метрдотель. — Рекомендую ризотто. Салатик не желаете? И как насчет бокала вина?

— Вообще-то, — я заставила себя улыбнуться, — принесите, пожалуйста, счет.

Не имеет значения.

По правде говоря, семейного праздника и не могло получиться. Пустая фантазия. Не стоило и пытаться. Мы все заняты, у всех много работы. Такая у нас семья.

Едва я вышла из ресторана, передо мной притормозило такси. Я махнула рукой. Распахнулась задняя дверца, показались расшитые бусинами сандалии, затем обрезанные джинсы, затем пестрая блуза, затем знакомо взъерошенные светлые волосы...

— Ждите меня, — велела пассажирка водителю. — Пять минут, и я вернусь.

— Фрейя! — недоверчиво проговорила я.

Она резко обернулась, ее глаза поползли на лоб.

— Саманта! Что ты делаешь на обочине? **37**

— А ты что здесь делаешь? — вопросом на вопрос ответила я. — Ты же собиралась в Индию?

— Я туда и направляюсь. Мы с Лордом встречаемся в аэропорту через... — она посмотрела на часы. — Через десять минут.

Она состроила виноватую гримаску, и я не смогла удержаться от смеха. Мы с Фрейей дружим с тех самых пор, как в семь лет познакомились в пансионе. В первый же вечер она сообщила мне, что ее родители — циркачи, а сама она умеет ездить на слоне и ходить по канату. Целых полгода я верила ей и выслушивала невероятные истории из цирковой жизни. А потом приехали родители, чтобы забрать ее на каникулы, и выяснилось, что они оба — бухгалтеры из Стэйнса. Но Фрейя ничуть не смутилась и заявила, что раньше они были циркачами.

Ярко-голубые глаза, веснушки, ровный загар, приобретенный в путешествиях... Я заметила, что нос Фрейи слегка облез, а в ухе появилась новая сережка. Зубы у нее белоснежные, подобного шедевра я в жизни не видела; а когда она смеется, уголок ее верхней губы чуть кривится.

— Я заскочила отметить твой день рождения, — Фрейя с подозрением уставилась на ресторан. — Но, кажется, я опоздала. Что стряслось?

— Ну... — Я помедлила. — Понимаешь... Мама и Дэниел...

— Ушли раньше? — В глазах Фрейи мелькнула догадка, лицо выразило неподдельный ужас. — Вообще не приехали? Господи Боже, вот ублюдки! Уж могли бы разочек похерить свою долбаную... — Она сдержалась. — Извини. Родственники все-таки. Дерьмо!

С моей мамой Фрейя была не в ладах.

— Не имеет значения. — Я дернула плечом. — Правда. У меня куча работы.

— Работы? — Она изумленно воззрилась на меня. — Ты что, серьезно? Неужели это никогда не кончится?

— У нас запарка, — объяснила я. — Срочный контракт...

— У вас всегда срочный контракт! Всегда кризис! Каждый год ты отказываешься от развлечений...

— Неправда!

— Каждый год ты уверяешь меня, что скоро все наладится. Но ничего не меняется! — Ее глаза лучились заботой. — Саманта, что ты сделала с собой?

Я молча смотрела на подругу. Мимо проносились машины. Не знаю, что ответить. Честно говоря, не помню, чтобы моя жизнь хоть когда-то была иной.

— Я хочу стать полноправным партнером «Картер Спинк», — сказала я наконец. — Понимаешь? Приходится идти на жертвы.

— А что изменится, когда ты добьешься своего? — поинтересовалась она. — Тебе станет легче?

Я уклончиво пожала плечами. Признаться, я не задумывалась о том, что будет после. Поживем — увидим, как говорится.

— Ради всего святого, тебе уже двадцать девять! — Фрейя взмахнула рукой. Сверкнуло серебро унизывавших ее пальцы колец. — Хотя бы раз сделай что-нибудь этакое! Тебе надо повидать мир! — Она стиснула мое плечо. — Саманта, летим в Индию! Прямо сейчас!

— Что? — Я сдавленно хихикнула. — Я не могу полететь в Индию.

— Возьми месяц отпуска. Почему нет? Тебя же не уволят. Поехали в аэропорт, купим тебе билет...

— Фрейя, ты с ума сошла, честное слово! Я люблю тебя, но ты вправду спятила!

Фрейя медленно отпустила мое плечо.

— Я тоже так думаю, — проговорила она. — Ты спятила, но я люблю тебя.

Затрезвонил ее телефон, но она проигнорировала звонок. Порылась в своей расшитой сумке, извлекла из ее недр крошечный, богато украшенный резьбой серебряный флакончик, небрежно завернутый в лоскут малинового шелка.

— Держи.

— Какая прелесть! — восхищенно прошептала я.

— Я надеялась, что тебе понравится. — Она вытащила мобильник из кармана и раздраженно воскликнула: — Да? Послушай, Лорд, я скоро буду.

Мужа Фрейи полностью зовут лорд Эндрю Эджерли. Шутливое прозвище, которое она ему дала, постепенно превратилось во второе имя. Они повстречались пять лет назад в кибуце, а поженились в Лас-Вегасе. Технически Фрейя стала леди Эджерли — но до сих пор никто не сумел свыкнуться с этим обстоятельством. В первую очередь семейство Эджерли.

— Спасибо, что заехала. И за подарок спасибо. — Я обняла подругу. — Желаю вам чудесно отдохнуть в Индии.

— Постараемся. — Фрейя забралась обратно в такси. — Если надумаешь прилететь, дай мне знать. Скажи на работе, что у тебя неприятности в семье... что-нибудь в этом духе. Дай им мой номер. Я тебя прикрою, что бы ты ни выдумала.

— Поезжай, — со смехом проговорила я. — Индия ждать не будет.

Дверца захлопнулась. В следующий миг Фрейя высунула голову в окошко.

— Саманта, удачи тебе завтра. — Она схватила меня за руку и пристально посмотрела в глаза. — Если ты действительно этого хочешь, пусть у тебя все сбудется.

— Я хочу этого больше всего на свете. — С ближайшей подругой я могла не скрывать своих чувств. — Фрейя, я не могу передать словами, как я этого хочу.

— Значит, все сладится. Не переживай. — Она поцеловала мои пальцы, махнула на прощание рукой. — И не вздумай возвращаться в офис! Обещаешь? — Последнюю фразу заглушил рокот двигателя.

40

— Обещаю! — крикнула я вслед машине. Когда ее такси скрылось из виду, я подняла руку. Тут же остановился свободный кэб.

— «Картер Спинк», пожалуйста, — сказала я водителю.

Обещание я давала со скрещенными за спиной пальцами. Разумеется, я собиралась вернуться в офис.

Домой я приехала в одиннадцать, уставшая до полусмерти, продравшаяся лишь через половину кеттермановских материалов. Проклятый Кеттерман, думала я, открывая входную дверь здания тридцатых годов, в котором находилась моя квартира. Проклятый Кеттерман. Проклятый... проклятый...

— Добрый вечер, Саманта.

Я чуть не подпрыгнула до потолка. Кеттерман! Прямо передо мной, у лифта, с битком набитым портфелем в руках. На мгновение я превратилась в столб. Что он тут делает?

Может, я действительно спятила и мне теперь повсюду видятся старшие партнеры?

— Мне говорили, что вы живете здесь. — Его глаза блеснули за стеклами очков. — Я арендовал квартиру номер 32. Будем с вами соседями всю неделю.

Нет. Только не это, пожалуйста! Он будет жить в моем доме?!

— Э... Добро пожаловать, — проговорила я, прилагая все усилия, чтобы мой голос звучал искренне. Дверь лифта открылась, мы вошли в кабину.

Номер 32. Всего на два этажа выше меня.

Чувство было такое, будто под одной крышей со мной поселилась моя классная дама. И как тут расслабиться, спрашивается? Почему он выбрал именно этот дом?

Кабина поднималась, мы молчали. Я чувствовала себя все более и более неловко. Может, следует что-нибудь сказать? Что-нибудь доброжелательное, по-нашему, по-соседски...

41

— Я просмотрела часть материалов, которые вы мне дали, — выдавила я наконец.

— Хорошо, — коротко ответил он и кивнул.

Вот и поговорили. Ну что, перейдем к насущным проблемам?

Стану я завтра партнером или не стану?

— Что ж... спокойной ночи, — сказала я, выходя из лифта.

— Спокойной ночи, Саманта.

Дверь закрылась. Я мысленно завопила во всю глотку. Я не могу жить в одном доме с Кеттерманом! Надо переезжать. Срочно!

Я уже собиралась вставить ключ в замочную скважину, когда дверь квартиры напротив приоткрылась.

— Саманта?

Сердце у меня упало. Будто мне было мало всего, что случилось этим вечером! Миссис Фарли, моя соседка. Седые волосы, три крохотные собачки, живейший интерес к моей жизни. С другой стороны, она очень добра и принимает мою почту, поэтому я обычно разрешаю ей совать свой нос в мои дела.

— Вам пришел очередной пакет, — сказала она. — Из химчистки. Сейчас принесу.

— Спасибо. — Я распахнула дверь квартиры. На коврике громоздилась куча рекламных проспектов. Я смахнула их с дороги, к стене, в компанию им подобных. Надо будет выкинуть, когда появится свободная минутка. У меня записано.

— Снова вы припозднились. — Миссис Фарли протянула мне упакованные в целлофан блузки. — Нельзя же столько работать! — Она прицокнула языком. — Всю неделю раньше одиннадцати не возвращаетесь.

Вот что я имею в виду, говоря о ее живейшем интересе к моей жизни. Не удивлюсь, если она ведет дневник и аккуратно записывает в него все мои действия.

42

— Большое спасибо. — Я хотела было забрать пакет, но, к моему ужасу, миссис Фарли проскользнула мимо меня в квартиру с возгласом: «Я сама положу!»

— Э... Извините... Э... У меня беспорядок... — бормотала я, беспомощно наблюдая, как она протискивается мимо стоящих у стены картин. — Я их повешу... и коробки уберу...

Мне удалось направить ее в кухню, так что она не заметила стопки меню из ресторанов быстрого питания на столе в коридоре. В следующий миг я пожалела о своей опрометчивости. На кухонном столе возвышалась батарея банок и пакетов, а рядом лежала записка от новой домработницы — печатными буквами:

ДОРОГАЯ САМАНТА,

1. ВСЯ ВАША ЕДА ПРОСРОЧЕНА. ВЫКИНУТЬ ЕЕ?

2. ЕСТЬ ЛИ У ВАС ЧИСТЯЩИЕ СРЕДСТВА, НАПРИМЕР ОТБЕЛИВАТЕЛЬ? НЕ МОГУ НАЙТИ.

3. ВЫ КОЛЛЕКЦИОНИРУЕТЕ ОБЕРТКИ ОТ КИТАЙСКОЙ ЕДЫ? НА ВСЯКИЙ СЛУЧАЙ НЕ СТАЛА ВЫБРАСЫВАТЬ.

ВАША ПОМОЩНИЦА
ДЖОАНН.

Я видела, как миссис Фарли читает записку. Я слышала, как она хихикает про себя. В прошлом месяце она прочитала мне краткую лекцию насчет того, что стоит задуматься насчет микроволновой печи: дескать, утром положили в нее цыпленка и овощи, и все, а морковку порезать — и пяти минут хватит, не правда ли?

Понятия не имею.

— Ну... еще раз спасибо. — Я поспешно забрала у миссис Фарли пакет и бросила его на стол, потом выпроводила соседку из кухни, ощущая на себе ее испытующий взгляд. — Вы очень добры.

— Не стоит благодарности. — Она искоса поглядела на меня. — Не хочу показаться назойливой, голубушка, но знаете, хлопковые блузки можно стирать и дома. Столько денег сэкономите!

Я недоуменно уставилась на нее. Мне же тогда придется сушить их. И гладить.

— И я случайно заметила, что у одной оторвалась пуговица, — продолжала она. — У розовой с белыми полосками.

— Понятно, — сказала я. — Ладно... Отправлю обратно. Это входит в стоимость.

— Голубушка, вы же можете пришить пуговицу сами! — Похоже, мои слова шокировали миссис Фарли. — И двух минут не займет. У вас ведь есть запасные пуговицы в шкатулке для рукоделия?

В какой-такой шкатулке?

— У меня нет никакой шкатулки, — вежливо объяснила я. — Я не шью, знаете ли.

— Ну уж пуговицы-то вы пришиваете!

— Нет, — возразила я, удивленная ее экспрессивностью. — Это не проблема. Я отошлю блузку назад в химчистку.

Миссис Фарли изумилась.

— Вы не можете пришить пуговицу? Ваша мама вас не научила?

Я подавила смешок, представив свою мать пришивающей пуговицы.

— Нет. Не научила.

— В мое время, — проговорила миссис Фарли, качая головой, — все образованные девушки умели пришивать пуговицы, штопать носки и чинить воротнички.

Белиберда какая-то! «Чинить воротнички». Абракадабра.

— В наши дни все изменилось, — вежливо сказала я. — Нас учат готовиться к экзаменам и делать достойную карьеру. Излагать свое мнение. Пользо-

44

ваться мозгами. — Последнее, пожалуй, было лишним, но я не удержалась.

Миссис Фарли молча оглядела меня с головы до ног.

— Какой стыд! — наконец резюмировала она и сочувственно похлопала меня по плечу.

Я старалась сдерживаться, но эмоции, накопленные за день, требовали выхода. Я работала много часов подряд. У меня был неотмеченный день рождения. Я устала и проголодалась... А эта старуха советует мне пришить пуговицу!

— Не вижу ничего постыдного! — сурово заявила я.

— Как скажете, голубушка, — не стала спорить миссис Фарли и направилась к своей двери.

Почему-то это разозлило меня еще сильнее.

— За что мне должно быть стыдно? — спросила я, выступая на площадку. — Да, я не умею пришивать пуговицы. Зато я могу реструктурировать корпоративное финансовое соглашение и спасти деньги своего клиента — тридцать миллионов фунтов. Вот что я могу!

Миссис Фарли посмотрела на меня. Если такое возможно, жалость в ее взгляде только усилилась.

— Какой стыд! — повторила она, словно не слышала моей тирады. — Спокойной ночи, голубушка. — Она закрыла дверь.

Я судорожно вздохнула.

— Вы когда-нибудь слышали о феминизме? — крикнула я в ее дверь.

Тишина.

Я вернулась к себе, закрыла дверь и взялась за телефон. Вызвала из памяти номер местной пиццерии, сделала обычный заказ — «Капричоза» и пакет чипсов «Кеттл». Налила себе вина из пакета в холодильнике, перешла в гостиную и включила телевизор.

Шкатулка для рукоделия! Что еще у меня должно быть? Пара вязальных спиц? Или ткацкий станок? **45**

Я плюхнулась на диван и принялась нажимать кнопки на пульте, вполглаза следя за картинкой на экране. Новости... французская комедия... документальный фильм о животных...

Погодите-ка! Я отложила пульт и поудобнее устроилась на подушках.

«Уолтоны».

Замечательно! Именно то, что нужно.

Финальная сцена, итог всего. Семья собралась за столом, бабушка читает молитву.

Я глотнула вина и почувствовала, что напряжение потихоньку отпускает. Мне всегда нравился этот сериал, еще с детских лет. Обычно я сидела в темноте — все прочие уже ложились спать — и представляла, что живу на Холме Уолтона.

Финальная сцена, та самая, которой я всегда так ждала. Дом Уолтонов погружен во мрак. Мерцают звезды, стрекочут цикады. Голос Джон-Боя за кадром. Огромный дом, полный людей. Я обняла руками колени и завистливо уставилась на экран под звуки знакомой музыки.

— Спокойной ночи, Элизабет.

— Спокойной ночи, бабушка, — повторила я вслух. Кого стесняться, если я в квартире одна?

— Спокойной ночи, Мэри-Эллен.

— Спокойной ночи, Джон-Бой, — проговорила я вместе с Мэри-Эллен.

— Спокойной ночи.

— Спокойной ночи.

— Спокойной ночи.

4...

Я проснулась с бешено колотящимся сердцем, села на кровати, схватила ручку.

— Что? Что?

Так я обычно и просыпаюсь. Семейная традиция, как ни крути. У нас в семье проблемы со сном у каждого. В прошлое Рождество я часа в три ночи вышла на кухню попить водички — и обнаружила маму, которая, так и не сменив платья на что-нибудь домашнее, изучала очередной судебный отчет, а Дэниел грыз «Ксанакс», вполглаза наблюдая за динамикой индекса Hang Seng* на телевизионном экране.

Я рысцой потрусила в ванную, уставилась на свое отражение в зеркале. Ну да, бледная. Работа, учеба, задержки допоздна... Сегодня все окупится сторицей.

Партнер. Или не партнер.

Господи! Перестань! Не думай об этом! Я направилась в кухню, открыла холодильник. Черт! Молоко закончилось.

И кофе тоже.

_____
* Гонконгская фондовая биржа.

Просто необходимо наконец найти себе компанию по доставке продуктов. И молочника. Я взяла фломастер и под номером 47 внесла в список дел: «Найти доставку/молочника».

Свой список дел я веду на листе бумаги, пришпиленном к стене; он не позволяет мне забывать о повседневных заботах. По чести сказать, листок пожелтел за давностью времени, а записи в верхней его части выцвели настолько, что их едва можно разобрать. Но все равно штука полезная.

Мне пришло в голову, что надо бы вычеркнуть верхние пункты. Я завела этот список сразу, как въехала в квартиру, три года назад. Разумеется, многие из дел уже сделаны. Я взяла ручку и прищурясь стала вглядываться в верхние строчки.

1. Найти молочника.

2. Доставка продуктов – организовать.

3. Как включить плиту?

Угу.

Что ж, компанию по доставке я непременно найду. В выходные. И разберусь с плитой. Почитаю инструкцию и разберусь.

Что у нас дальше? Записи двухлетней давности:

16. Выбрать молочника.

17. Завести друзей.

18. Обзавестись хобби.

Да, я собиралась завести себе друзей. И обзавестись хобби. Когда работы станет поменьше.

Записи годичной давности выглядели вполне
48   разборчиво:

41. Отдохнуть на выходных.
42. Устроить вечеринку.
43. МОЛОЧНИК!!!

Меня охватило легкое раздражение. Как это я не выполнила ничего из намеченного? Я бросила ручку на стол и включила чайник, совладав с искушением разорвать листок в клочья.

Чайник быстро закипел, я заварила себе чашку диковинного травяного чая (подарок клиента). Потянулась за яблоком — и мои пальцы погрузились в гниль. Я содрогнулась, выкинула фрукты в помойное ведро вместе с блюдом, на котором они лежали, и задумчиво сгрызла парочку крекеров.

По правде говоря, мне наплевать на этот список. Есть только одна вещь на свете, которая меня по-настоящему интересует.

По дороге в офис я решила вести себя так, словно сегодня самый обычный день. Пройду в свой кабинет, не поднимая головы, и примусь за работу.

Когда я поднималась на лифте, трое сотрудников пожелали мне удачи. Когда я шла по коридору, парень из налогового отдела многозначительно сжал мое плечо.

— Удачи, Саманта!

Откуда он знает, как меня зовут?

Я поспешила пройти в кабинет и закрыла за собой дверь, игнорируя то обстоятельство, что через стеклянную перегородку виден коридор и сотрудники компании, исподтишка глазеющие на меня.

Не стоило приходить сегодня. Осталась бы дома под каким-нибудь надуманным предлогом.

Ладно, займемся делами. День-то совершенно обычный. Я раскрыла кеттермановскую папку, нашла место, где остановилась накануне вечером, и стала изучать документ пятилетней давности о передаче акций.

49

— Саманта?

Я подняла голову. В дверном проеме стоял Гай с двумя чашками кофе в руках. Он вошел и поставил одну чашку на мой стол.

— Привет, — сказал он. — Как самочувствие?

— Отлично. — Я деловито перевернула страницу. — Все отлично. Нормально. Понятия не имею, чего все так суетятся.

Насмешливое выражение на лице Гая меня слегка задело. Я перевернула следующую страницу, чтобы подчеркнуть обыденность происходящего, — и как-то ухитрилась уронить папку на пол.

Хвала небесам за скрепки!

Залившись румянцем, я собрала документы с пола, сложила их обратно в папку и отпила кофе.

— Так-так. — Гай понимающе кивнул. — Это хорошо, что ты не нервничаешь. Это хорошо.

— Да уж, — отозвалась я.

— Увидимся. — Он поднял чашку, словно тостуя, и вышел из кабинета. Я посмотрела на часы.

Только восемь пятьдесят три. Не уверена, что смогу вытерпеть.

Каким-то образом мне удалось справиться с собой. Я прочла документы Кеттермана и приступила к собственному отчету. Дошла до третьего пункта, когда снова появился Гай.

— Привет, — буркнула я, не поднимая головы. — Со мной все в порядке. И я ничего не слышала.

Гай не ответил.

Наконец я оторвалась от бумаг. Он стоял перед моим столом и смотрел на меня сверху вниз. Такого Гая я еще не видела. Он тщетно старался сохранить невозмутимость, на его лице возбуждение боролось с гордостью и восхищением.

— Мне не следует этого делать, — негромко проговорил он и подался вперед. — У тебя получилось, Саманта. Ты стала полноправным партнером. Официальное объявление будет в пределах часа.

Сердце пропустило удар. На мгновение я словно забыла, как дышать.

Получилось. Получилось!

— Я ничего тебе не говорил, — предупредил Гай с улыбкой. — Молодец.

— Спасибо, — выдавила я.

— Загляну попозже. Поздравлю как положено. — Он повернулся и вышел, а я осталась сидеть и смотреть невидящим взором на монитор.

Партнер.

Господи... Господи! Господи!!!

Я взяла ручное зеркало и уставилась на собственное отражение. Щеки раскраснелись, губы дрожат. Жутко хотелось вскочить и завопить: «Йееес!», танцевать и орать во все горло. Как мне перетерпеть этот час? Как высидеть в кабинете? Вряд ли я смогу снова сосредоточиться на кеттермановском отчете.

Я встала, подошла к картотеке, просто чтобы чем-то себя занять. Открыла один ящик, потом другой, снова закрыла. Обернулась, бросила взгляд на стол, заваленный бумагами и папками, на сложенные горкой на системном блоке книги.

Кеттерман прав. Это никуда не годится. Стол партнера не может быть таким... неаккуратным.

Я разберу стол. Замечательный способ провести час. 12.06—13.06: уборка офиса. Оказывается, в рабочем расписании в памяти компьютера есть такой пункт.

Совсем забыла, насколько я ненавижу прибираться!

По мере того как я разгребала бумажные завалы, обнаруживались новые и новые документы. Корпоративные извещения... контракты на обработку... старые приглашения... напоминания... рекламная брошюра **51** системы пилатес... компакт-диск, купленный три месяца назад (я была уверена, что потеряла его)... прошлогодняя рождественская открытка от Арнольда: он в костюме северного оленя... Я усмехнулась и отложила открытку в стопку нужных и полезных предметов.

Нашлись «надгробия» — массивные пластины органического стекла, которыми у нас принято награждать по завершении крупной сделки. И... Боже мой! Половинка недоеденного «сникерса»! Я кинула шоколад в мусорную корзину и со вздохом повернулась к следующей кипе бумаг.

И зачем мне такой большой стол? Вон сколько всего на нем помещается!

«Партнер!» — звучало у меня в голове. Буквы высвечивались огнями фейерверка перед мысленным взором. ПАРТНЕР!

Хватит, приказала я себе. Сосредоточься на деле. Я вытянула из кипы старый номер «Юриста» и задумалась над тем, чего ради храню журнал до сих пор. Несколько документов на скрепках упали на пол. Я потянулась за ними, машинально прочитала первую страницу, готовая уже отложить в сторону. Это была служебная записка от Арнольда.

На: «Третий Юнион-банк»

Пожалуйста, изучите прилагаемые долговые обязательства компании «Глейзербрукс лимитед». Зарегистрируйте их в Регистрационной палате.

Ничего особенного. «Третий Юнион-банк» был клиентом Арнольда, я имела с ними дело всего один раз. Мы заключили сделку по предоставлению «Глейзебрукс» займа в пятьдесят миллионов фунтов стерлингов, и от меня требовалось всего-навсего зарегистрировать контракт в Регистрационной палате в течение двадцати одного дня после его заключения. Обычная повседневная работа, которую старшие партнеры вечно сваливают на меня.

Больше не получится, мстительно подумала я, придется перепоручить кому-то другому. Да, сделаю это прямо сейчас.

Я автоматически проверила дату.

И не поверила собственным глазам. 26 мая.

Пять недель назад? Не может быть!

Я перерыла всю стопку в поисках правильной версии записки. Это же опечатка! Опечатка! Но иных вариантов не нашлось. 26 мая.

26 мая?!

Я ошарашенно смотрела на документ. Он пролежал на моем столе пять недель?

Невероятно... В смысле — не может быть... Это означает...

Это означает, что я не уложилась в срок...

Я сглотнула. Наверное, я просто чего-то не поняла. На такую глупую ошибку я не способна. Я не могла не зарегистрировать контракт! Я всегда регистрирую их вовремя!

Я закрыла глаза и постаралась успокоиться. Допустим, у меня от радости пошла кругом голова. Допустим, я слишком сильно обрадовалась перемене своего статуса, вот и мерещится всякая чушь. Успокойся, Саманта, возьми себя в руки.

Я открыла глаза и посмотрела на записку. К несчастью, ее содержание ни на йоту не изменилось. Зарегистрировать контракт, дата — 26 мая. Черным по белому. Из чего следует, что я не застраховала риски нашего клиента. То есть совершила едва ли не элементарнейшую ошибку из всех, какие только может совершить юрист.

Радостное возбуждение испарилось. По спине побежали мурашки. Я отчаянно пыталась вспомнить, говорил ли мне Арнольд хоть что-нибудь по поводу этой сделки. Не помню, чтобы он даже упоминал о ней. Но с какой стати ему упоминать? Это обыкновенное кредитное соглашение. Мы такие контракты оформляем во сне. Арнольд справедливо предположил, что я выполню его поручение. Он доверился моему профессионализму.

Господи!

Я снова прошерстила страницы, разыскивая некое незаметное с первого взгляда примечание, некую зацепку, которая позволила бы мне с облегчением воскликнуть: «Ну конечно!» Тщетно. От волнения у меня закружилась голова. Как такое могло случиться? Видела ли я вообще записку Арнольда? Неужели я просто пихнула ее подальше, чтобы разобраться на досуге? Не помню. Черт побери, не помню!

И что мне теперь делать? Волной захлестнула паника. «Третий Юнион-банк» ссудил компании «Глейзербрукс» пятьдесят миллионов фунтов. Поскольку сделка не была зарегистрирована, этот кредит — этот многомиллионный кредит — ничем не обеспечен. Если вдруг завтра «Глейзербрукс» обанкротится, банк окажется в самом хвосте очереди кредиторов. И, вполне возможно, не получит ни пенса.

— Саманта! — окликнула меня Мэгги. Я подскочила чуть ли не до потолка и инстинктивно прикрыла ладонью злополучную записку; хотя откуда Мэгги знать, что именно я разглядываю?

— Я только что узнала! — громким шепотом объявила она. — Гай рассказал! Поздравляю!

— М-м... Спасибо. — Я кое-как заставила себя улыбнуться.

— Я заварила себе чай. Вам заварить?

— Было бы здорово... Еще раз спасибо.

Мэгги исчезла, а я обхватила голову руками. Все попытки успокоиться разбивались о стену непередаваемого ужаса. Что ж, придется признаться хотя бы себе самой — я допустила ошибку.

Я допустила ошибку.

Что делать? Все тело словно сковало могильным холодом. Не могу сосредоточиться...

Внезапно вспомнились вчерашние слова Гая, и меня буквально затрясло от облегчения. *«Ошибка не является ошибкой до тех пор, пока не появится возможность ее исправить».*

Точно! Я могу все исправить. Я еще могу зарегистрировать кредит.

Придется помучиться. Придется уведомить банк — и «Глейзербрукс» — и Арнольда — и Кеттермана. Придется подготовить новый пакет документов. Хуже всего, придется смириться с тем, что все узнают о моем промахе. О том, что я допустила глупую, идиотскую ошибку, недостойную даже стажера.

Попрощайся со своим партнерством, — мелькнула паническая мысль. К горлу подкатила тошнота.

Но выхода нет. Нужно исправлять ситуацию.

Я поспешно зашла на сайт Регистрационной палаты и ввела в строке поиска «Глейзербрукс». Если только не было выдвинуто сторонних претензий, все должно получиться.

Я изумленно уставилась на страницу.

Нет.

Не может быть.

На прошлой неделе некая компания «БЛСС Холдингс» выставила претензии на сумму 50 миллионов фунтов стерлингов. Наш клиент откатился в хвост кредиторской очереди.

Мысли неслись вскачь. Это плохо. Это действительно плохо. Нужно что-то предпринять, и поскорее. Нужно что-то сделать, пока не выставлены другие претензии. Надо... надо сказать Арнольду.

Меня будто парализовало.

Не могу. Не могу прийти к нему и объявить, что допустила элементарнейшую ошибку и что 50 миллионов фунтов стерлингов нашего клиента оказались необеспеченными. Я... я... мне следует разобраться самой, насколько это возможно. Минимизировать ущерб. **55**

Для начала позвоню в банк. Да, чем скорее они узнают, тем лучше.

— Саманта?

— Что?! — Я едва не выпрыгнула из своего кресла.

— Вы такая нервная сегодня, — со смешком заметила Мэгги и подошла к моему столу с чашкой в руке. — Чувствуете себя на вершине? — Она подмигнула мне.

Мгновение я не могла взять в толк, о чем она говорит. Мой мир сократился до меня самой и моей чудовищной ошибки, все прочее утратило значение.

— Ах да! Конечно. — Я состроила гримасу, призванную изобразить улыбку, и тайком вытерла влажные ладони.

— Спорим, что вы еще до конца не осознали? — Мэгги оперлась о картотеку. — Шампанское в холодильнике, только скажите.

— Замечательно. Э... Мэгги, мне надо поработать...

— О! — Похоже, я ее обидела. — Извините. Уже ухожу.

Ее спина выражала негодование. Должно быть, она сочла меня тупой коровой. Ну и ладно, сейчас каждая минута на счету. Нужно позвонить в банк. Немедленно.

Я пролистала контракт и нашла имя и телефон представителя банка. Чарльз Конвей.

Именно ему я должна позвонить. Именно этому человеку мне предстоит признаться, что я здорово напортачила. Дрожащей рукой я взяла трубку. Ощущение было такое, словно я уговариваю себя прыгнуть в зловонное болото, кишащее пиявками.

Несколько секунд я просидела, глядя на трубку. Заставляя себя набрать номер. Наконец я решилась. Мое сердце стучало в такт гудкам.

— Чарльз Конвей.

— Привет! — проговорила я, стараясь, чтобы мой голос не дрожал. — Это Саманта Свитинг из «Картер Спинк». Не думаю, что мы встречались.

— Привет, Саманта. — Голос достаточно дружелюбный. — Чем могу помочь?

— Я звоню... э... по техническому вопросу. По поводу... — я замялась, но все-таки смогла выговорить, — по поводу «Глейзербрукс».

— А, вы уже слышали, — отозвался Конвей. — Дурные новости расходятся быстро.

Кабинет будто уменьшился в размерах. Я крепче сжала трубку.

— Слышала что? — От волнения в моем голосе прорезались визгливые нотки. — Я ничего не слышала.

— Да? Я решил, что вы звоните, потому что узнали. — Он отвлекся. Я услышала, как он советует кому-то поискать эту проклятую хреновину через «Гугл». — Ну, они сегодня обратились к нам. Последняя попытка спастись, по всей видимости, не сработала...

Он продолжал говорить, но я не слушала. Мысли все куда-то исчезли. Перед глазами замелькали черные пятна.

Компания «Глейзербрукс» обанкротилась. Теперь они ни за что не соберут необходимую документацию. Разве что через миллион лет.

И я не смогу зарегистрировать кредит.

Не смогу ничего исправить.

Я пустила на ветер пятьдесят миллионов фунтов.

Сознание плыло. Мне захотелось залиться слезами. Захотелось бросить трубку, вскочить и убежать, далеко-далеко.

Вдруг я снова услышала Чарльза Конвея.

— Хорошо, что вы позвонили. — Я слышала, как он стучит по клавиатуре, явно не догадываясь о случившемся. — Возможно, стоит еще раз проверить гарантии кредита.

Я на миг лишилась дара речи.

— Да, — хрипло пробормотала я наконец. Положила трубку и поняла, что вся дрожу. Казалось, меня вот-вот стошнит.

57

Я профукала сделку.

Напортачила так, что не смогу...

Не смогу даже...

Едва соображая, что делаю, я отодвинула кресло. Мне надо на улицу. Прочь отсюда.

5...

Через фойе я пронеслась на автопилоте. Выбралась на залитую дневным солнцем улицу. Шаг, другой, третий... Обычный офисный работник в обеденный перерыв.

Вот только обычного во мне осталось немного. Обычные люди не лишают своих клиентов пятидесяти миллионов фунтов.

Пятьдесят миллионов. Цифра отдавалась в голове барабанным боем.

Не понимаю, как это случилось. Не понимаю. Я продолжала размышлять на ходу. Снова и снова. Не понимаю. Как я могла не заметить?.. Как я проглядела?..

Я в глаза не видела этой записки. Я не держала ее в руках. Должно быть, ее положили мне на стол, а потом я сама завалила ее другими бумагами, придавила сверху папкой, стопкой контрактов и кофейной чашкой.

Один промах. Одна ошибка. Единственная ошибка, которую я когда-либо допустила. Как было бы здорово проснуться и понять, что это лишь дурной сон, что это произошло в кино, что ошибку совершил кто-то другой. Такие истории рассказывают в пабах, благодаря судьбу за то, что такое случилось не с тобой...

Увы. Со мной. Моя карьера кончена. Последним в «Картер Спинк», кто совершил ошибку такого рода, был Тед Стивенс — в 1983 году благодаря ему наш клиент лишился десяти миллионов фунтов. Его немедленно уволили.

А я потеряла в пять раз больше.

Дыхание становилось все более учащенным, голова кружилась. Меня будто душили. Наверное, у меня приступ паники. Я села на скамейку и стала ждать, когда он пройдет.

Не проходит. Все хуже и хуже.

Внезапно я подскочила — в кармане завибрировал мобильный телефон. Я вынула аппарат и посмотрела на номер звонящего. Гай!

Не могу разговаривать с ним. Ни с кем не могу. Не сейчас.

Мгновение спустя телефон пискнул, давая знать, что пришло голосовое сообщение. Я поднесла аппарат к уху и нажала на кнопку «Воспроизвести».

— Саманта! — В голосе Гая было столько радости. — Куда ты подевалась? Мы ждем тебя с шампанским, чтобы отметить!·

Отметить... Я готова была разрыдаться. Но не смогла... Слишком серьезная ошибка, чтобы поливать ее слезами. Я сунула телефон в карман и встала со скамейки. Ноги сами понесли меня прочь, быстрее и быстрее, через толпу на улице. Я игнорировала недоуменные взгляды. В висках стучало, я понятия не имела, куда иду, но не в силах была остановиться.

Я шла, казалось, несколько часов подряд, голова кружилась, ноги самостоятельно находили дорогу. Солнце припекало, над тротуаром вилась пыль, вскоре у меня заломило бровь. Какое-то время спустя вновь завибрировал телефон, но я и не подумала его вынуть.

Наконец, когда ноги заболели от усталости, я притормозила и остановилась. В горле пересохло, я чувствовала себя полностью обезвоженной. Мне нужна вода. Я подняла голову, пытаясь сориентироваться. Каким-то образом я умудрилась попасть на Паддингтонский вокзал.

Словно во сне, я вошла внутрь. На вокзале было людно и шумно. Флуоресцентные лампы, кондиционеры, оглушительно громкие объявления... Я поежилась. В поле зрения появился киоск с водой в бутылках, и я направилась к нему. Телефон опять завибрировал. На сей раз я достала его и уставилась на дисплей. Пятнадцать пропущенных вызовов и новое сообщение от Гая. Оставлено двадцать минут назад.

Я помедлила в нерешительности, потом все-таки нажала кнопку.

— Господи Боже, Саманта, что стряслось? — Голос был далеко не такой радостный, как раньше; скорее, озабоченный. Меня пробрал холодок. — Мы знаем. Поняла? Знаем про «Третий Юнион-банк». Нам позвонил Чарльз Конвей. Потом Кеттерман нашел ту бумажку на твоем столе. Ты должна вернуться в офис. Сейчас же. Перезвони мне.

Я не могла пошевелиться. Меня обуял животный ужас. Они знают. Все знают.

Перед глазами вновь замелькали черные точки. Меня стало подташнивать. Всем сотрудникам «Картер Спинк» известно, что я натворила. Они будут звонить друг другу. Слать письма по электронной почте. Ужасаться и злорадствовать. *«Вы слыхали...»*

Внезапно что-то привлекло мое внимание. В толпе мелькнуло знакомое лицо. Я повернулась, прищурилась, пытаясь вспомнить, что это за мужчина, — и едва устояла на ногах от шока.

Грег Паркер, один из старших партнеров! Он шагал вдоль вестибюля в своем роскошном костюме и разговаривал по мобильному. Брови сдвинуты, вид недовольный...

— И где она? — услышала я его голос.

Провалиться бы сквозь землю! Не дай Бог попасться ему на глаза! Надо спрятаться! Я постаралась укрыться за какой-то толстухой в бежевом пальто. Но она не стояла на месте, так что мне пришлось тащиться следом.

— Что вам нужно? Вы просите подаяния? — Она вдруг повернулась ко мне и окинула меня подозрительным взглядом.

— Нет! — воскликнула я. — Я... э...

Не могу же я сказать: «Я за вами прячусь!»

— Тогда оставьте меня в покое! — Она нахмурилась и двинулась в сторону кофейни. Сердце колотилось так, словно готово было выскочить из груди. Я оказалась в гордом одиночестве посреди вестибюля. Грег Паркер остановился. Он стоял в пятидесяти ярдах от меня, продолжая разговаривать по мобильному.

Если я пошевелюсь, он заметит меня. Если останусь на месте, он тоже меня заметит...

Неожиданно по электронному табло «Отправление» побежали строчки — обновлялась информация. Кучка людей, стоявших под табло, подхватила свои сумки и двинулась к платформе девять.

Не тратя времени на раздумья, я присоединилась к ним. Постаралась ввинтиться поглубже, чтобы меня не было видно. Вместе со всеми поднялась в поезд и пошла по вагону.

Поезд тронулся. Я опустилась в кресло напротив семейства в футболках с эмблемой лондонского зоопарка. Они улыбнулись мне — и я как-то сумела улыбнуться в ответ. Все казалось таким нереальным...

— Закуски, напитки! — Седовласый мужчина толкал по проходу тележку. — Горячие и холодные сандвичи, чай, кофе, газированная вода, алкоголь...

— Мне последнего, пожалуйста. — Надеюсь, мой голос достаточно ровный. — Двойную порцию. Чего угодно.

62

* * *

Никто не рвался проверить мой билет. Никто меня не беспокоил. Поезд оказался экспрессом дальнего следования. Пригороды сменились полями, а он продолжал себе катить. Я выпила три маленьких бутылочки джина, апельсиновый сок, томатный сок и шоколадный йогурт. Ледяная хватка паники понемногу слабела. Я чувствовала себя диковинным образом отдалившейся от всего на свете.

Я совершила величайшую ошибку в своей жизни. Почти наверняка потеряла работу. Мне никогда не стать партнером.

И все из-за единственной дурацкой ошибки.

Семейство напротив захрустело чипсами, предложило мне угощаться, пригласило поиграть в «города». Мать семейства даже поинтересовалась, путешествую я просто так или по делу.

Я отмолчалась. Не смогла заставить себя раскрыть рот.

Сердце уже не частило, зато голова раскалывалась от пульсирующей боли. Я приложила руку к глазам, заслоняясь от света.

— Леди и джентльмены, — прохрипел динамик под потолком. — К сожалению... дорожные работы... воспользоваться альтернативным транспортом...

Я не разобрала, что именно сказал машинист. Я понятия не имела, куда мы едем. Я всего-навсего ждала следующей остановки, чтобы сойти и наконец сориентироваться.

— «Чернослив» пишется не так, — объясняла мать семейства одному из своих отпрысков. И тут поезд начал тормозить. Я посмотрела в окно: мы подъезжали к станции. Лоуэр-Эбери. Пассажиры принялись собираться.

Когда все двинулись к выходу, я пошла за ними, как автомат. Следом за своими соседями я вышла на свежий воздух и огляделась. Мы стояли на площади перед крохотной станцией, через дорогу виднелся паб **63**

«Колокол». От площади в обе стороны уходила дорога, вдалеке виднелись поля. На обочине стоял автобус; все пассажиры устремились к нему.

Моя соседка помахала мне рукой.

— Идите сюда! — позвала она. — Этот автобус идет в Глостер. Там можно будет пересесть.

От одной мысли о том, чтобы забраться в автобус, мне стало дурно. Не хочу я никаких автобусов! Мне нужно болеутоляющее. Голова вот-вот расколется надвое...

— Спасибо. Я останусь здесь. — Я постаралась улыбнуться как можно убедительнее и, прежде чем она успела что-либо сказать, двинулась по дороге, прочь от автобуса.

Не имею понятия, куда меня занесло. Ни малейшего.

В кармане внезапно завибрировал телефон. Я вынула его. Снова Гай. Звонит, должно быть, раз в тридцатый. И всякий раз оставляет сообщение с просьбой перезвонить и интересуется, прочла ли я его е-мейл.

Ничего я не прочла. Я так разнервничалась, что оставила наладонник на столе. Телефон — все, что у меня осталось. Аппарат вновь завибрировал. Я пристально посмотрела на него. Потом, сжав нервы в кулак, откинула флип и поднесла телефон к уху.

— Слушаю. — Какой хриплый у меня голос. — Это... это я.

— Саманта?! — Гай едва не оглушил меня своим воплем. — Это ты? Где ты?

— Не знаю. Я убежала... Я... была в шоке...

— Саманта, ты получала мои сообщения? — Он помедлил. — Все уже знают...

— Знаю. — Я прислонилась к стене старинного дома и крепко зажмурилась, пытаясь хотя бы таким образом победить головную боль. — Знаю.

— Как это могло произойти? — Судя по голосу, Гай был шокирован не меньше меня. — Черт возьми, как ты могла совершить такую элементарную ошибку? Саманта, ты понимаешь...

— Не знаю, — пробормотала я. — Я просто... не заметила... Это была ошибка...

— Ты же никогда не ошибаешься!

— Неужели? — На глаза навернулись слезы, и я яростно смахнула их. — Как... как обстановка?

— Не слишком благоприятная, — признал он. — Кеттерман ведет переговоры с юристами «Глейзербрукс», общается с банком... и со страховщиками, разумеется.

Страховщики. Наше высокопрофессиональное страховое отделение. Во мне вдруг вспыхнула надежда. Если страховщики покроют ущерб без лишнего шума, ситуация, быть может, не столь критичная, как мне казалось.

Впрочем, в глубине души я понимала, что хватаюсь за соломинку, что я — словно тот отчаявшийся путник, которому грезится мираж в знойном мареве пустыни. Страховщики ни при каких условиях не покроют всей суммы кредита. Порой они вообще ничего не платят. Порой платят, но обставляют свою помощь совершенно немыслимыми условиями.

— И что говорит страховая? — выдавила я. — Они...

— Пока ничего не говорит.

— Понятно. — Я вытерла пот со лба и заставила себя задать следующий вопрос: — А как насчет... меня?

Гай не ответил.

Когда до меня дошел смысл этого молчания, ноги подкосились, будто я собиралась повалиться без чувств. Вот и ответ. Я открыла глаза и увидела двух ребятишек, глазеющих на меня со своих велосипедов.

— Все кончено, правда? — Голос дрожал, несмотря на все мои усилия. — О карьере можно забыть?

— Я... я не знаю... Послушай, Саманта, ты испугалась. Это вполне естественно. Но ты не сможешь прятаться вечно. Тебе надо вернуться.

— Не могу. — Я чуть не сорвалась на крик. — Как представлю себе лица...

— Саманта, будь разумной!

65

— Не могу! Не могу! Мне нужно время...

— Саман...

Я закрыла флип.

Ноги как ватные. Голова раскалывается. Попить бы. Но паб не выглядит открытым, а киосков поблизости не видно.

Я пошла по дороге и шла до тех пор, пока не уперлась в пару высоких резных колонн, увенчанных львами. Дом. Позвоню, попрошу таблетку и стакан воды. И поинтересуюсь, нет ли поблизости отеля.

Я толкнула створку чугунных ворот и, хрустя гравием, приблизилась к массивной дубовой двери. А дом-то большой, сложен из камня медового оттенка, с островерхой крышей, высокими каминными трубами... Перед домом стояли два «порше». Я дернула за дверной молоток.

Тишина. Я подождала, но дом казался мертвым. Я уже собиралась вернуться на дорогу и двинуться дальше, когда дверь неожиданно распахнулась.

На меня смотрела женщина со светлыми, явно схваченными лаком волосами до плеч. В глаза бросились шелковые брючки диковинного желто-коричневого оттенка, длинные серьги, яркий макияж. В одной руке сигарета, в другой коктейльный бокал.

— Здравствуйте. — Она затянулась сигаретой и смерила меня пристальным взглядом. — Вы из агентства?

6...

Не имею представления, о чем это она. От дикой головной боли я едва различала силуэт перед собой, вникать же в смысл слов и вовсе не было сил.

— С вами все в порядке? — живо поинтересовалась женщина. — Вы выглядите ужасно.

— Голова раскалывается, — выдавила я. — У вас не найдется стаканчика воды?

— Разумеется! Заходите! — Она повела сигаретой, пропустила меня в огромный холл со сводчатым потолком. — Все равно вам захочется осмотреть дом. Эдди! Ее голос неожиданно взлетел до крика. — Эдди, еще одна пришла! Я Триш Гейгер, — представилась она. — Можете звать меня миссис Гейгер. Сюда, пожалуйста.

Мы прошли в роскошную, отделанную панелями под клен кухню. Хозяйка наугад открыла несколько ящиков, наконец воскликнула: «Ага!» и извлекла пластиковую коробку, в которой, когда откинулась крышка, обнаружилось с полсотни лекарственных флаконов и упаковок. Миссис Гейгер принялась перебирать лекарства, демонстрируя лак на ногтях.

— Так, посмотрим... Парацетамол... Аспирин... Ибупрофен... Очень слабый валиум... — Она показала мне ярко-красную таблетку и с гордостью прибавила: — Из Америки. Здесь он запрещен.

— Э... Здорово. У вас столько всего... болеутоляющего...

— В нашем доме любят таблетки. — Она внезапно окинула меня испытующим взором. — Да, любят. Эдди! Мне вручили три зеленых пилюли, затем, после нескольких неудачных попыток, отыскали буфет, заполненный стаканами. — Держите. Эти таблетки справятся с любой головной болью. — Из холодильника появилась бутылка с водой. — Вот, запейте.

— Спасибо, — пробормотала я, проглатывая таблетки. — Я вам очень признательна. По правде сказать, голова трещит так, что даже думать больно.

— У вас хороший английский, — заметила хозяйка, искоса поглядывая на меня. — Очень хороший.

— Да? — Я озадаченно нахмурилась. — Ну... я же англичанка... Родной язык, в конце концов...

— Вы англичанка? — Триш Гейгер буквально подпрыгнула. — Не хотите присесть? Таблетки сейчас начнут действовать. А если нет, подберем вам что-нибудь еще.

Она вывела меня из кухни обратно в холл, открыла одну из дверей.

— Здесь у нас гостиная, — сообщила она, обводя рукой просторное помещение, и уронила пепел на ковер. — Как видите, требуется и пылесосить, и пыль стирать, и серебро чистить...

Снова этот испытующий взгляд.

— Конечно, — кивнула я, поскольку она очевидно ждала ответа. Сообразить бы заодно, с какой стати она мне все это рассказывает... — Замечательный стол, — выдала я, повернувшись к сверкающему столу красного дерева у стены.

— Его нужно полировать. — Глаза хозяйки вдруг сузились. — И регулярно. У меня глаз наметан.

— Конечно, — повторила я растерянно.

— Пойдемте. — Мы миновали еще одну просторную комнату и очутились на застекленной веранде, где наличествовали кресла «под старину» из древесины тикового дерева, многочисленные растения, смахивавшие на пальмы, и заставленный бутылками столик на колесиках.

— Эдди! Иди сюда! — Она постучала по стеклу. Я увидела загорелого мужчину в брюках для гольфа, шагающего по аккуратно подстриженной лужайке. Лет под пятьдесят, выглядит вполне довольным собой и жизнью.

Триш тоже под пятьдесят, во всяком случае, если судить по морщинкам в уголках глаз. Впрочем, что-то подсказывало мне, что она претендует на тридцать девять — и ни днем старше.

— Прекрасный сад, — сказала я.

— О! — Она окинула сад равнодушным взглядом. — Да, у нас отличный садовник. Столько идей в голове. Ну, садитесь! — Она махнула рукой, и я в некоторой растерянности опустилась в кресло. Триш угнездилась на стуле напротив и пригубила коктейль.

— Вы можете приготовить «Кровавую Мэри»? — спросила она вдруг.

Я озадаченно воззрилась на нее.

— Не важно. — Она затянулась сигаретой. — Я вас научу.

Чего?

— Как ваша голова? — осведомилась она и продолжила, не дожидаясь ответа: — Лучше? А, вот и Эдди.

— Добрый день! — Дверь распахнулась, и на веранду вступил мистер Гейгер. Вблизи он выглядел уже не столь импозантно: веки набрякшие, все признаки пивного животика в наличии. — Эдди Гейгер, — жизнерадостно представился он и протянул руку. — Хозяин дома.

69

— Эдди, это... — Триш замялась, потом взглянула на меня. — Как вас зовут?

— Саманта, — ответила я. — Извините, что потревожила вас, но моя голова...

— Я дала Саманте патентованное болеутоляющее, — перебила меня Триш.

— Правильно, — одобрил Эдди, открывая бутылку шотландского виски, и налил себе на два пальца. — Надо вам было попробовать красные таблетки. С ног валит!

— Э... понятно...

— Не в прямом смысле, конечно! — хохотнул он. — Мы вовсе не хотим вас отравить.

— Эдди! — Триш хлопнула его по бедру. Зазвенели многочисленные браслеты на ее руке. — Не пугай девочку!

Они оба повернулись ко мне, и я поняла, что от меня ждут реакции.

— Я вам очень признательна. — Я сумела состроить гримасу, призванную обозначить улыбку. — Не знаю, что бы я делала без вашего радушия...

— Неплохой английский, а? — заметил Эдди, вопросительно приподнимая бровь.

— Она англичанка! — воскликнула Триш с видом фокусника, доставшего кролика из шляпы. — Понимает все, что я ей говорю!

Что-то я, как говорится, не въехала. Я что, похожа на иностранку?

— Проведем ее по дому? — поинтересовался Эдди у Триш.

У меня екнуло сердце. Людей, которые устраивают экскурсии по своим домам, следует категорически избегать. Сама мысль о том, чтобы плестись из комнаты в комнату, мучительно подбирая восторженные эпитеты, была непереносима. Хотелось одного: сидеть и ждать, когда наконец подействуют таблетки.

— Не стоит беспокоиться, — начала я. — Я уверена, здесь все красиво...

— Разумеется, стоит! — Триш затушила сигарету и поднялась. — Идемте.

Когда я встала, перед глазами все поплыло; пришлось ухватиться за юкку, чтобы сохранить равновесие. Боль в голове начала отступать, но я по-прежнему чувствовала себя разбитой — и странно оторванной от реальности. Впечатление было такое, словно все происходит во сне.

Да, у этой женщины вся жизнь сосредоточена, похоже, на домашней работе. Мы переходили из одной роскошной комнаты в другую, и Триш настойчиво указывала на предметы обстановки, требующие особого ухода, а также продемонстрировала, где стоит пылесос. А потом принялась рассказывать о стиральной машине!

— Выглядит... эффективной, — промямлила я, поскольку от меня явно ждали ответа.

— Мы меняем белье каждую неделю. Нам нравится свежее и хорошо проглаженное. — Снова этот взгляд.

— Конечно, — кивнула я, стараясь скрыть растущее недоумение. — Отличная мысль.

— Теперь наверх? — С этими словами она вышла из кухни.

Господи, еще и наверх?!

— Вы из Лондона, Саманта? — справился Эдди Гейгер, когда мы поднимались по лестнице.

— Совершенно верно.

— И вы там работаете?

Он спрашивал из вежливости, но я на мгновение задержалась с ответом. Есть ли у меня работа?

— Работала, — ответила я наконец. — По правде сказать... не знаю, как обстоит дело сейчас.

— И сколько длился ваш рабочий день? — вмешалась Триш, неожиданно заинтересовавшись разговором.

— С утра до вечера, — сказала я. — Я привыкла работать с раннего утра и до ночи. Порой и по ночам приходилось...

Гейгеры, казалось, не могли найти слов от изумления. Да, люди понятия не имеют, какова жизнь юриста.

— Вы работали ночами? — Судя по выражению лица Триш, мои слова ее потрясли. — Одна?

— И одна, и с другими. Зависело от ситуации.

— Значит, у вас... крупная компания?

— Одна из крупнейших в Лондоне.

Триш и Эдди многозначительно переглянулись. Положительно, странные они люди.

— Что ж, думаю, вас порадует, что нам приятно это узнать. — Триш улыбнулась. — Это хозяйская спальня... вторая спальня...

Мы шли по коридору, она открывала передо мной двери, показывала кровати и домотканые покрывала, и я почувствовала, что снова начинает кружиться голова. Не знаю, что за таблетки мне подсунули, но ощущения с каждым мгновением становились все более странными.

— Зеленая спальня... Как вам, должно быть, понятно, у нас нет ни детей, ни домашних животных... Вы курите? — неожиданно спросила Триш, затягиваясь собственной сигаретой.

— Э... нет... Спасибо.

— Мы не возражаем против курения, имейте в виду.

Мы спустились по узкой лесенке, причем мне пришлось держаться за стену, которая словно убегала от меня: цветы на обоях плавно перетекали в пейзаж за окнами.

— С вами все в порядке? — Эдди подхватил меня в тот самый миг, когда я едва не рухнула на пол.

— По-моему, таблетки оказались чересчур сильными, — пробормотала я.

— Да, они такие. — Триш оценивающе поглядела на меня. — Вы пили сегодня спиртное, а?

— Ну... Да, пила...

— Ага! — Она состроила гримасу. — Ладно, ничего страшного, пока не начнутся галлюцинации. Тогда придется вызвать врача. И... мы пришли. — Она распахнула последнюю дверь на нашем пути. — Комната прислуги.

Все помещения в доме были огромными. Это же вполне не соответствовало размерам в моей квартире. Светлые стены, окна со средниками, выходящие в сад, кровать — самая незатейливая из всех, какие я успела увидеть под кровом Гейгеров, большая, квадратная, застеленная накрахмаленным бельем.

Внезапно накатило насущное, почти неодолимое желание упасть на эту кровать, уронить голову на подушку и кануть в благословенное забытье.

— Чудесно, — вежливо сказала я. — Замечательная комната.

— Отлично! — Эдди потер ладони. — Что ж, Саманта, позвольте вам сообщить — у вас есть работа.

Я оторопело уставилась на него.

Работа?

Какая работа?

— Эдди! — одернула супруга Триш. — Ты не можешь просто так взять и предложить ей работу! Мы еще не закончили собеседование!

Собеседование?

Кажется, я что-то пропустила.

— Мы даже не описали ей круг обязанностей! — продолжала Триш. — И не затронули деталей!

— Так затронь, — огрызнулся Эдди.

Триш метнула на него яростный взгляд и прокашлялась.

— Итак, Саманта, — проговорила она официальным тоном, — ваша работа в качестве экономки рассчитана на полный рабочий день и подразумевает...

— Извините? — Я не поверила своим ушам.

Триш досадливо прицокнула языком.

— Ваша работа в качестве экономки рассчитана на полный рабочий день, — повторила она, — и подразумевает уборку, стирку и приготовление пищи.

73

Вы должны носить форму и вести себя предупредительно и уважительно...

В качестве кого?

Они решили, что я пришла наниматься в экономки?

От этой мысли я на мгновение потеряла дар речи.

— ...полный пансион и проживание, — закончила Триш, — а также отпуск продолжительностью четыре недели один раз в год.

— А как насчет жалованья? — с любопытством спросил Эдди. — Будем платить ей больше, чем предыдущей?

Мне показалось, что Триш убьет мужа, прямо здесь и сейчас.

— Прошу меня простить, Саманта. — Прежде чем я успела открыть рот, она выволокла Эдди из комнаты и захлопнула дверь. До меня доносились только неразборчивые возгласы.

Я огляделась, пытаясь собраться с мыслями.

Они приняли меня за экономку. За экономку! Чушь какая-то! Надо им объяснить. Растолковать, что они ошиблись.

Тут накатила очередная волна головокружения, и я присела на кровать. А затем, прежде чем успела остановить себя, откинулась на подушку и закрыла глаза. Словно провалилась в облако.

Вставать не хотелось. День выдался долгим, утомительным, просто кошмарным. Скорее бы он закончился...

— Саманта, извините, пожалуйста. — Я открыла глаза и кое-как села, когда в комнату вернулись Триш и раскрасневшийся Эдди. — Вы не хотите ничего у нас уточнить?

Я промолчала, потому что в голове все крутилось, как на карусели.

Конечно, мне именно в этот момент следовало объяснить им, какую ошибку они совершают. Сказать, что я никакая не экономка. Что я — юрист.

Но слова отказывались идти с языка.

Я не желала уходить. Мне хотелось улечься обратно на кровать и провалиться в забытье.

«Проведу здесь эту ночь, всего одну, — пообещала я себе. — А утром все им расскажу».

— М-м... Можно приступать сегодня? — услышала я свой голос.

— А почему бы нет! — воскликнул Эдди.

— Давайте не будем торопиться, — пресекла его энтузиазм Триш. — На эту должность, Саманта, претендуют несколько весьма достойных девушек. Я бы даже сказала, весьма и весьма достойных. У одной имеется диплом специалиста по кулинарному мастерству!

Она затянулась сигаретой и подарила мне многозначительный взгляд. И внутри меня все сжалось, будто сработал некий рефлекс, которым я не в состоянии управлять. Новое ощущение подавило собой все вплоть до неодолимого желания рухнуть в кровать.

Она что, намекает...

Намекает, что я могу не получить эту работу?

Я молча смотрела на Триш. Где-то глубоко на периферии сознания — и это ощущалось отчетливо, несмотря на шок, в котором я пребывала, — возник призрак прежней Саманты. Я чувствовала, как вскидывает голову мое неутоленное честолюбие, как оно закатывает рукава и плюет на ладони, готовясь к схватке. Значит, кулинарное мастерство?..

Я никогда в жизни не проваливалась на собеседовании. И не собираюсь ломать традицию.

— Итак. — Триш взглянула на свой список. — Вы прекрасно разбираетесь в стирке.

— Получила приз за стирку в школе, — подтвердила я, скромно кивая. — Собственно, с этого и началась моя карьера.

— Ого! — Похоже, Триш несколько смутилась. — И вы знакомы с кулинарным искусством?

— Я училась у Мишеля де ля Рю де ля Блана. — Я выдержала паузу. — Думаю, его имя говорит само за себя.

— Разумеется! — воскликнула Триш и озадаченно покосилась на Эдди.

Мы снова сидели на веранде. Триш засыпала меня пулеметной очередью вопросов, словно взятых из брошюры «Как нанять экономку». И на каждый вопрос я отвечала с неизменным апломбом.

Вот только в уголке сознания не переставал звучать тоненький голосок: «Что ты делаешь, Саманта? Опомнись! Что ты, черт побери, творишь?!»

Но я не прислушивалась. Не хотела слушать. Каким-то образом я ухитрилась отгородиться от реальной жизни, от ошибки, уничтожившей мою карьеру, от всего кошмарного дня... Все вокруг утратило значение, кроме этой серии вопросов и ответов. Голова по-прежнему кружилась, я понимала, что могу отключиться в любой момент, однако физическая слабость была сущей ерундой в сравнении с обуявшей меня решимостью. Я не могу потерять и эту работу!

— Составьте примерное меню, — предложила Триш, закуривая очередную сигарету. — Скажем, для званого обеда.

Еда... Много еды и много гостей...

Внезапно мне вспомнился «Максим» и мой печальный день рождения. И меню, которое я разглядывала.

— Позвольте, я сверюсь со своими записями. — Я раскрыла сумочку и бросила взгляд на ресторанное меню. — Для званого вечера я бы предложила... э... запеченное фуагра в абрикосовой глазури...ягненка с пряностями и хумосом... а на десерт шоколадно-мятное суфле с двумя домашними сорбе.

Вот тебе, кулинарная самозванка!

76   — О! — Триш уважительно посмотрела на меня. — Должна признать, это впечатляет.

— Здорово! — Эдди чуть только не облизывался. — Запеченное фуа-гра! А можете приготовить что-нибудь прямо сейчас?

Триш одарила его встревоженным взглядом.

— Полагаю, рекомендации у вас имеются, Саманта? Рекомендации?

— Нам нужны рекомендации. — Триш нахмурилась.

— За меня может поручиться леди Фрейя Эджерли, — сказала я, поддавшись сиюминутному настроению.

— *Леди* Эджерли? — Брови Триш взлетели вверх, по шее пополз предательский румянец.

— Меня с лордом и леди Эджерли связывают давние отношения, — сообщила я. — Леди Эджерли наверняка предоставит вам все гарантии на мой счет.

Триш и Эдди глядели на меня, как говорится, разинув рты. Пожалуй, надо добавить что-нибудь этакое... хозяйственное.

— Чудесная семья, — поведала я. — И работа замечательная, так приятно прибираться в поместье. И натирать диадемы леди Эджерли...

Черт! Занесло все-таки...

К моему изумлению, Гейгеры и не подумали усомниться в моих словах.

— Вы готовили для них? — справился Эдди. — Завтраки, обеды и так далее?

— Естественно. Лорду Эджерли очень нравилось мое фирменное блюдо — яйца «Бенедикт». — Я пригубила воды.

Мне было видно, как Триш строит загадочную физиономию Эдди — во всяком случае, она явно считала выражение своего лица загадочным. Эдди же отвечал ей кивками. С тем же успехом они могли бы просто написать на своих лбах: «Берем! Берем!»

— И последнее. — Триш глубоко затянулась сигаретой. — Когда нас с мистером Гейгером не окажется дома, вы будете подходить к телефону. Мы весьма заботимся о своем реноме. Пожалуйста, покажите, как вы умеете разговаривать. — Она кивнула на телефон на столике.

Она что, серьезно? Да ну... Или на самом деле?..

— Вы должны сказать «Добрый день, это дом Гейгеров», — подсказал Эдди.

Я послушно встала и, пытаясь не обращать внимания на головокружение, подошла к аппарату и сняла трубку.

— Добрый день, — проговорила я самым очаровательным голоском, на какой была способна. Ни дать ни взять школьная староста. — Дом Гейгеров. Чем могу помочь?

Эдди и Триш выглядели так, словно неожиданно наступило Рождество.

7...

На следующее утро я проснулась под незнакомым белым потолком. Какое-то время озадаченно смотрела вверх, потом приподнялась на кровати. Простыня подо мной издала неожиданный, хрустящий звук. Что происходит? Мои простыни никогда раньше не хрустели и не скрипели.

Ну разумеется! Это не мои простыни, это простыни Гейгеров.

Я откинулась на подушку — и тут меня буквально пронзила следующая мысль.

А кто такие Гейгеры?

Я потерла лицо, пытаясь вспомнить. Чувство было такое, будто я продолжаю поглощать спиртное стаканами и одновременно мучаюсь с похмелья. Сознание окутывал густой туман, сквозь который вдруг прорывались живописные обрывки вчерашнего вечера. Я приехала на поезде... Жутко болела голова... Паддингтонский вокзал... Вышла из офиса...

О Господи! Нет, только не это!

Кошмар минувшего дня обрушился на меня всей своей тяжестью. Будто кто-то ударил меня в солнечное сплетение. Записка Арнольда. «Третий Юнион-банк». Пятьдесят миллионов фунтов. Гай, которого я спрашивала, уволили меня или нет...

Молчание в ответ.

Я замерла на кровати, прокручивая в голове все случившееся. Карьера разбита. О партнерстве можно забыть. Скорее всего меня уволили. Иными словами, с прежней жизнью покончено.

В конце концов я откинула одеяло и встала. Ноги были почти ватные — еще бы, со вчерашнего утра я ничего не ела, если не считать чипсов в поезде.

Вчера в это время я была на своей собственной кухне, собиралась на работу, пребывала в блаженном неведении относительно того, что меня ждет. В параллельном мире — пожалуй, даже, в параллельной вселенной — я бы проснулась сегодня полноправным партнером «Картер Спинк», заваленная ворохом поздравлений по поводу осуществления мечты всей жизни.

Я крепко зажмурилась, стараясь отогнать незваные мысли — горькие, тоскливые мысли, сожаления о несбывшемся. Если бы я заметила записку раньше... Если бы я прибирала стол... Если бы Арнольд поручил это дело не мне...

Впрочем, сейчас жалеть уже бессмысленно. Игнорируя шум в голове, я подошла к окну. Что случилось, то случилось. Надо жить дальше. Разглядывая сад, я остро ощутила всю сюрреалистичность происходящего. До сих пор моя жизнь была расписана не то что по часам — по минутам. Экзамены, воскресная интернатура, ступеньки карьерной лестницы... Я уверенно продвигалась к цели.

А теперь очутилась в незнакомой комнате посреди сельского захолустья. И карьера пошла псу под хвост.

Вдобавок... Было что-то еще. Что-то дергало меня.

Последний кусок головоломки никак не желал становиться на место. Ничего, поставим.

80

Я прижалась лбом к холодному оконному стеклу. Вдалеке какой-то мужчина прогуливал собаку. Может, ситуация далеко не такая критичная, как мне представляется. Может, все еще поправимо. Гай ведь не сказал прямо, что меня уволили, так? Надо позвонить ему и выяснить, как обстоят дела. Я глубоко вдохнула и провела руками по спутанным волосам. Да, вчера я просто свихнулась. Если взглянуть со стороны на свое поведение — ушла из офиса, вскочила в поезд... Словно и вправду с другой планеты свалилась. Когда бы не Гейгеры с их радушием...

Стоп! Стоп, стоп, стоп!

Гейгеры.

Что-то с ними связано. Что-то такое, чего я не могу вспомнить... что-то, пробуждающее в голове колокольчики тревоги...

Я обернулась и уставилась на висевшее на дверце шкафа голубое платье. Нечто вроде формы, с кантом. Зачем мне подобное...

Колокольчики тревоги зазвенели громче. Яростно затрезвонили. Воспоминания возвращались, подобно кошмарному пьяному сну.

Я нанялась в экономки?

Мгновение я не могла пошевелиться. Господи Иисусе! Что я натворила. Что я натворила?!

Сердце бешено заколотилось. Итак, я нахожусь в чужом доме, под кровом совершенно незнакомых мне людей и выдаю себя невесть за кого. Я спала в их постели. На мне одна из старых футболок Триш. Они даже выдали мне зубную щетку — после наспех придуманной истории об украденном в поезде саквояже. Последнее, что помню перед тем, как провалиться в сон, — возбужденное щебетание Триш в телефонную трубку: «Она англичанка! Да, прекрасно говорит по-английски! Просто чудо! И в кулинарии спец!»

Придется признаться, что я все наврала.

81

В дверь постучали. От неожиданности я подпрыгнула.

— Саманта, могу я войти?

— О! Да, конечно...

Дверь распахнулась, и появилась Триш, в бледно-розовом гимнастическом комбинезоне с вышитой стразами эмблемой. Полный макияж, густой аромат духов, от которого немедленно запершило в горле.

— Я налила вам чаю, — сообщила она с вежливой улыбкой и протянула мне кружку. — Мы с мистером Гейгером хотели пожелать вам доброго утра.

— О! — Я нервно сглотнула. — Э... спасибо.

Миссис Гейгер, мне нужно кое-что вам сказать. Я вовсе не экономка.

Почему-то слова отказывались сходить с языка.

Глаза Триш сузились, словно она уже сожалела о своем добросердечии.

— Не подумайте, что так будет каждое утро! — предостерегла она. — Просто вчера вам нездоровилось... — Она постучала по часам на руке. — Вам пора одеваться. Ждем вас внизу через десять минут. Обычно завтрак у нас легкий — кофе, тосты и всякая мелочь. За завтраком мы обсудим дальнейшее расписание.

— Э... Хорошо... — выдавила я.

Триш вышла. Я поставила кружку на прикроватный столик. Черт! Что мне делать? Что? Что?

Ладно, для начала успокоимся. И расставим приоритеты. Надо позвонить в офис. Выяснить, насколько все плохо. Обуреваемая дурными предчувствиями, я полезла в сумочку за мобильным телефоном.

Дисплей пуст. Должно быть, аппарат разрядился.

Вот незадача! Видимо, я так вчера умоталась, что напрочь забыла зарядить телефон. Я достала зарядник, воткнула его в розетку, подключила телефон — и экран мгновенно осветился.

Сейчас появится индикатор сигнала... Да где же он? Где этот проклятый индикатор?

Волной накатила паника. Как мне позвонить в офис? Как мне вообще куда-либо позвонить? Я не могу обходиться без своего мобильного!

Внезапно я вспомнила, что накануне вечером видела телефон в доме, на столике у окна на лестничной площадке. Может, получится воспользоваться им? Я приоткрыла дверь и выглянула в коридор. Никого. Я прокралась на площадку и подняла трубку, с облегчением услышала гудок. Глубоко вдохнула, затем набрала прямой номер Арнольда. Еще нет девяти, но он должен быть на месте.

— Офис Арнольда Сэвилла, — жизнерадостно сообщила его секретарша Лара.

— Лара, это Саманта, — понизив голос, проговорила я. — Саманта Свитинг.

— Саманта! — В голосе Лары прозвучало столько эмоций, что я даже моргнула. — Боже мой! Что стряслось? Где вы? Все вокруг... — Она сдержала себя.

— Я... Я не в Лондоне. Могу я поговорить с Арнольдом?

— Конечно. Соединяю. — В динамике зачирикал мотив Вивальди.

— Саманта! — Раскатистый голос Арнольда источал дружелюбие. — Моя милая девочка! Да уж, пошалили вы на славу, верно?

Только Арнольд способен назвать потерю пятидесяти миллионов фунтов шалостью. Несмотря на дурные предчувствия, я не удержалась от улыбки. Перед моим мысленным взором возник Арнольд — в своем неизменном жилете, кустистые брови сведены к переносице...

— Верно, — согласилась я, стараясь поддержать его тон. — Это... печально.

— Вынужден указать, что ваше поспешное бегство из офиса лишь ухудшило положение.

— Знаю. Извините, пожалуйста. Я запаниковала...

— Понимаю. Уф, ну и кашу вы заварили...

Арнольд говорил бодро, но я ощутила за этой напускной бодростью скрытое напряжение. Учитывая, что Арнольд, казалось, никогда не нервничал, дела, видимо, совсем плохи. Мне захотелось рухнуть на пол и забиться в истерике: «Простите меня, простите! Я нечаянно!» Но кому это поможет? И без того я веда себя достаточно непрофессионально.

— Э... Каковы последние новости? — Я постаралась сосредоточиться. — Что говорят внешние управляющие?

— А что они могут сказать? У них руки связаны.

— Ясно. — Прямо под дых. Пятьдесят миллионов сгинули безвозвратно. — А страховщики?

— Пока ничего конкретного. Деньги, разумеется, будут возвращены, постепенно. Но возникают определенные сложности. Думаю, вы понимаете.

— Понимаю, — прошептала я.

Несколько секунд мы оба молчали. Новости хуже некуда, осознала я. Никакой спасительной соломки. Напортачила так напортачила, вот и весь сказ.

— Арнольд, — наконец проговорила я дрожащим голосом, — я не знаю, как могла совершить такую... идиотскую ошибку. Не понимаю, как это могло произойти. Даже не помню, чтобы видела эту записку на своем столе...

— Где вы сейчас? — перебил меня Арнольд.

— В... — Я растерянно посмотрела в окно. — Честно говоря, не знаю. Но я вернусь. Я скоро буду. — Меня словно прорвало. — Сяду на первый же поезд... Через несколько часов...

— Не думаю, что это удачная идея, — прервал Арнольд. В его голосе вдруг зазвенел металл.

— Меня... меня уволили?

— Пока еще не объявляли, — в его тоне проскользнуло раздражение. — У правления имеются более срочные дела, Саманта.

84

— Я понимаю. — Кровь прихлынула к моему лицу. — Извините. Я просто... — К горлу подкатил комок. Я закрыла глаза, чтобы не разрыдаться. — Сколько себя помню, я всегда работала в «Картер Спинк». Больше всего на свете мне хотелось...

Я не смогла закончить фразу.

— Саманта, я знаю, что вы — весьма даровитый юрист. — Арнольд вздохнул. — Никто в этом не сомневается.

— Но я совершила ошибку.

В трубке потрескивало; собственный пульс отдавался громом в моих ушах.

— Саманта, я сделаю все, что смогу, — сказал Арнольд наконец. — Пожалуй, не стоит скрывать: на сегодняшнее утро назначено собрание, где будет решаться ваша судьба.

— И мне не следует приезжать? — Я закусила губу.

— Это лишь усугубит положение. Оставайтесь там, где вы есть. Остальное предоставьте мне. — Арнольд помедлил, затем прибавил, с неожиданной хрипотцой: — Я сделаю все, что в моих силах, Саманта. Обещаю.

— Буду ждать, — прошептала я. — Большое вам спасибо. — Он повесил трубку, не дослушав моих благодарностей.

Никогда в жизни я не чувствовала себя настолько беспомощной. Внезапно мне представились все они, сурово восседающие за круглым столом. Арнольд. Кеттерман. Быть может, даже Гай. Решающие мою участь.

Нет, надо настроиться на позитивный лад. У меня еще есть шанс. Арнольд на моей стороне, он сможет убедить других...

— Просто чудо!

Я подпрыгнула, услышав голос Триш.

— Разумеется, я проверю ее рекомендации, но, Джиллиан, ты же знаешь, я прекрасно разбираюсь в людях! Меня непросто одурачить...

Триш показалась из-за угла, прижимая к уху мобильник. Я попятилась от телефона.

— Саманта? — удивилась она. — Что вы тут делаете? И почему до сих пор не одеты? Поторопитесь! — Она прошла мимо, а я юркнула в свою комнату, закрыла дверь и уставилась на себя в зеркало.

Неожиданно мне стало дурно.

Очень дурно. Как отреагируют Гейгеры, когда узнают, что я наплела им с три короба? Что никакая я не экономка и не специалист в кулинарии? Что мне всего-навсего требовалась крыша над головой на ночь?

Мне вдруг представилось, как меня с позором вышвыривают из дома. Пинком под зад. Быть может, они решат вызвать полицию. И меня арестуют. О Господи! Только этого и не хватало...

Но разве у меня есть выбор? Разве я могу на самом деле...

Могу?

Я сняла со шкафа платье, погладила ткань, пытаясь разобраться в сумятице мыслей.

Гейгеры были очень добры. Приютили меня, накормили. Другой работы все равно нет. И податься мне некуда. Домашнее хозяйство, кстати сказать, позволит слегка отвлечься...

Я приняла решение.

Задержусь на денек. Подумаешь, завтрак приготовить! Пожарю им тосты, приберусь в доме, протру пыль. Отблагодарю Гейгеров за гостеприимство. Дождусь звонка Арнольда, а потом придумаю благовидный предлог, чтобы уехать. И Гейгеры никогда не узнают о том, что я их обманула.

Я торопливо надела платье и провела расческой по волосам. Потом встала перед зеркалом.

— Доброе утро, миссис Гейгер, — сказала я своему отражению. — И... э... как мне лучше убрать гостиную?

Ладно, все будет в порядке.

***

Когда я вышла на лестницу, Гейгеры стояли у ее подножия и смотрели на меня. Никогда прежде я не чувствовала себя такой застенчивой.

Я экономка. Домоправительница. Я должна вести себя соответствующе.

— Доброе утро, Саманта! — приветствовал меня Эдди, когда я спустилась. — Хорошо спали?

— Благодарю вас, мистер Гейгер, — ответила я скромно.

— Отлично! — Эдди принялся раскачиваться на пятках. Казалось, он — нет, они оба — ощущают некоторую неловкость. Под ярким макияжем, загаром и дорогой одеждой Гейгеров скрывалась толика неуверенности.

Я подошла к кушетке, поправила подушку, изображая из себя знатока своего дела.

— Вы хотите осмотреть кухню! — догадливо воскликнула Триш.

— Конечно! — Я со значением улыбнулась. — Сгораю от нетерпения.

Ну и что — кухня? Всего один день. Я справлюсь.

Триш привела меня в просторную кухню. Я огляделась, соображая, что есть что. Какая-то громадная штуковина типа газовой плиты, вделанная в кухонный стол. Несколько встроенных микроволновок. Повсюду, куда ни посмотри, сверкающие хромом приборы с проводами и штепселями. Бесчисленные кастрюли, сковородки, а также свисающие во множестве с держателей ножи и лопаточки из нержавеющей стали.

Понятия не имею, где тут что.

— Можете разместить все по своему вкусу, — сообщила Триш, обводя помещение рукой. — Как вам больше нравится. Мы всецело полагаемся на вас, ведь вы профессионал.

Они выжидающе смотрели на меня.

— Конечно, — деловито ответила я. — Да, у меня имеется собственная... гм... система. Вот этого, к примеру, здесь быть не должно. — Я ткнула пальцем в некий блестящий предмет. — Я его перевешу.

— Да? — Триш вся подобралась, будто на ее глазах творилось некое мистическое действо. — А почему?

Наступила пауза. Триш ждала. Даже Эдди проявил признаки интереса.

— Теория... кухонной эргономики, — наконец выдавила я. — Значит, вы желаете на завтрак тосты?

— Да, обоим, — сказала Триш. — И кофе со снятым молоком.

— Уже несу. — Я улыбнулась.

Ничего страшного. Тосты я приготовить могу. Вот только догадаюсь, где тут тостер.

— Все будет готово через несколько минут, — добавила я, норовя выпроводить Гейгеров из кухни. — Вы предпочитаете завтракать в столовой?

Из холла донесся глухой стук.

— Газеты, — определила Триш. — Да, Саманта, сервируйте завтрак в столовой. — Она вышла, однако Эдди не торопился последовать за супругой.

— Знаете, я передумал, — сообщил он с плотоядной ухмылкой. — Забудем о тостах, Саманта. Я хочу попробовать ваши фирменные яйца «Бенедикт». Вчера вечером вы распалили мой аппетит.

Вчера вечером? Что я наговорила...

Господи! Яйца «Бенедикт». Мое фирменное блюдо, которым я потчевала лорда Эджерли.

О чем я только думала?

Знать бы еще, что это такое...

— Вы... уверены, что хотите именно их? — сдержанно поинтересовалась я.

— Спрашиваете! — Эдди погладил себя по животу. — Мое любимое блюдо. Лучшие яйца «Бене-

88

дикт», которые я пробовал, подавали в отеле «Карлайл» в Нью-Йорке. Готов поспорить, что до ваших им далеко!

— Не знаю, не знаю... — мне удалось улыбнуться.

И какого рожна я ляпнула про эти яйца? Кто меня за язык тянул?

Ладно... Спокойнее, Саманта. Все достаточно просто. Яйца... и что-нибудь еще.

Эдди с мечтательной улыбкой облокотился на кухонный стол. У меня возникло нехорошее чувство, что он собирается наблюдать за процессом. Дрожащей рукой я сняла с держателя сверкающую кастрюльку, и в этот миг вернулась Триш, помахивая газетой. Она с любопытством воззрилась на меня.

— Для чего вам пароварка для спаржи, Саманта?

Черт!

— Я хотела... проверить ее. Да. — Я кивнула с таким видом, будто кастрюля подтвердила мои подозрения, затем повесила ее обратно.

Что же делать? Понятия не имею с чего начинать? Разбить яйца? Сварить их? Швырнуть в стену?

— Вот яйца. — Эдди поставил на стол большую пластиковую коробку и откинул крышку. — Надеюсь, этого будет достаточно.

Я глядела на стройные ряды желтовато-коричневых яиц, стараясь собраться с мыслями. Что я творю?! Откуда мне знать, как готовятся эти треклятые яйца?! Не могу я приготовить никакого завтрака! Надо сознаваться...

Я повернулась, набрала полную грудь воздуха.

— Мистер Гейгер, миссис Гейгер...

— Яйца! — перебила меня Триш. — Эдди, тебе нельзя есть яйца! Помнишь, что сказал врач? — Она пристально посмотрела на меня. — Что он у вас попросил, Саманта? Яйца вкрутую?

— Э... Мистер Гейгер заказал яйца «Бенедикт». Но дело в том...

89

— Никаких яиц! — рявкнула Триш, поворачиваясь к Эдди. — В них полно холестерина!

— Я буду есть, что хочу! — запротестовал Эдди.

— Доктор составил для него специальную диету, — объяснила Триш, яростно затягиваясь сигаретой. — Он уже съел сегодня тарелку овсяных хлопьев!

— Я проголодался! — заявил Эдди. — А ты слопала шоколадный кекс!

Триш всхлипнула, будто он ее ударил. На ее щеках заалели крошечные пятнышки. Казалось, она утратила дар речи.

— Мы будем кофе, Саманта, — наконец изрекла она сухо. — Сервируйте столик в гостиной. Возьмите розовый сервиз. Пойдем, Эдди. — И она вылетела из кухни, прежде чем я успела что-либо уточнить.

Оглядывая опустевшую кухню, я не знала, плакать мне или смеяться. Как все нелепо! Я не могу и дальше строить из себя неизвестно кого. Я должна пойти и сознаться. Немедленно. Я решительным шагом вышла из кухни в холл. И остановилась. Из-за прикрытой двери гостиной доносился визгливый голос Триш, вправлявшей мозги супругу, и время от времени слышалось ворчание Эдди.

Я поспешно вернулась в кухню и включила чайник. Пожалуй, гораздо проще приготовить кофе.

Десятью минутами спустя я расставила на серебряном подносе розовый кофейник, розовые чашки, кувшинчик для сливок, сахарницу и вазу с розовыми цветами, которые прихватила из висевшей за окном кухни корзинки. Замечательно, сказала я себе, разглядывая получившийся натюрморт.

Я подошла к двери гостиной, поставила поднос на столик в холле и осторожно постучалась.

— Входите! — откликнулась Триш.

Она сидела на стуле у окна, держа в руке журнал — надо сказать, под довольно неестественным углом. Эдди находился в другом конце комнаты и делал вид, что изучает деревянную резьбу.

— Спасибо, Саманта. — Триш наклонила голову, наблюдая за тем, как я наливаю кофе. — Пока все.

Ощущение было такое, словно мне досталась роль в костюмированной драме из колониальной жизни, вот только в качестве костюмов — розовый гимнастический комбинезон и свитер для гольфа.

— Э... Хорошо, мадам, — ответила я в полном соответствии с ролью. А затем, поддавшись наваждению, сделала книксен.

Гейгеры буквально выпучили глаза.

— Саманта... — наконец пробормотала Триш. — Это что... книксен?

Я молча смотрела на нее.

О чем я только думаю? Зачем все эти реверансы? Она еще решит, что я издеваюсь. Экономки не делают книксенов! Это же не «Госфорд-парк»!

Гейгеры продолжали пялиться на меня. Нужно что-то сказать.

— Эджерли нравилось, когда я делала книксен, — проговорила я, чувствуя, как румянец заливает щеки. — Привычка. Извините, мадам, больше такого не повторится.

Голова Триш все сильнее клонилась набок, глаза, казалось, вот-вот вылезут из орбит. Она разглядывала меня как какую-то диковинку.

Должно быть, поняла, что я их обманываю.

— Мне тоже нравится, — заявила она вдруг и удовлетворенно кивнула. — Да, нравится. Давайте сохраним вашу привычку.

Что?

Мне придется...

Мы живем в двадцать первом веке! И от меня требуют делать книксен перед женщиной по имени Триш?!

Я набрала воздуха, собираясь возразить, — и передумала. Не имеет значения. Всего день. Завтра меня уже здесь не будет.

8...

Выйдя из гостиной, я бросилась наверх, в свою комнату, чтобы проверить мобильник. Телефон зарядился лишь наполовину, сигнала по-прежнему не было. Но если Триш разговаривала по трубке, значит, сигнал должен быть. Интересно, какая у нее сеть...

— Саманта!

Триш кричала мне снизу.

— Саманта! — Чем-то раздосадована. И не ждет, поднимается по лестнице.

— Да, мадам? — Я поторопилась выбежать в коридор.

— Вот вы где! — Триш нахмурилась. — Будьте столь добры, не укрывайтесь в своей комнате в рабочее время. Я не желаю окликать вас на весь дом.

— Э... хорошо, миссис Гейгер. — Когда мы обе спустились в холл, я чуть не испустила дух, здесь и сейчас. На столике за спиной Триш лежал свежий номер «Таймс», раскрытый на деловой странице. Заголовок бросался в глаза издалека: «В "ГЛЕЙЗЕРБРУКС" НАЗНАЧЕНО ВНЕШНЕЕ УПРАВЛЕНИЕ».

Триш принялась копаться в огромной белой сумке с надписью «Шанель», а я тем временем проглядела статью. Ни единого упоминания о «Картер Спинк». Хвала небесам, наш департамент по связям с общественностью сумел не допустить распространения слухов.

— Где мои ключи? — требовательно спросила Триш. — Где же они? — Она вновь полезла в сумку, раздражение прорывалось в каждом ее движении. Золотистая помада взмыла в воздух — и упала к моим ногам. — И почему все куда-то пропадает?

Я подобрала помаду и протянула хозяйке.

— Вы помните, когда их потеряли, миссис Гейгер?

— Я их не теряла! — Она глубоко вдохнула. — Их украли! Это очевидно. Придется поменять все замки. Сначала ключи, потом кража личности... — Она убежденно кивнула. — Столько мошенников развелось, ужас! Была большая статья в «Мэйл»...

— Это они? — Я внезапно заметила на подоконнике брелок «Тиффани», потянула за него — и вытащила связку ключей.

— Да! — Триш, похоже, поразилась до глубины души. — Они, они! Саманта, вы просто чудо! Как вы их нашли?

— Ничего особенного. — Я скромно пожала плечами.

— Ну-ну... Вы мне нравитесь все больше. — Она кинула на меня многозначительный взгляд. — Я расскажу мистеру Гейгеру.

— Да, мадам, — ответила я, постаравшись, чтобы в моем голосе прозвучала должная толика благодарности. — Спасибо.

— Мы с мистером Гейгером уезжаем, — продолжила Триш, доставая флакончик и опрыскивая себя духами. — Пожалуйста, приготовьте легкий обед с сандвичами к часу дня и займитесь уборкой внизу. Ужин мы обсудим потом. — Она повернулась. — Знаете, ваше примерное меню — ну, то, с запеченным фуа-гра — произвело на нас впечатление.

94

— А... ну... угу...

Ничего страшного. К ужину меня тут уже не будет.

— Кстати. — Триш пригладила волосы. — Давайте заглянем в гостиную, Саманта.

Следом за ней я прошла в комнату и приблизилась к камину.

— Прежде чем мы уедем и вы начнете прибираться, — сказала Триш, — я хочу обратить ваше внимание на расположение фигур. — Она указала на фарфоровые статуэтки на каминной полке. — Запомнить не так-то просто. Во всяком случае, до сих пор никому из... персонала это не удавалось, поэтому выслушайте меня внимательно.

Я послушно развернулась лицом к камину.

— Это очень важно, Саманта. Собаки должны смотреть друг на друга. — Триш ткнула пальцем на пару фарфоровых спаниелей. — Понимаете? Не в разные стороны, а друг на друга.

— Друг на друга, — повторила я. — Понимаю.

— А пастушки смотрят чуть в сторону. Видите? Чуть в сторону.

Она говорила медленно, словно объясняя трехлетнему ребенку.

— В сторону, — повторила я.

— Вы поняли? — Триш пристально поглядела на меня. — Что ж, проверим. Куда смотрят собаки? — Она подняла руку, закрывая от меня полку.

Не верю! Она меня испытывает!

— Собаки, — сказала она. — Ну, куда они смотрят? Господи! Я не смогла удержаться.

— Э... — Я притворилась, что размышляю. — В разные стороны?

— Друг на друга! — воскликнула Триш. — Они смотрят друг на друга!

— Хорошо, — произнесла я извиняющимся тоном. — Простите. Теперь я запомнила.

95

Триш зажмурилась, приложила два пальца к виску, словно пораженная до глубины души моей тупостью.

— Ладно, — проговорила она наконец, — завтра повторим снова.

— Позвольте, я заберу поднос, — предложила я. Мельком посмотрела на часы. Десять двенадцать. Должно быть, совещание уже началось.

День обещает стать невыносимым.

К одиннадцати тридцати я вся издергалась. Мобильник в конце концов зарядился, я даже ухитрилась поймать сигнал — в кухне, но никто мне не звонил и сообщений не слал. Я нервничала так сильно, что проверяла телефон каждую минуту.

Я собрала посуду в посудомойку и, после нескольких попыток, сумела включить агрегат. Потом обмахнула кисточкой пыль с фарфоровых статуэток. А все остальное время расхаживала взад и вперед по кухне.

От «легкого обеда с сандвичами» я отказалась практически сразу. Мне показалось, я несколько часов подряд пилила две булки — а в итоге у меня получилось десять громадных неряшливых кусков, один страшнее другого, и куча крошек на столе. Понятия не имею, что я делала не так. Наверное, что-то не в порядке с ножом.

Слава Богу, что есть «Желтые страницы» и рестораны с доставкой. И «Американ экспресс». Обед из «сандвичей для гурманов» для Триш и Эдди, заказанных в «Котсуолд Кэтерерс», обошелся мне всего в 45 с половиной фунтов. Я бы заплатила и вдвое больше; по правде сказать, и вдесятеро больше.

Покончив с этим, я уселась на стул и крепко сжала пальцами мобильник в кармане.

Мне страшно хотелось, чтобы он зазвонил.

И одновременно я чертовски боялась звонка.

Внезапно я поняла, что больше не в силах бороться с нервами. Нужно чем-нибудь отвлечься.

Чем угодно. Я распахнула дверцу огромного холодильника и извлекла бутылку белого вина. Налила себе бокал и наполовину опустошила его единым глотком. Я готовилась повторить, когда у меня возникло неприятное ощущение.

Как будто за мной наблюдают.

Я обернулась — и чуть не лишилась чувств. В дверном проеме стоял мужчина.

Высокий, широкоплечий, почти черный от загара. Глаза голубые, волосы вьющиеся, золотисто-русые, с выбеленными кончиками. Старые джинсы, рваная футболка и самые грязные сапоги, какие мне только доводилось видеть...

Он с сомнением поглядел на десять уродливых ломтей, потом перевел взгляд на мой бокал.

— Привет, — сказал он наконец. — Вы — та самая новая кухарка?

— Э... Совершенно верно. — Я разгладила платье. — Я — новая экономка. Меня зовут Саманта. Добрый день.

— Натаниель. — Он протянул руку. Помедлив, я ответила на рукопожатие. Кожа у него оказалась жесткой и грубой, как кора дерева. — Я ухаживаю за садом Гейгеров. Вы, верно, хотите потолковать со мной насчет овощей.

Я недоуменно посмотрела на него. С какой стати мне говорить с ним о каких-то овощах?

Он оперся спиной на косяк и сложил руки на груди. Я не могла не отметить про себя, какие у него мышцы. Никогда не видела мужчину с такими могучими руками. В смысле, наяву, а не в кино.

— Я готов снабдить вас практически любыми овощами, — пояснил он. — По сезону, конечно. Скажите только, что вам нужно.

— А, овощи!.. — Я вдруг поняла, что он имеет в виду. — Для готовки... Ну да. Мне понадобятся овощи. Как же без них...

97

— Мне сказали, что вы учились у какого-то мишленовского повара? — Он нахмурился. — Не знаю, к какой экзотике вы привыкли, но постараюсь справиться. — Он достал из кармана потрепанную записную книжку и карандаш. — Какая брассика* вам нужна?

Брассика?

Что такое брассика?

Разновидность овощей, очевидно. Я напрягла память, но перед мысленным взором упорно возникали ряды бра на стенке в магазине.

— Надо свериться с записями, — ответила я и деловито кивнула. — Да, сверюсь и непременно вам сообщу.

— Хотя бы в общих чертах. — Он поднял голову. — Что вы используете чаще всего? Чтобы я знал, что сажать.

Боже, Боже... Я не смела назвать ни единого овоща из опасения, как говорится, плюхнуться с размаху в лужу.

— Я использую... э... все сорта. — Я одарила садовника бездумной улыбкой. — По настроению. То одна брассика, то другая...

Уж не знаю, насколько убедительно это прозвучало. Натаниель выглядел озадаченным.

— Я собираюсь заказывать лук, — проговорил он. — Вам какой сорт больше подходит? «Альбинстар» или «Бле де солей»?

Я замерла в растерянности, чувствуя, как заалели мои щеки. Знать бы, из чего выбираю...

— М-м... Первый... — выдавила я. — У него вкус... такой... особенный...

Натаниель положил записную книжку и внимательно посмотрел на меня, потом перевел взгляд на бокал с вином. Не уверена, что мне пришлось по нраву выражение его лица.

— Я собиралась добавить это вино в соус, — торопливо пояснила я, с деловым видом взяла кастрюлю, поставила на плиту и вылила в нее вино. Потом

98

* Латинское название капусты.

насыпала соли и помешала жидкость деревянной ложкой.

Потом искоса поглядела на Натаниеля. Он таращился на меня — мягко говоря, недоверчиво.

— Где, говорите, вы учились? — спросил он.

Я забеспокоилась. Этот человек далеко не глуп.

— В... школе кулинарного мастерства. — Щеки мои раскраснелись. Я добавила соли и принялась яростно мешать.

— Вы не включили плиту, — заметил Натаниель.

— Это холодный соус, — ответила я, не поднимая головы. Помешала около минуты, затем отложила ложку. — Вот. Теперь оставлю... мариноваться.

Я подняла взгляд. Натаниель стоял в прежней позе и рассматривал меня. Эти голубые глаза заставили меня внутренне сжаться.

Он знает.

Знает, что я вру.

Пожалуйста, не говори Гейгерам, — мысленно взмолилась я. — *Пожалуйста. Я скоро уеду.*

— Саманта! — В двери возникла голова Триш. Я подскочила. — А, вы уже познакомились с Натаниелем! Он рассказал вам о своем огороде?

— Э... да. — Я не смела смотреть на него. — Рассказал.

— Замечательно! — Она затянулась сигаретой. — Что ж, мы с мистером Гейгером вернулись, через двадцать минут можете подавать сандвичи.

Что? Через двадцать минут? Но ведь сейчас только двенадцать десять! А сандвичи привезут к часу!

— Может, для начала выпьете? — в отчаянии предложила я.

— Спасибо, нет, — отказалась Триш. — Хватит сандвичей. Мы оба проголодались, так что если вы поспешите....

— Хорошо. — Я сглотнула. — Нет проблем.   **99**

Я автоматически присела в реверансе. До меня донеслось хмыканье.

— Книксен, — задумчиво проговорил Натаниель.

— Да, книксен, — сурово отозвалась я. — Что-нибудь не так?

Взгляд Натаниеля скользнул по уродливым ломтям хлеба на столе.

— Это обед? — поинтересовался он.

— Нет, это не обед! — отрезала я. — Пожалуйста, выйдите из кухни. Мне нужно свободное пространство.

Он приподнял бровь.

— Увидимся. Удачи с соусом. — Он кивнул на кастрюлю на плите.

Едва за ним закрылась дверь, я выхватила телефон и набрала номер ресторана. Автоответчик. Черт!

— Привет! — проговорила я, когда смолк гудок. — Я заказывала сандвичи. Они нужны мне немедленно. Приезжайте так быстро, как только сможете. Спасибо.

Разумеется, все это бесполезно. Им ни за что не поспеть вовремя. А Гейгеры ждут.

Отчаяние придало мне решительности.

Я справлюсь. Я сама приготовлю несколько сандвичей.

Я схватила два наиболее приглядных ломтя, взяла хлебный нож и принялась срезать края. Наконец остались кусочки размером не больше дюйма, но вполне аккуратные. Потом я подцепила ножом масло из масленки и стала намазывать на один из кусочков. Тот немедленно развалился надвое.

Вот дрянь!

Сложу вместе, никто и не заметит.

Я распахнула дверцы буфета. Так, что тут у нас? Горчица... Мятный соус... Клубничный джем... Сандвичи будут с джемом. Английская классика. Я поспешно намазала джемом половинку развалившегося куска хлеба, добавила на вторую масла и притиснула обе половинки друг к другу. Затем отошла в сторону и посмотрела на произведение своих рук.

Жуть. Джем стекал на стол. И легли куски как-то неровно...

В жизни не видела более омерзительного сандвича.

Нет, *это* я Гейгерам подать не могу.

Я медленно опустила нож, признавая свое поражение. Что ж, пора подавать в отставку. Разглядывая размазню на столе, я вдруг поймала себя на том, что испытываю странное разочарование. Я была уверена, что уж утро-то протяну...

Стук в окно вырвал меня из тоскливых дум. Я обернулась и увидела незнакомую девушку с волосами, перехваченными голубой лентой.

— Привет! — сказала она. — Это вы заказывали сандвичи на двадцать человек?

Все произошло мгновенно. Только что я с тоской смотрела на своего масляно-клубничного урода — и вот уже две девушки в зеленых фартуках заполняют кухню профессионально приготовленными сандвичами.

Аккуратные, как на подбор, такие симпатичные, украшенные зеленью и дольками лимона. И к каждому прилагается крохотная бумажка с описанием начинки.

«Тунец, мята, огурец». «Копченый лосось, сливочный сыр, икра». «Цыпленок по-тайски с зеленью». Все написано от руки.

— Извините за путаницу, — проговорила девушка с голубой лентой в волосах, когда я подписывала чек. — Честно, похоже было, что на двадцать человек. У нас редко заказывают сандвичи на двоих...

— Все в порядке! — уверила я, провожая ее к двери. — Правда. Меня все устраивает.

Дверь наконец закрылась, и я в полном ошалении оглядела кухню. Никогда не видела столько сандвичей разом. Повсюду, куда ни посмотри. На каждой поверхности. Пришлось даже положить несколько штук на плиту.

— Саманта! — окликнула меня Триш.

— Э... Минуточку! — Я подбежала к двери, намереваясь не впускать хозяйку внутрь.

— Уже половина второго! — В голосе Триш слышалось недовольство. — Я же ясно сказала...

Она смолкла, оказавшись у двери, ее лицо вытянулось от крайнего изумления. Я обернулась и вместе с ней воззрилась на бесчисленные сандвичи.

— Боже мой! — К Триш вернулся дар речи. — Это... это впечатляет!..

— Я не была уверена, какую начинку вы предпочитаете, — сказала я. — В следующий раз сделаю меньше...

— О! — Триш, двигаясь словно сомнамбула, взяла одну бумажку и прочла вслух: — Говядина, латук, хрен. — Она вскинула голову. — Я не покупала говядину несколько недель! Где вы ее взяли?

— Ну... в холодильнике.

Я заглядывала в холодильник. Он был набит битком; еды хватило бы, чтобы неделю кормить население какой-нибудь африканской страны.

— Ну конечно! — Триш прицокнула языком. — В уме вам не откажешь.

— Выберите, что вам нравится, — предложила я. — И я принесу сандвичи в сад.

— Великолепно! Натаниель! — Триш постучала в кухонное окно. — Идите сюда, съешьте сандвич.

Я замерла. Нет! Только не он.

— Мы же не хотим, чтобы они испортились. — Триш выгнула бровь. — Позволю себе заметить, Саманта, что вы немного расточительны. Это вовсе не значит, что мы бедны, — неожиданно прибавила она. — Вовсе нет.

— Э... Да, мадам.

— Я не люблю разговоров о деньгах, Саманта. — Триш слегка понизила голос. — Это вульгарно. Однако...

— Миссис Гейгер?

Натаниель снова появился в дверном проеме, на сей раз с грязной лопатой в руках.

— Съешьте один из чудесных сандвичей Саманты, — предложила Триш, обводя рукой кухню. — Вы только посмотрите! Ну разве она не молодец?

Натаниель молча оглядел гору сандвичей. Я не могла заставить себя встретиться с ним взглядом. Лицо горело. Мне казалось, я утрачиваю связь с реальностью. Стою себе посреди кухни неизвестно где. В голубом форменном платье. Притворяюсь экономкой, способной чудесным образом творить сандвичи из воздуха.

— Невероятно, — изрек Натаниель.

Я наконец осмелилась поднять голову. Он глядел на меня, наморщив лоб, будто пытался сообразить, кто же я такая.

— Не много вам времени понадобилось, — прибавил он. В его словах прозвучал невысказанный вопрос.

— Когда нужно, я работаю быстро. — Я холодно улыбнулась.

— Саманта замечательная! — заявила Триш и вгрызлась в сандвич. — И такая чистюля! Только посмотрите на эту безупречно чистую кухню!

— Школа кулинарного мастерства, — скромно заметила я.

— О! — Триш уже приступила к следующему сандвичу и буквально пускала слюнки. — Этот цыпленок по-тайски просто божественный!

Я осторожно взяла себе один сандвич.

И правда вкусно. Чертовски вкусно! Жаль, что не сама приготовила.

К половине третьего кухня опустела. Триш с Эдди слопали половину сандвичей и куда-то ука- **103** тили. Натаниель вернулся в сад. Я вновь расхаживала по кухне, поигрывая ложкой и каждые тридцать секунд поглядывая на часы.

Арнольд скоро позвонит. Скоро... скоро...

Я не могла думать ни о чем другом. Мир словно сузился до размеров туннеля, и меня заботило лишь то, что ждет в его конце.

Я поглядела в окно на крохотную пичужку, копавшуюся в земле, потом повернулась, опустилась на стул и уставилась на стол, бездумно водя пальцем вдоль полированной поверхности.

Одна-единственная ошибка! Всего одна! Каждый может совершить одну ошибку. Таковы правила.

Или нет? Не знаю...

Внезапно мобильник завибрировал, и грудь сдавило в приступе паники. Я выхватила телефон из кармана. Рука дрожала.

На экране высветился номер Гая. Я глубоко вдохнула и нажала на кнопку ответа.

— Да, Гай? — Я старалась говорить деловито, но мне самой собственный голос показался тонким и напуганным.

— Саманта?! Это ты? — выпалил Гай. — Где тебя носит, черт подери? Почему ты не здесь? Ты не получала моих писем?

— Я не взяла с собой наладонник, — объяснила я. — Почему ты не перезвонил?

— Я звонил! Ты не брала трубку! Потом начались совещания, но я все утро слал тебе письма... Саманта, где ты? Ты должна быть здесь, в офисе! Ради всего святого, почему ты прячешься?

Прячусь? Меня пробрала дрожь.

— Но... Но Арнольд велел мне не показываться. Он сказал, что так будет лучше. Он сказал, чтобы я не приезжала, а он сделает, что сможет...

— Ты хоть представляешь, как это выглядело?! — перебил Гай. — Сначала ты валяешь дурака, потом исчезаешь. Идут разговоры о твоей неуравновешенности, о том, что у тебя срыв... Пошел слух, что ты бежала из страны...

Услышав это, я едва усидела на стуле. Не могу поверить, что так промахнулась. Не могу поверить собственной глупости. Что я делаю на чужой кухне, в десятках миль от Лондона?

— Скажи им, что я выезжаю, — пробормотала я. — Скажи Кеттерману, что я сейчас буду... сяду на поезд и...

— Слишком поздно, — мрачно проговорил Гай. — Саманта, тут рассказывают всякие истории...

— Истории? — Сердце колотилось так громко, что я едва разбирала слова Гая. — Какие... какие истории?

Голова отказывалась воспринимать происходящее. Я чувствовала себя так, словно моя машина слетела с дороги. А я-то считала, что все под контролем, что я поступаю абсолютно правильно, оставаясь здесь и позволив Арнольду защищать меня...

— Ну, говорят, что тебе нельзя доверять, — сказал Гай. — Что это не впервые. Что ты и раньше допускала ошибки...

— Ошибки? — Я вскочила, голос мой неожиданно обрел силу. — Кто это говорит? Я никогда не совершала ошибок! О чем они болтают?!

— Не знаю. Я не был на собрании, Саманта. Подумай, пожалуйста. Ты не допускала других ошибок?

Подумать?

Я в ужасе уставилась на мобильник. Гай мне тоже не верит?

— Я никогда не допускала ошибок. — Мой голос дрогнул, как я ни старалась. — Никогда. Никаких. Я хороший юрист. Профессиональный. — К своему смятению я осознала, что по моим щекам бегут слезы. — Я достойна доверия. И ты, Гай, это знаешь!

Он молчал.

Несказанное повисло в воздухе. Как приговор. Одну ошибку я все-таки допустила.

— Гай, я понятия не имею, как прозевала эту документацию. — Слова слетали с моих губ все быстрее и быстрее. — Я не знаю, как это могло случиться. Бессмыслица какая-то! Да, мой стол вечно завален бумагами, но у меня своя система, видит Бог! Я не теряю таких документов! Я просто не...

— Саманта, успокойся.

— Как я могу успокоиться? — Я почти кричала. — Это моя жизнь. Моя жизнь, понимаешь? Я не умею ничего другого! — Я вытерла слезы со щек. — И я не собираюсь ее терять. Я еду. Прямо сейчас.

Я нажала на кнопку отбоя и постаралась обуздать эмоции. Мне необходимо вернуться в Лондон. Надо было возвращаться сразу, не проводить ночь неизвестно где. Расписание поездов — загадка, но ничего, разберемся. Нужно выбираться отсюда.

Я схватила листок бумаги и карандаш и нацарапала:

Уважаемая миссис Гейгер!
Боюсь, я должна отказаться от должности экономки. Мне было очень приятно...

Да брось! Сочинять некогда, пора бежать. Я положила листок на стол и двинулась к двери. И остановилась.

Не могу оставить письмо оборванным на середине фразы. Иначе оно будет грызть меня целый день.

Мне было очень приятно, однако я хочу испытать себя на новом месте. Спасибо за Вашу доброту.
Искренне Ваша,
Саманта Свитинг

Я отложила карандаш, придвинула стул к столу и вновь направилась к двери. Тут завибрировал телефон.

Гай! Я торопливо откинула флип и только потом бросила взгляд на экран. Это был не Гай.

Кеттерман.

По спине пополз холодок. Глядя на имя на экране, я вся съежилась от настоящего смертельного страха. Внезапно мне стало ясно, что это такое — смертельный страх. Все инстинкты в унисон требовали не отвечать.

Увы, поздно. Флип уже откинут. Я медленно поднесла аппарат к уху.

— Алло?

— Саманта, это Джон Кеттерман.

— Слушаю, — прохрипела я, вне себя от ужаса.

Тишина. Я понимала, что сейчас моя очередь говорить. Но меня словно парализовало, в горле встал плотный комок. Слова казались лишними. Всем известно, что Кеттерман не терпит оправданий, извинений и объяснений.

— Саманта, я звоню, чтобы сообщить, что ваш контракт с компанией «Картер Спинк» расторгнут.

Кровь отхлынула от моего лица.

— Вам направлено письмо с изложением причин. — Он говорил сугубо официальным тоном. — Серьезные упущения в работе, отягощенные последующим непрофессиональным поведением. Налоговый формуляр Р45 вам пришлют. Ваш пропуск ликвидирован. Я не рассчитываю снова увидеть вас в нашем офисе...

Он излагал слишком быстро. Все происходило слишком быстро.

— Пожалуйста, не... — Мой голос сорвался. — Пожалуйста, дайте мне шанс. Я совершила одну ошибку. Одну-единственную.

— Юристы компании «Картер Спинк» не совершают ошибок, Саманта. И не убегают от своих ошибок.

— Я знаю, что была не права, знаю! — Меня трясло. — Но я была в шоке. Не могла думать...

— Вы подорвали репутацию компании и свою собственную. — Голос Кеттермана сделался тверже, словно и ему разговор давался нелегко. — Ваша небрежность обошлась клиенту компании в пятьдесят миллионов фунтов. Затем вы исчезли без сколько-нибудь вразумительных объяснений. Саманта, вы вряд ли могли уповать на иной исход.

Снова пауза. Я прижала ладонь тыльной стороной ко лбу и постаралась сосредоточиться на дыхании. Вдох — выдох. Вдох — выдох.

— Нет, — прошептала я наконец.

Все кончено. Все на самом деле кончено.

Кеттерман произносил заранее заготовленную речь о необходимости явиться в кадровый отдел, но я уже не слушала. Все плыло перед глазами, дыхание сбилось.

Все кончено. Карьера. Жизнь. Я работала с двенадцати лет. Впустую. Со мной покончили в двадцать четыре часа.

Какое-то время спустя я сообразила, что Кеттерман отключился. Кое-как поднялась, добрела до громадного холодильника. Собственное отражение на его сверкающей дверце показалось мне серо-зеленым. Глаза — черные впадины...

Как быть? С чего начать?

Я долго сидела перед холодильником, разглядывая свое отражение, пока и оно не утратило смысл, пока черты не слились в нечто бесформенное.

Меня уволили. Фраза крутилась в сознании. Меня уволили. Впору податься на биржу. Эта мысль заставила меня поежиться. Я представила, как стою в очереди вместе с парнями из «Мужского стриптиза», шевелю бедрами в такт бодрой мелодии...

Внезапно во входной двери повернулся ключ. Зрение сфокусировалось, я отодвинулась от холодильника.

Нельзя, чтобы меня обнаружили в таком виде. Я не выдержу расспросов и сочувствия. В таком состоянии с меня станется удариться в слезы...

108   Я протянула руку, взяла тряпку и начала протирать и без того сверкающий стол. Потом заметила свое письмо Триш, скомкала листок и швырнула его в мусорную корзину. Потом. Все потом. Я чувствовала, что мне сейчас и двух слов не связать, не то что произносить прощальный спич.

— Вот вы где! — воскликнула Триш, врываясь в кухню в своих высоких сабо. — Саманта! — Она застыла с тремя пакетами в руках. — Что с вами? Снова голова разболелась?

— Я в порядке... — Мой голос дрожал разве что самую малость. — Спасибо.

— Вы выглядите ужасно! Боже мой! Примите еще таблетки.

— Ну...

— Не спорьте! Я тоже выпью. Почему бы и нет? — добавила она весело. — Присядьте, я налью вам чаю.

Она плюхнула пакеты с покупками на пол, включила чайник, затем принялась искать таблетки.

— Вам ведь понравились те зеленые, правда?

— Я бы предпочла аспирин, — поспешила вставить я. — Простой аспирин.

— Вы уверены? — Она подала мне стакан с водой и две таблетки аспирина. — Посидите, отдохните. Даже не думайте о делах. Пока не наступит время подавать ужин, — прибавила она, помолчав.

— Вы очень добры, — промямлила я.

Произнеся эти слова, я вдруг сообразила, что они — не простая формальность. Доброта Триш была своеобразной, но вполне искренней.

— Ага! — Триш поставила на стол кружку с чаем и внимательно посмотрела на меня. — Вы тоскуете по дому? — В ее голосе проскользнули торжествующие нотки, будто она разгадала загадку. — У нас работала девушка с Филиппин, она сильно тосковала по родным, но я ей всегда говорила: «Выше нос, Мануэла!» — Триш задумалась. — А потом выяснила, что ее звали Паула. Чудеса! **109**

— Я вовсе не тоскую, — проговорила я, глотая чай. Мысли бились, как бабочки в сачке. Что мне делать? Отправляйся домой.

Но сама мысль о возвращении в квартиру по соседству с Кеттерманом наполняла меня ужасом. Я не могу встретиться с ним. Не могу.

Позвони Гаю. Он тебя приютит. У него большой дом в Излингтоне с кучей свободных комнат. Я там как-то ночевала. А свою квартиру продай. И найди работу.

Какую работу?

— Это вас приободрит. — Голос Триш нарушил мои размышления. Она с довольной усмешкой похлопала по пакетам. — После такого замечательного обеда мы решили устроить шоппинг. И я купила кое-что для вас. Кое-что очень интересное!

— Интересное? — Я недоуменно посмотрела на Триш, а она принялась доставать покупки из пакетов.

— Фуа-гра... турецкий горох... лопатка ягненка... — Она бросила на стол кусок мяса и выжидательно поглядела на меня. Потом прицокнула языком, явно наслаждаясь моим замешательством. — Это ингредиенты! Для вашего вечернего меню! Ужин в восемь, хорошо?

9...

Все будет нормально.

Если повторять это достаточно часто, так и получится.

Надо позвонить Гаю. Я несколько раз доставала телефон, но... Не могу унижаться. Он, конечно, мой друг, самый надежный мой источник в компании. Но ведь меня уволили. Выставили на посмешище. Меня, а не его.

В конце концов я уселась и принялась тереть щеки, пытаясь собраться с духом. Да брось, подруга. Это же Гай. Он ждет твоего звонка. Он хочет тебе помочь. Я снова откинула флип и набрала номер. Мгновение спустя за дверью в коридоре заскрипел деревянный пол.

Триш.

Я беззвучно закрыла телефон, сунула его в карман и потянулась за кочаном брокколи.

— Как дела? — поинтересовалась Триш. — Продвигаются?

Судя по выражению ее лица, она несколько удивилась, застав меня в прежней позе.

— Все в порядке?

— Я... изучаю ингредиенты, — сымпровизировала я. — Стараюсь их... э... почувствовать.

111

Внезапно из-за спины Триш возникла еще одна блондинка, с солнцезащитными очками в оправе со стразами на лбу. Она окинула меня испытующим взглядом.

— Петула, — представилась она. — Как поживаете?

— Я угостила Петулу вашими сандвичами, — пояснила Триш. — Ей очень понравилось.

— Я слышала насчет фуа-гра в абрикосовой глазури. — Петула выгнула бровь. — Звучит восхитительно.

— Саманта может приготовить что угодно! — похвасталась Триш, разрумянившаяся от гордости. — Она училась у Мишеля де ля Рю де ля Блана! У самого!

— И как же вы будете глазировать фуа-гра, Саманта? — полюбопытствовала Петула.

Отмолчаться не выйдет. Обе женщины глядели на меня, ожидая ответа.

— Ну... — Я многозначительно прокашлялась. — Полагаю, я воспользуюсь... э... традиционным способом. Слово «глазировать» очевидно подразумевает прозрачную природу... э... завершающей стадии и... м-м... придает законченность... гра. Фуа. — Я прочистила горло. — В смысле, де гра. Создается... комплексный вкус.

Я порола абсолютную ахинею, но ни Триш, ни Петула ничего не заподозрили. Более того, моя речь поразила их обеих до глубины души.

— Где ты ее нашла? — осведомилась у Триш Петула. Судя по всему, она искренне считала, что говорит шепотом. — Моя-то совершенно безнадежна. Готовить не умеет и не понимает ни слова из того, что я говорю.

— Она сама приехала! — гордо ответствовала Триш. — Кулинарная школа! Английский! До сих поверить не можем!

Они разглядывали меня с таким видом, будто я была неким редким животным с рогами на голове.

Пора с этим кончать.

— Может быть, приготовить вам чай и принести на веранду? — спросила я.

— Нет, мы уже уезжаем на маникюр, — ответила Триш. — Увидимся, Саманта!

Но уходить она не спешила. Внезапно я поняла: Триш ожидает книксена. От смущения у меня одеревенело все тело. О чем я думала? О чем я только думала?!

— Очень хорошо, миссис Гейгер. — Я наклонила голову и неуклюже присела. Когда я выпрямилась, глаза у Петулы были размером с плошку.

Женщины вышли в коридор. До меня донеслось шипение Петулы:

— Она делает книксен? Перед тобой?

— Это обычный знак уважения, — небрежно ответила Триш. — Но весьма полезный. Знаешь, Петула, тебе стоит приучить к этому свою девушку...

О Господи! Еще цепная реакция начнется...

Я подождала, пока цокот каблуков не стих в отдалении. Потом укрылась в кладовой, чтобы меня не застали врасплох, достала телефон и набрала номер Гая. Он ответил после трех гудков.

— Саманта. — Его голос звучал настороженно. — Ты уже...

— Все о'кей, Гай. — Я на мгновение зажмурилась. — Я разговаривала с Кеттерманом. Я все знаю.

— О! — Он шумно выдохнул. — Мне так жаль, Саманта! Мне так жаль...

Вот только жалости мне и не хватало. Если он выдаст что-нибудь еще в том же духе, я просто-напросто разрыдаюсь.

— Все в порядке, — перебила я. — Правда. Давай больше не будем об этом. Давай... заглянем в будущее. Мне нужно налаживать жизнь.

— Ты молодец! — с восхищением воскликнул он. — И правильно, жизнь-то продолжается, верно?

Я откинула со лба волосы. На ощупь они казались сухими, грязными, безжизненными...

113

— Мне нужно... свыкнуться с обстоятельствами. — Я ухитрилась не всхлипнуть. — Нужно вернуться в Лондон. Но домой я поехать не могу. Кеттерман купил квартиру в моем доме. Он живет в моем доме!

— Да, я слышал. — По голосу чувствовалось, что Гай слегка озадачен. — Неудачно, конечно.

— Я не могу встречаться с ним, Гай! — Снова подступили слезы, я и поспешно сделала несколько быстрых вдохов, чтобы успокоиться. — Я вот что подумала. Могу я немного пожить у тебя? Несколько дней, не больше?

Пауза. Не сказать, чтобы обнадеживающая.

— Саманта, я готов тебе помогать, — произнес наконец Гай. — Но насчет этого... Мне надо посоветоваться с Шарлоттой.

— Конечно, — промямлила я.

— Подожди на линии. Я с ней сейчас свяжусь.

В следующий миг мой звонок поставили на удержание. Я сидела, слушая негромкую электронную музыку в трубке и стараясь не поддаваться эмоциям. Разумеется, глупо было ожидать, что он согласится сразу. Разумеется, ему нужно посоветоваться со своей девушкой.

В трубке щелкнуло, и раздался голос Гая.

— Саманта, я не уверен, что это возможно.

Что?

— Понятно. — Я криво усмехнулась. Надеюсь, мой голос не дрожит. — Что ж, извини. Я не хотела навязываться.

— Шарлотта... очень занята... В спальне идет ремонт... Понимаешь, в другое время...

Он говорил с запинками, словно придумывая способ закончить разговор. Вдруг мне все стало ясно. Дело не в Шарлотте. Это всего лишь благовидный предлог. Он просто не хочет связываться со мной. Такое впечатление, будто я заразна, будто от того, что я окажусь с ним под одной крышей, и его карьера может рухнуть.

Вчера я была его лучшим другом. Вчера, когда мне светило партнерство, он увивался вокруг меня, улыбался и шутил. А сегодня не хочет меня знать.

Я понимала, что мне лучше промолчать и не позориться, но не смогла сдержаться.

— Не желаешь со мной знаться? — выпалила я.

— Саманта! — обиженно воскликнул он. — Не говори глупостей.

— Я ведь все та же, Гай. Я думала, ты мой друг.

— Я и есть твой друг! Но почему я должен... У меня Шарлотта... В доме мало места... Послушай, перезвони мне через пару дней, может, встретимся, выпьем...

— Не стоит, Гай. — Я прилагала немалые усилия к тому, чтобы мой голос звучал ровно. — Прости, что побеспокоила.

— Погоди! Не вешай трубку! Что ты собираешься делать?

— Перестань, Гай! — Я горько улыбнулась. — Можно подумать, тебе и вправду есть до этого дело.

Я закрыла флип и откинулась на спинку стула, недоверчиво качая головой. Все переменилось. Или нет? Может, Гай был таким всегда, а я не замечала — до поры?

На экране телефона мерцали цифры, отсчитывая убегающие секунды. В голове не осталось ни единой мысли. Внезапно аппарат завибрировал. От неожиданности я подскочила. На дисплее высветилось: «Теннисон».

Мама.

Волной накатили дурные предчувствия. Она наверняка уже слышала. И естественно, решила позвонить. Может, переехать на время к ней? Как странно, что я до этой минуты о подобном не задумывалась. Я раскрыла телефон и глубоко вдохнула.

— Привет, мам.

— Саманта! — Ее голос буквально врезался мне в ухо. — Скажи на милость, как долго ты собиралась прятаться от меня? Почему я узнаю о позоре собственной дочери из Интернета? — Последние слова она произнесла с нескрываемым отвращением.

— Из Интернета? — растерянно повторила я. — Не понимаю.

— Ты не знаешь? В юридических кругах появился новый термин. Сумму в пятьдесят миллионов фунтов теперь называют «Самантой». Вот так-то. Мне это смешным не кажется.

— Мама, извини, пожалуйста...

— По крайней мере хорошо хоть то, что за пределы нашего круга эта шутка не вышла. Я разговаривала с «Картер Спинк», они пообещали мне, что не станут посвящать прессу в подробности. И на том спасибо им большое.

— Ну... да, конечно...

— Где ты? — Она не желала выслушивать мои оправдания. — Где ты находишься в данный момент?

В кладовке, окруженная пачками хлопьев.

— Я... в доме. Не в Лондоне.

— И какие у тебя планы?

— Не знаю. — Я потерла лоб. — Мне нужно... собраться с мыслями. И найти работу.

— Работу, — язвительно повторила она. — По-твоему, какая-либо из ведущих юридических компаний захочет иметь с тобой дело?

Ее тон ранил.

— Не знаю, мам... Мне всего лишь сообщили, что меня уволили. Я не...

— Да уж. По счастью, у тебя есть я.

Что она имеет в виду?

— Ты...

— Я обзвонила всех своих знакомых. Должна признать, это было нелегко. Так или иначе, старший партнер «Фортескью» ждет тебе завтра в десять.

Я недоуменно уставилась на стену.

— Ты записала меня на собеседование?

— Если все пройдет нормально, ты получишь должность старшего помощника. — Она говорила резко, отрывисто. — Тебе предоставят это место исключительно из уважения ко мне. Как ты понимаешь, за тобой будут наблюдать. Поэтому, если ты хочешь чего-то добиться, Саманта, тебе придется потрудиться. Придется посвящать этой работе каждый час своей жизни.

— Ясно. — Я прикрыла глаза, чтобы унять сумятицу в мыслях. Собеседование. Новое начало. Избавление от кошмаров.

Почему я не чувствую облегчения? Не говоря уже о восторге?

— Работать придется еще больше, чем в «Картер Спинк», — продолжала мама. — Никакой лени! Никакой небрежности! Тебе нужно заново доказывать свою пригодность. Понимаешь?

— Да, — автоматически откликнулась я.

Больше работы. Больше времени. Больше ночных корпений над документами.

Я ощущала словно наяву, как на меня наваливают бетонные блоки. Один за другим. Тяжелее и тяжелее.

— В смысле — нет, — услышала я собственный голос. — Я не хочу этого. Не хочу! И не могу... Это чересчур...

Слова слетали с моих губ будто сами по себе. Я вовсе не собиралась произносить ничего такого. Даже не думала об этом. Впрочем, произнесенные слова, как ни удивительно, в принципе соответствовали истине.

— Что? — сурово переспросила мама. — Саманта, что ты мелешь?

— Не знаю. — Я вновь потерла лоб, будто это могло помочь. — Я подумала... Пожалуй, я передохну немного...

— Отдых покончит с твоей карьерой, — известила меня мама зловещим тоном. — Навсегда.

— Займусь чем-нибудь другим.

— Ты не продержишься и двух минут! — фыркнула она. — Саманта, ты же юрист! Тебя воспитывали как юриста!

— В мире достаточно других вещей! — воскликнула я. — И других профессий!

Наступила пауза.

117

— Саманта, — изрекла наконец мама, — если у тебя срыв...

— Нет у меня никакого срыва! — Я почти сорвалась на крик. — Если я задумалась о своей жизни, не стоит записывать меня в сумасшедшие! Я не просила тебя искать мне новую работу! Я не знаю, чего мне хочется. Дай мне время... подумать...

— Ты придешь завтра на собеседование, Саманта. — Голос мамы хлестнул меня кнутом. — В десять часов утра.

— Не приду!

— Где ты находишься? Я пришлю за тобой машину.

— Оставь меня в покое!

Я нажала на кнопку отбоя, выскочила из кладовой и с размаху швырнула телефон на стол. Лицо горело. Слезы жгли глаза. Телефон завибрировал, но я и не подумала его подобрать. Не желаю я ни с кем общаться! Не желаю, слышите?! Лучше выпью. А потом займусь этим проклятым ужином.

Я плеснула в бокал белого вина и выпила в несколько глотков. Затем повернулась к куче «ингредиентов», ожидающих на столе.

Я могу готовить. Я все приготовлю. Прежняя жизнь пошла псу под хвост, значит, пора начинать новую. У меня есть мозги. Я умею ими пользоваться. Следовательно, все получится.

Я сорвала упаковку с ягнятины. Это мы поставим в духовку. На какой-нибудь сковородке. Все просто. И добавим турецкий горох. Поджарить, потом сделать пюре. Чем не хумос?

Я открыла буфет, извлекла целую груду сверкающих форм и поддонов. Выбрала тот, что показался мне наиболее подходящим, рассыпала по нему горох. Несколько горошин упало на пол. Ну и черт с ними! Я схватила со стола бутылочку с растительным маслом и сбрызнула

118 горох. Готовить еду — это просто.

Я запихнула поддон в духовку и включила ее на полную мощность. Затем плюхнула ягнятину на плоский противень и тоже отправила в духовку.

Пока ничего сложного. Теперь надо пролистать все кулинарные книги Триш и найти рецепт запеченного фуагра в абрикосовой глазури.

Точного рецепта не нашлось. Самое близкое, что мне попалось, — рецепт абрикосово-клубничного флана. Думаю, сойдет.

«Втирайте жир в муку до появления хлебных крошек», — прочитала я.

Ничего не понимаю. Хлебные крошки? Из муки и жира?

Я невидящим взором уставилась на раскрытую страницу. Похоже, я только что утратила очередную иллюзию. И почему я отказалась от маминого предложения? Я же юрист. Была и есть. Что еще я умею делать? Что со мной происходит?

О Господи! Почему это из духовки валит дым?!

К семи я еще продолжала готовить.

Во всяком случае, я считала, что занимаюсь именно этим. Обе духовки раскалились докрасна. На плите булькали кастрюли. Деловито жужжал миксер. Я дважды обожгла правую руку, вытаскивая противни из духовки. На столе валялось восемь кулинарных книг, страницы одной были залиты растительным маслом, страницы другой — яичным желтком. Сама я совершенно упарилась, вспотела и то и дело совала обожженную руку под струю холодной воды.

Процесс продолжался четвертый час. И до сих пор мне не удалось приготовить ничего такого, что годилось бы в пищу. Я выбросила жалкую пародию на шоколадное суфле, две сковородки подгоревшеголука **119** и кастрюлю замороженных абрикосов, от одного вида которых мне едва не стало дурно.

Не могу понять, что не так. У меня элементарно не было времени, чтобы разобраться. Никакого тебе пространства для анализа. После очередной катастрофы я выкидывала результат и принималась по новой.

Гейгеры и не подозревали о моих мучениях. Они попивали шерри в гостиной в твердой уверенности, что все идет как надо. Триш полчаса назад пыталась прорваться в кухню, но я сумела ее не пустить.

Меньше чем через час они с Эдди усядутся за стол в предвкушении изысканного ужина. Расправят на коленях салфетки, нальют себе по стаканчику минеральной воды...

Мной овладело нечто вроде истерики. Я понимала, что не справлюсь. Но почему-то не могла остановиться. Продолжала надеяться на чудо. Все получится. Все сладится. Так или иначе...

Господи, подливка выкипает!

Я распахнула духовку, схватила ложку и принялась помешивать подливку. Вид у нее был отвратительный — бурая жижа с уродливыми кусками мяса. Бросив ложку, я кинулась к буфету в поисках какой-нибудь добавки. Мука. Кукурузная мука. Да. В самый раз. Я вытрясла содержимое баночки на противень — поднялось облако белой пыли — и вытерла пот со лба. Ладно, что дальше?

Внезапно я вспомнила о белках, по-прежнему взбиваемых миксером. Взяла ближайшую кулинарную книгу, провела пальцем по странице. Мысль поменять десерт на торт со взбитыми сливками и фруктами пришла мне в голову после того, как я наткнулась на фразу: «Приготовить меренги очень просто».

Замечательно. Ну-ка, ну-ка. «Расположите твердые меренги кругом на пергаменте».

Я покосилась на кастрюлю. Твердые меренги?

Все будет в порядке, уверила я себя. Иначе и быть не может. Я в точности следовала рецепту. Может, на деле они плотнее, чем на вид? Может, когда я начну переливать из кастрюли на поддон, меренги затвердеют по какому-нибудь диковинному кулинарному закону физики?

Я подняла кастрюлю и медленно вылила ее содержимое на поддон.

Не затвердело. Растеклось белым озером. С поддона закапало на пол — большими белыми кляксами.

Что-то подсказало мне, что торта со взбитыми сливками к восьми часам Гейгерам не видать.

Клякса упала мне на ногу, и я сдавленно вскрикнула. На глаза наворачивались слезы. Почему ничего не выходит? Я внимательно изучила рецепты. В душе вспыхнула ярость: я злилась на себя, на эти идиотские белки, на кулинарные книги, на кулинарию и на еду вообще... А больше всего — на тех, кто утверждает, что приготовить меренги очень просто.

— Нет! — завопила я. — Нет, не просто, черт возьми! — И швырнула книгу через кухню. Она врезалась в дверь.

— Какого дьявола?.. — возмутился мужской голос.

В следующее мгновение дверь распахнулась, и на пороге появился Натаниель: ноги словно древесные стволы, обтянутые джинсами, волосы сверкают в лучах заходящего солнца. За плечом у него болтался рюкзак; он выглядел так, словно собирался домой.

— Все хорошо?

— Отлично, — пробормотала я. — Все отлично. Большое спасибо. — И махнула рукой: мол, иди. Он не пошевелился.

— Я слышал, вы готовите что-то особенное, — проговорил он, оглядывая кухню.

— Да. Совершенно верно. И сейчас как раз... самая сложная... э... стадия. — Я бросила взгляд на плиту и не сдержала крик: — Черт! Подливка!

121

Не знаю, что произошло. Подливка выбралась из сковородки, растеклась по духовке и уже начала просачиваться наружу. Вид у нее был, как у той волшебной овсяной каши, которую варит чудесный горшок, не умеющий самостоятельно останавливаться.

— Выключите ее, ради всего святого! — воскликнул Натаниель. Он в два шага очутился возле меня, вытащил сковородку и поставил ее на плиту. — Что это за бурда?

— Не ваше дело! — огрызнулась я. — Обычные ингредиенты...

Он заметил на столе баночку, взял ее в руки и недоверчиво уставился на этикетку.

— Пищевая сода? Вы насыпали в подливку пищевую соду? Этому вас учили... — Он оборвал себя и принюхался. — Постойте-ка. По-моему, что-то горит.

Я беспомощно наблюдала за тем, как он открывает нижнюю духовку, надевает перчатку и ловким движением вынимает поддон, усыпанный чем-то вроде крохотных черных пулек.

Турецкий горох! Совсем про него забыла.

— А это что такое? — поинтересовался Натаниель. — Кроличий кал?

— Горох, — буркнула я. Щеки горели, однако я вскинула подбородок, пытаясь изобразить хладнокровие. — Я сбрызнула его оливковым маслом и поставила в духовку, чтобы он... расплавился.

— Расплавился? — ошарашенно повторил Натаниель.

— Размягчился, — поспешила я исправиться.

Натаниель поставил поддон на плиту и сложил руки на груди.

— Вы знаете хоть что-нибудь о приготовлении пищи? — спросил он.

Прежде чем я успела ответить, в микроволновке гулко громыхнуло.

— Боже мой! — заверещала я. — Боже мой! Что это?

Натаниель заглянул внутрь сквозь стеклянную дверцу.

— Что-то взорвалось. Что вы туда засунули? — требовательно спросил он.

Я отчаянно вспоминала — и никак не могла вспомнить. В мыслях царил полный кавардак.

— Яйца! — внезапно осенило меня. — Ну конечно же! Я варила яйца для канапе!

— В микроволновке? — поразился он.

— Чтобы сэкономить время, — объяснила я. — И нечего на меня рычать!

Натаниель выдернул из розетки штепсель и повернулся ко мне с угрожающим видом.

— Вы ни черта не смыслите в готовке! Вы лжете! Никакая вы не экономка! Не знаю, что вы затеяли...

— Ничего я не затевала! — перебила я, шокированная его подозрениями.

— Гейгеры — хорошие люди. — Он посмотрел мне в глаза. — Я не допущу, чтобы им причинили вред.

Господи Боже! Неужели он решил, что я... Что я — какая-нибудь авантюристка и злоумышляю против хозяев этого дома?

— Послушайте... — Я вытерла пот, заливавший глаза. — Я не собираюсь никого грабить. Хорошо, я не повар. Но я очутилась здесь благодаря... недопониманию...

— Недопониманию? — Он хмуро пожал плечами.

— Да. — Мой ответ прозвучал чуть более резко, чем мне бы того хотелось. Я опустилась на стул и помассировала поясницу. Бог мой, до чего же я устала. — Я убегала от... обстоятельств. Мне нужно было где-то переночевать. Гейгеры решили, что я пришла наниматься в экономки. А на следующее утро я плохо себя чувствовала. Подумала, что уж утро продержусь. Понимаете, я не планировала задерживаться. И деньги их мне ни к чему, если уж на то пошло!

Тишина. Наконец я подняла голову. Натаниель стоял у стола со сложенными на груди руками. **123**

Лицо его все еще выражало недоверие. Глядя на меня, он снял с плеча рюкзак, достал бутылку пива, предложил мне. Я помотала головой.

— От чего вы убегали? — поинтересовался он, сворачивая пробку.

Внутри у меня все сжалось. Я была не в состоянии поведать ему правду.

— Обстоятельства... Ситуация... — Я снова опустила голову.

Он сделал большой глоток.

— Личные проблемы?

Я помедлила с ответом. Мне вспомнились годы, проведенные в «Картер Спинк». Все время, которое отдавала работе, все мои жертвы. И последний трехминутный звонок Кеттермана.

— Да, — сказала я. — Личные проблемы.

— И долго это у вас тянулось?

— Семь лет. — К своему ужасу я ощутила, что к глазам подступают слезы. Почему, почему они все текут? — Извините, день выдался... тяжелый...

Натаниель оторвал кусок бумажного полотенца, ролик которого висел на стене, и протянул мне.

— Ваши личные проблемы остались позади, — заметил он ровно. — Не нужно за них цепляться. Нет смысла оглядываться.

— Вы правы. — Я вытерла глаза. — Да. Мне нужно понять, как жить дальше. Здесь я оставаться не могу. — Я взяла бутылку «Creme de Menthe», предназначенного для шоколадно-мятного суфле, налила немного ликера в подставку для яйца и сделала глоток.

— Гейгеры — хорошие хозяева. — Натаниель снова пожал плечами. — Могло быть гораздо хуже.

— Да уж... — Я скривилась. — К несчастью, я не умею готовить.

Он поставил бутылку на стол, вытер губы. Руки у него были чистыми, но я заметила грязь под ногтями. Да и сама форма рук выдавала в нем человека, копающегося в земле.

— Я могу потолковать со своей матерью. Она умеет готовить. И может научить вас основам.

Я в изумлении уставилась на него и едва даже не рассмеялась.

— По-вашему, я должна остаться? Вы же все-таки признали во мне авантюристку. — Я покачала головой, ощущая нёбом вкус ликера. — Нет. Мне нужно уезжать.

— Жаль. — Он опять повел плечами. — А я уж обрадовался, что появился человек, который говорит по-английски. И готовит такие классные сандвичи, — добавил он с абсолютно непроницаемым лицом.

Я не сдержала улыбки.

— Ресторан с доставкой.

— А! Я-то думал...

Нас прервал осторожный стук в дверь.

— Саманта! — Голос Триш звучал таинственно. — Вы меня слышите?

— Э... Да. — После паузы откликнулась я.

— Не беспокойтесь, я не стану вам мешать. Вы, должно быть, на решающем этапе?

— Ну да...

Я перехватила взгляд Натаниеля, и вдруг меня с головой накрыла волна истерии.

— Я просто хотела спросить, — продолжала Триш, — подадите ли вы нам сорбе в промежутке между блюдами?

Я посмотрела на Натаниеля. Он давился смехом. Я сама негромко фыркнула. Поспешно зажала рот ладонью и постаралась успокоиться.

— Саманта?

— М-м... Нет, — заявила я. — Сорбе не будет.

Натаниель тем временем взял ложкой пригоревший лук, осторожно попробовал, красноречиво поглядел на меня. Из моих глаз снова потекли слезы. Я чуть не задохнулась, сдерживая рвущийся наружу крик. **125**

— Что ж, мы вас ждем.

Триш удалилась, а я наконец-то позволила себе расхохотаться. В жизни так не хохотала! В конце концов хохот перешел в кашель, заболели ребра. К горлу подкатила тошнота.

Кое-как я успокоилась, вытерла глаза и высморкалась. Натаниель тоже перестал смеяться и теперь оглядывал перепачканную кухню.

— Если серьезно, что вы собираетесь делать? — спросил он. — Ведь они ожидают чудесного ужина.

— Знаю. — Вновь подступила паника, но я с ней справилась. — Знаю. Надо бы... что-нибудь придумать.

Мы помолчали. Натаниель с интересом разглядывал белые кляксы меренг на полу.

— Ладно. — Я выдохнула и откинула со лба мокрые волосы. — Будем спасать положение.

— Спасать положение? — недоверчиво переспросил он. — Как?

— Думаю, мы решим все проблемы. — Я встала и принялась сгребать со стола мусор. — Для начала приберусь в кухне...

— Я помогу, — вызвался Натаниель. — Я должен это видеть.

Вместе мы опустошили противни, сковородки и прочую посуду в мусорное ведро. Я отмыла все грязные поверхности, а Натаниель соскреб с пола меренги.

— Давно вы тут работаете? — спросила я, когда он прополаскивал тряпку в раковине.

— Три года. Я работал у прежних хозяев, Эллисов. Триш с Эдди поселились здесь пару лет назад и предложили мне остаться.

— А почему Эллисы съехали? — поинтересовалась я после паузы. — Дом-то очень красивый.

— Гейгеры сделали им предложение, от которого они не смогли отказаться. — Натаниель усмехнулся. По-доброму.

— Что? — Во мне разгорелось любопытство. — Что произошло?

— Ну... — Он отложил тряпку. — Все получилось достаточно комично. Дом использовался как декорация для костюмированной драмы на Би-би-си. Через две недели после показа Триш и Эдди появились у ворот, размахивая чеком. Они увидели дом по телевизору, решили, что он им нравится, и нашли, где он расположен.

— Здорово! — Я рассмеялась. — Думаю, им пришлось выложить кругленькую сумму.

— В точности не скажу. Эллисы не рассказывали.

— А вам известно, откуда у Гейгеров такие деньги? — Я понимала, что веду себя невежливо, но так приятно было покопаться немного в чужой жизни. И хоть на время забыть о своей.

— Они создали транспортную компанию, а потом ее продали. Весьма выгодно. — Натаниель принялся оттирать последнюю кляксу.

— А вы чем занимались? До Эллисов? — Я с содроганием вывалила в ведро замороженные абрикосы.

— Работал в Марчант-хаусе, — ответил Натаниель. — Это историческое поместье, недалеко от Оксфорда. А до того учился в университете.

— В университете? — Я навострила уши. — Не знала... — Мои щеки порозовели. Вовремя спохватилась! Я ведь собиралась сказать: «Не знала, что садовников готовят в университетах».

— Естественные науки. — Натаниель поглядел на меня так, что стало ясно: мои мысли для него отнюдь не загадка.

Я раскрыла рот, намереваясь уточнить, в каком университете и когда он учился, но потом передумала и включила мусоросброс. Не желаю вдаваться в подробности, вступать на опасную дорожку. «А не было ли у нас общих знакомых?» В настоящий момент я с удовольствием обойдусь без воспоминаний о своей молодости. **127**

Наконец кухня приобрела более или менее пристойный вид. Я одним глотком допила свой ликер и глубоко вдохнула.

— Что ж, представление начинается.

— Удачи. — Натаниель подмигнул.

Я открыла дверь и увидела Гейгеров, бродящих по холлу с бокалами в руках.

— А, Саманта! Все готово? — Лицо Триш буквально светилось, и меня немедленно принялись грызть муки совести.

Но другого выхода нет.

Я собралась с духом и нацепила профессиональное выражение, знакомое всякому, кому доводилось сообщать клиенту неприятные для него новости.

— Мистер и миссис Гейгер, — я убедилась, что полностью завладела их вниманием, — у нас полный провал.

Я зажмурилась и покачала головой.

— Провал? — нервно переспросила Триш.

— Я сделала все, что могла. — Я открыла глаза. — Однако, боюсь, мне не удалось справиться с вашим оборудованием. Пища, которую я приготовила, не соответствует моим стандартам. Я не могу допустить, чтобы она покинула кухню. Разумеется, я возмещу вам все затраты. И прошу принять мою отставку. Я уеду утром.

Вот так. Сделано. И никаких жертв.

Я не удержалась от взгляда на Натаниеля, стоявшего у двери в кухню. Он с улыбкой покачал головой и показал мне большой палец.

— Уезжаете? — Триш воззрилась на меня, буквально выпучив глаза. — Вы не можете уехать! Вы — лучшая экономка из всех, кто у нас был! Эдди, сделай же что-нибудь!

— Миссис Гейгер, после сегодняшнего я не вправе здесь оставаться, — объяснила я. — Честно говоря, ужин получился совершенно несъедобным.

— Это не ваша вина! — воскликнула Триш. — Это мы виноваты! Мы немедленно закажем новое оборудование!

128

— Но...

— Представьте нам список того, что вам требуется. Не думайте о деньгах. А еще мы поднимем вам зарплату. Да! — Чувствовалось, что эта мысль ее вдохновила. — Сколько вы хотите? Назовите сумму!

Разговор получался не совсем таким, каким я себе его представляла.

— Вообще-то... мы не обсуждали мое жалованье... — Я смущенно потупилась.

— Эдди! — Триш обернулась к супругу. — Как ты мог такое допустить? Саманта уезжает, потому что ты ей мало платишь!

— Я не говорила... — начала было я.

— И ей нужны другие кастрюли и сковороды. Из лучшего магазина. — Триш пихнула Эдди локтем под ребра и пробормотала: — Скажи же что-нибудь!

— Э... Саманта... — Эдди растерянно прокашлялся. — Мы будем очень рады, если вы решите остаться. Нам нравится, как вы работаете, и каковы бы ни были ваши ожидания относительно заработной платы, мы... э... удовлетворим их. — Триш снова его пихнула. — И предложим еще больше.

— Плюс медицинская страховка, — вполголоса прибавила Триш.

Они оба выжидательно поглядели на меня.

Я покосилась на Натаниеля, который наклонил голову, словно говоря: «Почему бы нет?»

Какое странное ощущение! Трое почти незнакомых людей. И все трое в последние десять минут заявили, что хотят видеть меня здесь.

Я могу остаться. Это очевидно.

Ты же не умеешь готовить, — напомнил мне внутренний голос. — *И прибираться тоже. Ты не экономка.*

Я научусь. Я всему научусь.

Молчание затягивалось. Напряжение нарастало. Даже взгляд Натаниеля сделался... настойчивым, что ли...

129

— Что ж... Хорошо. — Я ощутила улыбку на своих губах. — Если вы не прогоняете меня, я остаюсь...

Позже тем же вечером, после ужина, заказанного в китайском ресторане, я достала мобильный телефон, набрала номер маминого офиса и дождалась сигнала автоответчика.

— Все в порядке, мам, — сказала я. — Тебе не нужно обзванивать знакомых. Я нашла работу.

И закрыла флип.

Словно разрезала нить, связывавшую меня с прошлой жизнью.

Я почувствовала себя свободной.

10...

Назвалась экономкой, так изволь ею быть.

На следующее утро я встала по будильнику раньше семи и спустилась в кухню, что называется, в полной боевой готовности. В саду лежал туман, кругом царила тишина, которую нарушали разве что две сороки, переругивавшиеся на лужайке. Казалось, я — единственный бодрствующий человек на всем белом свете.

Стараясь не шуметь, я вынула из посудомоечной машины чистую посуду и аккуратно расставила в буфете. Потом выровняла стулья у стола. Потом приготовила кофе. Потом окинула взглядом лоснящийся гранит.

Мои владения.

По правде сказать, своими я их не ощущала. Скорее, я чувствовала себя незваной гостьей на чужой территории.

Итак... Чем займемся? Экономке не пристало стоять в растерянности. Она должна делать дело. Взгляд упал на старый номер «Экономиста» на журнальном столике. Я раскрыла журнал, перелистала страницы и, потягивая кофе, стала читать статейку о международном валютном контроле.

131

Когда сверху донеслись первые звуки, я поспешно отложила журнал. Экономкам не полагается изучать статьи о международном валютном контроле. Им полагается трудиться по дому, делать джем и все такое...

С другой стороны, джема в этом доме и без того полным-полно. Да я и не знаю, как он делается.

Что еще? Чем экономки занимаются на протяжении дня? Кухня выглядела до неприличия чистой. Убирать тут нечего. Вдруг меня словно осенило: я же могу приготовить завтрак. Но как узнать, чего желают мои хозяева?..

Неожиданно вспомнилось вчерашнее утро. Триш налила мне чай...

Быть может, сегодня от меня ожидают того же? Может, они ждут наверху, нетерпеливо постукивая пальцами по столешнице: мол, где же наш чай и где наша экономка?

Я включила чайник и, когда вода вскипела, заварила чай. Поставила на поднос чашки, блюдца, заварочный чайник; подумав немного, добавила пару бисквитов. Потом поднялась на второй этаж, дошла по коридору до дверей хозяйской спальни... и остановилась.

Что теперь?

Что, если они спят, а я их разбужу?

Постучу тихонечко. Да, совсем тихо, как пристало приличной экономке.

Я подняла руку, чтобы постучать, — но удержать поднос на одной руке оказалось непросто, он накренился и посуда угрожающе звякнула. Я успела выровнять поднос в тот самый миг, когда заварочный чайник скользнул к краю. В ужасе я торопливо поставила поднос на пол, перевела дух и лишь потом постучала, после чего подобрала поднос.

Тишина. Что мне делать?

Я рискнула постучать снова.

— Эдди, прекрати! — донесся до меня голос

132 Триш.

Боже мой, ну почему они меня не слышат?

Я вся вспотела. Проклятый поднос был чертовски тяжел. И не могу же я все утро стоять у них под дверью! Может, уйти?

Я уже готова была развернуться и на цыпочках отправиться в обратный путь, но тут на меня накатило. Нет уж! Нечего миндальничать! Я приготовила чай и напою своих хозяев этим чаем. Во всяком случае, предложу им. Уйти я всегда успею.

Я покрепче взяла поднос и стукнула его углом по двери. Бам! Это они должны услышать.

Мгновение спустя раздался голос Триш:

— Войдите!

Наконец-то! Все в порядке. Они меня ждали. Я так и знала! Прижав поднос к двери, я кое-как ухитрилась повернуть дверную ручку, затем толкнула дверь и вошла в спальню.

Триш лежала на кровати, откинувшись на подушки в полном одиночестве. На ней была шелковая ночнушка; волосы растрепаны, макияж размазался под глазами. Мое появление, как ни странно, ее, похоже, удивило.

— Саманта, что вам нужно? — спросила она резко. — Что-нибудь стряслось?

Меня как стукнуло: что-то здесь не так. Мой взгляд был устремлен на Триш, но периферийным зрением я замечала детали обстановки: валяющуюся на полу книгу «Чувственные удовольствия», бутылку пахучего масла для массажа и...

И довольно потрепанный экземпляр «Радостей секса». Прямо возле кровати. Раскрытый на разделе «В турецком стиле».

Так. Чая они явно не ждали.

Я сглотнула, стараясь сохранять спокойствие и притвориться, будто ничего не заметила.

— Я... принесла вам чай, — выдавила я. — Мне подумалось... вам захочется... **133**

Не смотри на «Радости секса». Смотри перед собой. Триш расслабилась.

— Саманта, вы сокровище! Поставьте, пожалуйста, вон туда. — Она махнула рукой в направлении прикроватной тумбочки.

Я повернулась в ту сторону, и тут распахнулась дверь ванной и появился Эдди, практический голый, если не считать тугих боксеров. Какая волосатая у него грудь!

Господи...

Я как-то ухитрилась не уронить поднос.

— Я... Извините... — проборотала я, пятясь. — Я не знала...

— Не глупите! Идите сюда! — заявила Триш, окончательно свыкшаяся с мыслью о том, что я нахожусь в их спальне. — Мы не ханжи.

Да уж... Я осторожно приблизилась к кровати, переступила через лиловый кружевной лифчик, поискала взглядом, куда поставить поднос, и нашла для него местечко, отодвинув фотографию Триш и Эдди в джакузи с бокалами шампанского в руках.

Торопливо наполнила чашки, вручила Гейгерам. Не поднимая головы — я не могла заставить себя взглянуть на Эдди. На какой другой работе можно застать своего босса голым?

Сами знаете, на какой. Почему-то это соображение не вдохновляло.

— Э... Я пойду, — промямлила я.

— Не спешите! — Триш с наслаждением сделала глоток. — М-м... Раз вы зашли, давайте поболтаем. Обсудим наши дела.

— Хорошо, мадам. — В вырезе ночнушки был виден сосок. Я поспешно отвернулась — и уткнулась взглядом в бородатого мужчину из «Радостей секса», изображенного в диковинной позе.

В сознании вдруг возникла картина — Триш и Эдди, расположившиеся точно так же...

Хватит! Перестань!

Я чувствовала, что лицо горит. Какая-то фантасмагория: я стою в спальне людей, с которыми едва знакома, и мне всячески дают понять, что они только что занимались сексом. А их самих это как будто мало заботит...

И тут до меня дошло. Конечно же! Я — прислуга. Передо мной можно не стесняться.

— Значит, все в порядке, Саманта? — Триш отставила чашку и с прищуром поглядела на меня. — Вы составили себе расписание? И у вас все под контролем?

— Абсолютно. — Я помедлила, подбирая ответ попрофессиональнее. — Я полностью овладела... — Тьфу ты! — То есть полностью освоилась и готова отдавать себя...

Черт!

— Отлично! — Триш лучезарно улыбнулась. — Я в вас не сомневалась. Вам не нужны наставления, вы сами прекрасно во всем разбираетесь.

— Думаю, да.

Триш одарила меня новой улыбкой и потянулась за чаем.

— Надеюсь, сегодня вы займетесь стиркой.

Стиркой? О стирке я и не думала.

— Да, поменяйте, пожалуйста, белье, когда будете застилать постель, — прибавила она.

Застилать постель?

Это тоже моя обязанность?

Я ощутила легкую панику. Какое там «полностью овладела»! Сообразить бы еще, чем тут нужно овладеть!

— Разумеется, я составила собственное... э... расписание, — сказала я деловито. — Но наверное, будет лучше, если вы дадите мне список обязанностей.

— А... — Триш эта идея пришлась не по вкусу. — Хорошо, если вы настаиваете...

— Что касается меня, Саманта, — вмешался Эдди, — мы должны с вами обсудить условия вашего контракта. — Он стоял перед зеркалом, сжимая в руке **135** гантель. — Узнаете, на что подписались. — Он хохотнул и с натугой поднял гантель над головой. Живот заходил ходуном. Не слишком приятное зрелище.

— С вашего разрешения... Займусь другими делами... — Я попятилась к двери, не поднимая головы.

— Увидимся за завтраком. — Триш заливисто хихикнула. — Чао-чао!

К ее переменчивому настроению привыкнуть нелегко. Вот и сейчас — от беседы работодателя с работником мы мгновенно перешли на тон светской болтовни на борту круизного лайнера.

— Э... Счастливо оставаться, — проговорила я, копируя ее тон. Сделала книксен, снова перешагнула через лифчик и выскочила из комнаты.

Завтрак оказался кошмаром. Мне понадобилось три неудачных попытки, чтобы понять, как разрезать грейпфрут надвое. Нет чтобы позаботиться о тех, кому приходится готовить, — нарисовали бы направляющие, или перфорацию бы пробили, или еще что-нибудь. Пока я возилась с грейпфрутами, убежало молоко; а когда я выронила кофейник, кофе расплескался по всей кухне. По счастью, Триш и Эдди настолько увлеклись спором по поводу того, куда поехать в следующие выходные, что совершенно не обращали внимания на происходящее в кухне. И не слышали моих воплей.

С другой стороны, мне удалось совладать с тостером. Когда Гейгеры позавтракали, я сунула грязные чашки и тарелки в посудомоечную машину и попыталась вспомнить, как я включала ее вчера. И тут в кухню вошла Триш.

— Саманта, мистер Гейгер желает видеть вас в своем кабинете, — сообщила она. — Чтобы обсудить размеры жалованья и условия контракта. Не заставляйте его ждать.

— Э... хорошо, мадам. — Я присела, потом огладила форму и вышла в коридор. Подойдя к двери кабинета, я дважды постучала.

136

— Заходите! — пригласил меня жизнерадостный голос. Эдди сидел за столом — огромной конструкцией красного дерева в комбинации с выделанной кожей. На столе возвышался дорогостоящий на вид ноутбук. Эдди, слава Богу, был полностью одет — бежевые брюки, спортивная рубашка; в кабинете пахло лосьоном после бритья.

— А, Саманта! Готовы побеседовать? — Он указал на деревянный стул с высокой спинкой. Я послушно села. — Вот! Вот документ, которого вы так ждали!

С довольным видом он вручил мне папку, на которой было вытиснено: «Контракт экономки». Я раскрыла папку и увидела лист кремовой веленевой бумаги, заполненный старинной рукописной вязью — компьютерной, разумеется. Наверху витиеватым средневековым шрифтом значилось:

КОНТРАКТ ОБ УСЛОВИЯХ
между Самантой Свитинг
и
мистером и миссис Эдуард Гейгер.
Дано в день 2-й июля месяца года две тысячи четвертого от Рождества Господа нашего Иисуса Христа.

— Ух ты! — воскликнула я. — А... это юрист составлял?

Не могу представить себе нормального юриста, составляющего контракт в диснеевской стилистике! Не говоря уже о сопутствующем антураже.

— Мне не нужен юрист, — Эдди многозначительно хмыкнул. — Я в эти игры не играю. Эти ребята забавы ради отсудят у тебя руки с ногами. Латынь. Послушайте меня, Саманта, всякий разумный человек в состоянии составить подобный документ. — Он подмигнул.

— Конечно, сэр, — отозвалась я, оторвалась от «шапки» и углубилась в изучение условий контракта. **137**

Боже мой! Что это за абракадабра? Проглядывая параграфы, я закусила губу, чтобы не расхохотаться.

...Саманта Свитинг (в дальнейшем именуемая «ИСТЕЦ»...

Истец? Он вообще понимает, что написал?

...Таковым образом, невзирая на предоставление кулинарных услуг, каковые, предусматривающие prima facie, но не ограничивающиеся приготовлением легких сэндвичей и напитков в соответствии с временем суток...

Я стиснула зубы, сдерживая рвущийся наружу смех.

...Соблюдая вышеизложенное, ipso facto, Стороны обязуются следовать вышеоговоренным условиям во всей их полноте...

Что? *Что?*

Это же полная ахинея! Обрывки юридической терминологии в сочетании с пышными, но ровным счетом ничего не означающими фразами. Я быстро проглядела остаток текста, отчаянно сражаясь с клокотавшим в горле хохотом и пытаясь придумать разумную формулировку ответа.

— Да, я знаю, выглядит устрашающе, — сказал Эдди, неверно истолковав мое молчание. — Но пусть вас не пугают все эти длинные слова! Все очень просто, поверьте мне. Вы обратили внимание на размер заработной платы?

Я посмотрела на цифру в разделе «Еженедельное жалованье». Чуть меньше, чем я зарабатывала за час юридической практики.

— Весьма щедро с вашей стороны, — проговорила я. — Большое спасибо, сэр.

— Может, вы чего-то не поняли? — Он улыбнулся. — Говорите, не стесняйтесь.

С чего начать?

— М-м... Вот здесь. — Я указала на «Раздел 7. Рабочее время». — Правильно ли я поняла? У меня будет свободный уик-энд? Каждую неделю?

— Разумеется. — Эдди, похоже, удивился. — Мы вовсе не требуем, чтобы вы ради нас жертвовали выходными. Разве что по особым случаям. Но тогда вы будете получать сверхурочные. Смотрите пункт 9.

Я не слушала. Свободные выходные! Каждую неделю! Невозможно представить. Пожалуй, полностью свободных выходных у меня не выдавалось лет с двенадцати.

— Здорово. — Я не удержалась от улыбки. — Спасибо, сэр.

— Ваши прежние работодатели не давали вам выходных? — шокированно уточнил Эдди.

— Нет, — призналась я. — Только иногда.

— Рабовладельцы какие-то! Мы — люди куда более разумные. — Он поднялся. — Оставлю вас наедине с этим документом, чтобы вы как следует изучили его, прежде чем подписать...

— Я уже прочитала...

Эдди вскинул ладонь.

— Саманта, Саманта, — проговорил он, укоризненно качая головой. — Позвольте дать совет, который вам наверняка пригодится в жизни. Читайте юридические документы очень тщательно.

Я уставилась на него. В носу засвербило от невозможности расхохотаться вслух.

— Конечно, сэр, — сказала я наконец. — Я запомню ваш совет.

Эдди вышел из кабинета, а я вернулась к контракту и закатила глаза. Потом взяла карандаш и принялась править текст, перефразируя, вычеркивая, добавляя на полях...

И вдруг остановилась.

Какого черта я делаю?!

Я схватила ластик и торопливо стерла все свои пометки. Затем взяла ручку и взглянула на низ листа, где мультяшная сова в юридической мантии указывала на строчки:

Имя: Саманта Свитинг

Род занятий: ....

На мгновение я задумалась, потом вписала: «Помощь по дому».

На мгновение возникло ощущение нереальности происходящего. Я и вправду делаю это. И вправду нанимаюсь на работу, в десятках миль от прежней жизни — во всех смыслах. И никто не ведает, что я делаю.

Перед мысленным взором возникло мамино лицо. Я представила себе ее выражение, узнай она, где я и кто я... что я ношу форму... С ней наверняка случился бы срыв. Меня так и подмывало позвонить ей и все рассказать.

Нет, не стоит. У меня нет на это времени. Стирка ждать не будет.

Потребовалось две ходки, чтобы перенести все грязное белье в домашнюю прачечную. Я вывалила содержимое переполненных корзин на кафельный пол и посмотрела на шикарную стиральную машину. Это, должно быть, достаточно просто.

Опыта у меня немного. Обычно я отправляла все, кроме нижнего белья, в сухую химчистку. Но отсюда вовсе не следует, что я не умею стирать. Всего-то и нужно, что пораскинуть мозгами. Методом тыка я открыла дверцу машины. На электронном дисплее немедленно замигала надпись: «СТИРКА? СТИРКА?»

Тоже мне, умная какая! Естественно, я собираюсь стирать. Мне захотелось огрызнуться. Вот разберу все эти кучи — и начну стирку.

Я глубоко вдохнула. Спокойно, Саманта. Все по порядку. Первый шаг: заполнить машину. Я подхватила с пола груду вещей — и остановилась.

Нет. Первый шаг — рассортировать вещи. Довольная тем, что вспомнила о необходимости сортировки, я принялась разбирать вещи в соответствии с инструкциями на ярлыках.

«Белое белье 40 градусов».

«Белое белье 90 градусов».

«Стирать вывернутым наизнанку».

«Стирать отдельно от цветного».

«Стирать осторожно».

«Стирать очень осторожно».

К концу первой корзины я окончательно пришла в замешательство. На полу имелось под двадцать кучек белья, в большинстве своем состоявших каждая из одной-единственной вещи. Чушь какая-то! Что, стирать двадцать раз? Да на это неделя уйдет.

И что прикажете делать? Как прикажете поступить? Раздражение нарастало. Его нагоняла паника. Я провела в прачечной уже пятнадцать минут — и ничего пока не сделала.

Ладно... Будем рациональными. Люди во всем мире стирают каждый день. Значит, это несложно. Надо поэкспериментировать...

Я собрала с пола несколько вещей и запихнула их в барабан. Потом открыла шкаф у стены и воззрилась на целый арсенал стиральных порошков. Какой выбрать? В сознании крутились фразы из телевизионной рекламы: «Ослепительно белый! Белоснежно белый! Не содержит биологических добавок! "Калгон" — ваша машина прослужит дольше!»

Очень мне нужно, чтобы эта машина прослужила дольше! Пусть лучше стирает!

Наконец я взяла пакет, на котором были изображены белые футболки, насыпала порошка в верхнюю ячейку агрегата — и еще чуть-чуть в барабан, для надежности. Захлопнула дверцу. Что теперь?

«СТИРКА?» — продолжал настырно мигать экран. — «СТИРКА?»

— Да! — процедила я. — Стирай, гадина. — И наугад ткнула одну из кнопок.

«ВВЕДИТЕ ПРОГРАММУ», — потребовал экран.
Программу?

Мой взгляд заметался по помещению — и наткнулся на руководство по эксплуатации за какой-то бутылочкой с распылителем. Я схватила буклет и принялась лихорадочно листать.

«Половинная загрузка для небольшого количества белья возможна только для программ предварительной стирки A3—E2 и для программ дополнительного полоскания G2—L7, исключая программу H4».

Что?

Да бросьте. Я окончила Кембридж. Я латынь изучала! Уж с этим я как-нибудь разберусь.

Я перевернула страницу.

«Программы E5 и F1 не предусматривают отжима, если не нажать и не удерживать в течение пяти секунд кнопку "S" перед запуском программы — или в течение десяти секунд в ходе выполнения программы в случае E5 (нешерстяные изделия)».

Бред! Экзамен по международному корпоративному праву был в сто раз легче этой инструкции! Ладно, к черту ее. Воспользуемся здравым смыслом. Я выпрямилась и решительно нажала на кнопку.

«ПРОГРАММА K3?» — высветилось на экране.

— ПРОГРАММА K3?

Чем-то эта программа мне не понравилась. Зловещее у нее обозначение. Так обычно называют утесы — или тайные правительственные службы...

— Нет, — сказала я, тыкая пальцем в маши-
142 ну. — Хочу другую.

«ВЫ ВЫБРАЛИ ПРОГРАММУ К3», — сообщил экран.

— Не хочу я эту программу! — воскликнула я. — Давай другую! — И стала нажимать на все кнопки подряд, но машина игнорировала мои попытки: зашумела вода, на панели зажегся зеленый огонек.

«ПРОГРАММА К3 ВЫПОЛНЯЕТСЯ», — сообщил экран. — «СТИРКА СИЛЬНО ЗАГРЯЗНЕННЫХ ОБИВОЧНЫХ МАТЕРИАЛОВ».

Сильно загрязненных? Обивочных?

— Стой! — прошептала я и забарабанила по кнопкам. — Стой! — В отчаянии я пнула машину. — Стой!

— Все в порядке? — донесся из кухни голос Триш. Я отпрыгнула от машины и торопливо пригладила волосы.

— Э... Да. — Я нацепила профессиональную улыбку. — Вот... стирку запустила...

— Молодец. — Триш протянула мне полосатую рубашку. — Нужно пришить мистеру Гейгеру пуговицу. Будьте так добры...

— Конечно! — Я взяла рубашку, мысленно поежившись.

— А вот ваш список обязанностей. — Она вручила мне листок бумаги. — Разумеется, он неполон, но для начала...

Пробежав листок глазами, я чуть не разрыдалась.

«Убирать постель... подметать и мыть крыльцо... расставлять цветы... протирать зеркала... следить за порядком в шкафах... стирка... ежедневно убирать ванную...»

— Думаю, все эти обязанности вас не пугают, не правда ли? — любезно поинтересовалась Триш.

— Э... нет, — чуть хрипло ответила я. — Ничего страшного.

— Самое главное — займитесь глажкой, — прибавила Триш. — Боюсь, там столько накопилось! Ну, сами увидите. Почему-то вещи имеют привычку накапливаться. — Триш глядела в потолок. Я проследила за ее взором, одолеваемая дурными предчувствиями. **143**

Так и есть. Над нашими головами на деревянной сушилке висела куча мятых белых рубашек. Штук тридцать, не меньше.

Ноги сделались ватными. Я же не умею гладить! Я в жизни утюга в руках не держала! Что мне делать?

— Вы справитесь с ними в два счета, — весело сказала Триш. — Гладильная доска вон там, — она кивнула в угол.

— Понятно, — промямлила я.

Самое главное в нашем деле — выглядеть убедительно. Возьму доску, подожду, пока Триш уйдет... а дальше придумаю новый план.

Я шагнула к доске с таким видом, будто пользуюсь ей каждый день. Потянула за одну из металлических ножек. Доска не пошевелилась. Я потянула за другую ножку — с тем же успехом. Я тянула сильнее и сильнее, на лбу выступила испарина, но проклятая доска не желала раскрываться. И как быть?

— Там защелка, — сказала Триш, с удивлением наблюдавшая за мной. — Внизу.

— А! Ну конечно! — Я поблагодарила ее улыбкой, затем обхватила доску обеими руками, нажимая наобум, — и вдруг, без всякого предупреждения, эта хреновина выкинула длинные ножки, выскользнула у меня из рук и самостоятельно встала на пол. Расстояние от доски до пола не превышало двух футов.

— Уф! — Я рассмеялась. — Сейчас отрегулирую.

Я подняла доску и попыталась выпрямить ножки. Однако они не желали выпрямляться. Я крутила доску так и эдак, гадая, что нужно сделать. На лбу снова выступил пот. Как же раскладывается эта хреновина?!

— Вообще-то, — проговорила я, — мне нравятся низкие доски. Оставлю, пожалуй, как есть.

— Да вы что! — Триш озадаченно рассмеялась. — Потяните рычажок. Он тугой... Давайте, я вам покажу.

144 Она взяла доску и двумя движениями отрегулировала высоту ножек.

— Вероятно, вы привыкли к другой модели, — сказала она, защелкивая фиксатор. — У каждой свои особенности.

— Ну да! — откликнулась я, хватаясь за спасительную соломинку. — Мне гораздо чаще доводилось работать с... «Нимбус-2000».

Триш посмотрела на меня.

— Разве это не марка метлы Гарри Поттера?

Черт!

Я же знала, что где-то слышала это название.

— Да. — Мое лицо горело. — А также широко известная марка гладильных досок. Думаю, метлу назвали... э... в честь гладильной доски.

— Правда? — удивилась Триш. — Я этого не знала. — К моему ужасу, она прислонилась к стене и закурила. — Не обращайте на меня внимания. Продолжайте.

Продолжать?

— Утюг вон там, — прибавила она. — У вас за спиной.

— Понятно. Спасибо. — Я взяла утюг и, двигаясь медленно, как во сне, воткнула штепсель в розетку. Сердце бешено стучало. Я не могу! Нужно что-то придумать! Но что? В голове ни единой мысли.

— Думаю, он уже нагрелся, — заметила Триш.

— Конечно. — Я криво улыбнулась.

Выбора нет. Придется начинать. Я потянулась за одной из рубашек, сняла ее с сушилки и неуклюже разложила на доске. Как бы потянуть время? Я ведь понятия не имею, с чего начинать!

— Мистер Гейгер не любит перекрахмаленных воротничков, — подсказала Триш.

Пере-что? Мутным взором я обвела помещение — и увидела флакон с этикеткой «Крахмальный спрэй».

— Разумеется. — Я сглотнула, пытаясь не поддаться панике. — Что ж... я перейду к крахмалению... прямо сейчас...

145

Не веря собственным глазам, я взяла утюг. Он оказался куда тяжелее, чем я думала, испускал устрашающие клубы пара. Очень осторожно я стала опускать его на доску, ведать не ведая, какая часть рубашки первой угодит под пар. Думаю, глаза у меня были закрыты.

Внезапно снизу донесся звонок. Телефон! Слава Богу... слава Богу...

— Это еще кто? — нахмурилась Триш. — Извините, Саманта, я должна подойти.

— Все в порядке, — прохрипела я. — Идите, конечно же. А я буду гладить...

Едва Триш вышла, я уронила утюг на доску и обхватила руками голову. Должно быть, я спятила. Ничего у меня не выйдет. Мне не стать экономкой. Утюг пыхнул паром мне в лицо, и я сдавленно вскрикнула. Потом выключила утюг и обессиленно опустилась на пол. На часах только девять двадцать, а ноги уже не держат.

Я-то всегда считала, что это у юристов не работа, а сплошной стресс...

11...

К тому времени когда Триш возвратилась в кухню, я немного успокоилась. Я смогу. Конечно, смогу. Это же не квантовая физика. Это домашняя работа.

— Саманта, боюсь, нам придется покинуть вас, — озабоченно сказала Триш. — Мистеру Гейгеру пора на гольф, а меня моя лучшая подруга пригласила полюбоваться на ее новый «мерседес». Не заскучаете тут в одиночестве?

— Ни в коем случае! — пылко заверила я, подавляя желание запрыгать от радости. — Не беспокойтесь. Правда. У меня достаточно работы...

— Вы уже погладили? — Она окинула взглядом прачечную.

Уже? Кем она меня считает? Суперженщиной?

— Честно говоря, я решила отложить глажку и заняться уборкой, — сказала я небрежно. — У меня так заведено.

— Как вам удобнее, — охотно согласилась Триш. — Мы всецело вам доверяем. О! Я не смогу отвечать на ваши вопросы, поскольку буду отсутствовать, зато Натаниель сможет. — Она махнула рукой. — Вы познакомились с Натаниелем, не так ли?

— Ну да, — ответила я. И тут он вошел в помещение, в рваных джинсах, весь какой-то всклокоченный. — Познакомилась. Э... Привет.

Было несколько странно видеть его вновь, после всех драматических событий предыдущего вечера. Перехватив мой взгляд, он едва заметно усмехнулся.

— Привет, — сказал он. — Как дела?

— Замечательно! — откликнулась я. — Лучше не бывает.

— Натаниель знает о нашем доме буквально все, — вмешалась Триш, проводя помадой по губам. — Так что если не сможете чего-то найти, захотите узнать, где ключ от двери или еще что-нибудь, — это к нему.

— Постараюсь запомнить, — пообещала я. — Спасибо за совет.

— Натаниель, я не хочу, чтобы вы отвлекали Саманту, — строго прибавила Триш. — У нее свои планы и свое расписание.

— Понятно. — Натаниель кивнул. Когда Триш отвернулась, он вопросительно посмотрел на меня, и я почувствовала, что заливаюсь краской.

Что это значит? Или он догадывается, что у меня нет никакого расписания? Но ведь из того, что я не умею готовить, отнюдь не следует, что я не умею вообще ничего!

— Все будет в порядке? — уточнила Триш, подхватывая сумочку. — Вы нашли чистящие средства?

— Э... — Я озадаченно огляделась.

— Не здесь! — Она шмыгнула за дверь и мгновение спустя показалась вновь, с огромным тазом, битком набитым всякими чистящими средствами. — Вот, — проговорила она, поставив таз на стол. — И не забудьте «мэриголды»!

Что?

— Резиновые перчатки, — пояснил Натаниель, доставая из таза пару розовых перчаток и с полупоклоном протягивая их мне.

— Спасибо, что освежили мою память, — сухо поблагодарила я.

В жизни не надевала резиновых перчаток! Стараясь не морщиться, я медленно натянула их на руки.

Господи! Я и представить не могла, что бывает нечто столь склизкое... столь резиновое... столь омерзительное... И мне придется носить их целый день?!

— Пока-пока! — крикнула Триш из холла, и входная дверь захлопнулась.

— Ну, — сказала я, — мне надо... продолжать.

Я хотела, чтобы Натаниель ушел, однако он присел на стол и воззрился на меня.

— Вы имеете представление об уборке дома?

Меня задело предположение, содержавшееся в его вопросе. Я что, похожа на идиотку, которая ничего не знает об уборке?

— Разумеется, имею. — Я закатила глаза.

— Я рассказал вчера о вас своей матушке. — Он усмехнулся, будто вспоминая разговор. Я с подозрением посмотрела на него. Что он там наговорил? — Она согласилась помочь вам с готовкой. И мне кажется, вам понадобится помощь и...

— Мне не нужна помощь! — перебила я. — Я прибиралась в сотнях домов. Что мне нужно, так это приступить наконец к делу.

— Вперед. — Натаниель пожал плечами.

Я ему покажу! Я решительно достала из таза флакон, нацелила на стол и нажала на распылитель. Вот! Кто сказал, что я не умею убираться?

— Значит, сотни домов? — спросил Натаниель, не сводя с меня взгляда.

— Нет. Миллионы.

Чистящая жидкость собралась в крохотные серые капли. Я резко провела тряпкой по столешнице, но капли никуда не делись. Черт!

149

Я посмотрела на этикетку. На ней значилось: «Не использовать на гранитных поверхностях». Черт!!!

— Ладно. — Я поспешила прикрыть капли тряпкой. — Вы мне мешаете. — Я схватила метелку из перьев и принялась сметать со стола хлебные крошки. — Извините...

— Ухожу, ухожу. — Уголок рта у Натаниеля подозрительно дергался, словно он боролся со смехом. — Может, лучше подойдет щетка с совком? — поинтересовался он, кивая на метелку.

Я с сомнением поглядела на метелку. Чем она его не устраивает? И кто он такой, в самом деле, член парламентского комитета по борьбе с пылью?

— У меня свои методы, — проронила я. — Спасибо за компанию.

— Увидимся. — Он широко ухмыльнулся.

Не допущу, чтобы он потешался надо мной! Я вполне способна навести чистоту в этом доме! Мне нужен... план. Да. Расписание, хронометраж, как на работе.

Едва Натаниель ушел, я схватила ручку и листок бумаги и принялась набрасывать план на день. Мне представлялось, как я ловко и споро выполняю домашние дела, сноровисто и уверенно, щетка в одной руке, веник в другой, навожу порядок в доме. Как Мэри Поппинс.

> *9.30–9.36. Застелить постель.*
> *9.36–9.42. Вытащить белье из машины и повесить сушиться.*
> *9.42–10.00. Убрать в ванной.*

Я дошла до конца списка, вернулась к началу и с оптимизмом перечитала. Намного лучше. Совсем другое дело. В таком ритме я управлюсь со всем к полудню.

9.36. Дьявол. Не могу застелить кровать. Почему белье не желает лежать ровно?

9.42. И почему матрацы такие тяжелые?

9.54. Пытка, право слово! В жизни у меня так не болели руки. Одеяла весили каждое не меньше тонны, простыни не ложились ровно, и я понятия не имела, как поступать со сбивающимися углами. Поневоле посочувствуешь горничным в отелях...

10.30. Наконец-то. Целый час упорных трудов — и одна кровать застелена. О расписании можно забыть. Ну да ладно. Главное — не останавливаться. Теперь за стирку.

10.36. Нет. Только не это.

Я старательно отводила глаза. Катастрофа! Все вещи в машине сделались розовыми. Все до единой.

Что произошло?

Дрожащими руками я вытащила мокрый кашемировый кардиган. Помнится, он был кремовым. А сейчас приобрел мерзкий карамельный оттенок. Я знала, что программа КЗ до добра не доведет. Знала!

Спокойно. Что-нибудь придумаем, обязательно придумаем. Мой взгляд заметался по рядам порошков и прочей химии. Пятновыводитель... «Ваниш»... Наверняка есть какой-то способ... Нужно лишь собраться с мыслями...

10.42. О'кей. Ответ готов. Может не сработать до конца — но выбирать не приходится.

11.00. Только что потратила 852 фунта на замену испорченных вещей. Девушки в отделе персональных продаж «Хэрродз» постарались подобрать по моим словам ближайшие аналоги порозовевших предметов и обещали прислать их завтра экспресс-доставкой. Будем надеяться, что Триш и Эдди не заметят магического обновления своего гардероба.

Теперь надо избавиться от этой розовой кучи. И заняться остальными делами из списка.

11.06. А еще глажка! Что мне с ней делать?

11.12. Правильно. В местной газете я нашла объявление какой-то женщины. Она согласилась забрать рубашки и погладить их за ночь, по три фунта за экземпляр, и пришить Эдди пуговицу.

Пока новая работа обошлась мне почти в тысячу фунтов. А ведь еще полдень не наступил.

11.42. Все отлично. Жизнь прекрасна. Я включила пылесос, я иду по дому...

Черт! Это что такое? Что там засосало в трубу? И почему пылесос ревет так натужно?

Неужели я его сломала?

11.48. Сколько стоит новый «гувер»?

12.24. Ноги совершенно не держат. Стоя на коленях, я драила ванную — как мне показалось, несколько часов подряд. На коже остались рубцы. Я вся взмокла и долго не могла прокашляться, надышавшись химикатами. Отдохнуть бы. Но нужно продолжать. Я не могу останавливаться. Я настолько отстаю...

12.30. Что не так с этим отбеливателем? И в какую сторону смотрит его сопло? Я в недоумении вертела флакон, разглядывала стрелки на пластике... Почему не работает? Ладно, надавим посильнее... Еще сильнее...

Черт! Чуть в глаз себе не попала.

12. 32. ЧЕЕЕРТ!!! Что за пятно у меня на волосах?

К трем часам я полностью выдохлась. Список дел оказался выполнен наполовину, и насчет оставшейся половины у меня имелись серьезные сомнения. И как люди убираются дома? Работы тяжелее и придумать нельзя.

Мэри Поппинс, не стану скрывать, из меня не вышло. Я бросалась от одного незаконченного дела к другому, как бестолковый цыпленок. В данный момент я стояла на стуле в гостиной и протирала зеркало. Словно дурной сон, честное слово! Чем усерднее я терла, тем туманнее оно становилось.

Я поглядывала на себя в зеркало. Жуть! Вся встрепанная, волосы торчат в разные стороны, там, куда попал отбеливатель, гротескная зеленоватая полоса. Лицо пунцовое, залитое потом, руки красные и мокрые, глаза слезятся...

Почему оно не очищается? Почему?

— Ну же! — воскликнула я и всхлипнула. — Ну! Давай очищайся, ты, паршивое... паршивое...

— Саманта.

Я замерла. В зеркале отразился Натаниель, стоящий на пороге.

— Вы пробовали уксус?

— Уксус? — с подозрением переспросила я.

— Он уничтожает жир, — объяснил Натаниель. — Стекла чистят уксусом.

— А!.. — Я отложила тряпку и подбоченилась. — Ну да, я это знала...

Натаниель покачал головой.

— Нет, не знали.

Я всмотрелась в его спокойное лицо. Нет смысла притворяться. Он знает. Знает, что я впервые в жизни взяла в руки тряпку.

— Вы правы, — со вздохом согласилась я.

Когда я слезала со стула, мои колени чуть не подломились от усталости. Я вцепилась в каминную полку, пытаясь устоять на ногах.

— Вам надо передохнуть, — сказал Натаниель твердо. — Вы работали целый день. Я видел. Вы хоть перекусили?

— Времени не было.

Я плюхнулась на стул. Накатила чудовищная усталость. Болели все мышцы, включая даже те, о существовании которых я до сих пор и не подозревала. Чувство было такое, словно я пробежала марафонскую дистанцию. Или переплыла Ла-Манш. Между тем я еще не протерла дерево и не выбила коврики.

— Это... тяжелее, чем я думала, — призналась я. — Гораздо тяжелее.

— Угу. — Натаниель кивнул, пристально посмотрел на меня. — Что это с вашими волосами?

— Отбеливатель, — фыркнула я. — Чистила туалет.

153

Он хмыкнул, но мне было уже все равно. То есть абсолютно.

— А вы упорная, — заметил он. — Что правда, то правда. Потом станет легче...

— Я не могу. — Слова сорвались с языка, прежде чем я успела одуматься. — Не могу. Это... безнадежно.

— Можете. — Он покопался в рюкзаке и достал банку «Коки». — Держите. Топливо для истощенного организма.

— Спасибо. — Я взяла банку, оторвала клапан и сделала большой глоток. Ничего вкуснее в жизни не пробовала. За первым глотком последовал второй, третий...

— Предложение сохраняет силу, — сказал Натаниель после паузы. — Моя матушка готова давать вам уроки. Если хотите, конечно.

— Правда? — Я вытерла губы, откинула волосы. — Она... не возражает?

— Матушке нравятся сложные задачи. — Натаниель усмехнулся. — Она научит вас хозяйничать на кухне. И всему остальному, что нужно знать. — Он бросил взгляд на мутное зеркало.

Я отвернулась, остро переживая собственное унижение. Не хочу быть бесполезной. Не хочу, чтобы меня приходилось учить. Я не такая. Я хочу делать все самостоятельно, не обращаясь за помощью к кому бы то ни было.

Мечты, мечты... Без помощи мне не обойтись. Такова суровая реальность.

В конце концов, если и дальше все пойдет такими темпами, как сегодня, через две недели я обанкрочусь.

Я повернулась к Натаниелю.

— Это будет здорово, — проговорила я. — Я вам очень признательна. Большое спасибо.

12...

В субботу утром я проснулась с колотящимся сердцем и вскочила с кровати, проворачивая в голове список предстоящих дел.

И вдруг мысли замерли, словно резко, завизжав резиной, затормозил автомобиль. Мгновение я боялась пошевелиться. Затем, осторожно, почти крадучись, легла обратно, испытывая самое невероятное, самое непредставимое для меня до сих пор чувство.

Мне не нужно ничего делать.

Не нужно заключать контракты, отвечать на письма, спешить на чрезвычайное совещание в офис. Ничего не нужно.

Я наморщила лоб, пытаясь вспомнить, когда в последний раз мне нечего было делать. Что-то не припомнить. Судя по всему, такого просто не бывало лет, наверное, с семи у меня всегда наличествовали какие-либо занятия. Я встала, подошла к окну, поглядела на утреннее, прозрачно-голубое небо и призадумалась — чем бы заняться? У меня выходной. Никто сегодня мной не командует. Никто не позовет меня, не потребует моего присутствия. Мое личное время. Как звучит — личное время. **155**

Стоя у окна и глядя на улицу, я внезапно почувствовала, что становлюсь легкой, почти невесомой, как воздушный шарик. Свободна! Встретившись взглядом с собственным отражением, я поняла, что мое лицо расползлось в широкой улыбке. Впервые в жизни я вольна делать все, что пожелаю, — или не делать ничего.

Я посмотрела на часы. Семь пятнадцать. Впереди целый день, свободный от забот, чистый, как лист бумаги без единой строчки. Чем же заняться? С чего начать? Легкость в мыслях необыкновенная, хочется хохотать до колик — просто так, без причины...

Постепенно у меня сложился план. Забудем о шестиминутных отрезках. Забудем о спешке. Начнем измерять время часами. Час на то, чтобы понежиться в ванне и одеться. Еще час на вдумчивый завтрак. Час на чтение газеты, от корки до корки. Я собиралась провести это утро самым расслабленным, самым умиротворенным, самым ленивым образом за всю свою взрослую жизнь.

Шагая в ванную, я ощущала, как болят мышцы — едва ли не каждая из них. Мышцы, о существовании которых я и не подозревала. Домашнюю работу надо рекомендовать тем, кто ищет физических нагрузок. Я налила себе ванну, щедро плеснула позаимствованного у Триш геля, ступила в ароматную воду и медленно улеглась.

Восхитительно. Я проведу здесь не час, а несколько часов.

Я закрыла глаза, погрузилась в воду по плечи и постаралась забыть о времени. По-моему, я даже заснула. Никогда в жизни я столько не лежала в ванне.

Наконец я открыла глаза, потянулась за полотенцем, выбралась из ванны и принялась вытираться. Из любопытства посмотрела на часы.

Семь тридцать.

Что?

156   Я нежилась всего пятнадцать минут?

Не может быть! Неужели мое блаженство продолжалось всего пятнадцать минут?! Я перестала вытираться и призадумалась, не улечься ли обратно, не предаться ли блаженству заново.

Нет. Это уж чересчур. Ну и ладно. С ванной не заладилось, зато уж за завтраком я оторвусь. Как говорится, по полной.

У меня появилось что надеть. Накануне вечером Триш вывезла меня в торговый центр по соседству, и я прикупила себе белья, шортов и летних нарядов. Триш сперва заявила, что бросит меня в магазине, а кончилось все тем, что мне пришлось слушать ее наставления и подчиняться ее выбору... Так или иначе, я ухитрилась не купить ничего черного.

Я осторожно натянула на себя короткое розовое платьице, надела сандалии и поглядела на себя в зеркало. Никогда раньше я не носила розового. К моему изумлению, оказалось, что выгляжу я очень даже неплохо. Если не считать, конечно, выбеленной пряди. С ней придется что-то сделать.

Я вышла в коридор. Из спальни Гейгеров не доносилось ни звука. Я вдруг засмущалась и тихонько прошмыгнула мимо двери. Вообще довольно странно — провести выходные в их доме и ничего при этом не делать. Пожалуй, надо будет пойти погулять. Чтобы не мешаться под ногами.

Кухня встретила меня привычным блеском. Не стану скрывать, в моих глазах она мало-помалу становилась все менее устрашающей. Я по крайней мере научилась обращаться с тостером и чайником и обнаружила в кладовке целую полку баночек с джемом. Так, на завтрак у нас будут тосты с имбирным и апельсиновым джемом и чашечка кофе. И газета! Я прочитаю ее от корки до корки, как и собиралась. Этак я просижу часиков до одиннадцати, а дальше посмотрим.

157

Я взяла с коврика перед входной дверью свежий номер «Таймс» и вернулась в кухню как раз в тот момент, когда из тостера выскочили поджаренные хлебцы.

Вот это жизнь!..

Я села у окна и, похрустывая тостами, стала пить кофе и лениво листать газету. Сжевав три тоста, выпив две чашки кофе и изучив весь субботний раздел в газете, я широко зевнула и бросила взгляд на часы.

Не верю! Семь пятьдесят шесть!

Что со мной такое? Я же собиралась потратить на завтрак пару-тройку часов. Собиралась просидеть за кофе все утро. И вовсе не стремилась уложиться в двадцать минут.

Ладно... замнем. Не надо нервничать. Развеемся как-нибудь иначе.

Я поставила посуду в посудомойку и вытерла стол. Затем снова села и огляделась по сторонам. Чем бы заняться? На улицу-то выходить слишком рано.

Внезапно я сообразила, что барабаню пальцами по столешнице. Мысленно отругала себя и посмотрела на свои руки. Расскажи кому — не поверят. У меня — первый выходной едва ли не за десять лет. Я должна расслабляться. И что? Хватит, Саманта, придумай себе развлечение.

Что люди делают по выходным? Перед мысленным взором промелькнула череда картинок из телерекламы. Еще чашечку кофе? Я и так выпила две. И третьей мне совсем не хочется. Перечитать газету? Но у меня, к сожалению, почти фотографическая память. Так что перечитывать газетные статьи и заметки несколько бессмысленно.

Мой взгляд переместился за окно. На каменном столбе, подергивая передними лапками, восседала белка. Может, все-таки на улицу? Буду наслаждаться природой, красотой утра и каплями росы... Отличная идея.

* * *

Вот только утренняя роса, как выяснилось, норовит промочить вам ноги. Шагая по мокрой траве, я горько сожалела о том, что надела открытые сандалии. И что слегка поторопилась с прогулкой.

Сад оказался гораздо больше, чем я думала. Я прошла по лужайке до изящно подстриженной живой изгороди, на которой, чудилось, все заканчивается, — и убедилась, что сад тянется дальше, до рощицы плодовых деревьев и обнесенного каменной стеной участка.

Даже я, с моим невеликим опытом садовода, понимала, что сад замечательный. Цветы выглядели весьма живописно и не казались вычурными, все стены были покрыты ползучими растениями и мхом, с веток ближайшего дерева свисали маленькие золотистые груши. Честно говоря, не припомню, чтобы мне когда-либо доводилось видеть грушу на дереве.

Я миновала плодовые деревья и вышла к лишенному травы квадратному участку, засаженному рядами каких-то растений. Наверное, те самые овощи... Я настороженно коснулась пальцами ноги одного из стеблей. Капуста? Или латук? Или вершки чего-то такого, что растет под землей?

Или замаскировавшийся инопланетянин? Откуда мне знать? Я все равно их не различаю.

Побродив по саду, я уселась на деревянную скамью и посмотрела на куст, сплошь покрытый белыми цветками. М-м... Красиво.

Что теперь? Что люди делают в саду?

Надо было взять с собой книжку. Или назначить кому-нибудь свидание. Руки требовали работы. Я поглядела на часы. Восемь шестнадцать. О Боже...

Брось! Не торопись сдаваться! Посиди еще немного, понаслаждайся тишиной и покоем. Я откинулась на спинку, устроилась поудобнее и стала наблюдать за птицей, копавшейся в земле неподалеку.

Потом снова поглядела на часы. Восемь семнадцать. Не могу.

Не могу бездельничать целый день. Нужно что-то придумать. Иначе я сойду с ума. Пойти, что ли, купить другую газету в местном магазинчике? И заодно «Войну и мир», если у них есть эта книга. Я встала и направилась было к дому, когда в кармане раздался противный писк. Я замерла.

Мобильник! Принял сообщение. Кто-то послал мне эсэмэску. Только что, ранним субботним утром. Я достала телефон и недоверчиво посмотрела на него. Он не требовал от меня контактов с внешним миром уже больше суток.

Я знала, что в памяти аппарата в предыдущие дни накопилось достаточно сообщений, но не собиралась их читать. Знала, что получала сообщения голосовой почты, но не собиралась прослушивать ни единого из них. Не хочу. Отстаньте от меня.

Я нерешительно держала телефон, не зная, как поступить. Проигнорировать? Но во мне вдруг разгорелось любопытство. Кто-то отправил мне сообщение всего несколько секунд назад. Кто-то старался, набивал на клавиатуре буковки... Мне почему-то представился Гай, в своих домашних брюках и голубой рубашке. Сидит за столом, набирает текст, хмурится...

Извиняется.

Сообщает новости. Нечто такое, что я упустила вчера...

Несмотря на все пережитое, я ощутила всплеск надежды. Стоя на мокрой лужайке, я внезапно почувствовала, как меня уносит прочь из сада, влечет в Лондон, обратно в офис. Там прошел целый день без меня. За двадцать четыре часа многое могло случиться. Все могло перемениться. Обернуться иначе. В положительную сторону.

Или... в худшую. Против меня выдвинули обвинение. И собираются судить.

Напряжение нарастало. Я крепче и крепче сжимала в руке телефон. Я должна знать. Будь то хорошие новости или плохие. Я откинула флип и взглянула на экран. Номер корреспондента был абсолютно незнакомым.

Кто это? Кто шлет мне эсэмэски?

Обуреваемая дурными предчувствиями, я нажала «ОК».

ПРИВЕТ, САМАНТА, ЭТО НАТАНИЕЛЬ

Натаниель?

Натаниель?

Облегчение было столь велико, что я рассмеялась. Ну разумеется! Я дала ему свой номер вчера, когда согласилась брать уроки у его матушки. Что там дальше?

ЕСЛИ ВСЕ В СИЛЕ, МАТУШКА ГОТОВА ДАТЬ ПЕРВЫЙ УРОК СЕГОДНЯ. НАТ.

Урок кулинарного мастерства. Просто здорово! Вот и занятие нашлось. Будет на что потратить день. Я нажала «Ответить» и быстро набрала:

С УДОВОЛЬСТВИЕМ. СПАСИБО. СЭМ.

И прибавила к сообщению смайлик. Забавно. Минуту или две спустя телефон тренькнул снова.

КОГДА? В 11 НЕ РАНО? НАТ.

Я посмотрела на часы. До одиннадцати еще два с половиной часа.

Два с половиной часа безделья, если не считать покупки газеты и попыток избежать встречи с Триш или Эдди. Я набрала:

МОЖЕТ, В 10? СЭМ.

Без пяти десять я уже ждала в холле. Судя по всему, дом матушки Натаниеля найти было не так-то просто, поэтому мы договорились встретиться у Гейгеров, чтобы потом меня отвели. Поглядев на свое отра- **161** жение в зеркале, я поёжилась. Выбеленная прядь нахально лезла в глаза. Я откинула волосы назад, потом перебросила вперёд. Бесполезно; спрятать след вчерашнего безумия не получалось. Может, пойти, приложив руку к голове, словно напряжённо размышляя? Я попробовала изобразить эту позу перед зеркалом...

— У вас болит голова?

Я резко обернулась. Натаниель, в джинсах и простой рубашке, стоял в дверях.

— Нет... нисколько, — промямлила я, не опуская руки. — Я просто...

Ладно, чего притворяться? Я опустила руку, и Натаниель с интересом уставился на белую прядь.

— Занятно, — сказал он. — Как у барсука.

— У барсука? — возмущённо повторила я. — Я не похожа на барсука!

На всякий случай глянула в зеркало. Ну да. Ничего общего.

— Барсуки — красивые животные. — Натаниель пожал плечами. — Уж лучше походить на барсука, чем на горностая.

Секундочку! С каких это пор меня заставили выбирать между барсуком и горностаем? И с чего вообще мы сбились на обсуждение местной фауны?

— Нам не пора? — сухо поинтересовалась я, подобрала сумочку и шагнула к двери, напоследок снова поглядев в зеркало.

Что ж. Чем-то я и вправду смахиваю на барсука.

Снаружи уже потеплело. Пока мы шли по посыпанной гравием дорожке, я воодушевлённо принюхивалась. В воздухе витал сладкий цветочный аромат, казавшийся очень знакомым.

— Жимолость и жасмин! — воскликнула я, когда меня посетила внезапная догадка. Так пах гель для душа «Джо Мэлоун».

— Жимолость вон. — Натаниель указал на бледно-желтые цветки на стене. — Посадил год назад.

Я пристально посмотрела на изящные лепестки. Значит, вот как выглядит жимолость?

— А жасмин у нас не растет, — продолжал он. — Вы ничего не напутали?

— Э... — Я развела руками. — Почудилось, наверное. Пожалуй, не стоит упоминать о геле. Ни сейчас, ни вообще.

Когда мы свернули с дорожки, я вдруг поняла, что впервые с тех пор, как очутилась здесь, выхожу за пределы территории Гейгеров — не считая поездки в торговый центр с Триш. Но тогда я была слишком занята поисками компакта Селин Дион в бардачке машины, чтобы обращать внимание на окрестности. Натаниель повернул налево и двинулся по дороге. А я остановилась как вкопанная. Я глазела на открывшийся мне вид, широко раскрыв рот. Как ошеломительно красиво!

Я и знать не знала.

Старинные, золотистые, с медовым отливом стены. Ряды коттеджей с островерхими черепичными крышами. Речушка, бегущая под ивами. Прямо впереди паб, который я заметила в день приезда, украшенный приколоченными к стенам корзинами. Откуда-то доносилось цоканье лошадиных подков. Никаких резких городских звуков. Все такое уютное, такое славное, было таким на протяжении сотен лет и столько же еще наверняка будет...

— Саманта?

Натаниель наконец заметил, что идет один.

— Извините. — Я поспешила догнать его. — Здесь так красиво! Я и не догадывалась.

— Красиво, — согласился он. Кажется, мой восторг пришелся ему по душе. — Вот только туристов слишком много... — Он пожал плечами.

— Надо же! — Мы двинулись дальше, я крутила головой, не переставая восхищаться. — Какая речка! А церковь какая!

163

Я словно впала в детство и радовалась так, как радуется ребенок, получив новую игрушку. Можно сказать, до сих пор я не бывала в английской глубинке. Мы всегда находились в Лондоне или выезжали за границу. В Тоскане я практически стала своей, а в Нью-Йорке прожила полгода, когда мама отправилась туда на стажировку. Но в Котсуолд я выбралась впервые в жизни.

Мы перешли реку по старинному сводчатому мосту. На самой высокой точке моста я задержалась, залюбовавшись утками и лебедями.

— Господи! — выдохнула я. — Разве они не прекрасны?

— Вы что, их раньше не замечали? — удивился Натаниель. — Или вас доставили сюда на летающей тарелке?

Мне вспомнилось то перепуганное, полностью выбитое из привычной колеи, отчаявшееся существо, каким я была всего несколько дней назад. Я слезла с поезда, голова раскалывалась, взгляд затуманен...

— Можно и так сказать, — откликнулась я. — Я не смотрела по сторонам.

Под мостом величественно скользили лебеди. Мы проводили их взглядом. Потом я посмотрела на часы. Пять минут одиннадцатого.

— Пойдемте, — поторопила я. — Ваша мама ждет.

— Погодите! — остановил меня Натаниель, когда я было устремилась вперед. — У нас целый день в запасе. — Он догнал меня. — Так что можете не рвать жилы.

Он шел легко и уверенно. Я попыталась приноровиться к этому шагу, но быстро поняла, что не привыкла к такому ритму. Я привыкла к другому — к пропихиванию сквозь толпу, к прокладыванию дороги локтями, к суете и спешке.

— Вы выросли здесь? — спросила я, сбавляя темп.

— Угу. — Он свернул на узенькую мощеную дорожку слева. — Вернулся, когда заболел отец. Потом он умер, и мне пришлось разбираться с наследством. И о матушке заботиться. Ей тяжело все это далось. Фи-

164

нансы оказались в плачевном состоянии... да и все прочее тоже.

— Мне очень жаль, — растерянно проговорила я. — А другие родственники у вас есть?

— Брат. Джейк. Приезжал тут на недельку. — Натаниель помедлил. — У него свое дело. Очень успешное.

Голос его вроде бы ни на йоту не изменился, но я уловила нотку... чего-то. Пожалуй, с вопросами насчет семьи пора заканчивать.

— Я бы здесь поселилась, — сказала я мечтательно.

Натаниель искоса поглядел на меня.

— Вы и так тут живете, — напомнил он.

Ба! А ведь он прав. С формальной точки зрения я и вправду здесь живу.

С этой мыслью нужно свыкнуться. До сих пор я всегда жила в Лондоне, не считая трех лет, проведенных в Кембридже. Мой почтовый индекс всегда начинался с букв «NW». А телефонный номер — с цифр 0207. Вот кто я такая. Вот... кем я была.

Прошлая жизнь казалась все менее и менее реальной. Ощущение было такое, словно я гляжу на себя, даже недельной давности, через матовое стекло или через кальку.

Все, к чему я когда-то стремилась и чем гордилась, сгинуло в одночасье. Рана еще не зарубцевалась до конца. Однако... Однако сейчас я чувствую себя куда более свободной, куда более живой, что ли. Я глубоко, так, что закололо под ребрами, вдохнула чистый сельский воздух. Внезапный прилив оптимизма был сродни эйфории. Поддавшись неожиданному порыву, я остановилась под могучим деревом и уставилась на его пышную, раскидистую крону.

— У Уолта Уитмена есть замечательное стихотворение о дубе. — Я погладила прохладную, шершавую кору. — «Я видел дуб в Луизиане, / Он стоял одиноко в поле, и с его ветвей свисали мхи...»*

---

* Перевод К. Чуковского.

Я покосилась на Натаниеля, почти не сомневаясь, что произвела на него впечатление.

— Это бук, — сказал он, кивая на дерево.

Да? Какая жалость.

Не знаю ни одного стихотворения о буках.

— Нам сюда. — Натаниель приоткрыл старинную железную калитку и жестом направил меня по вымощенной камнем дорожке к невысокому домику с голубыми в цветочек занавесками на окнах. — Пойдемте, я познакомлю вас с вашей наставницей.

Я ожидала иного. Мне рисовалась этакая миссис Тиггиуинкл* — седые волосы собраны в пучок, на носу круглые очки... Меня же встретила сухощавая, подтянутая женщина с очень выразительным, живым лицом. Глаза пронзительно-голубые, в уголках начинают собираться морщинки; седеющие волосы заплетены в косички. Когда мы вошли в дом, мама Натаниеля, в фартуке поверх джинсов и футболки, ожесточенно раскатывала что-то вроде теста.

— Мам. — Натаниель усмехнулся и подтолкнул меня вперед. — Вот она. Это Саманта. Саманта, это моя матушка. Ее зовут Айрис.

— Добро пожаловать, Саманта. — Айрис подняла голову. Мне почудилось, что она буквально в долю секунды успела оценить меня и составить обо мне определенное мнение. — Подождите немного, хорошо? Сейчас я закончу.

Натаниель жестом пригласил меня садиться, и я осторожно примостилась на краешке деревянного стула. Кухня находилась в задней части дома, в окно лился солнечный свет. Повсюду стояли глиняные горшки с цветами. Я отметила старенькую плиту, видавший виды деревянный стол и полуоткрытую дверь, ведущую, очевидно,

---

* Домохозяйка, персонаж одноименной сказки английской детской писательницы Б. Портер.

в сад. Пока я размышляла, не задать ли какой-нибудь вежливый вопрос, в кухню вошел цыпленок.

— Ой, цыпленок! — воскликнула я — и смущенно потупилась.

— Он самый, — подтвердила Айрис, с интересом посматривая на меня. — Никогда не видели?

Только на прилавке. Цыпленок тем временем подобрался к моим сандалиям, и я торопливо спрятала ноги под стул, чтобы маленький клюв не прошелся по моим пальцам. Потом постаралась принять по возможности уверенную позу.

— Ну вот. — Айрис ловко выложила тесто кру́гом на противне, распахнула дверцу духовки и запихнула противень внутрь. Сполоснула запачканные мукой руки под краном и повернулась ко мне. — Значит, вы хотите научиться готовить. — Тон ее был дружелюбным, но вполне деловым. Я поняла, что передо мной женщина, не привыкшая тратить время попусту.

— Да. — Я улыбнулась. — Если вы не против, конечно.

— Всякие штучки «Кордон блё», — прибавил Натаниель, расположившийся неподалеку от духовки.

— Вам уже приходилось готовить? — Айрис вытерла руки полотенцем в красную клетку. — Натаниель уверяет, что нет. Но этого не может быть, верно? — Она аккуратно сложила полотенце и улыбнулась мне. — Что вы умеете? Каков, так сказать, ваш фундамент?

Под ее пристальным взглядом я занервничала. Надо бы вспомнить, что я умею.

— Ну... э... я могу... могу приготовить... тосты, — промямлила я. — Да, тосты!

— Тосты? И все? — озадаченно переспросила Айрис.

— Еще пышки, — торопливо добавила я. — И булочки... В общем, все, что греют в тостере...

— Я имею в виду настоящую еду. — Айрис повесила полотенце на стальную перекладину на сте-

167

не и вновь повернулась ко мне. — Как насчет омлета, например? Вы наверняка можете приготовить омлет.

Я сглотнула.

— Не уверена... — Она смотрела на меня с таким недоверием, что я залилась краской. — Понимаете, в школе я не занималась экономикой домашнего хозяйства. Нас не учили готовить...

— Но ваша мама... Или бабушка... — Я отчаянно замотала головой. — Неужели никто?..

Я закусила губу. Айрис глубоко вдохнула, словно осознала наконец, какую непосильную ношу собирается на себя взвалить.

— Значит, вы не умеете готовить. А чем вы собирались угощать Гейгеров?

Боже мой!..

— Триш хотела примерного меню. Ну... я и... составила меню... по вот этому... — Я достала из сумочки помятое меню «Максима» и протянула листок Айрис.

— «Ягненок, тушенный в молодом луке, и ассамбле из картофеля, козьего сыра, кардамона и шпината», — прочитала она, округлив глаза.

Послышался сдавленный смешок. Я обернулась. Натаниель согнулся пополам, явно сражаясь с душившим его хохотом.

— А что мне оставалось?! — воскликнула я обиженно. — Что я могла им предложить — рыбные палочки с фри?

— «Ассамбле» — это всего-навсего запеканка. — Айрис продолжала изучать меню. — В общем, обыкновенный пастуший пирог. Этому мы вас научим. Лосось, тушенный с миндалем, — тоже ничего сложного. — Она водила пальцем по строчкам, а когда дочитала, подняла голову и нахмурилась. — Саманта, я могу научить вас готовить эти блюда, но это будет нелегко. Если учесть, что у вас нет никакого опыта... — Она покосилась на Натаниеля. — Честно говоря, не знаю...

168

Меня охватила тревога. Пожалуйста, пожалуйста, не отказывайтесь!

— Я быстро учусь. — Я подалась вперед. — И привыкла много работать. Я на все готова. Мне это очень, очень нужно.

Я смотрела Айрис в глаза, телепатируя: «Пожалуйста, не бросайте меня!»

— Хорошо, — сказала она наконец. — Попробуем.

Она достала из буфета весы, а я воспользовалась моментом, чтобы извлечь из сумочки ручку и записную книжку. Когда Айрис увидела, что у меня в руках, на ее лице появилось недоуменное выражение.

— Зачем вам это? — Она кивнула на мои инструменты.

— Чтобы записывать, — объяснила я. Поставила на листке дату, написала: «Кулинарный урок № 1», подчеркнула строчку.

Айрис покачала головой.

— Саманта, ничего записывать не понадобится. Готовка — это не записи. Это вкус. Запах. Умение чувствовать пищу.

— Понятно. — Надо запомнить. Я быстро сняла с ручки колпачок и записала: «Готовка = вкус, запах, чувство и т. д.». Потом надела колпачок обратно.

Айрис недоверчиво поглядела на меня, затем решительно забрала ручку и записную книжку.

— Вкус, — повторила она, — вкус записями не выработаешь. Вы должны довериться чувствам. Инстинкту, если угодно. — Она сняла крышку с кастрюли, потихоньку кипевшей на плите, и окунула ложку в содержимое. — Попробуйте.

Я настороженно поднесла ложку ко рту.

— Подливка, — мгновенно определила я и вежливо добавила: — Очень вкусно.

Айрис опять покачала головой.

— Вопрос не в том, что это за блюдо, а в том, что вы чувствуете.

169

Я передернула плечами. Хорошенький вопросик, однако!

— Я чувствую... подливку.

Выражение лица Айрис не изменилось. Она явно ждала другого ответа.

— Э... мясо? — рискнула я.

— Что еще?

В голове не было ни единой мысли. Я ничего не могла придумать. Ну, подливка и подливка. Что про нее можно сказать?

— Попробуйте снова, — не отступалась Айрис. — Постарайтесь распробовать.

Я старалась так усердно, что даже вспотела. Я чувствовала себя глупым ребенком, не способным выучить таблицу умножения.

— Мясо... вода... — Черт побери, что еще кладут в подливку? Ну конечно! — Мука!

— Саманта, не пытайтесь отождествить ингредиенты. Просто скажите мне, что вы чувствуете. — Айрис вновь зачерпнула варево ложкой. — Вот. Закройте-ка глаза.

Закрыть глаза?

— Ладно. — Я зажмурилась.

— Что вы чувствуете? — тихо спросила Айрис. — Сосредоточьтесь на вкусовых ощущениях.

С закрытыми глазами я постаралась отрешиться от всего и сконцентрироваться на ощущении во рту. Какая-то теплая соленая жидкость... Соленая! Вот один вкус. И сладкая... и... и... еще какая то...

Казалось, я внезапно начала различать цвета. Сперва самые яркие, а потом и те, которых обычно не замечаешь — настолько они нежные.

— Она солоноватая, мясная... — проговорила я, не открывая глаз. — И сладкая... И фруктовая... Как вишни...

Я открыла глаза, заморгала от солнечного света. Айрис пристально смотрела на меня. Натаниель тоже не сводил с меня взгляда. Я смутилась. Пробовать подливку с закрытыми глазами — дело, как выяснилось, весьма интимное. И сознание того, что за тобой наблюдают...

Айрис поняла без слов.

— Натаниель, нам понадобится вот это. — Она споро набросала список ингредиентов и вручила ему. — Будь хорошим мальчиком, обеспечь нас всем необходимым.

Когда он вышел, на губах Айрис заиграла улыбка.

— Так лучше, правда?

— Джордж, у нее получается! — процитировала я, и Айрис расхохоталась*.

— Как посмотреть, милая, как посмотреть. Ну-ка, наденьте. — Она протянула мне белый в красную полоску фартук, и я с деловым видом завязала его на талии.

— Я вам очень признательна, — проговорила я, пока Айрис доставала лук и какие-то неведомые мне оранжевые овощи. — Так любезно с вашей стороны...

— Мне нравится справляться с трудностями. — Она усмехнулась. — Признаться, я заскучала. Натаниель опекает меня во всем. Иногда он даже перегибает палку.

— Все равно. Ведь я для вас чужой человек...

— Мне понравилось то, что о вас рассказывали. — Айрис положила на стол тяжелую деревянную разделочную доску. — Натаниель в лицах изобразил, как вы выпутывались с ужином. Я вполне оценила.

— Нужно же было спасать положение. — Я криво улыбнулась.

— А в результате вам повысили жалованье. Чудеса! — Морщинки в уголках ее глаз напоминали лучики звезд. — Знаете, Триш Гейгер — очень глупая женщина.

— Мне нравится Триш. — Слова Айрис почему-то задели меня.

— Мне тоже. Она крепко поддержала Натаниеля. Но вы должны признать — с мозгами у нее туго. — Я подави-

---

* Здесь и далее цитируется телевизионный сериал «Я люблю Люси».

ла желание захихикать. Айрис поставила на плиту огромную кастрюлю, потом сложила руки на груди и повернулась ко мне. — Значит, вы их облапошили.

— Да, — согласилась я с улыбкой. — Они понятия не имеют, кто я такая.

— И кто же вы?

Ее вопрос застал меня врасплох. Я раскрыла было рот — но слова не шли с языка.

— Вас вправду зовут Самантой?

— Да! — возмущенно воскликнула я.

— И то хорошо. — Айрис вскинула ладонь, как бы призывая меня успокоиться. — Девушка приезжает в нашу глушь и нанимается на работу, к которой она совершенно не готова... — Айрис помолчала, как если бы подбирала слова. — Натаниель сказал мне, что у вас личные проблемы?

— Да, — пробормотала я и опустила голову, не в силах выдержать испытующий взгляд.

— Вам не хочется говорить о них?

— По правде сказать, совсем не хочется.

Я рискнула поднять голову. Айрис понимающе смотрела на меня.

— Ясно. — Она взяла нож. — Ну, за дело. Закатайте рукава, подвяжите волосы, вымойте руки. Я научу вас резать лук.

Урок растянулся на весь уик-энд.

Я научилась резать лук кружочками и крохотными полосками. Научилась рубить зелень закругленным ножом. Научилась месить тесто и втирать имбирь в куски мяса и класть на раскаленную чугунную сковородку. Узнала, что сдобное тесто готовится быстрыми, резкими движениями у открытого окна, причем руки должны быть холодными. Выяснила, что фасоль нужно бланшировать в кипящей воде, прежде чем обжаривать ее в масле.

172

Неделю назад я и слова-то такого — «бланшировать» — не слыхала.

В перерывах между занятиями мы с Айрис садились на заднем крыльце, смотрели, как цыплята возятся в пыли, и попивали свежесваренный кофе с булочками или с солеными и крошащимися сырными палочками на домашнем хлебе с латуком.

— Ешьте и наслаждайтесь, — всякий раз приговаривала Айрис, вручая мне мой сандвич, а потом качала головой. — Не так быстро! Не спешите! Ощущайте еду.

В воскресенье днем, под бдительным присмотром Айрис, я приготовила жареного цыпленка с начинкой из шалфея и лука, а на гарнир — вареную брокколи, приправленную тмином морковь и жареный картофель. Вынимая из духовки огромный противень, я помедлила, позволила чудесному аромату окутать меня. Никогда в жизни не вдыхала ничего более вкусного! Цыпленок получился золотистым; хорошо прожаренная кожица пестрела крапинками перца, смолотого мной самолично. На горячем противне еще шипел и пузырился сок.

— Теперь подливка, — заявила Айрис с другого конца кухни. — Положите цыпленка на тарелку и накройте чем-нибудь, чтобы он не остыл. Наклоните сковородку. Видите шарики жира? Их нужно вычерпать.

Наставляя меня, она смазала маслом макушку кекса с изюмом, сунула его в духовку, потянулась за тряпкой и одним ловким движением протерла стол. Я отчаянно завидовала ее ловкости и той уверенности, с какой она перемещалась по кухне, пробуя блюда на ходу. Никакой суеты, никакой паники. Все идет, как должно идти...

— Правильно, — одобрила она мои действия. — Давайте, давайте... Сейчас она загустеет...

Не могу поверить — я делаю подливку! Своими руками!

Как и следовало ожидать, все сладилось. На кухне Айрис иначе и быть не могло. Ингредиенты не пытались сопротивляться. Подчинялись беспрекослов- **173** но. Мука и сок жареного цыпленка послушно смешались в прозрачную жидкость.

— Отлично! — похвалила Айрис. — Теперь перелейте ее вот в этот кувшинчик... остаток можно вылить в раковину... Видите, как все просто?!

— Вы волшебница, — сказала я. — Вот почему у вас все получается. Благодаря вашей кулинарной магии.

— Кулинарной магии! — Айрис фыркнула. — Мне это нравится. Так, фартук долой. Пора вкусить то, что мы приготовили. — Она скинула собственный фартук и протянула руку за моим. — Натаниель, ты накрыл стол?

Натаниель всю субботу и воскресенье то появлялся на кухне, то снова исчезал, и я мало-помалу к нему привыкла. Точнее, я настолько увлеклась готовкой, что практически перестала его замечать. Он приносил нам мясо и овощи, а сейчас накрыл деревянный стол клеенкой, разложил старинного вида приборы с костяными ручками и белые в клетку салфетки.

— Вина поварам! — воскликнула Айрис, доставая из холодильника бутылку и вынимая пробку. Она наполнила мой бокал и указала на стол. — Садитесь, Саманта. Вы достаточно потрудились. Небось на ногах едва стоите.

— Со мной все в порядке, — на автомате ответила я. Но стоило мне сесть, как я осознала, насколько устала. Я зажмурилась и впервые за этот день позволила себе расслабиться. Руки и спина ныли от физической нагрузки. Органы чувств впитывали запахи, вкусы и новые ощущения.

— Не засыпайте! — Голос Айрис вернул меня к реальности. — Вот ваша награда. Натаниель, милый, поставь цыпленка Саманты вон туда. Будешь резать.

Я раскрыла глаза как раз в тот миг, когда Натаниель взял в руки блюдо с жареным цыпленком. Весь такой золотистый, сочный на вид — я ощутила прилив гордости.

Мой первый жареный цыпленок. Сфотографироваться, что ли, рядом?

— Только не говорите, что это вы его приготовили, — проворчал Натаниель.

Ха-ха-ха. Он прекрасно все знает.

— Так, пустяки... — Я с улыбкой пожала плечами. — Мы, мастера, не брезгуем такими вещами.

Натаниель опытной рукой разрезал цыпленка, а Айрис разложила по тарелкам овощи. Потом села и взяла в руку бокал.

— За вас, Саманта. Вы отлично потрудились.

— Спасибо. — Я благодарно улыбнулась и поднесла бокал к губам. Но вдруг заметила, что мои соседи по столу не торопятся.

— И за Бена, — тихо прибавила Айрис.

— По воскресеньям мы всегда поминаем отца, — пояснил Натаниель.

— А! — Я помедлила, потом кивнула.

— Ну, — сказала Айрис, пригубив вино, — настал момент истины. — Она положила в рот кусочек цыпленка и стала медленно жевать. Я покраснела. — Очень вкусно, — вынесла вердикт Айрис. — В самом деле.

Мое лицо расползлось в широкой улыбке.

— Правда? Вам нравится?

Айрис подняла бокал.

— Джордж, она умеет готовить жареных цыплят!

Я сидела на залитой лучами заходящего солнца кухне, сама почти не участвовала в разговоре, больше слушала своих новых друзей. Они рассказывали мне о Триш и Эдди, о том, как Гейгеры пытались купить местную церковь и превратить ее в отель. Я от души смеялась. Натаниель поведал о своих планах относительно сада Гейгеров и нарисовал на салфетке аллею лаймовых деревьев, которую он создал в Марчант-хаусе. Воодушевившись, он чертил все быстрее и быстрее, карандаш тонул в его широкой ладони. Айрис заметила, с каким восхи-

175

щением я наблюдаю за ее сыном, и указала на акварель с видом деревенского пруда, висевшую на стене.

— Это работа Бена. — Она кивнула в сторону Натаниеля. — Он пошел в отца.

Атмосфера в этом доме была такой теплой, такой домашней, так отличалась от той, к которой я привыкла! Никто не разговаривал по телефону. Никто никуда не спешил. Я бы могла просидеть у них всю ночь.

Но пора и честь знать. Я прокашлялась.

— Айрис, позвольте мне еще раз поблагодарить вас.

— Мне было приятно. — Айрис отправила в рот очередную порцию кекса. — Люблю, знаете ли, покомандовать.

— Вы мне очень помогли. Не знаю, что бы я делала без вас.

— В следующие выходные займемся лазаньей. И ньокки! — Айрис допила вино и вытерла губы салфеткой. — Устроим себе итальянский уик-энд.

— В следующий раз? — переспросила я. — Но...

— Вы решили, что обучение закончено? — Она расхохоталась. — Да мы едва начали!

— Но... мне неловко отнимать ваше время...

— Диплом я вам выдать не готова, так что у вас нет и выбора, — произнесла она с напускной суровостью. — В чем еще вам требуется помощь? В уборке? В стирке?

Я смутилась. По всей видимости, ей прекрасно известно, в какую лужу я села вчера.

— Честно говоря, я не очень-то в ладах со стиральной машиной, — призналась я.

— Разберемся, — сказала Айрис. — Я загляну к вам, когда Гейгеры куда-нибудь укатят.

— И пуговицы я пришивать не умею...

— Пуговицы. — Она взяла листок бумаги и карандаш и стала записывать. — А подшивать умеете?

176   — Э...

— Так, шитье. — Она внесла очередной пункт в свой список. — Как насчет глажки? Вам наверняка уже пришлось гладить. — Айрис вдруг забеспокоилась. — Как вы выкрутились?

— Я договорилась со Стейси Николсон. Ну, с девушкой из деревни. Она взяла с меня по три фунта за рубашку.

— Со Стейси Николсон? — Айрис отложила карандаш. — С этой вертихвосткой?

— В объявлении говорилось, что она имеет опыт...

— Ей всего пятнадцать лет! — Айрис вскочила и заходила по кухне. — Саманта, вы заплатили Стейси Николсон в первый и последний раз! Вам придется научиться гладить самой.

— Но я никогда...

— Я вас научу. Это просто. — Она метнулась в кладовку, вернулась с гладильной доской, обтянутой материалом в цветочек, поставила ее на пол и поманила меня к себе. — Что вам нужно гладить?

— В основном рубашки мистера Гейгера. — Я опасливо поглядела на гладильную доску.

— Понятно. — Айрис включила утюг, повернула регулятор мощности. — Для хлопка ставим на максимум. Подождите, пока утюг нагреется. Нет смысла начинать, пока температура слишком маленькая. А теперь я покажу вам, как гладятся рубашки...

Она обернулась, нахмурилась, снова метнулась в кладовку, где лежала груда чистого белья.

— Рубашка, рубашка... Натаниель, сними-ка рубашку.

Я замерла. Потом покосилась на Натаниеля. Он выглядел недовольным.

— Мам! — запротестовал было он, но Айрис только отмахнулась.

— Не смеши меня, милый! Ничего с тобой не сделается, если ты ненадолго разденешься. И никого ты не смутишь. Саманта, вас не шокирует, если он разденется?

177

— Э... — выдавила я. — Э... нет, разумеется...

— Так, это пар. — Айрис нажала кнопку, и из днища утюга вырвалась струя пара. — Не забывайте наливать воду. Натаниель! Я жду!

Сквозь завесу пара я наблюдала, как Натаниель медленно расстегивает пуговицы. Мелькнула загорелая кожа, и я поспешно отвела глаза.

Что за подростковая стыдливость?! Ну, снял он рубашку, и что с того?

Натаниель кинул рубашку матери, которая ловко ее поймала. Мои глаза усердно изучали пол. Я не смела взглянуть на него.

Я не собираюсь смотреть на него.

— Начинаете с воротничка. — Айрис разложила рубашку на гладильной доске. — Сильно давить не нужно. — Она направляла мою руку. — Держите ровно...

Это просто нелепо! Я — взрослая, зрелая женщина. От вида мужчины без рубашки меня не переклинит. Я только... посмотрю украдкой, и все. И забуду.

— Теперь спинка. — Айрис переложила рубашку, и я вновь заводила утюгом. — Хорошо... Теперь манжеты...

Я подняла рубашку — и, наполовину случайно, наполовину преднамеренно, взглянула на Натаниеля.

Господи Боже!

Да разве я смогу когда-нибудь забыть *такое*?

— Саманта! — Айрис выхватила утюг из моей руки. — Вы же сожжете рубашку!

— Ой! Извините, пожалуйста. Я... задумалась.

— Что-то вы раскраснелись. — Айрис приложила ладонь к моей щеке. — Как вы себя чувствуете?

— Это, наверное, от... от пара. — Я возобновила глажку. Щеки мои пылали.

Айрис продолжила наставления, но я не слушала. Слепо водила утюгом взад и вперед и размышляла. Меня интересовали а) Натаниель, б) Натаниель без рубашки и в) есть ли у него девушка?

178

Наконец я закончила. Вот так. Извольте получить. Со «стрелочками» именно там, где нужно.

Айрис зааплодировала.

— Молодец! Еще попрактикуетесь и будете укладываться ровно в четыре минуты.

— Неплохо, — усмехнулся Натаниель, протягивая руку за рубашкой. — Спасибо.

— Всегда рада, — сдавленно прохрипела я и поспешно отвернулась.

Сердце готово было выскочить из груди.

Здорово. Просто здорово. Один-единственный взгляд на обнаженный мужской торс — и голова кругом.

По правде говоря, я считала себя более... закаленной.

13...

У него нет подружки.

Я выудила эту информацию у Триш — прошлым вечером, под благовидным предлогом: мол, расскажите мне, кто живет по соседству. Была какая-то девчонка из Глостера, но у них все закончилось много месяцев назад. Итак, путь открыт. Осталось разработать стратегию.

Принимая душ и одеваясь, я не переставала думать о Натаниеле. Ни дать ни взять четырнадцатилетняя девочка-подросток! Еще чуть-чуть — и начну малевать на стенах «Саманта любит Натаниеля» с сердечком над «и» в его имени. Ну и ладно. Можно подумать, в роли половозрелого и хладнокровного профессионала я добилась чего-то стоящего...

Я причесалась, бросила взгляд в окно на укутанные туманом поля. Отчего на душе так легко? У меня ведь нет ни малейших причин чувствовать себя счастливой. На бумаге все по-прежнему выглядит ужасно. Перспективная карьера разрушена. Семья не имеет понятия о моем местонахождении. Зарабатываю я крохотную толику той суммы, к которой привыкла, а работа моя состоит в том, чтобы подбирать с пола чужое нижнее белье.

Тем не менее, застилая свою постель, я легкомысленно напевала.

Моя жизнь изменилась, и менялась на глазах я сама. Казалось, прежняя, типовая, монохромная, если угодно, Саманта превратилась в бумажную куклу, которую бросили в воду, она размокла и в конце концов растаяла без следа. А ее место заняла новая Саманта, Саманта разносторонняя, разноцветная.

Никогда раньше я не бегала за мужчинами. С другой стороны, цыплят я раньше тоже не жарила. Если уж с этим справилась, то с мужчиной как-нибудь совладаю. Прежняя Саманта терпеливо дожидалась бы, пока на нее обратят внимание. Однако новая Саманта не желала ждать. Я пересмотрела столько сериалов по телевизору, я знаю правила ухаживания. Томные взгляды, язык тела, игривые разговоры...

Я подошла к зеркалу и в первый раз за все время пребывания у Гейгеров взглянула на себя со стороны. Честно и беспристрастно.

Ужас. Лучше бы я оставалась в неведении.

Начнем с того, что как можно выглядеть прилично в голубом нейлоновом форменном платье? Я взяла пояс, затянула его на талии, поддернула подол на пару дюймов вверх — так мы, помнится, поступали со школьной формой.

— Привет, — сказала я своему отражению и небрежным жестом откинула волосы со лба. — Привет, Натаниель. Привет, Нат.

Еще наложить теней погуще — и окончательно перенесусь на пятнадцать лет назад, в свое неумелое отрочество.

Я потянулась за косметичкой и минут десять занималась тем, что накладывала и стирала макияж, пока наконец не придала своему лицу вид одновременно естественный и... гм... охотницкий. Во всяком случае, так я решила. Проверим на практике.

181

Теперь язык тела. Я наморщила лоб, вспоминая телесериалы. Если женщину влечет к мужчине, зрачки у нее расширяются. Кроме того, она бессознательно подается вперед, смеется его шуткам и демонстрирует запястья и ладони.

Я наклонилась к зеркалу и выставила руки ладонями наружу.

Вылитый Иисус.

Добавим игривый смешок.

— Ха-ха-ха! — произнесла я. — Как вы меня насмешили!

Тот же Иисус, только с дурацкой улыбочкой.

Не уверена, что мне это идет.

Я спустилась вниз, раздвинула шторы, впуская в дом утреннее солнце, и подобрала с коврика у двери почту. Когда я перелистывала страницы местного журнала о недвижимости, выясняя, сколько стоит дом в этих краях, зазвенел звонок. Я открыла. На пороге стоял юноша в комбинезоне с листком бумаги в руках; за его спиной, у ворот, виднелся автофургон.

— Компания «Профессиональная кухня». Доставка кухонного оборудования, — сообщил юноша. — Куда ставить коробки?

— А! — сообразила я. — Отнесите на кухню, пожалуйста.

Профессиональное кухонное оборудование. Это для меня, для профессионального кулинара. Черт, а я-то надеялась, что его привезут хотя бы на следующей неделе.

— Что это за фургон, Саманта? — спросила Триш, вышедшая на площадку в платье и высоких сабо. — Цветы?

— Это кухонное оборудование, которое вы заказывали для меня. — Как ни удивительно, мне удалось выказать подобие энтузиазма.

— Наконец-то! — Триш лучезарно улыбнулась. — Теперь ничто вам не помешает порадовать

182

нас своим умением! Значит, сегодня вечером будет жареная дорада с овощным жульеном?

— Э... Хорошо, мадам. — Я сглотнула. — Если вы не против.

— Поберегись!

Мы обе подскочили от неожиданности. В дом ввалились двое парней с коробками в руках. Следом за ними я прошла в кухню и недоверчиво воззрилась на груду картона. Гейгеры что, заказали весь каталог?

— Мы купили вам абсолютно все, что только может понадобиться, — подтвердила мою догадку подошедшая Триш. — Ну, открывайте же! Вам ведь не терпится, я уверена!

Я взяла нож, взрезала первую коробку, а Триш своими острыми, как бритва, ногтями вскрыла вторую. Из моря пенопластовых шариков, подобно древнегреческой богине, возникло сверкающее стальное... нечто. И что это за хреновина? Я бросила взгляд на этикетку на коробке. «Форма для саварена».

— Форма для саварена! — воскликнула я. — Вот здорово! Как раз ее-то мне и не хватало.

— Мы сумели купить только восемь, — озабоченно проговорила Триш. — Этого будет достаточно?

— Ну... — Я беспомощно пожала плечами. — Думаю, вполне.

— А это кастрюли. — Триш извлекла из следующей коробки несколько алюминиевых кастрюль и вручила одну мне. — Нам сказали, что они — самого лучшего качества. Что скажете? Вы же у нас эксперт.

Я посмотрела на кастрюлю. Новая, блестящая. Что еще о ней можно сказать?

— Ну-ка, ну-ка. — С деловым видом я взвесила кастрюлю на руке, подняла ее, изучила днище, провела пальцем по металлу и затем, для пущей важности, царапнула ногтем покрытие. — Замечательная кастрюля. Прекрасный выбор.

183

— Отлично! — Триш уже копалась в другой коробке. — Вы только поглядите! — Из вороха упаковочных материалов появился странной формы предмет с деревянной ручкой. — Никогда такого не видела. Что это, Саманта?

Я промолчала. Откуда мне знать, что это за помесь ситечка, терки и метлы. Может, этикетка меня выручит? Увы, проклятую бумажку содрали...

— Что это? — повторила Триш.

Не тушуйся, девочка. Ты же эксперт. Ты же знаешь, что это такое.

— Данный предмет имеет сугубо специализированное назначение, по которому и используется, — туманно высказалась я. — Сугубо специальное назначение.

Триш с уважением посмотрела на меня.

— Великолепно! Покажите, для чего он предназначен. — Мне в ладонь легла деревянная ручка.

— Хорошо. — Я перехватилась поудобнее. — Делаем серию... круговых... э... вращательных движений... Запястье расслаблено. — Я помахала диковинкой в воздухе. — Что-то вроде этого. Знаете, показывать довольно сложно... без трюфелей...

Без трюфелей? С какой стати мне на ум пришли именно трюфели?

— Я вас позову, когда соберусь им воспользоваться, — решительно подытожила я и от греха подальше положила непонятный предмет на стол.

— С удовольствием. — Триш мечтательно улыбнулась. — А как оно называется?

— Я всегда называла его... э... трюфелевзбивалкой, — заявила я. — Но у него достаточно других названий. Не хотите ли чашечку кофе? Остальное я распакую потом.

Я включила чайник, потянулась за кофе и случайно посмотрела в окно. По лужайке шел Натаниель.

Господи! Я застыла как вкопанная. Полная, стопроцентная подростковая прострация. Все симптомы налицо.

184

Глаз не оторвать. Его волосы словно искрились в солнечном свете. И эти старые линялые джинсы... Натаниель подхватил большой мешок с чем-то, изящно повернулся и бросил мешок куда-то — должно быть, в компостную кучу.

Перед моим мысленным взором будто наяву возникла картина: он подхватывает *меня*. Его крепкие, сильные руки обхватывают мое тело... Я же не тяжелее мешка с картошкой, правда?

— Как прошли выходные, Саманта? — Голос Триш разрушил мои фантазии. — Мы вас практически не видели. Где вы пропадали?

— Я пошла к Натаниелю, — ответила я, не подумав.

— К Натаниелю? — удивилась Триш. — К нашему садовнику? А зачем?

Я мгновенно осознала свою ошибку. Не признаваться же, в самом деле, что ходила учиться готовить. Несколько секунд я глуповато таращилась на Триш, судорожно пытаясь придумать сколько-нибудь убедительную причину.

— Ну... чтобы поздороваться, — выдавила я в конце концов, понимая, что несу ахинею. И что мое лицо заливает краска.

Глаза Триш неожиданно блеснули, потом сделались круглыми, как плошки.

— Вот как? — протянула она со значением. — Восхитительно!

— Нет-нет! — воскликнула я. — Это не... Честное слово...

— Не волнуйтесь, Саманта, — добродушно прервала меня Триш. — Я никому не скажу. Я — само благоразумие. — Она приложила палец к губам. — Можете на меня положиться.

Прежде чем я успела что-либо ответить, она взяла чашку с кофе и вышла из кухни. Я опустилась на стул, окинула взглядом груду коробок, машинально подобрала со стола «трюфелевзбивалку».

185

Неловко получилось. Впрочем, какая разница? Лишь бы только Триш не ляпнула чего-нибудь этакого в присутствии Натаниеля.

Нельзя же быть такой дурой! Она *наверняка* что-нибудь ляпнет! Так, между делом, исподтишка. И одному Богу ведомо, что подумает Натаниель. Вот это будет действительно неловко. И может все погубить.

Нужно опередить Триш. Нужно рассказать Натаниелю. Мол, Триш не так меня поняла, я вовсе на него не заглядываюсь, и все такое.

Из чего окончательно станет ясно, что я втрескалась по уши.

Я заставила себя подождать. Приготовила завтрак для Триш и Эдди, расставила новые кастрюли и прочую утварь, смешала соус из оливкового масла и лимонного сока, опустила в него филе дорады, в точности следуя наставлениям Айрис.

Потом поддернула подол чуть выше прежнего, добавила туши на глаза и вышла в сад с корзинкой, которую нашла в кладовой. Если Триш захочет узнать, куда я направилась, скажу, что собираю зелень.

Походив по саду, я обнаружила Натаниеля за старой стеной. Он стоял на садовой лесенке и обвязывал дерево веревкой. Чем ближе я к нему подходила, тем сильнее почему-то нервничала. Во рту пересохло, а ноги — ноги просто подгибались.

И эта женщина считала себя хладнокровной! Верила, что семь лет работы юристом научили ее вести себя подобающе! Кое-как справившись с собой, я подошла к лесенке, откинула челку со лба и улыбнулась Натаниелю, стараясь не щуриться — солнце било прямо в глаза.

— Привет.

— Привет. — Натаниель улыбнулся в ответ. —

Как делишки?

— Неплохо. Гораздо лучше. Пока никаких катаклизмов...

Наступила пауза. Я внезапно сообразила, что слишком уж пристально гляжу на его пальцы, ловко завязывающие узел. Это невежливо.

— Я... э... вышла нарвать... э... розмарина. — Я кивнула на корзинку. — Где тут розмарин?

— Пойдемте, я вам покажу. — Он спрыгнул с лесенки, и мы двинулись по дорожке в направлении огорода.

В саду, вдалеке от дома, царила тишина, если не считать жужжания какого-то насекомого и хруста гравия под ногами. Я пыталась придумать какую-нибудь шутку, чтобы завязать разговор, но мысли разбегались.

— Жарко, — изрекла я наконец.

Грандиозно!

— Угу. — Натаниель с легкостью перешагнул через невысокую стену. Я последовала его примеру, желая продемонстрировать пружинящую походку, — и споткнулась, разумеется. Черт!

Натаниель обернулся.

— Все в порядке?

— В полном, — ответила я, скрывая за улыбкой досаду на себя. — Э... какая красота! — Мое восхищение было абсолютно искренним. Огород, имевший форму шестиугольника, который пересекали дорожки между грядками, и вправду произвел на меня впечатление. — Это все вы сделали? Очень красиво.

— Спасибо на добром слове. — Натаниель усмехнулся. — Вот ваш розмарин.

Он вынул из висевшей на поясе кожаной сумки, смахивавшей на кобуру, секатор и принялся обрезать колючий куст с темно-зеленой листвой.

Сердце бешено заколотилось. Я должна сказать то, ради чего пришла.

— Э... Знаете... Вот какая штука. — Заговорила я, теребя в пальцах листок соседнего куста. —

Триш вообразила невесть что. Она, похоже, думает, что мы... Ну, вы понимаете...

— Угу. — Он кивнул, не оборачиваясь.

— Но это же... глупо! — Я манерно хихикнула.

— М-м... — Он отрезал еще несколько веточек. — Этого достаточно?

«М-м»? И все? И больше ему нечего сказать?

— Вообще-то нет, — проговорила я. Натаниель послушно защелкал секатором. — Ну разве не глупо, а? — Почему он не может ответить по-человечески?

— Конечно. — На сей раз Натаниель взглянул на меня, его лоб прорезала морщина. — Вам сейчас не до того, если я правильно понимаю. С вашими-то личными проблемами.

Что? О чем это...

Ах, ну да. С моими личными проблемами.

— Разумеется, — промямлила я. — Не до того, вы правы.

Черт побери!

И зачем я только упомянула о «личных проблемах»?! О чем я вообще думала?!

— Держите. — Натаниель вложил мне в руки пахучий пучок. — Что-нибудь еще?

— Э... Да! Нарвите мне, пожалуйста, мяты.

Я смотрела, как он шагает между грядок, направляясь к каменной чаше, в которой росла мята.

— Знаете... — Я всячески притворялась, что веду обыкновенную светскую беседу. — Вообще-то с личными проблемами покончено. Почти покончено. Я с ними справилась.

Натаниель повернулся ко мне, заслонил глаза ладонью от солнца.

— Вам хватило недели, чтобы пережить проблемы семи лет?

188   Если так излагать, и вправду получается несколько нелепо. Я поспешила исправить положение.

— Я и сама не думала, что справлюсь так быстро. А выяснилось, что я гнусь, но не ломаюсь... как резинка...

— Резинка, — повторил он. Понять, о чем он думает, по выражению его лица было невозможно.

Что, опять не то слово употребила? Ну почему, гнуться — это вполне сексуально...

Натаниель поднес мне мяту. Вид у него был такой, словно он прикидывал, насколько я искренна.

— Матушка говорит... — Он вдруг замялся.

— Что? — выдохнула я. Они говорили обо *мне*? Они обсуждали *меня*?

— Ей кажется, что с вами... плохо обращались. — Он отвел взгляд. — Вы такая нервная... дерганая...

— Никакая я не дерганая! — оскорбилась я.

Хотя, если подумать, что-то в этом есть.

— Понимаете, я от природы... беспокойная. Но никто со мной плохо не обращался! Просто я... чувствовала себя в ловушке... постоянно...

Слова слетели с губ, прежде чем я успела их поймать.

Мне вспомнилась моя жизнь в «Картер Спинк». Я практически жила в офисе. А когда не задерживалась допоздна, брала работу на дом. Кипы документов. Ежечасные ответы на е-мейлы. Пожалуй, тут любой почувствует себя в ловушке.

— Но сейчас со мной все в порядке. — Я тряхнула волосами. — Я готова жить дальше... заводить новые связи... или... ну...

Мне достаточно одной ночи. Всего одной.

Я посмотрела на Натаниеля, стараясь изо всех сил расширить зрачки, и словно невзначай притронулась пальцами к уху. Наступила тишина — напряженная тишина, — которую нарушало лишь жужжание насекомых.

— Я бы на вашем месте не торопился, — сообщил Натаниель, отвернулся и уставился на листья какого-то куста.

Что-то в его позе подсказало мне, что он смущен. К моему лицу прилила кровь. Значит, так? Значит, мне дали от ворот поворот? Значит, со мной не желают связываться?

Жуть, да и только! Я лечу к нему, платье подобрала, глазки намазала, в языке тела изощряюсь, можно сказать, предлагаю себя... А он дает мне понять, что я его не интересую!

Вот стыдобища-то! Прочь, прочь отсюда! Прочь от него.

— Вы правы, — проговорила я тихо. — Об этом рановато думать... Да, неудачная мысль. Мне лучше сосредоточиться на работе. На готовке и... и так далее... Вы правы. Спасибо за розмарин.

— К вашим услугам, — откликнулся Натаниель.

— С удовольствием. Ну, я пошла. Увидимся.

Стиснув в пальцах пучок зелени, я повернулась, перешагнула через стену — на сей раз ухитрилась не запнуться — и по посыпанной гравием дорожке двинулась обратно к дому.

Я вся кипела от унижения и злости. Вот тебе и новая Саманта!

Никогда! Никогда в жизни не стану больше навязываться мужчине! Моя первоначальная стратегия — вежливо ожидать, терпеливо сносить невнимание и переключаться на следующего — в миллион раз лучше.

Наплевать! Оно и полезнее, вдобавок. Мне действительно нужно сосредоточиться на работе. Вернувшись в дом, я достала гладильную доску, включила утюг, сделала погромче радио и налила себе кофе покрепче. Отныне и вовек — исключительно так. Займемся делами. И черт с ним, с этим садовником! Что мне вообще в голову взбрело? Я работаю, я получаю деньги за свою работу и должна ее выполнять, а не отвлекаться на всякую ерунду.

190 За утро я погладила десять рубашек, поставила стирку и пропылесосила веранду. К обеду я подмела и пропылесосила весь первый этаж и протерла все зеркала тряпкой, смоченной в уксусе. К вечеру я поставила новую стирку, порубила овощи в кухонном комбайне, залила водой канадский рис, предназначенный на гарнир, и, в полном соответствии с наставлениями Айрис, приготовила четыре коржа для tartes de fruits*.

К семи часам я выбросила подгоревшие коржи, приготовила новые, пропитала их клубничным соком и смазала сверху подогретым абрикосовым джемом. Еще я обжарила измельченные овощи в оливковом масле с чесноком, потушила фасоль, поставила рыбу запекаться в духовку, а попутно угощалась вермутом, который достала, чтобы добавить в подливку.

Мое лицо раскраснелось, сердце билось бодро, я перемещалась по кухне, словно в фильме на ускоренной перемотке, — но чувствовала я себя прекрасно. Даже больше — мне давно не было так хорошо. Я готовила еду, готовила своими руками — и у меня все получалось! Правда, неладно вышло с грибами, но они уже в мусорном ведре, так что никто не узнает.

Я выставила на стол фарфоровые блюда для рыбы и овощей, разместила между ними свечи в серебряных подсвечниках, положила в холодильник бутылку «Просекко», поставила греться на плиту тарелки, сунула в музыкальный центр диск с песнями Энрике Иглесиаса. Словом, полностью подготовилась к первому полноценному ужину, приготовленному самостоятельно.

Довольная собой, я огладила фартук, распахнула дверь кухни и позвала:

— Миссис Гейгер! Мистер Гейгер!

Пожалуй, надо бы заказать большой гонг.

— Миссис Гейгер?

Ни звука в ответ. А я-то думала, что мне придется постоянно отгонять их от кухни. Я призадума-

---

* Фруктовых пирогов (*фр.*).

лась, потом взяла бокал и вилку и постучала металлом по стеклу.

Тишина. Куда они подевались?

Я быстренько заглянула во все комнаты первого этажа. Пусто. Что ж, придется идти наверх.

Быть может, они наслаждаются очередной главой «Радостей секса»? Наверное, не стоит им мешать...

— Э... Миссис Гейгер? — негромко позвала я. — Ужин подан.

Ба, голоса! В дальнем конце коридора. Я сделала еще несколько шагов.

— Миссис Гейгер?

Внезапно дверь передо мной распахнулась настежь.

— Для чего тогда нужны деньги? — донесся раздраженный возглас Триш. — Объясни мне!

— Если ты до сих пор не поняла, для чего нужны деньги, — прорычал Эдди, — то и объяснять бесполезно!

— А если ты не соображаешь...

— Я соображаю! — проорал Эдди. — Я все соображаю!

Так-так. Похоже, Гейгерам не до «Радостей секса». Я было попятилась, но укрыться в безопасности кухни не успела.

— А как насчет Португалии?! — взвизгнула Триш. — Или ты забыл? — Она вихрем вылетела из двери — и застыла, заметив меня.

— Э... ужин готов, мадам, — промямлила я, не поднимая глаз.

— Если ты хотя бы еще один треклятый раз вспомнишь эту треклятую Португалию... — начал Эдди, высовываясь из комнаты.

— Эдди! — перебила Триш, дергая головой в мою сторону. — Pas devant.

— Что? — Эдди озадаченно нахмурился.

— Pas devant les... les... — Триш всплеснула руками, словно выколдовывая недостающее слово.

— Domestiques? — рискнула помочь я*.

Триш метнула на меня яростный взгляд, вся подобралась.

— Я буду в своей комнате! — рявкнула она.

— Черт подери, это и моя комната! — крикнул ей вслед Эдди. Но дверь уже захлопнулась.

— Э... ужин готов, сэр, — проговорила я. Эдди, не обратив на меня ни малейшего внимания, прошагал к лестнице.

Я начала злиться. Мне-то что делать? Если дораду не съесть в ближайшее время, она вся сморщится.

— Миссис Гейгер? — Я постучала в закрытую дверь. — Извините, но ужин может испортиться...

— И что с того? — глухо отозвалась Триш. — Я не в настроении.

Я изумленно уставилась на дверь. Целый день готовила — и на тебе. А свечи горят, тарелки на плите. Они не могут так вот взять и отказаться от еды!

— Вы должны поесть! — воскликнула я. Эдди остановился на середине лестницы. Дверь распахнулась, из спальни выглянула удивленная Триш.

— Что вы сказали?

Так. Будем действовать обходными путями.

— Все должны есть, — принялась импровизировать я. — Это заложено в человеческой природе. Почему бы вам не обсудить ваши разногласия за едой? Или отложить их на время? Выпейте вина, расслабьтесь и не упоминайте за столом... э... никакую Португалию...

Стоило мне произнести это слово, как атмосфера зримо накалилась.

— Это не я про нее вспомнил! — прорычал Эдди. — Я думал, все давно улажено.

— Если бы ты не был таким грубым... — Голос Триш становился все пронзительнее; она смахнула слезу. — Каково, по-твоему, чувствовать себя... трофеем?

---

* Pas devant les domestiques (*фр.*). — Не в присутствии прислуги.

Трофеем?

Нельзя. Ни в коем случае нельзя смеяться — хотя очень хочется.

— Триш! — К моему несказанному изумлению, Эдди буквально взлетел по лестнице. Его живот колыхался на бегу. — Не смей так говорить! — Он схватил жену за плечи и пристально поглядел на нее. — Мы всегда были друзьями, ты же знаешь. С самого Сайденхема.

Сначала Португалия, теперь Сайденхем. Однажды мы с Триш сядем за бутылочкой вина и я непременно выясню, что все это значит.

— Я знаю, — шепотом согласилась Триш.

Она смотрела на Эдди так, словно никого, кроме него, на свете не существовало. Ну и ну! Они вправду любят друг друга. На моих глазах ссора исчерпала себя. Я словно наблюдала некую химическую реакцию.

— Надо поесть, — сказал Эдди. — Саманта права. Посидим вместе, поговорим, обсудим...

Он покосился на меня, и я улыбнулась в ответ. Слава Богу! С моим ужином все будет в порядке. Надо только перелить соус в...

— Хорошо. — Триш всхлипнула. — Саманта, мы сегодня ужинаем не дома.

Улыбка застыла на моем лице. Что?

— Не переживайте, милая, — утешил Эдди, похлопав меня по плечу. — У вас будет свободный вечер.

Что?

— Но... уже все готово, — проговорила я. — И стол накрыт.

— Да? Ну, ничего страшного. — Триш вяло махнула рукой. — Съешьте сами.

Нет. Нет. Они не могут так поступить со мной!

— Ужин ждет, мадам. Жареная рыба... и жульен из овощей...

— Куда пойдем? — спросила Триш у Эдди, не слушая моего лепетания. — Может, попробуем в «Миллхаус»?

194

Я растерянно смотрела, как она заходит в спальню, как за ней идет Эдди. Потом дверь закрылась, и я осталась в одиночестве.

С готовым ужином.

Когда они укатили в сумерки на «порше» Эдди, я прошла в столовую и принялась убирать со стола. Собрала хрустальные бокалы, сложила салфетки, задула свечи. Потом вернулась в кухню и оглядела свои кулинарные творения, ожидающие, чтобы их съели. Мой булькающий на плите соус. Мой гарнир, украшенный дольками лимона. Я так всем этим гордилась!..

Как ни крути, ничего поделать уже нельзя.

Рыба успела потерять вид, но я все же положила одну порцию на тарелку, налила себе вина, уселась за стол. Взяла нож и вилку, отрезала кусочек, поднесла ко рту. Затем отложила приборы. Я не голодна.

Целый день впустую! А завтра все начнется по новой. Накатила тоска, захотелось уронить голову на руки и не поднимать ее, что бы вокруг ни происходило.

Что я тут делаю?

Именно так. Что я тут делаю? Почему не ухожу, не беру билет на поезд до Лондона?

От печальных мыслей меня отвлек негромкий стук. Подняв голову, я увидела Натаниеля, который стоял в дверях, с рюкзаком за плечами, и тихонько постукивал пальцами по косяку. Мне вспомнилось утро, и я одновременно смутилась и разозлилась.

— Привет. — Я чуть развернула стул, сложила руки на груди и передернула плечами, что должно было означать: «Если ты решил, что я за тобой бегаю, ты сильно ошибаешься».

— Решил заглянуть, проверить, не надо ли помочь. — Он оглядел кухню, задержался взглядом на нетронутых тарелках. — Что стряслось?

— Они не стали есть. Укатили в ресторан.

Натаниель посмотрел на меня, потом прикрыл веки и покачал головой.

— А вы целый день для них готовили?

— Это их еда. И их дом. Они вольны вести себя, как им угодно.

Я пыталась говорить беззаботно, хотя на душе скребли кошки. Натаниель положил рюкзак на пол, подошел к плите и принюхался к рыбе.

— Пахнет неплохо.

— Зато выглядит как пережаренный полуфабрикат, — проворчала я.

— Мое любимое блюдо. — Он усмехнулся, но я не собиралась разделять его веселье.

— Тогда угощайтесь. — Я махнула рукой. — Все равно больше есть некому.

— Ну не выбрасывать же. — Он положил себе всего, так что в итоге на тарелке образовалась гора еды, потом налил вина и уселся за стол напротив меня.

Наступила пауза. Я старалась не смотреть на Натаниеля.

— За вас, Саманта. — Он поднял бокал. — Поздравляю.

— Большое спасибо.

— Я серьезно. — Он подождал, пока я повернусь к нему лицом. — Бог с ними, с Гейгерами! Главное — что вы сами это приготовили. — Он хмыкнул. — Помните прошлый раз?

Я неохотно улыбнулась.

— Такой кошмар не скоро забудешь.

— Мне больше всего запомнился горох. — Он съел кусочек рыбы, недоверчиво покрутил головой. — Вкусно, честное слово!

Я словно воочию увидела крохотные обугленные горошины и себя саму, мечущуюся в панике по кухне, и меренги на полу... Меня вдруг разобрал смех. Подумать только, скольким вещам я уже научилась с тех пор!

— Знаете, — сурово заявила я, — в тот вечер я бы со всем справилась, если бы кое-кто не взялся мне помогать. Пока вы не вмешались, у меня все было под контролем.

Натаниель отложил вилку и, не переставая жевать, уставился на меня. В его голубых глазах было нечто... завораживающее, что ли. Почувствовав, что кожу заливает румянец, я опустила глаза — и увидела, что мои руки лежат на столе *ладонями кверху*.

Еще я с ужасом поняла, что непроизвольно подалась вперед. А зрачки мои, должно быть, диаметром в половину мили каждый. В общем, яснее некуда, осталось только написать на лбу «Я тебя люблю».

Я поспешно убрала руки со стола, выпрямилась и попыталась придать лицу безразличное выражение. Утреннего унижения с меня вполне достаточно. Кстати, надо бы ему растолковать...

— Зна... — начала было я в тот самый миг, когда Натаниель тоже заговорил.

Мы посмотрели друг на друга, потом он махнул рукой.

— Давайте вы. — И вновь взялся за рыбу.

— Что ж... — Я прокашлялась. — После нашего разговора этим утром... я просто хотела сказать, что вы абсолютно правы. Конечно, мне слишком рано затевать... новые отношения. Или даже задумываться о них.

Вот так! Съел? Не уверена, что была убедительна, зато польстила своему израненному самолюбию.

— А вы что собирались сказать? — спросила я, подливая ему вина.

— Собирался пригласить вас на прогулку, — ответил Натаниель, и я чуть не пролила вино на пол.

Он что?

Или на него подействовал язык моего тела?

— Не беспокойтесь. — Он пригубил вино. — Я все понимаю.

Как бы мне отступить, по-быстрому и так, чтобы он не заподозрил, что я отступаю?..

А, плевать! Буду непоследовательной, женщинам это простительно.

— Натаниель, — я заставила себя говорить спокойно, — я с радостью составлю вам компанию.

— Отлично, — хладнокровно кивнул он. — Как насчет вечера пятницы?

— Подходит.

Я усмехнулась — и внезапно поняла, что проголодалась. Пододвинула к себе блюдо с рыбой, схватила нож и вилку и взялась за еду.

14...

До пятницы особых происшествий не случилось. Во всяком случае, таких, о которых узнали бы Гейгеры.

Да, во вторник случилась катастрофа с ризотто, но я исхитрилась в последний момент найти ему замену. Хвала небесам за рестораны быстрого питания с доставкой! Еще был светло-бежевый жакет, который, по здравом размышлении, следовало гладить при более низкой температуре. Еще ваза, которую я разбила, попытавшись собрать с нее пыль пылесосом. Но никто как будто не заметил ее исчезновения. А уже завтра должны привезти новую.

Пока неделя обошлась мне всего в двести фунтов — существенный прогресс по сравнению с предыдущей. Глядишь, такими темпами я скоро начну оставаться в плюсе.

Я развешивала после стирки белье Эдди, старательно отводя глаза, когда меня позвала Триш.

— Саманта! Где вы? — Голос у Триш был недовольный. Что именно она обнаружила? — Мне надоело, как вы ходите, — заявила она, остановившись в дверях и скорбно качая головой.

— Извините? — недоуменно переспросила я. **199**

— Ваши волосы. — Она состроила гримасу.

— А, ну да. — Я брезгливо прикоснулась к выбеленной пряди. — Я собиралась заняться ими в выходные...

— Мы займемся ими немедленно, — перебила Триш. — Парикмахер ждет.

— Парикмахер? — Я развела руками. — Но... Мне же надо пылесосить...

— Саманта, сколько можно пугать своим видом окружающих?! Убраться вы сможете и потом. Стоимость услуги я вычту из вашего жалованья. Идемте, Аннабел ждет.

Похоже, у меня нет выбора. Я развесила на сушилке последнюю пару белья и покорно последовала за Триш.

— Кстати, — сурово проговорила Триш, когда мы ступили на лестницу, — вы не знаете, что случилось с моим кашемировым кардиганом? С кремовым?

Черт. Черт. Она заметила, что я его подменила. Ну конечно, заметила. Глупо было предполагать, что она окажется настолько невнимательной...

— Не знаю, что вы с ним сделали, — Триш выпустила клуб дыма и распахнула дверь спальни, — но выглядит он просто превосходно. Чернильное пятнышко внизу исчезло без следа. Он как будто новый.

— Э... — Я с облегчением вздохнула. — Это... ну... я старалась.

В спальне Триш нас поджидала худощавая и пышноволосая блондинка в белых джинсах с поясом из позолоченных металлических колец. Посреди спальни стоял стул.

— Здравствуйте. — Она помахала рукой, зажав между пальцев сигарету. Лет шестьдесят, не меньше. — Ах, Саманта, я *столько* о вас слышала!

Голос скрипучий, в уголках рта морщинки — должно быть, от пристрастия к сигаретам, макияж кажется приклеенным. Очень похожа на постаревшую Триш. Она подалась вперед, оценивающе оглядела мои волосы и нахмурилась.

— Что это такое? Решили заделаться пеструшкой? — Она хрипло рассмеялась собственной шутке.

— Это... ну, отбеливатель...

— Отбеливатель? — Аннабел провела ладонью по моим волосам и прицокнула языком. — Что ж, это мы исправим. Сделаем из вас симпатичную блондинку. Вы ведь не имеете ничего против блондинок, а, милочка?

Блондинку?

— Я никогда не была блондинкой, — забеспокоилась я. — Не знаю, стоит ли...

— У вас подходящий оригинальный цвет. — Она откинула мои волосы назад.

— Только, пожалуйста, не слишком ярко, — попросила я. — Я вовсе не хочу становиться одной из этих фальшивых платиновых блондинок...

Тут до меня дошло, что и Триш, и Аннабел — те самые крашеные блондинки и волосы у них отливают именно платиной.

— Э... Ну... — Я сглотнула. — Делайте, что сочтете нужным. Я не против.

Меня усадили на стул, обернули мне плечи полотенцем. Аннабел опрыскала мои волосы какой-то жидкостью с противным химическим запахом, потом принялась взбивать их — другого слова не подберу. Я старалась не моргать.

Блондинка. Светлые волосы. Как у Барби.

— Знаете, я передумала. — Я попыталась встать. — Наверное, блондинка — это все-таки чересчур...

— Расслабьтесь! — Аннабел надавила мне на плечи, усаживая обратно, затем вложила в мою руку журнал. Я слышала, как Триш открывает бутылку шампанского. — Вы будете выглядеть очаровательно. Красивым девушкам необходимо время от времени менять прическу. Ну, почитайте нам наши прогнозы.

— Прогнозы? — растерянно повторила я.

— Гороскопы! — объяснила Аннабел. — Не сказать, чтобы умом блистала. А? — добавила она негромко, обращаясь к Триш.

— Что есть, то есть, — согласилась та. — Но стирает она просто восхитительно.

Значит, вот как проводят время светские дамы. Сидят с намазанными головами, попивают шампанское и почитывают глянцевые журнальчики. Я не читала никаких журналов, кроме «Юриста», лет, наверное, с тринадцати. А у парикмахера обычно отправляла письма или изучала контракты.

Расслабиться не получалось. Меня переполняли дурные предчувствия. Я выяснила «Десять способов узнать, какого размера бикини вам подходит», добралась, пока Аннабел сушила мне волосы, до «Подлинных историй о курортных романах», и поняла, что готова хлопнуться в обморок от страха.

Не хочу быть блондинкой. Я не такая.

— Ну, вот и все! — Аннабел выключила фен. Наступила тишина. Я боялась открыть глаза.

— Гораздо лучше! — одобрительно заметила Триш.

Я медленно открыла один глаз. Потом другой.

Мои волосы не были платиновыми.

Они приобрели теплый карамельный оттенок. Карамель, плавно переходящая в мед, с золотыми искорками тут и там. Когда я пошевелила головой, волосы буквально замерцали.

Я сглотнула несколько раз подряд, чтобы успокоиться. Пожалуй, еще немного — и я бы разрыдалась.

— А вы мне не верили! — укорила Аннабел, с довольной улыбкой глядя на меня в зеркало. — Думали, я не знаю, о чем говорю.

По всей видимости, она ясновидящая. Иначе как она догадалась?

— Здорово, — проговорила я. — Мне бы... Большое вам спасибо.

Я не могла отвести глаз от собственного отражения, от этих мерцающих карамельно-медовых волос. Я выглядела... живой. *Многоцветной.*

Прежнюю прическу и вспоминать не хочется. Никогда к ней не вернусь. Никогда и ни за что.

Мне было хорошо. Даже когда я снова спустилась вниз и принялась пылесосить гостиную. Мысли были заняты исключительно новой прической. У любой блестящей поверхности я останавливалась и любовалась своим отражением, качала головой, чтобы вновь насладиться карамельными переливами волос.

Журнальный столик. Поворот головы. Зеркальце на каминной полке. Поворот. Еще поворот.

Почему мне раньше и в голову не приходило, что волосы можно красить? Интересно, что еще в этой жизни я упустила?

— А, Саманта! — В гостиную неожиданно вошел Эдди, при пиджаке с галстуком. — У меня важные гости. Будьте добры, приготовьте нам кофе и принесите в столовую.

— Конечно, сэр. — Я присела. — На сколько человек?

— Со мной четверо. И прихватите какое-нибудь печенье или крекеры. В общем, что-нибудь.

— Разумеется.

Он выглядел весьма озабоченным. Наверное, что-то действительно важное обсуждают. По дороге на кухню я бросила взгляд в окно: на дорожке перед домом стояли две машины — «мерседес» пятой серии и «БМВ» с откидным верхом.

Гм. Явно не местный викарий.

Я поставила на поднос кофейник, выложила на тарелку печенье и несколько булочек. Вышла в коридор, подошла к двери столовой и постучалась.

— Войдите!

203

Я толкнула дверь. Эдди сидел за столом в компании трех мужчин в костюмах. Перед всеми были разложены бумаги.

— Ваш кофе, сэр, — проговорила я.

— Спасибо, Саманта. — А Эдди что-то раскраснелся. — Налейте нам, пожалуйста.

Я поставила поднос на сервант, расставила чашки — и не смогла удержаться, чтобы не заглянуть в бумаги. Похоже, какие-то контракты.

— Э... Черный или с молоком? — спросила я у первого из незнакомцев.

— С молоком, пожалуйста, — отозвался он, не поднимая головы. Я позволила себе еще один взгляд в бумаги. Кажется, речь идет о вложениях в недвижимость. Эдди решил рискнуть деньгами?

— Печенье? — справилась я у незнакомца.

— Я и без того достаточно сладкий. — Он оскалил зубы в усмешке. Я вежливо улыбнулась в ответ. Что за мерзкий тип.

— Итак, Эдди, вы уяснили суть? — Ровным голосом уточнил мужчина в пурпурном галстуке. — Когда продерешься через терминологию, ничего страшного, верно?

Как мне это знакомо? Нет, мы никогда не встречались, но я прекрасно знаю таких людей. В конце концов, я семь лет работала с ними бок о бок. И мне стало ясно, что этому человеку абсолютно до фонаря, уяснил Эдди суть или не уяснил.

— Конечно! — Эдди хохотнул. — Насчет терминологии вы правильно заметили. — Он подержал контракт в руках, затем снова положил на стол.

— Мы не меньше вашего заботимся о безопасности вложений, — с улыбкой продолжал мужчина в пурпурном галстуке.

— Деньги — это главное, — прибавил тот, кому я первому наливала кофе.

Так. Что здесь все-таки происходит?

Я перешла к следующему из гостей, наклонила кофейник к чашке — и контракт оказался у меня перед глазами. Я пробежалась взглядом по строчкам — уж, слава Богу, взгляд у меня натренированный. Соглашение о партнерстве. Инвестиции в строительство. Стороны соглашаются внести средства... строительство жилья... стандартные формулировки...

И тут я наткнулась на фразу, от которой едва не подкосились ноги. Очень аккуратно сформулированный, вполне невинный на взгляд неспециалиста пункт внизу страницы. Если кратко, этот пункт возлагал на Эдди обязательство покрывать любые дефициты. Причем, насколько я поняла, второй стороны это обязательство не касалось.

Если первоначальных инвестиций не хватит, Эдди придется нести дополнительные расходы в одиночку. Он это понимает?

Я задохнулась от возмущения. Желание схватить контракт и разорвать бумагу в клочья было почти непреодолимым. В «Картер Спинк» эти ребята не просидели бы и двух минут. Я бы не только разорвала контракт, но и посоветовала бы своему клиенту...

— Саманта! — Голос Эдди вернул меня к реальности. Я виновато склонила голову, а он хмуро указал на тарелку с печеньем.

Да, я больше не сотрудник «Картер Спинк». Я — экономка, на мне форменное платье, и мое дело — подавать на стол.

— Шоколадное печенье, сэр? — осведомилась я у третьего из гостей, с темными волосами. — Или булочку?

Не посмотрев на меня, он сцапал с тарелки печенье. Я двинулась вокруг стола к Эдди, напряженно размышляя. Нужно как-то предупредить его...

— Ну, за дело! — провозгласил тип в пурпурном галстуке, отворачивая колпачок ручки. — После вас. — И протянул ручку Эдди.

205

Он что, собирается *это* подписывать?

Нет. Нет. Ни в коем случае.

— Если хотите еще раз прочитать текст, — прибавил пурпурный галстук с ослепительной улыбкой, — мы не возражаем.

Меня захлестнула ярость. Я не позволю этим лощеным типам с их расфуфыренными машинами, пурпурными галстуками и белозубыми улыбками одурачить моего босса. Не позволю, и все. Едва Эдди занес ручку над контрактом, я подалась вперед.

— Мистер Гейгер, извините, ради Бога. Можно мне поговорить с вами? Наедине?

Эдди раздраженно покачал головой.

— Саманта, — проговорил он недовольно, — если вы не заметили, мы заключаем очень важную сделку. По крайней мере для меня она очень важна. — Он оглядел своих гостей, и те одобрительно закивали.

— Дело срочное, сэр, — настаивала я. — Я вас оторву буквально на минутку.

— Саманта...

— Пожалуйста, мистер Гейгер. Мне необходимо поговорить с вами.

Эдди сдался. Передернул плечами, отложил ручку.

— Хорошо. — Он выбрался из-за стола, вывел меня в коридор, прикрыл дверь. — Ну, что такое?

Я замялась. Как бы ему объяснить... Понятия не имею, с чего начинать. И что я вообще ему скажу?

«Мистер Гейгер, я рекомендую пересмотреть пункт 14»?

«Мистер Гейгер, обязанности ваших партнеров не прописаны соответствующим образом»?

Чушь. Он не станет меня слушать. С каких это пор экономки дают юридические консультации своим хозяевам?

Его рука легла на дверную ручку. Мой последний шанс...

206 — Вам с сахаром? — выпалила я.

— Что? — Эдди выпучил глаза.

— Я не помню, — пробормотала я. — Понимаете, мне не хотелось уточнять при людях... э... вопросы диеты...

— Один кусочек, — прорычал Эдди. — Что-нибудь еще?

— Ну... ну да, сэр. По-моему, вы собирались подписывать бумаги...

— Верно. — Он нахмурился. — Это личные бумаги.

— Конечно, сэр. — Я сглотнула. — Мне пришло в голову... ну... видел ли эти бумаги юрист? Вы же сами учили меня, что с документами надо быть очень осторожным...

Я смотрела ему в глаза, телепатируя: «Свяжись с юристом, ты, самодовольный идиот!»

Эдди фыркнул.

— Спасибо за заботу, Саманта. Вы зря беспокоитесь. Я не дурак. — Он распахнул дверь и прошел в гостиную. — На чем мы остановились, джентльмены?

Он снова взял ручку. Я не сумела его переубедить. Он сейчас подпишет себе приговор.

Если только...

— Ваш кофе, мистер Гейгер. — Я подхватила кофейник, стала наполнять чашку — а потом, якобы случайно, уронила кофейник на стол.

— А-аа-ааа!

— Господи!

Темно-коричневая гуща растеклась по столу, залила документы, закапала на пол.

— Контракты! — завопил тип в пурпурном галстуке. — Что вы наделали, тупица!

— Извините, пожалуйста, — проговорила я, изображая чистосердечное раскаяние. — Извините. Просто кофейник... выскользнул... — И принялась вытирать стол, двигая тряпку так, чтобы кофе пропитал все бумаги до единой.

— У нас есть копии? — спросил один из гостей. Я замерла.

— Нет. Все экземпляры лежали на столе, — отозвался темноволосый. — Придется распечатывать по новой.

— Знаете, если вы все равно будете распечатывать заново, напечатайте дополнительно еще один экземплярчик. — Эдди прокашлялся. — Я хотел бы показать контракт своему юристу. Так, на всякий случай.

Гости переглянулись. В их взглядах читалась озабоченность.

— Конечно, — ответил пурпурный галстук после долгой паузы. — Это ваше право.

Ха! Я почти не сомневалась, что сделка не состоится.

— Ваш пиджак, сэр. — Я улыбнулась. — Извините, ради Бога, что так вышло. Я нечаянно.

Работая юристом, быстро учишься лгать людям в глаза.

И привыкаешь к тому, что тебя регулярно распекают. Весьма полезный опыт, который пригодился мне, когда Триш, узнав о случившемся, затащила меня на кухню и двадцать минут подряд объясняла, в чем и как я была не права.

— Мистер Гейгер вел чрезвычайно важные деловые переговоры. — Она яростно затянулась сигаретой, тряхнула свежеокрашенными волосами. — Эта встреча была решающей!

— Мне очень жаль, мадам. — Я опустила глаза.

— Я понимаю, Саманта, что вы не разбираетесь в подобных вещах. — Она сурово посмотрела на меня. — Но речь шла о больших деньгах. Вы даже не представляете, какая сумма обсуждалась!

Спокойно, спокойно. Не поднимай головы.

— Вы о таких суммах и не слыхивали. — Судя по интонации, Триш разрывалась между желанием сказать больше и необходимостью сдерживаться. — Шесть нулей, — прибавила она многозначительно.

— Ого! — Я постаралась показать, что поражена до глубины души.

— Саманта, мы прекрасно к вам относимся. Прилагаем все усилия к тому, чтобы вы чувствовали себя у нас как дома. — Ее голос зазвенел от праведного возмущения. — И рассчитываем на адекватную реакцию.

— Извините, мадам, — повторила я в миллионный раз.

— Надеюсь, сегодня вечером вы не будете столь неосмотрительны, — строго заключила Триш.

— Сегодня вечером? — озадаченно переспросила я.

— За ужином, — пояснила Триш, закатывая глаза.

— Но... вы же меня отпустили. Сказали, что я могу уйти... что обойдетесь сандвичами...

Она напрочь забыла, о чем мы с ней договаривались.

— Да? — Триш поморщилась. — Это было до того, как вы вылили кофе на наших гостей. И до того, как вы целое утро просидели у парикмахера.

Что? От такой несправедливости я утратила дар речи.

— Откровенно говоря, Саманта, я вами недовольна. Поэтому я отменяю ваш выходной. Подавайте ужин в обычное время. — Она просверлила меня взглядом, взяла со стола журнал и вышла из кухни.

Я глядела ей вслед, чувствуя, как меня охватывает знакомое, привычное отчаяние. Сколько уже раз так бывало... Я давно привыкла. Придется отменить свидание с Натаниелем. Очередное свидание... очередная отмена...

Ну нет! Ничего подобного! Я больше не в «Картер Спинк». И не обязана с этим мириться.

Я решительно вышла из кухни. Триш сидела в гостиной.

— Миссис Гейгер, — я старалась говорить как можно тверже, — мне очень жаль, что так получилось с кофе, и я обещаю впредь не допускать подобного. Но сегодня мне нужно уйти. Я договорилась о встрече и не собираюсь ее отменять. Я уйду в семь, как планировала.

Сердце готово было выскочить из груди. Никогда раньше я не вела себя таким образом. Попробуй я высказаться в таком духе в «Картер Спинк», меня стерли бы в порошок, что называется, на месте.

Триш побагровела. Потом, к моему несказанному изумлению, прицокнула языком и перевернула страницу журнала.

— Как угодно. Если это *настолько* важно...

— Да. — Я сглотнула. — Это важно. У меня есть личная жизнь, которой я не намерена поступаться.

Мне пришлось обуздать себя. С языка рвались другие слова. Меня так и подмывало растолковать Триш правду жизни насчет приоритетов и необходимости их уравновешивать...

Но она благополучно углубилась в изучение статьи под заголовком «Винная диета: чем это может помочь». Мне показалось, ей не понравится, если ее не перестанут отвлекать.

15...

К семи часам вечера настроение Триш радикально изменилось. Я уже успела отчасти к этому привыкнуть. Когда я спустилась в холл, она вышла мне навстречу из гостиной с бокалом в руке.

— Итак! — проговорила она, слегка покачиваясь. — У вас сегодня свидание с Натаниелем.

— Верно. — Я покосилась на свое отражение в зеркале. Наряд самый что ни на есть подходящий для деревенского свидания: джинсы, простой симпатичный топик и сандалии. И шикарная новая прическа.

— Он очень привлекательный молодой человек. — Триш поглядела на меня поверх бокала. — Очень мускулистый.

— Э... Наверное...

— Что это на вас надето? — Она окинула меня оценивающим взором. — Не слишком-то ярко, а? Ничего, сейчас поправим.

— Я же не фонарь, чтобы светиться, — запротестовала было я, но Триш не стала меня слушать. Она поднялась в спальню и некоторое время спустя вернулась, держа в руках шкатулку.

211

— Вот. Немножко блеска не помешает. — Она показала мне заколку со стразами в форме морского конька. — Я купила ее в Монте-Карло.

— Красивая, — протянула я в растерянности. Прежде чем я спохватилась, Триш отвела мои волосы вбок и заколола их этой уродливой штукой. Потом решительно кивнула.

— Нет, нужно что-нибудь покрупнее. Так. — Она извлекла из шкатулки большого блестящего, усыпанного драгоценными камнями жука и посадила его мне на волосы. — Другое дело. Посмотрите, как удачно подходят изумруды к вашим глазам.

У меня не было слов, иначе я бы непременно ей возразила. Я не могу выйти из дома с жуком на макушке!

— Теперь добавим гламура! — Она обернула мою талию золоченым поясом-«цепочкой». — Осталось только развесить амулетики...

Амулетики?!

— Миссис Гейгер...

Тут из кабинета выскочил Эдди.

— Я только что договорился насчет ванной, — сообщил он Триш.

— Какой замечательный слоник! — продолжала ворковать та, цепляя сверкающую фигурку на мой пояс. — А лягушка!

— Пожалуйста, — простонала я, — мне не нужны слоники...

— Семь тысяч, — перебил меня Эдди. — Кажется, вполне разумная цена. Плюс НДС.

— И сколько получается с НДС? — поинтересовалась Триш, копаясь в шкатулке. — Куда подевалась обезьяна?

Сама себе я казалась рождественской елкой. Триш цепляла мне на пояс все новые и новые побрякушки, на голове торчал жук. А Натаниель вот-вот придет... и *увидит* меня...

— Не знаю! — буркнул Эдди. — Откуда мне знать, сколько будет семнадцать с половиной процентов от семи тысяч?!

— Тысяча двести двадцать пять, — автоматически откликнулась я.

Воцарилась тишина.

Черт. Опять опростоволосилась.

Триш и Эдди глядели на меня как на неведомое чудо природы.

— Или что-то вроде того, — поспешила исправиться я. — Мне так кажется. — Я натянуто улыбнулась. — Это последний амулет, миссис Гейгер?

Они никак не прореагировали. Эдди уставился на лист бумаги, который держал в руке. Потом медленно поднял голову и что-то беззвучно прошептал.

— Она права! — наконец выдавил он. — Абсолютно права! Все сходится. — Он ткнул пальцем в бумагу. — Здесь так и написано.

— Она права? — недоверчиво повторила Триш. — Но как?..

— Ты сама видела. — Голос Эдди неожиданно сорвался; о певцах в таких случаях говорят, что они дали петуха. — Она сосчитала в уме!

Гейгеры одновременно повернулись и вновь воззрились на меня.

— Может, она из аутистов? — предположила озадаченная Триш.

Господи Боже! Насмотрелись, понимаешь, «Человека дождя».

— Ничего подобного! — воскликнула я. — Просто я... просто я хорошо умею считать. Вот и все.

К моему громадному облегчению, прозвенел дверной звонок, и я побежала открывать. Пришел Натаниель. Он оделся немного наряднее обычного — бежевые джинсы, зеленая рубашка.

— Привет! — бросила я. — Пошли скорее!

213

— Секундочку! — Эдди преградил мне дорогу. — Юная леди, вы гораздо умнее, чем думаете.

О нет!

— Что происходит? — спросил Натаниель.

— Она — математический гений! — возбужденно откликнулась Триш. — Мы случайно это выяснили. Только что. Поверить не могу!

Я умоляюще поглядела на Натаниеля: мол, ты же видишь, она порет ахинею.

— Какое у вас образование, Саманта? — справился Эдди. — Чему вы учились, кроме кулинарии?

Господи! Что я там наговорила на собеседовании? Не помню ни словечка...

— Ну... э... разному... — Я беспомощно развела руками. — Знаете...

— Вот они, современные школы! — Триш затянулась сигаретой. — Тони Блэра давно пора пристрелить!

— Саманта, — торжественно заявил Эдди, — я позабочусь о вашем образовании. И если вы готовы работать упорно — очень упорно, — вы сможете добиться многого, это я вам говорю.

Так. Все хуже и хуже.

— Мне достаточно того, что я уже имею, сэр, — пробормотала я, глядя в пол. — Вполне достаточно. Спасибо большое, но я...

— Вы сами не понимаете, от чего отказываетесь! — Эдди, похоже, завелся.

— Ставьте высокие цели, Саманта! — Триш с неожиданной горячностью схватила меня за руку. — Жизнь дает вам шанс! Не упускайте его! Через тернии к звездам!

Признаться, меня тронула их забота. Они искренне желали мне добра.

— Ну... э... я попробую. — Я торопливо избавилась от всех блескучих фигурок на поясе, сложила их в шкатулку, потом повернулась к Натаниелю, терпеливо ожидавшему в дверях. — Ну что, мы идем?

— И что все это значит? — поинтересовался Натаниель, когда мы вышли на дорогу. Было тепло, пахло цветами, моя новая прическа колыхалась в такт движениям, при каждом шаге я видела пальцы своих ног, покрытые лаком, позаимствованным из запасов Триш. — Вы и вправду математический гений?

— Нет. — Я не удержалась от смеха. — Конечно, нет!

— А какое у вас все-таки образование?

— Ну... Зачем вам это знать? — Я улыбнулась и неопределенно повела рукой. — Это же так скучно.

— Не верю ни единому слову, — твердо заявил он. — Чем вы занимались? До того, как попали сюда?

Я помолчала, не отрывая взгляда от земли и пытаясь придумать уклончивый ответ. Я чувствовала на себе взгляд Натаниеля. И чего он так пристально смотрит?

— Не хотите об этом говорить, — подытожил он наконец.

— Я... Мне тяжело.

Он глубоко вдохнул.

— С вами дурно обращались?

Ба, да он, похоже, решил, что я — забитая женушка, сбежавшая из-под замка?

— Нет. Дело не в этом. — Я поправила волосы. — Просто... история долгая...

Натаниель пожал плечами.

— У нас весь вечер впереди.

Встретившись с ним взглядом, я вдруг ощутила внезапное желание излить душу. Рассказать обо всем. Вывалить на него все мои заботы и тревоги. Признаться, кто я такая, что со мной случилось и как мне было тяжко. Из всех, кто меня нынче окружает, я могу доверять только ему. Он не растреплет. Он поймет. И сохранит мое прошлое в тайне.

— Итак. — Он остановился посреди улицы, большие пальцы рук в карманах. — Расскажите мне наконец, кто же вы.

— Может, и расскажу. — Я поняла, что улыбаюсь. Натаниель улыбнулся в ответ, не сводя с меня внимательного взгляда. — Только не сейчас. — Я огляделась по сторонам. — Слишком уж хорош вечер, чтобы портить его историей ошибок и падений. Как-нибудь потом, ладно?

Мы двинулись дальше, миновали старинную каменную стену, увитую цветами. Вдохнув их пьянящий аромат, я ощутила внезапную легкость во всем теле. Вдоль улицы струился свет заходящего солнца, лучи светила ласково ложились мне на плечи.

— Неплохая прическа, кстати, — заметил Натаниель.

— Спасибо. — Я вежливо улыбнулась. — Ничего особенного, конечно... — И тряхнула головой.

Мы вышли к мосту, остановились поглядеть на реку. Тут и там ныряли водяные курочки, закат придавал воде янтарный оттенок. Парочка туристов фотографировала друг друга, и я внезапно ощутила прилив гордости. Я-то в отличие от них не проездом в этом чудесном местечке. Я живу здесь. Слышите? Я здесь живу!

— Так куда мы идем? — спросила я, когда мы возобновили нашу прогулку.

— В паб, — ответил Натаниель. — Не против?

— Ни в коем случае.

У «Колокола» было довольно людно: одни стояли у двери, другие сидели за деревянными столами при входе. И никто ничего не пил.

— Что делают эти люди? — удивилась я.

— Ждут. Хозяин задерживается.

— А! — Я осмотрелась. Все столики заняты. — Что ж... Посидим здесь? — Я похлопала по крышке деревянного бочонка, однако Натаниель двинулся прямиком к двери.

И... Ну и чудеса! Публика расступилась, освобождая ему дорогу. Онемев от изумления, я наблюдала, как он сует руку в карман, достает большую связку ключей и отпирает дверь. Потом поворачивается ко мне.

— Заходите, — пригласил он с улыбкой. — Заведение открыто.

Натаниель владеет пабом?

— Вы владеете пабом? — спросила я, когда суматоха после открытия слегка улеглась.

Добрых пятнадцать минут я смотрела, как Натаниель наполняет кружки, болтает с клиентами, отдает распоряжения помощникам и удостоверяется, что никого не обошли вниманием. Покончив с этим, он подошел ко мне — я сидела у стойки с бокалом вина.

— Тремя, — поправил он. — И не я один. Это семейный бизнес. «Колокол» здесь, «Лебедь» в Бингли и еще «Две лисы».

— Ух ты! Но... тут же столько хлопот! — Я окинула взглядом помещение. Все столики заняты, а новые клиенты все заходят и располагаются кто в крошечном садике, кто за столами снаружи, при входе. Гомон стоял такой, что приходилось почти кричать. — Как вы ухитряетесь управляться здесь и работать садовником?

— Поймали! — Натаниель шутливо вскинул руки. — Я в «Колоколе» появляюсь нечасто. У нас достаточно наемных работников. Просто решил, что сегодня мне пора постоять за стойкой.

— Значит, вы на самом деле не садовник?

— Ну почему же? — Он на мгновение отвернулся, поправил коврик на стойке. — Это... это бизнес.

Я уже слышала эти нотки в его голосе. Как если бы ненароком уколола в больное место. Я отвернулась — и мое внимание привлек висевший на стене портрет мужчины средних лет. Тот же волевой подбородок, что и у Натаниеля, те же голубые глаза, та же улыбка и те же морщинки вокруг глаз.

— Это ваш отец? — спросила я с запинкой. — Он такой... необычный.

217

— Он был душой этого места. — Взгляд Натаниеля утратил суровость. — Его все любили, хоть кого спросите. — Он сделал большой глоток, поставил пивную кружку на стойку. — Послушайте, нам не обязательно оставаться здесь. Можем поискать местечко поцивильнее...

Я оглядела бурлящий паб. Сквозь голоса и взрывы хохота прорывалась музыка. Постоянные клиенты у стойки приветствовали друг друга шутливыми подначками. Рыжеволосый бармен с лукавой улыбкой растолковывал паре пожилых американских туристов в футболках с надписью «Стрэтфорд» особенности местных сортов пива. В дальнем конце помещения затеяли играть в дартс. Честно говоря, не помню, когда я в последний раз оказывалась в такой доброжелательной, дружеской обстановке.

— Давайте останемся. И я буду вам помогать! — Я соскользнула с высокого табурета и решительно направилась за стойку.

— Вы когда-нибудь наливали пиво? — с усмешкой осведомился Натаниель.

— Нет. — Я взяла пустую кружку и подставила ее под краник. — Но я научусь.

— Ладно. — Он подошел поближе. — Наклоняете кружку вот так... Теперь наливайте.

Я повернула краник, и он плюнул в меня пеной.

— Черт!

— Не так резко. — Натаниель накрыл мои ладони своими, показывая. — Правильно.

М-м... Как приятно... Он что-то говорил, но я не вслушивалась. Эти сильные руки ввергли меня в подобие блаженного транса. Может, прикинуться, будто у меня ничего не получается? Может, тогда мы простоим в такой позе весь вечер?

— Знаете... — начала я, поворачиваясь к Натаниелю.

И тут мой взгляд уперся в объявление на стене. Там висела старинная деревянная табличка, запрещавшая входить в паб с грязными сапогами и в рабочей одежде. А ниже, на приколотой кнопками пожелтевшей от времени бумаге, кто-то вывел фломастером: «Юристов не обслуживаем». Надпись выцвела, но читалась тем не менее издалека.

Я ошарашенно уставилась на объявление. Юристов не обслуживаем?

Может, померещилось?

— Ну-ка... — Натаниель поднял кружку, полную золотистой жидкости. — Вот. Ваша первая пинта.

— Здорово... — Я выдержала подобающую паузу, а потом небрежно махнула рукой в сторону объявления. — А это что?

— Я не обслуживаю юристов, — сказал он. Как отрезал.

— Натаниель, иди сюда! — крикнул кто-то из дальнего угла. Натаниель досадливо хмыкнул.

— Сейчас вернусь, — пообещал он, мимолетно коснулся моих пальцев и отошел. Я тут же глотнула вина. Он не обслуживает юристов? Но почему? Чем юристы перед ним провинились?

Ладно. Надо успокоиться. Это шутка. Они здесь так шутят. Все юристов терпеть не могут, юристов, агентов по недвижимости и налоговых инспекторов. Это закон жизни.

Но далеко не все вешают в своих пабах такие объявления.

Пока я сидела, ломая голову над этой загадкой, ко мне подошел рыжеволосый бармен.

— Привет, — сказал он, протягивая руку. — Эамонн.

— Саманта. — Я улыбнулась. — Меня Натаниель привел.

— Он говорил. — Глаза бармена блеснули. — Добро пожаловать в Лоуэр-Эбери.

Я смотрела, как он берет из резервуара лед, кладет в стакан, наливает виски и несет клиенту. **219**

Внезапно мне подумалось, что он может что-то знать насчет объявления.

— Эта бумага насчет юристов, — сказала я, когда бармен вернулся, — это шутка, верно?

— Не совсем, — весело отозвался Эамонн. — Натаниель на дух не выносит юристов.

— Понятно. — Сама не понимаю, как я ухитрилась улыбнуться. — Э... А почему?

— Началось, когда его отец умер. — Эамонн взгромоздил на стойку ящик с бутылками, и мне пришлось чуть сдвинуться, чтобы видеть лицо собеседника.

— И что? Что тогда произошло?

— У Бена были какие-то юридические споры с муниципальным советом. — Эамонн отвлекся от бутылок. — Натаниель говорил, что до этого вообще не стоило доводить, но Бен поддался на уговоры адвокатов. Он и так был не слишком здоров, а тут все пошло по нарастающей, он дергался все сильнее, ну и получил сердечный приступ.

— Ужас какой! — проговорила я. — И Натаниель винит в смерти отца юристов?

— Он считает, что именно они втравили Бена в споры с советом. — Эамонн вновь занялся бутылками, принялся выставлять их на стойку. — Хуже того, когда Бен умер, им пришлось продать один из пабов. Чтобы расплатиться с адвокатами.

Брр! Я бросила взгляд на Натаниеля, который стоял у дальнего конца стойки и, нахмурившись, слушал какого-то парня.

— Последнего юриста, который зашел сюда, — Эамонн с заговорщицким видом перегнулся через стойку, — Натаниель отлупил.

— *Отлупил?* — Я чувствовала, что нахожусь на грани истерики.

220   — Это было в день похорон Бена. — Эамонн понизил голос. — Один из адвокатов его отца зашел в паб, и Натаниель начистил ему физиономию. Мы теперь его дразним этим случаем.

Он отвернулся, чтобы кого-то обслужить, и я вновь глотнула вина. Сердце бешено колотилось.

Только в обморок не падай, подруга. Ну не любит он юристов, и что с того? Ты-то здесь при чем? Ни при чем. Ты по-прежнему можешь быть с ним откровенной. Можешь во всем ему признаться. Он не вспылит. С какой стати?

А если вспылит?

А если он и меня отлупит?

— Извините. — Натаниель внезапно оказался передо мной, дружески улыбнулся. — Вы как, в порядке?

— В полном! — поспешно заверила я. — Наслаждаюсь жизнью.

— Эй, Натаниель! — позвал Эамонн, протиравший кружку, и подмигнул мне. — Что такое пять тысяч юристов на океанском дне?

— Куча слизи! — слова сорвались с моих губ прежде, чем я успела захлопнуть рот. — Чтоб они сгнили! Все до единого!

Мужчины озадаченно переглянулись. Эамонн приподнял бровь.

Так. Пора менять тему. Немедленно.

— Ну... — Я повернулась к очереди у стойки. — Кому что-нибудь налить?

К концу вечера я налила около сорока кружек. Меня угостили тарелкой жареной трески с картошкой и половиной рыхлого, липкого пудинга; а еще я победила Натаниеля в дартс под одобрительные крики и улюлюканье присутствующих.

— А говорили, что играть не умеете, — проворчал он, когда я поставила заключительный штрих, набрав дважды по восемь очков.

221

— Не умею, — подтвердила я с невинной улыбкой. К чему ему знать, что я пять лет в школе занималась стрельбой из лука?

Наконец Натаниель ударил в гонг, объявляя последний заказ. Где-то через час после сигнала самые упорные из клиентов поплелись к двери, прощаясь на ходу.

— Счастливо.

— Будь здоров, Натаниель.

Я заметила, что все, кто выходил из паба — не считая, конечно, туристов, — перекидывались с Натаниелем словечком-другим. Похоже, он тут всех знает, и его все знают.

— Мы приберемся, — заявил Эамонн, когда Натаниель стал собирать со столов кружки, по пять на руку. — Поставь сюда. Думаю, ты не прочь устроить себе романтический вечерок.

— Ну... Ладно! — Натаниель хлопнул бармена по спине. — Спасибо, Эамонн. — Потом поглядел на меня. — Идем?

Я почти неохотно слезла с табурета.

— Чудесный вечер получился, — сказала я Эамонну. — И приятно было познакомиться.

— Взаимно. — Он ухмыльнулся. — С нас причитается.

Я улыбнулась в ответ, донельзя довольная тем, что побывала здесь, что выиграла в дартс, что провела вечер за делом. Такого вечера, как этот, у меня никогда не было.

Никто в Лондоне не назначал мне свидание в пабе — уж тем более за стойкой. Джейкоб, помнится, повел меня в «Les Sylphides» в Ковент-Гардене, через двадцать минут убежал, чтобы позвонить в Штаты, и сгинул без следа. На следующий день он объяснил, что задумался над положениями коммерческого права и забыл о моем существовании.

А я, вместо того чтобы обозвать его ублюдком и отвесить оплеуху, стала выяснять, какие именно положения коммерческого права так его озадачили.

222

После паба, где было жарко и пахло пивом, ночь казалась по-особенному свежей и прохладной. Издалека доносился приглушенный расстоянием смех припозднившихся гуляк, где-то рокотал автомобильный двигатель. Фонарей на улице не было, источниками света служили полная луна и окна домов.

— Вам понравилось? — В голосе Натаниеля слышалась легкая тревога. — Я не думал, что мы пробудем там весь вечер...

— Очень понравилось! — уверила я. — Замечательное место! И люди такие милые! Вас, похоже, все знают. Наверное, это и называется деревенским духом. Все друг друга знают, все друг о друге заботятся. Здорово!

— Почему вы так решили? — Теперь по голосу чувствовалось, что Натаниель улыбается.

— Ну... Вы же сами видели, как люди хлопали друг друга по спинам, — объяснила я. — Дескать, если что, ребята, обращайтесь, мы поможем. Так хорошо!

Натаниель фыркнул.

— В прошлом году мы получили приз как самая доброжелательная деревня.

— Смейтесь, смейтесь, — проговорила я. — А в Лондоне таких людей не встретишь. Если упадешь замертво на улице, тебя попросту спихнут в водосток, чтобы под ногами не мешался. Предварительно, правда, очистят карманы, заберут документы и деньги. Здесь подобное невозможно, верно?

— Верно, — согласился Натаниель. — Тут, если человек умирает, вся деревня собирается у него дома и поет погребальные песни.

— Я так и знала! — Я не удержалась от улыбки. — А цветочные лепестки разбрасывают?

— Разумеется, — кивнул Натаниель. — И куколок из соломы тоже делают.

223

Некоторое время мы молчали. Какое-то крохотное животное выскочило на дорогу, замерло, уставилось на нас своими желтыми глазами-плошками, потом юркнуло под живую изгородь.

— А какие песни поют? — спросила я.

— Ну, что-то вроде этого. — Натаниель прокашлялся и запел, низко и протяжно: — «О нет! Он ушел, ушел!»

Меня распирал смех, но я все-таки сумела сдержаться.

— А если умирает женщина?

— Хороший вопрос. Тогда мы поем другую песню. — Он глубоко вдохнул и запел снова, все так же монотонно: «О нет! Ушла так ушла!»

Я чуть не подавилась смехом. Даже в боку закололо.

— В Лондоне никто песен не поет. Мы вечно спешим. Лондонцы всегда спешат. Не дай Бог кто опередит.

— Знаю, — сказал Натаниель сухо. — Я жил в Лондоне.

Я так и замерла, с раскрытым ртом. Он жил в Лондоне? Я попыталась представить, как он едет в метро, держится одной рукой за поручень и читает газету. Нет, не получается.

— Серьезно?

Он кивнул.

— Противно было. Серьезно.

— А почему?.. Ну, в смысле...

— После школы, перед университетом, я устроился официантом. Моя квартира была как раз напротив круглосуточного супермаркета. Он всю ночь сверкал этими своими рекламами. А шум... — Натаниель передернул плечами. — Я прожил там десять месяцев и почти забыл, что такое полная тишина или полная темнота. Я ни разу не слышал птиц. И ни разу не видел звезд.

Я запрокинула голову и уставилась в ночное небо. Когда глаза привыкли, на небосводе стали проступать крохотные светящиеся точки, образуя орнаменты и узоры, которые я не в состоянии была опознать. Натаниель прав. В Лондоне звезд не видно.

— А вы? — Его голос вернул меня на землю.

— То есть?

— Вы собирались рассказать мне про себя. Как вы жили раньше, чем занимались.

— А... — Я замялась. — Ну да, собиралась. — Хотя он вряд ли мог разглядеть выражение моего лица, я отвернулась и постаралась собраться с мыслями, насколько это было возможно после трех бокалов вина.

Что же ему ответить? Может, удастся обойтись без подробностей? Может, я сумею рассказать о себе, не упоминая юристов?

— Ну... Я жила в Лондоне. У меня... э...

— Начались проблемы, — подсказал Натаниель.

— Да, проблемы... — Я сглотнула. — Все запуталось... В конце концов я села на поезд... и приехала сюда.

Натаниель явно ждал продолжения.

— И все, — прибавила я.

— Все? — недоверчиво переспросил Натаниель. — И это вы называете долгой историей?

О Господи!

— Послушайте. — Я повернулась к нему с колотящимся сердцем. — Да, я собиралась рассказать вам больше. Но разве детали имеют значение? Какая разница, что я делала и кем была? Так или иначе, я здесь. И этот вечер — лучший в моей жизни.

Ему хотелось поспорить. Он открыл было рот, чтобы что-то сказать, потом выражение его лица изменилось, и он молча отвернулся.

Меня охватило отчаяние. Неужели я все испортила? Надо было ему рассказать все как есть. Или сочинить какую-нибудь душераздирающую историю о неверном приятеле.

Мы шагали в молчании. Натаниель дотронулся до меня плечом. Затем его пальцы коснулись моих, как бы случайно, — и вдруг обхватили мою ладонь.

Тело отозвалось мгновенно, однако я заставила себя успокоиться. Даже дыхание не сбилось. Мы **225** по-прежнему молчали. Ночную тишину нарушали только наши шаги и далекое уханье совы. Рука Натаниеля была теплой, твердой, надежной... Я чувствовала кожей мозоли на его ладони.

Мы продолжали молчать. Не знаю, как он, а я словно онемела.

Мы остановились у ворот Гейгеров. Натаниель посмотрел на меня как-то странно, почти сурово. Я ощутила, как убыстряется дыхание, как начинает частить пульс. Плевать на приличия, пусть видит, что я его хочу.

В конце концов, я всегда была не в ладах с правилами.

Он выпустил мою ладонь, обеими руками обнял меня за талию. Медленно, медленно привлек меня к себе. Я закрыла глаза, готовая отдаться блаженству.

— Ради всего святого! — воскликнул безошибочно узнаваемый голос. — Да поцелуешь ты ее или нет?!

Я так и подскочила. Натаниель, шокированный не меньше моего, разжал руки и попятился. Я развернулась. К моему ужасу, на нас глядела Триш — из окна второго этажа, с неизменной сигаретой в руке.

— Я не ханжа, ребятки, — объявила она. — Так что можете целоваться.

Да как она смеет?! Или ей неизвестно, что у людей имеется личная жизнь?

— Давайте, давайте! — Она помахала сигаретой. — Не обращайте на меня внимания.

Не обращать внимания? Нет уж, увольте, я не собираюсь устраивать представление на потеху Триш Гейгер! Я покосилась на Натаниеля. Он выглядел... раздраженным.

— Может, нам... — Я замялась, не зная, что предложить.

— Прекрасная ночь, правда? — изрекла Триш.

— Совершенно верно, — вежливо подтвердил Натаниель.

Я встретилась с ним взглядом — и чуть не поперхнулась внезапно накатившим смехом. Прости-прощай, романтическое настроение. Увы, увы...

— Ну... Спасибо за вечер, — сказала я. Губы так и норовили растянуться в улыбке. — Я чудесно провела время.

— Я тоже. — Его глаза, сейчас почти черные, озорно блеснули. — Ну что, порадуем старушку? Или пускай ее удар хватит от злости?

Мы оба, не сговариваясь, посмотрели на Триш, которая высунулась из окна в предвкушении зрелища. Как если бы ей посулили эротическое шоу.

— Думаю, — проговорила я с улыбкой, — она вполне заслуживает удара.

— Значит, до завтра?

— Да. Я приду в десять.

— Тогда пока.

Он протянул руку. Наши пальцы едва соприкоснулись, потом он развернулся и пошел прочь. Когда его силуэт растаял во тьме, я повернулась и двинулась к дому. Тело буквально пульсировало.

Бог с ней, с Триш. А как насчет меня? Уж меня-то удар точно хватит — от несбывшихся надежд.

16...

На следующее утро я проснулась от громкого стука в дверь.

— Саманта, откройте! Мне нужно поговорить с вами!

Сегодня ведь суббота, и еще и восьми нет. Что это Триш приспичило?

— Сейчас, — сонно откликнулась я. — Подождите секундочку.

Кое-как сползла с кровати. Голова полнилась сладостными воспоминаниями о вчерашнем вечере. Рука Натаниеля в моей руке... он обнимает меня...

— Да, миссис Гейгер? — произнесла я, открывая. Пунцовая от злости Триш окинула меня уничтожающим взглядом и прикрыла ладонью динамик радиотелефона.

— Саманта! — В ее голосе слышалось плохо скрытое торжество. — Вы обманули меня! Признавайтесь!

Накатила паника, сердце ухнуло в пятки. Как она... Откуда...

— Признавайтесь! — Она прищурилась, вновь смерила меня взглядом. — Вы прекрасно понимаете, о чем я говорю.

Я принялась поспешно перебирать все свои промахи и уловки. Вполне вероятно, Триш рассердилась из-за какой-нибудь мелочи. Или же — каким-то образом узнала всю правду о том, какая я на самом деле экономка.

— Извините, мадам, но я не понимаю, — выдавила я наконец.

— Неужели? — Триш сделала шаг вперед, ее шелковое платье шелестело в такт движениям, будто змея шипела. — Признавайтесь, почему вы не сказали сразу, что готовили паэлью для испанского посла?!

Для кого? О чем вообще речь?

— На днях я спрашивала, доводилось ли вам готовить для известных людей. — Она укоризненно покачала головой. — Почему вы не рассказали мне о том банкете на триста персон в Мэншн-хаусе?

Кто-то из нас явно спятил. И похоже, что не я.

Может, у Триш нелады с головой? Это многое бы объяснило.

— Миссис Гейгер... — проговорила я. — Э... Не желаете ли присесть?

— Нет, благодарю вас, — язвительно ответила она. — Как вы можете заметить, я разговариваю по телефону. С леди Эджерли, между прочим.

Казалось, под ногами качнулся пол. Она разговаривает с Фрейей?

— Леди Эджерли? — Триш поднесла трубку к уху. — Вы абсолютно правы, чересчур скромна... — Она посмотрела на меня. — Леди Эджерли хочет сказать вам пару слов.

Она протянула мне телефон. Я недоверчиво поглядела на трубку, потом приложила ее к уху.

— Алло?

— Саманта, это ты? — Знакомый хрипловатый голос Фрейи легко перекрыл треск статики. — С тобой все в порядке? Какого хрена там у вас творится?

— Я в порядке! — Я покосилась на Триш, стоявшую от меня метрах в двух. — Погоди, я сейчас перейду туда, где... потише...

Проигнорировав испепеляющий взгляд Триш, я вернулась в свою комнату и плотно притворила дверь.

— Я в порядке! — Как приятно снова услышать Фрейю. — Знаешь, никак не ожидала, что ты позвонишь.

— Что у вас происходит? — Фрейя, как обычно, не разменивалась на политесы. — Лабуда какая-то, честное слово! Ты подалась в *экономки*? Это что, шутка? Не слишком удачная, на мой вкус.

— Это не шутка. — Я поглядела на дверь, встала, перешла в ванную и включила фен. — Я действительно нанялась в экономки. В «Картер Спинк» я больше не работаю, — прибавила я, понизив голос.

— Ты *уволилась*? — изумилась Фрейя. — Вот так взяла и уволилась?

— Я не... Меня уволили. Выкинули на улицу. Я допустила ошибку, и со мной поспешили расстаться.

Боже, как тяжело это произносить! Даже думать об этом тяжело.

— Из-за одной ошибки? — воскликнула Фрейя. — Господи Иисусе, эти скоты...

— Ошибка была серьезной, — перебила я. — Очень серьезной, очень существенной. Короче, я оказалась не у дел. И решила поискать новую работу. Подумала-подумала — и подалась в экономки.

— Подалась в экономки, — задумчиво повторила Фрейя. — Саманта, ты что, окончательно свихнулась?

— С чего ты взяла? — оскорбилась я. — Сама же говорила, что мне нужен перерыв.

— Да какая из тебя экономка? Ты же готовить не умеешь!

— Знаю.

— Подумать только! — Она хихикнула. — Помню я твою стряпню, голубушка! И какая ты чистюля, тоже помню.

— Да уж. — На глаза вдруг навернулись слезы. — Поначалу, конечно, было тяжеловато. Но я учусь. Ты бы меня не узнала...

— Небось передник носишь?

— Жуткую нейлоновую униформу. — Слезы ушли так же внезапно, как появились, теперь меня душил смех. — К хозяевам обращаюсь «мадам» и «сэр»... и делаю книксен...

— Саманта, это безумие! — проговорила Фрейя, давясь хохотом. — Полнейшее! Тебе нельзя там оставаться. Я тебя спасу. Прилечу завтра и...

— Нет! — воскликнула я. Меня несколько удивила собственная горячность. — Не надо меня спасать! Все отлично. Правда.

В трубке многозначительно помолчали. Черт возьми, Фрейя слишком хорошо меня знает.

— Мужчина? — вкрадчиво поинтересовалась она.

— Может быть. — Мои губы сами собой расползлись в улыбке. — Э... да.

— Подробности?

— Пока рановато. Он... такой... ну, ты понимаешь. — Я глупо улыбнулась собственному отражению в зеркале.

— Ага. Ладно, подруга. Не забывай, что я рядом. Звони, не стесняйся, можешь остановиться у нас...

— Спасибо, Фрейя. — Какая она все-таки замечательная!

— Не за что. Да, Саманта?..

— Что?

Пауза затянулась, я было решила, что нас разъединили.

— И что с твоей драгоценной юридической практикой? — спросила наконец Фрейя. — И с партнерством? Я знаю, эта работа тебя выматывала, но ты ведь так готовилась... Что теперь? Все коту под хвост?

Ну зачем, зачем она бередит едва затянувшуюся рану?

— Мечты мечтами, — тихо проговорила я, — а партнеры не делают ошибок стоимостью пятьдесят миллионов фунтов.

— *Пятьдесят миллионов?*

— Угу.

231

— Господи! — выдохнула Фрейя. — Я и не думала... Слушай, да как же ты справилась...

— Справилась, — перебила я. — И забыла. Все позади.

Фрейя вздохнула.

— Я что-то такое подозревала. Я пыталась послать тебе мейл через сайт «Картер Спинк», но у меня не вышло. Твоей странички там нет.

— Правда? — У меня неприятно засвербило под ложечкой.

— Я подумала... — Она не закончила фразу. В трубке вдруг загомонили чужие голоса. — Вот черт! Наш транспорт прибыл. Слушай, я перезвоню тебе...

— Подожди! Фрейя, скажи мне, только честно, что ты наговорила Триш насчет испанского посла? И насчет Мэншн-хауса?

— А! — Фрейя расхохоталась. — Ну, понимаешь, она засыпала меня всякими дурацкими вопросами, и я решила... поразвлечься. Сказала ей, что ты умеешь выкладывать из салфеток сцену из «Лебединого озера»... делать ледяные скульптуры... а Дэвид Линли* однажды попросил у тебя рецепт сырного пирога...

— Фрейя! — Я зажмурилась от отчаяния.

— Да, меня как прорвало. А она все съела, представляешь? Ладно, подруга. Мне совсем пора. Счастливо!

— Счастливо.

Некоторое время я сидела неподвижно, прислушиваясь к тишине, которую всего секунды назад нарушал хрипловатый голос Фрейи на фоне экзотических звуков Индии.

Затем я посмотрела на часы. Девять сорок пять. Времени в обрез.

Три минуты спустя я уже сидела за столом Эдди и барабанила пальцами по столешнице, ожидая, пока запус-

* Лорд Дэвид Линли, племянник английской королевы, дизайнер и светский лев.

тится Интернет. Триш я сказала, что хочу написать письмо леди Эджерли, и она охотно пустила меня в кабинет мужа. Более того, пристроилась было у меня за спиной, но я вежливо попросила ее уйти.

Наконец открылась домашняя страница браузера. Я быстро набрала в адресной строке: **www.carter spink.com**.

На экране возник знакомый пурпурный логотип, описал полную окружность; я вдруг занервничала, словно в ожидании приема у начальства. Глубоко вдохнула, проскочила «Введение», кликнула на «Сотрудников». Появился алфавитный список. Фрейя ничего не напутала — за Сэвллом сразу шел Тейлор. Никакой Свитинг.

Рассуждай здраво, велела я себе. Вполне естественно, что они меня убрали. Ведь я уволена, правильно? В конце концов, это — прошлая жизнь, с которой меня теперь ничто не связывает. Надо закрыть браузер, пойти к Айрис и забыть обо всем, как о страшном сне. Вот именно.

Вместо этого я ткнула «мышью» в строку поиска, набрала: «Саманта Свитинг». Через несколько секунд на экране высветилось: «Не найдено».

Я не поверила своим глазам.

Не найдено? При поиске по всему сайту? Но... Даже в разделе «Пресса»? И в «Архиве новостей»?

Я щелкнула по ссылке «Завершенные сделки», поискала заголовок «Слияние "Евро-Сэл" и "ДэнКо".» В этой крупной прошлогодней сделке я отвечала за финансовые аспекты. На экране появился отчет, озаглавленный: «"Картер Спинк" одобрил слияние стоимостью 20 миллионов фунтов стерлингов». Я пробежала глазами текст. «Делегацию компании возглавлял Арнольд Сэвилл, которому помогали Гай Эшби и Джейн Смайлингтон».

Что? Я постаралась успокоиться, перечитала текст, высматривая слова «и Саманта Свитинг». Ничего. Меня словно не существовало. Я щелкнула по другой ссылке, отчету о поглощении компании «Конлон». Я должна там быть! Я читала этот отчет и видела в нем **233** свою фамилию! Без меня бы, если уж на то пошло, эта сделка не состоялась!

Снова ни единого упоминания.

Я принялась лихорадочно щелкать по ссылкам, все дальше углубляясь в историю. Два года назад. Пять лет назад. Ничего. Меня стерли начисто. Кто-то приложил немалые усилия к тому, чтобы на корпоративном сайте не осталось и следа Саманты Свитинг. Ни намека. Будто я никогда у них не работала.

Я перевела дух. Растерянность сменилась злостью, которая требовала выхода. Как они посмели переписать историю? Как посмели *стереть* меня? Я отдала им семь лет жизни, а они просто-напросто уничтожили всякие упоминания обо мне, как если бы я никогда не проходила по бухгалтерской ведомости «Картер Спинк»...

Тут мне пришла в голову другая мысль. Зачем? Ради чего все это сделано? Сколько мне попадалось на глаза материалов, пестревших именами бывших сотрудников компании! Кому же помешала я? Я задумчиво посмотрела на экран, потом вызвала поисковую систему «Гугл» и набрала в строке поиска: «Саманта Свитинг». Для надежности добавила «юрист» — и нажала «Enter».

В следующую секунду браузер выдал результат поиска. Я начала просматривать ссылки — и в глазах потемнело, словно от удара по голове.

...Фиаско **Саманты Свитинг**...

...выяснилось, **Саманта Свитинг** самовольно покинула офис, оставив коллег...

...слышали о **Саманте Свитинг**...

...анекдоты о **Саманте Свитинг**. Как назвать юриста, который...

...**Саманту Свитинг** уволили из «Картер Спинк»...

Одно сообщение за другим. С юридических сайтов, информационных лент, студенческих форумов. Впечатление было такое, будто меня обсуждал весь юридический мир. На автомате я перешла на следующую страницу. Там меня ожидало то же самое. И на следующей, и на следующей.

Я чувствовала себя так, словно очутилась на пожарище. Гляжу по сторонам, медленно, но верно осознаю истинные масштабы катастрофы...

Я не смогу вернуться.

Я знала это.

Знала, но не понимала. Во всяком случае, до конца. Во мне теплился огонек надежды. Теперь истаял и он.

Ощутив влагу на щеке, я вскочила, быстро позакрывала окна браузера, очистила «Историю посещений» на случай, если Эдди вздумается проявить любопытство. Затем выключила компьютер и окинула взглядом кабинет. Вот моя жизнь. С той, прежней, покончено раз и навсегда.

Домик Айрис выглядел все таким же пасторальным. Идиллию дополнял гусь, разгуливавший по двору вместе с курами.

Я буквально ворвалась внутрь.

— Привет, — поздоровалась Айрис, сидевшая у окна с чашкой чая в руке. — Куда спешим?

— Я старалась успеть вовремя, — объяснила я, тяжело дыша, и огляделась, высматривая Натаниеля.

— Нату пришлось уйти. В одном из пабов трубу прорвало, — сообщила Айрис, будто прочитав мои мысли. — Он скоро вернется. А мы тем временем испечем хлеб.

— Здорово! — Следом за хозяйкой я прошла на кухню и надела тот же фартук, что и в прошлый раз.

— Я уже начала. — Айрис указала на большую, старомодную на вид посудину на столе. — Дрожжи, теплая вода, растопленное масло, мука. Соедините их — и получится тесто. Теперь его нужно замешать.

— Понятно. — Я беспомощно уставилась на тесто.

Айрис испытующе поглядела на меня.

— С вами все в порядке, Саманта? Вы выглядите... возбужденной.

— Ерунда. — Я натянуто улыбнулась. — Извините.

Она права. Хватит, девочка. Надо сосредоточиться.

— Конечно, сегодня для этого используются механические устройства, — сказала Айрис, выкладывая тесто на стол. — Но мы воспользуемся старым добрым способом. У ручного хлеба непередаваемый вкус. — Она ловким движением разровняла тесто. — Видите? Складываете вдвое, разглаживаете. Тут нужно прикладывать силу.

Я осторожно погрузила руки в тесто и попыталась воспроизвести движения Айрис.

— Хорошо, — одобрила она, внимательно наблюдая за мной. — Постарайтесь ощутить ритм. Замешивание — отличный способ справиться со стрессом, — добавила она сухо. — Представьте, что у вас под руками ваши злейшие враги.

— С удовольствием!

Мой голос прозвучал весело, но на деле мне было не до веселья. Напряжение не спадало. Чем дольше я месила тесто, тем горше становилось на душе. Я никак не могла отвлечься от мыслей о корпоративном сайте. Никак не могла отделаться от ощущения несправедливости.

Я столько для них сделала! Я приводила клиентов, заключала сделки, я работала!

Работала. Как вол.

— Чем лучше замешано тесто, тем вкуснее будет хлеб, — с улыбкой сказала Айрис, обходя стол. — Чувствуете, как оно становится теплым и податливым?

Я посмотрела на тесто и поняла, что ничего не чувствую, не улавливаю смысла в словах Айрис. Мои чувства... *не подключены*. Мысли скользили, как кошка по льду.

Я снова принялась месить, усерднее прежнего, в надежде обрести то чувство удовлетворения, какое испытала здесь в прошлый раз, вернуть ощущение простоты и принадлежности земле. Но ритм не нащупывался, пальцы не повиновались, руки начали болеть, по лицу заструился пот. Я вполголоса сыпала проклятиями, а сумятица в мыслях становилась все безнадежнее.

Как они посмели *стереть* меня? Я была хорошим специалистом.

Не просто хорошим, а отменным.

— Передохнуть не хотите? — спросила Айрис, кладя руку мне на плечо. — С непривычки трудновато бывает.

— Какой в этом смысл? — Слова вырвались прежде, чем я успела одуматься. — Какой смысл во всем этом? В печении хлеба? Вы его печете, потом съедаете. Фьють!

Я умолкла, не понимая, что на меня нашло. Дыхание было шумным и прерывистым, словно я внезапно затемпературила.

Айрис пристально поглядела на меня.

— То же самое можно сказать про всю пищу, — заметила она. — И про жизнь в целом.

— Вот именно. — Я вытерла лоб подолом фартука. — Вот именно.

Мне вовсе не хотелось цапаться с Айрис, но что-то внутри меня заставляло произносить все эти слова... Надо успокоиться. Но как, если в душе все бурлит?

— Пожалуй, достаточно. — Айрис взяла тесто и быстро придала ему округлую форму.

— Что теперь? — Я сумела слегка обуздать себя. — Поставить в духовку?

— Еще рано. — Айрис положила тесто обратно в посудину и поставила ту на плиту. — Надо подождать.

— Подождать? — удивилась я. — Чего?

— Увидите. — Она накрыла посудину полотенцем. — Получаса хватит. Я приготовлю чай.

— Но... Чего мы будем ждать?

— Чтобы дрожжи подействовали. — Она улыбнулась. — Под этим полотенцем совершается маленькое чудо.

237

Я притворялась, что мне интересно, хотя на самом деле меня нисколько не заботили эти кухонные чудеса. Я не могла успокоиться, тело было буквально сковано напряжением, каждый нерв требовал действия. Я привыкла расписывать время по минутам. И по секундам. А мне предлагают ждать! Я должна торчать здесь, в дурацком фартуке, и ждать чудес от какого-то грибка!..

— Извините, — услышала я собственный голос. — Я не могу. — И пошла к двери, выводившей на улицу.

— Куда вы? — Айрис устремилась за мной, на ходу вытирая руки фартуком. — Милая, что стряслось?

— Я не могу! — выпалила я, разворачиваясь. — Не могу сидеть и ждать, пока дрожжи что-то там накудесят!

— Почему?

— Потому что это — пустая трата времени! — Я обхватила голову руками. — Понимаете? Пустая трата времени!

— Чем же, по-вашему, мы должны заняться? — с интересом спросила Айрис.

— Чем-нибудь важным. Существенным. — Не в силах стоять на месте, я сделала шаг во двор, потом вернулась. — Конструктивным.

Похоже, мои слова нисколько не задели Айрис. Она выглядела разве что слегка озадаченной.

— Что может быть конструктивнее, чем приготовление хлеба?

Господи! Меня так и подмывало завопить во все горло. Ее-то все устраивает. Эти куры, фартуки, и никакой тебе разрушенной карьеры и сплетен в Интернете.

— Вы не понимаете. — Я готова была разрыдаться. — Вы ничего не понимаете! Я... Извините... Я пойду, пожалуй...

— Не уходите. — Голос Айрис прозвучал неожиданно твердо. В следующий миг она очутилась рядом со мной, положила руки мне на плечи, поглядела на меня своими пронзительно-голубыми глазами. — Са-

238

манта, я все понимаю. Вы пережили потрясение, и оно сказалось на вас...

— Ничего я не переживала! — выкрикнула я, вырываясь. — Я просто... Я не могу, Айрис! Сколько можно притворяться? Я не умею печь хлеб. И домашней богини из меня не получится! — Я огляделась по сторонам, словно разыскивая нечто потерянное. — Я не знаю, кто я такая. Не имею ни малейшего представления.

По щеке скатилась слеза. Я раздраженно смахнула ее. Еще не хватало разреветься в присутствии Айрис!

— Я не знаю, кто я такая, — повторила я, чуть успокоившись. — Чего хочу, к чему стремлюсь... Ничего не знаю.

Колени подогнулись, и я опустилась на сухую траву. Айрис присела рядом, заглянула мне в глаза.

— Это не имеет значения, — проговорила она тихо. — Не корите себя за то, что не знаете ответов на все вопросы. Мы далеко не всегда знаем, кто мы такие. Вам не нужна большая картинка, не нужна великая цель. Порой вполне достаточно знать, что будешь делать через пару минут.

Некоторое время я молчала, впитывая в себя ее слова, как холодную воду в жаркий день.

— И что я буду делать в ближайшую пару минут? — спросила я наконец, передернув плечами.

— Поможете мне очистить бобы для обеда, — ответила она так деловито, что я не могла не усмехнуться.

Я послушно проследовала за Айрис в дом, взяла большое блюдо с бобами в стручках и принялась очищать шелуху, как она мне показала. Стручки в корзину на полу. Бобы в раковину. Снова, снова и снова, много раз подряд.

Погрузившись в это занятие с головой, я немного успокоилась. Никогда не знала, что бобы растут в стручках и что их нужно вынимать оттуда.

По правде сказать, до сих пор я видела бобы разве что в пластиковых упаковках из супермар-   **239** кета. Я покупала эти упаковки, приносила домой, клала в холодильник, вспоминала о них через неделю после истечения срока годности — и выбрасывала.

Но эти бобы — настоящие. Их прямо из земли выкопали... Или с куста сорвали... В общем, где они там растут.

Вскрывая очередной стручок, я видела перед собой ряд бледно-зеленых жемчужин. Когда я положила одну в рот...

Понятно, сырыми их не едят.

Тьфу.

Покончив с бобами, мы снова взялись за тесто. Слепили буханки, разложили их на противни, подождали еще полчаса, чтобы тесто вновь поднялось. На сей раз я была не против подождать. Мы с Айрис сидели за столом, разбирали клубнику и слушали радио. Затем поставили противни в духовку, после чего Айрис вынесла во двор поднос с сыром, бобовым салатом, печеньем и клубникой, и мы с ней сели за столик в тени дерева.

— Вот, — проговорила она, наливая ледяной чай в стакан дымчатого стекла. — Лучше не стало?

— Стало, — призналась я со вздохом. — Извините, пожалуйста. Я просто...

— Саманта, все в порядке. — Она покосилась на меня, нарезая сыр. — Не извиняйтесь.

— Ну почему? — запротестовала я, потом глубоко вдохнула. — Я вам очень признательна, Айрис. Если бы не вы... и не Натаниель...

— Я слышала, он водил вас в паб.

— Это было здорово! — воскликнула я. — Вы, наверное, гордитесь этими заведениями.

Айрис утвердительно кивнула.

— Блюэтты владели этими пабами несколько поколений. — Она села, положила нам обеим бобового салата, заправленного маслом и усыпанного сверху зеленью.

240   Я попробовала — салат был восхитительный.

— Вам, должно быть, пришлось нелегко, когда умер ваш муж, — негромко сказала я.

— Все валилось из рук, — признала Айрис ровным голосом. К столу подошел цыпленок, и она отогнала его, топнув ногой. — Финансовые затруднения, проблемы со здоровьем... Мы бы потеряли пабы, если бы не Натаниель. Он приложил немало сил, чтобы сохранить их. В память об отце. — Ее глаза затуманились, она на мгновение замерла с вилкой в руке. — Никогда не знаешь, как все повернется, сколько ни планируй. Ну да вам это известно.

— Я всегда считала, что моя жизнь расписана на годы вперед, — сказала я, глядя в тарелку. — Даже на десятилетия.

— И что, не сложилось?

Несколько секунд я молчала, вспоминая свои эмоции, когда мне сообщили, что я стану партнером. Искренняя, ослепительная радость. Чувство, что жизнь наконец-то пришла в норму, что стремиться больше не к чему...

— Нет, — ответила я. — Не сложилось.

Айрис поглядывала на меня так сочувственно, что я практически уверилась в ее телепатических способностях.

— Не вини себя, цыпленок, — сказала она, с легкостью перейдя на ты. — Со всяким бывает.

Не могу себе представить ошибающуюся Айрис. Она выглядит такой цельной, такой спокойной...

— И со мной бывало, — продолжала она, правильно истолковав выражение моего лица. — После смерти Бенджамина. Все случилось мгновенно. За ночь моя жизнь изменилась полностью.

— И... что вы... — Я беспомощно развела руками.

— Нашла себе другую жизнь, — ответила Айрис. — Но это потребовало времени. — Она перевела взгляд на часы. — Кстати, о времени. Сварю-ка я кофе, а потом посмотрим, как там наш хлеб.

241

Я привстала было, чтобы помочь, но она усадила меня обратно.

— Сиди, отдыхай.

Я сидела в тени раскидистого дерева, потягивала ледяной чай и честно старалась расслабиться. Старалась наслаждаться тем, что сижу в чудесном садике. Но эмоции не желали униматься, бурлили во мне, как рыба в садке.

Другая жизнь.

Не знаю другой жизни. Не представляю, какова она может быть, какова большая картина. Ощущение такое, что свет погас, и я бреду на ощупь, шаг за шагом. И все, что мне известно, это то, что я не могу вернуться к себе прежней.

Я зажмурилась, пытаясь собраться с мыслями. Не надо было заглядывать на сайт. Не надо было читать сообщения. Я живу в другом мире.

— Протяни руки, Саманта, — раздался вдруг из-за спины голос Айрис. — Нет, глаза не открывай. Держи.

Я подчинилась, и в следующее мгновение мои ладони ощутили нечто теплое. В воздухе поплыл хлебный аромат. Я открыла глаза — и увидела в своих руках буханку хлеба.

Не может быть! Он выглядел как самый настоящий хлеб. Точь-в-точь как те буханки, что продаются в булочной. Круглый, пухлый, золотисто-коричневый, с редкими полосками, с хрустящей даже на вид корочкой. И пахло от него так, что мой рот моментально наполнился слюной.

— Только попробуй сказать, что это ерунда. — Айрис сжала мой локоть. — Ты сама его испекла, милая. И вполне можешь гордиться собой.

Я не ответила — помешал комок, подкативший к горлу. *Испекла хлеб.* Я, Саманта Свитинг, которая не могла разогреть в микроволновой печи суп из пакетика, которая потратила впустую семь лет своей жизни и оказалась стертой, вычеркнутой из реальности, которая не имеет представления, кто она такая, — я испекла хлеб.

Сама. Своими руками. И это — единственное, что сейчас имеет значение.

К моему ужасу, по щеке внезапно скользнула слезинка, за ней другая. Глупость какая-то! Немедленно успокойся!

— Выглядит неплохо, — прокомментировал голос Натаниеля. Я резко обернулась. Натаниель стоял рядом с Айрис, его волосы отливали золотом на солнце.

— Привет, — смущенно проговорила я. — Я думала, вы... ты... трубу ремонтируешь...

— Так и есть, — кивнул он. — Заскочил на минуточку домой.

— Пойду достану остальные буханки. — Айрис похлопала меня по плечу и направилась к дому.

Я встала, рискнула посмотреть на Натаниеля. Один его вид всколыхнул присмиревшие было эмоции; рыбы в садке изрядно прибавилось.

Впрочем, подумалось мне вдруг, это уже другая рыба.

— С тобой все в порядке? — спросил он, поглядывая на мокрые следы на моих щеках.

— В полном. Просто день неудачный выдался. — Я провела ладонью по щеке. — Обычно я так не переживаю из-за хлеба.

— Матушка говорит, ты вся извелась. — Он вопросительно приподнял бровь. — Это из-за теста?

— Из-за него, — подтвердила я с кривой усмешкой. — Пришлось ждать. А я терпеть не могу ждать.

— Угу.

Мы встретились взглядами.

— Просто не выношу. — Сама не знаю, как, но я очутилась рядом с ним. — Мне нужно все и сразу.

— Угу.

Нас разделяло несколько дюймов. Я поглядела на Натаниеля, и все мои печали и заботы минувших недель тяжким грузом навалились мне на плечи. И пригибали, пригибали к земле. Мне требовалась разрядка. Не в силах сдержать себя, я сделала последний шаг, притянула Натаниеля...

Я не целовалась так с подросткового возраста. Руки переплетены, глаза не замечают ничего вокруг, уши ничего не слышат. Словно выпадаешь из реальности. Я бы не обратила внимания даже на Триш, появись она с видеокамерой и начни отдавать указания.

Казалось, прошло несколько часов, прежде чем я открыла глаза и мы оторвались друг от друга. Судя по ощущениям, губы распухли, ноги подкашивались. Натаниель тоже выглядел... потрясенным. Глаза его словно подернулись дымкой, а дышал он быстро и шумно.

Внезапно я заметила, что мы раздавили хлеб. Попыталась придать ему хотя бы подобие формы, положила на стол — этаким памятником древнего гончарного искусства.

— У меня мало времени, — сказал Натаниель. — Нужно возвращаться в паб. — Он погладил меня по спине, и я выгнулась совершенно по-кошачьи.

— Много и не надо, — проговорила я и сама мимолетно подивилась тому, как сексуально звучит мой голос. И где только успела набраться?

— У меня вправду мало времени. — Он посмотрел на часы. — Минут шесть.

— Шести минут вполне хватит, — проворковала я с обезоруживающей улыбкой, и Натаниель улыбнулся в ответ, решив, что я его дразню. — Правда-правда, — прибавила я чуть менее страстно. — Мы успеем. Шесть минут — и готово. Я такая.

Наступила пауза. Лицо Натаниеля выражало... растерянность? Почему-то мои слова не произвели на него нужного впечатления.

244   — Ну... Мы здесь не привыкли торопиться, — сказал он наконец.

— Понятно. — Я постаралась ничем не выдать разочарования. Что он хочет сказать? Что у него какие-то проблемы или?.. — Ну... э... думаю...

Умолкни, дура набитая!

Он снова посмотрел на часы.

— Мне пора. Вечером я еду в Глостер.

Меня задел его сугубо деловой тон. Он не глядел мою сторону. Я внезапно сообразила, что мне не следовало рассуждать о хронометраже. Всем известно, что в разговорах о сексе с мужчинами нельзя упоминать никаких цифр. Правило номер один. А еще — нельзя тянуться за телевизионным пультом в разгар... того самого.

— Ладно... увидимся. — Я неопределенно повела рукой. — Какие у тебя планы на завтра?

— Пока не знаю. — Он пожал плечами. — Ты придешь?

— Наверное. Думаю, да.

— Глядишь, пересечемся.

С этими словами он повернулся и пошел прочь, а я осталась наедине с раздавленной буханкой хлеба и полной сумятицей в мыслях.

17...

Как я уже говорила, должны существовать разные информационные системы. Нужно что-то вроде всеобщего соглашения, не оставляющего места для недоразумений. Оно будет распространяться, к примеру, на жесты. Или на маленькие, скромные стикеры на одежде, каждый цвет — для сообщения определенного типа:

«Свободен / Занят.

В браке / Не в браке.

Секс неизбежен / Секс отменен / Секс просто отложен».

Иначе как узнать, что, собственно, происходит? Как?

Всю ночь я ломала голову над этим вопросом, но так ничего и не придумала. Либо а) Натаниеля оскорбили мои намеки на секс и он утратил ко мне всякий интерес, либо б) все развивается, как надо, просто он — мужчина, не склонный к трепотне, и мне пора успокоиться и перестать изводить себя.

Либо что-то среднее.

Либо что-то, чего я не замечаю. Либо...

Пожалуй, хватит. Но кто бы подсказал, как мне себя вести и что думать!

Около девяти я спустилась вниз и наткнулась в холле на Гейгеров, одетых весьма нарядно, — Эдди в клубном пиджаке со сверкающими золотыми пуговицами, Триш в белом шелковом костюме с грандиозным, другого слова не подберу, букетом искусственных роз на корсаже. Мне показалось, ей стоило немалого труда застегнуть все пуговицы на жакете. Наконец она справилась с последней и, тяжело дыша, встала перед зеркалом.

Выглядела она так, словно не в состоянии хотя бы пошевелить руками.

— Ну как? — спросила она у Эдди.

— Очень мило, — отозвался тот, не отводя глаз со справочника «Автомобильные дороги Великобритании. 1994 год». — Нам нужно шоссе A347? Или A367?

— М-м... По-моему, жакет будет лучше смотреться расстегнутым, — рискнула вмешаться я. — Такой... свободный вид.

Триш взглянула на меня так, словно подозревала мое участие в мировом заговоре против ее внешности.

— Верно, — изрекла она наконец. — Думаю, вы правы, — и принялась расстегивать пуговицы. Но руки, спеленатые жакетом, не желали ее слушаться, а Эдди, как назло, удалился в кабинет.

— Могу я помочь, мадам? — вежливо спросила я.

— Да, — выдавила побагровевшая Триш. — Будьте так любезны.

Я шагнула вперед и расстегнула пуговицы, одну за другой, стараясь не помять жакет, что было не так-то просто — уж больно... натянутым оказался материал. Когда я закончила, Триш отступила на шаг и снова уставилась в зеркало, судя по нервическому шевелению пальцами, слегка недовольная собой.

— Скажите, Саманта, — вдруг произнесла она, — если бы вы увидели меня сейчас в первый раз, какое слово вы бы употребили?

Черт подери! Кажется, подбирать слова в обязанности экономки не входит. Я торопливо перебрала в уме самые льстивые выражения.

— Э... Элегантная, — сказала я, кивая, словно в такт мыслям. — Я бы сказала, что вы элегантная.

— Элегантная? — Она смерила меня взглядом. Похоже, я промахнулась с эпитетом.

— И стройная! — Меня как осенило.

Глупо было не сообразить.

— Стройная. — Триш погляделась в зеркало, повернулась к нему другим боком. — Стройная.

Почему она не прыгает от радости? Скажите на милость, что плохого в том, чтобы быть стройной и элегантной?

При том, что — между нами — ни о стройности, ни об элегантности речи не шло.

— А назвали бы вы меня... — Она откинула волосы, избегая встречаться со мной глазами. — Назвали бы вы меня молодой?

На мгновение я утратила дар речи. *Молодой?*

В сравнении с кем?

— Э... Разумеется! — проговорила я. — Это... э... очевидно.

Пожалуйста, не спрашивай меня, сколько тебе дашь...

— Сколько вы мне дадите, Саманта?

Она повела головой из стороны в сторону, отряхнула пылинку с жакета, как если бы ответ ее не слишком интересовал. Но я знала — ее уши настороже, как два гигантских микрофона, готовых уловить самый тихий звук.

Я стиснула зубы. Что ответить? Скажу — тридцать пять. Нет. Не глупи. *Настолько* обманываться она вряд ли готова. Сорок? Нет, ни в коем случае. Чересчур близко к истине.

— Тридцать семь? — промямлила я. Триш обернулась —
и по ее довольному лицу я поняла, что на сей раз не промахнулась.

— Мне тридцать девять! — воскликнула она. На ее щеках заалели пятна румянца.

— Не может быть! — Я попыталась изобразить изумление. — Вы выглядите... э... потрясающе.

Вот лгунья! Ей в феврале стукнуло сорок шесть. А если не хочет, чтобы все вокруг об этом знали, пускай не оставляет паспорт на столе.

— Итак! — Она явно приободрилась. — Мы уезжаем на целый день к моей сестре. Натаниель придет поработать в саду, но вам он...

— Натаниель? — Меня словно пронзило током. — Он собирается прийти сегодня?

— Позвонил утром, сказал, что горошек надо... то ли подвязать, то ли нанизать... — Триш достала помаду-карандаш и провела по уже и без того алым губам.

— Понятно. — Я старалась не подавать виду, но меня все сильнее охватывало возбуждение. — Значит, он работает по выходным?

— Довольно часто. Он такой усердный. — Триш посмотрела в зеркало и вновь взялась за помаду. — Я слышала, он водил вас в свой миленький паб?

Миленький? Определение вполне в духе Триш.

— Э... Да, водил.

— Я так рада за него. — Триш отложила помаду и принялась чернить ресницы, едва державшие толстый слой туши. — Представляете, нам почти пришлось искать нового садовника! Хотя, конечно, для него это такой удар. У него было столько планов!

Я смотрела на нее, ничем не выдавая своих чувств, хотя мое сердечко пропустило пару ударов. Что она имеет в виду?

— Какой удар? — спросила я.

— Натаниель собирался создавать лабораторию. Или плантацию. — Триш нахмурилась, провела кисточкой под глазом. — Что-то там органическое. Он показывал нам проект. По правде говоря, мы собирались поддержать его финансами. Мы — очень щедрые работодатели, Саманта. И вполне понимающие. — Она с вызовом посмотрела на меня, словно приглашая оспорить ее слова.

— Ну конечно!

— Готова? — Эдди вышел из кабинета, напялив на голову панаму. — Денек обещают чертовски жаркий, ты в курсе?

— Эдди, не начинай! — процедила Триш, убирая тушь в косметичку. — Мы едем в гости, и точка. Ты взял подарок?

— А что случилось? — вмешалась я, норовя вернуть разговор в нужное мне русло. — Ну, с планами Натаниеля?

Триш грустно махнула рукой своему отражению.

— Когда его отец неожиданно умер, начались все эти неприятности с пабами. И он передумал покупать землю. — Она снова печально поглядела на себя. — Может, мне надеть розовый костюм?

— Нет! — произнесли мы с Эдди в унисон. Я бросила взгляд на скривившееся лицо своего босса — и подавила смешок.

— Вы выглядите замечательно, миссис Гейгер, — сказала я. — Честное слово.

Так или иначе, мы с Эдди ухитрились оторвать Триш от зеркала, вывести наружу и усадить в «порше». А Эдди прав, день и вправду обещает быть жарким. На небе ни облачка, солнце уже припекает.

— Когда вас ждать обратно? — осведомилась я.

— Поздно вечером, — ответила Триш. — Эдди, где подарок? А, Натаниель, здравствуйте.

Я вскинула голову. Натаниель шагал по дорожке. Джинсы, сандалии, старая серая футболка, за плечом рюкзак. А я в халате и волосы растрепаны...

И по-прежнему не понимаю, что между нами было. И было ли?

Надо признать, тело не желало прислушиваться к мыслям. Оно на появление Натаниеля отреагировало однозначно.

— Привет, — сказала я, когда он приблизился.

— Привет. — Натаниель прищурился, но не сделал попытки ни поцеловать меня, ни хотя бы улыбнуться. Просто остановился и уставился на меня. В его пристальном взгляде было нечто такое, от чего у меня задрожали коленки.

Или все останется, как вчера, или я добьюсь своего, несмотря на все его отговорки.

— Говорят... — Я с трудом отвела взгляд. — Говорят, вы собираетесь сегодня работать?

— Я бы не отказался от помощи, — проговорил он. — Если вы не заняты...

Меня захлестнул восторг. Пришлось закашляться, чтобы это скрыть.

— Не знаю... — Я пожала плечами, нахмурилась, как бы размышляя. — Может быть.

— Отлично. — Он кивнул Гейгерам и двинулся в направлении сада.

Триш наблюдала за нашим разговором с нарастающим разочарованием.

— Вы не слишком хорошо ладите, верно? — спросила она. — Знаете, по собственному опыту...

— Оставь их в покое, ради всего святого! — прорычал Эдди, заводя двигатель. — Поехали на эту чертову вечеринку!

— Эдди Гейгер! — Триш резко повернулась к нему. — Мы едем в гости к моей сестре! Ты понимаешь...

Эдди надавил на газ, двигатель взвыл, заглушив слова Триш. Плюнув гравием из-под колес, «порше» выкатился за ворота. Мы с Натаниелем остались одни.

Ага.

Только он и я. Наедине. Как минимум до восьми вечера. Это исходные условия.

251

Я вдруг ощутила биение пульса. Ровный, ритмичный звук. Словно дирижер отбивает такты...

Намеренно медленно я повернулась и пошла к дому. У цветочной клумбы задержалась, окинула невидящим взором цветы, потеребила пальцами зеленые листья.

Пожалуй, пойду предложу ему помощь. Невежливо бросать человека одного.

Я заставила себя не спешить. Приняла душ, оделась, позавтракала яблоком и половиной чашки чая. Потом поднялась наверх и слегка накрасилась. Не сильно, но достаточно.

Оделась я просто. Футболка, хлопчатобумажная юбка, пластиковые сандалии. Глянув на себя в зеркало, я вдруг поняла, что покрываюсь гусиной кожей — такое меня переполняло возбуждение. Зато в голове не осталось ни единой мысли. Все логические цепочки куда-то подевались. Наверное, оно и к лучшему.

В доме было прохладно, а снаружи нещадно палило, неподвижный воздух дрожал от зноя. Держась в тени, я двинулась к саду. Где искать Натаниеля? И тут я увидела его, у клумбы с лавандой и какими-то еще фиолетовыми цветами. Щурясь от бившего в глаза солнца, он подвязывал растения бечевкой.

— Привет, — сказала я.

— Привет. — Он поднял голову, вытер лоб. Я ожидала, что он бросит бечевку, шагнет ко мне и поцелует. Он этого не сделал. Снова отвернулся, завязал узел, потом отрезал ножом «хвостик» бечевки.

— Я пришла помочь, — сказала я после паузы. — Чем мы займемся?

— Будем подвязывать душистый горошек. — Он махнул рукой в сторону зарослей, напоминавших формой тростниковый вигвам. — Ему нужна опора, иначе завалится. — Он кинул мне моток бечевки. — Вот, держи. Постарайся не перетянуть стебель.

252

Он не шутил. Ему действительно требовалась помощница. Или помощник. Я осторожно раздвинула заросли и взялась за работу. Листья и усики щекотали мне запястья, воздух полнился восхитительным ароматом.

— Ну как?

— Давай поглядим. — Натаниель подошел ко мне. — Так, можно и покрепче. — Поворачиваясь, он чуть задел меня рукой. — Привяжи еще один.

Кожа от его прикосновения пошла мурашками. Он этого и добивался? Я перешла к соседнему растению, намотала бечевку, крепко затянула.

— Уже лучше, — раздался за спиной голос Натаниеля. Неожиданно его пальцы легли мне на шею, пробежались по затылку, коснулись мочки уха. — Давай, доделай ряд до конца.

Он явно меня заводит, сомневаться не приходится. Я обернулась, но Натаниель уже стоял у своей клумбы, сосредоточенно завязывая бечевку, словно ничего и не было.

Он играет со мной!

Что ж... Я на все согласна.

Чем дальше я продвигалась, тем настойчивее становилось желание. Было тихо, разве что шелестела листва да негромко тренькала бечевка, когда я ее разрезала. Я подвязала последние три куста. Ряд закончился.

— Все, — сказала я, не оборачиваясь.

— Молодец. — Он приблизился, одной рукой подергал бечеву. Другая рука легла мне на бедро, подняла юбку, прикоснулась к коже. Я не могла пошевелиться, стояла как в трансе. Внезапно он отодвинулся и с деловым видом подхватил с земли две пустые корзинки.

— Что... — Я даже не смогла толком сформулировать свой вопрос.

Он быстро и крепко поцеловал меня в губы.

— Пошли. Надо собрать малину.

Малина росла глубже в саду. Земляные дорожки, ряды кустов. Ни звука, кроме жужжания на-

253

секомых и хлопанья крыльев какой-то пичужки, застрявшей в переплетении ветвей. Натаниель немедля выпустил беднягу на волю.

Первый ряд мы обработали в молчании, двигаясь споро и без задержек. К концу ряда у меня саднило язык от вкуса ягод, руки были в царапинах, а сама я вспотела с ног до головы. Зной в малиннике казался еще более палящим, чем в других частях сада.

Мы встретились у последнего куста. Натаниель пристально посмотрел на меня. По его лбу стекал пот.

— Жарко, — сказал он. Опустил на землю корзину и стянул с себя футболку.

— Да. — Я поглядела на него, потом, почти с вызовом, последовала его примеру. Господи, какая же у меня бледная кожа — по сравнению с ним! — Достаточно набрали? — Я указала на корзинки. Натаниель даже не потрудился посмотреть.

— Нет.

Что-то в выражении его лица заставило мои колени задрожать. Мы встретились взглядами, будто играли в «гляделки».

— Не могу дотянуться вон до тех. — Я указала на гроздь ягод высоко над землей.

— Давай я попробую. — Он потянулся через меня, наши тела соприкоснулись, его губы скользнули по моему уху. Я задрожала от возбуждения. Невыносимо! Я должна это прекратить! И как же мне не хочется прекращать...

Все продолжалось. Мы двигались вдоль кустов, как партнеры в бальном танце, внешне целиком сосредоточенные каждый на своих движениях, но постоянно осознающие исключительно друг друга. В конце каждого ряда Натаниель прикасался ко мне руками или губами. Он накормил меня малиной, я нежно прижала зубами его пальцы. Боже, как мне хотелось добраться до него, обнять, прижаться всем телом! Однако он после очередного прикосновения отодвигался, и я не успевала ничего сделать.

Меня буквально трясло от желания. Два ряда назад он расцепил застежки моего бюстгальтера. Я сама сбросила трусики. Он расстегнул ремень. И все это время мы собирали малину.

Корзинки наполнялись, становились все тяжелее, руки начали болеть, но я сознавала лишь одно — что мое тело изнывает, что пульс отдается в ушах громом, что я не в силах дольше выносить эту сладостную пытку. Дойдя до конца последнего ряда, я поставила корзинку на землю и повернулась к Натаниелю, будучи не в состоянии скрывать свои чувства — и не желая их скрывать.

— Теперь достаточно?

Я дышала часто и хрипло, словно меня мучили спазмы. Я хочу его! Он должен это понять. Не знаю, как еще ему объяснить...

— Набрали много. — Он окинул взглядом другие плодовые кусты. — А сколько осталось...

— Нет, — услышала я собственный голос, — с меня хватит!

Я стояла на залитой солнечными лучами земле и чувствовала, что вот-вот взорвусь. И тут он шагнул вперед и прижался губами к моему соску. Я чуть не потеряла сознание. И на сей раз он не подумал отодвинуться. На сей раз все было по-настоящему. Его руки скользили по моему телу, юбка полетела наземь, джинсы упали к ногам. Я задрожала, вцепилась в него, заплакала от облегчения. Малина была забыта, раскатилась по траве, и мы упали прямо на сочные красные ягоды.

Потом мы просто лежали. Лежали и лежали, как мне показалось, несколько часов подряд. Я чувствовала себя опустошенной и безмерно счастливой. В спину впивались камешки, руки и колени были в пыли, по всему телу алели пятна раздавленной малины. И черт с **255** ними! Я не смогла даже заставить себя поднять руку и стряхнуть муравья, который полз по моему животу и, перебирая лапками, приятно щекотал кожу.

Моя голова покоилась на груди Натаниеля. Его сердце билось уверенно и ровно, будто маятник добротных старинных часов. Солнце обжигало кожу. Я понятия не имела, который час. Мне было плевать на время. Я утратила всякое ощущение часов и минут.

Наконец Натаниель слегка повернул голову, поцеловал мое плечо и улыбнулся.

— Ты сама как малинка.

— Это было... — Я умолкла, не в силах составить более или менее разумное предложение. — Знаешь, обычно я... — Вторую фразу прервал зевок, справиться с которым не было ни малейшей возможности. Я прижала руку ко рту. Поспать бы сейчас денек-другой...

Натаниель провел пальцем по моей спине, нарисовал на ней круг.

— Шесть минут — это не секс, — услышала я, закрывая слипающиеся глаза. — Шесть минут — это яйцо вкрутую сварить.

Когда я проснулась, малинник уже частично оказался в тени. Натаниель выбрался из-под меня, соорудил мне подушку из моей собственной, помятой и заляпанной малиновым соком юбки, натянул джинсы и сходил в дом за пивом. Я села, покрутила головой, прогоняя остатки сна, и посмотрела на него. Опершись спиной на дерево, он пил из горлышка.

— Лентяй, — сказала я. — А Гейгеры думают, что ты горошек подвязываешь.

Он повернулся ко мне и усмехнулся.

— Хорошо спалось?

— Сколько я продрыхла? — Я поднесла руку к волосам, извлекла из них камешек. Какое дурацкое состояние...

— Пару часов. Хочешь? — Он указал на бутылку. — Холодное.

Я встала, отряхнулась, надела юбку и бюстгальтер — кто скажет, что я не соблюдаю приличий? — и переместилась на траву к Натаниелю. Он вручил мне бутылку, и я сделала осторожный глоток. В жизни не пила пива. Холодное, пенистое... Ничего вкуснее мне пробовать не доводилось.

Я прислонилась спиной к стволу дерева. Трава приятно холодила босые ноги.

— Господи, я такая... — Я вяло подняла руку — и снова уронила ее на землю.

— Ты не такая дерганая, как раньше, — заметил Натаниель. — Помнишь, как подскакивала на целый фут, когда я с тобой заговаривал?

— Я не подскакивала!

— Еще как подскакивала. — Он кивнул. — Как кролик.

— Ты же меня барсуком обозвал.

— Ты — редкая порода. Помесь кролика с барсуком. — Он ухмыльнулся и глотнул пива. Некоторое время мы молчали. Я лениво следила за крошечным самолетом, оставлявшим на небе белый след.

— Матушка тоже считает, что ты меняешься. — Натаниель метнул в мою сторону испытующий взгляд. — Она говорит, что те, от кого ты убежала... или от чего... в общем, они тебя больше не пугают.

Он явно ждал ответа, но я промолчала. Мне вспомнилась Айрис и наш с ней вчерашний разговор. Как она позволила мне выплеснуть на нее все раздражение, все страхи. Можно подумать, ей своих забот мало.

— У тебя замечательная мама, — наконец проговорила я.

— А то.

Я поставила бутылку, вытянулась на траве и уставилась в голубое небо. Пахло землей, трава щекотала ухо, где-то поблизости стрекотал кузнечик.

257

Да, я изменилась. Я сама это чувствовала. Стала... более смирной, что ли.

— А кем бы ты был? — поинтересовалась я, теребя травинку. — Если бы тебе пришлось убегать, менять свою жизнь?

Натаниель ответил не сразу, поглядел сквозь бутылочное стекло на сад.

— Собой, наверное. — Он пожал плечами. — Я вполне доволен тем, кто я есть. Мне нравится жить там, где я живу. Нравится делать то, что я делаю.

Я перекатилась на живот, прищурившись взглянула на него.

— Но наверняка есть что-то, чем бы ты хотел заниматься. Ведь о чем-то ты мечтаешь?

Он с улыбкой покачал головой.

— Я занимаюсь тем, что мне нравится.

Внезапно я вспомнила свою беседу с Триш и резко села.

— А как насчет питомника, который ты хотел организовать?

На лице Натаниеля отразилось замешательство.

— Откуда ты...

— Триш рассказала мне сегодня утром. По ее словам, ты подготовил бизнес-план. А потом забросил эту идею.

Он отвернулся — возможно, для того, чтобы я не увидела его лица.

— Это была всего лишь идея, — глухо сказал он.

— Ты отказался от нее ради мамы? Чтобы сохранить пабы?

— Может быть. — Он дотянулся до нижней ветки дерева и принялся ощипывать с нее листву. — Все меняется.

— Но тебе в самом деле нравится эта работа? — Я подалась вперед, словно пытаясь прочитать выражение его лица. — Ты же сам говорил, что ты не бармен, а **258** садовник.

— Что значит «нравится»? — В голосе Натаниеля вдруг зазвенел металл. — Это семейный бизнес. Кто-то должен им управлять.

— Но почему именно ты? — не отступалась я. — Почему не твой брат?

— Он... другой. У него свои дела.

— А у тебя разве нет?

— У меня обязанности. — Он нахмурился. — Матушка...

— Твоя матушка была бы только рада, займись ты, чем тебе хочется. Я знаю. Ей нужно, чтобы ты был счастлив, а не чтобы жертвовал собой ради нее.

— Я и так счастлив. С чего ты взяла...

— Но ты бы мог быть счастливее.

Наступила пауза. Натаниель смотрел в сторону, его плечи согнулись, будто он старался защититься от моих слов.

— Тебе никогда не хотелось избавиться от обязанностей? — Я широко развела руки. — Просто выйти в мир и посмотреть, как там...

— Ты так и поступила? — спросил он, резко оборачиваясь, уже не пытаясь скрыть раздражение.

Я помедлила.

— Мы говорим не обо мне, — сказала я с запинкой. — Мы говорим о тебе.

— Саманта... — Он потер лоб, вздохнул. — Я знаю, ты не хочешь вспоминать прошлое. Но скажи мне, пожалуйста, одну вещь. Всего одну. И не обманывай.

Признаться, я забеспокоилась. Что он собирается спросить?

— Попробую, — сказала я. — Ну?

Натаниель посмотрел мне в глаза, набрал полную грудь воздуха.

— У тебя есть дети? — выпалил он.

Я изумилась настолько, что онемела. Он решил, что у меня есть дети? Сдавленный смех вырвался на волю прежде, чем я успела его сдержать.

259

— Нет. У меня нет детей. Ты что, подумал, что я оставила в прошлой жизни пять голодных ртов?

— Не знаю. — Он снова нахмурился, покачал головой. — А почему нет?

— Неужели я... похожа на мать пятерых детей? — В моем голосе было столько праведного возмущения, что Натаниель тоже рассмеялся.

— Ну, не пятерых...

— Что ты имеешь в виду, негодяй? — Я собиралась кинуть в него его же футболкой, но тут воздух прорезал женский голос.

— Саманта?

Триш! Из дома! Они вернулись?

Мы с Натаниелем недоверчиво уставились друг на друга.

— Саманта-а! Вы снаружи?

Черт! Мой взгляд заметался по саду. Я почти голая, не считая юбки и бюстгальтера, вся в пыли и в пятнах от ягод. Натаниель немногим лучше. На нем по крайней мере джинсы.

— Скорее! Моя одежда! — прошипела я, вскакивая.

— А где она? — спросил Натаниель, оглядываясь.

— Не знаю! — Меня скрутил внезапный приступ истерического хохота. — Нас таки поймали!

— Саманта! — Я услышала, как открывается дверь веранды.

— Черт! — пискнула я. — Она идет сюда!

— Ладно. — Натаниель вытащил из куста малины свою футболку, надел ее и сразу приобрел благопристойный вид. — Я их отвлеку. А ты проберешься за кустами, войдешь через кухню, поднимешься наверх и переоденешься. Идет?

— Идет, — выдохнула я. — А что мы им скажем?

— Что скажем? — Он сделал вид, что напряженно думает. — Что мы не валялись на земле и не брали пиво из холодильника.

— Отличный план, — хихикнула я.

— Давай шустрей, Пыльный Кролик. — Он поцеловал меня, и я шмыгнула через лужайку под спасительную сень огромного рододендрона.

Держась все время в тени, стараясь не слишком шуметь, я пробиралась среди кустов. Земля холодила босые ноги; я наступила на острый камешек, но сумела не вскрикнуть. Я чувствовала себя десятилетней девочкой, играющей в индейцев и ковбоев; во всяком случае, смесь ужаса и восторга в душе точно была той же самой.

Ярдах в десяти от дома я затаилась. Минуту-другую спустя показался Натаниель: он вел Гейгеров через лужайку в сторону пруда.

— Кажется, у нас завелась милдью, — говорил он. — Я решил, что вы должны это увидеть.

Я дождалась, пока они отойдут, затем опрометью кинулась к веранде, влетела в дом и устремилась наверх. У себя в комнате я закрыла дверь на щеколду, потом рухнула на кровать; меня так и подмывало расхохотаться — над собой, над всем случившимся, над этим невероятным стечением обстоятельств. Наконец я поднялась и выглянула в окно. Гейгеры стояли у пруда, а Натаниель что-то им показывал, тыча палкой.

Я юркнула в ванную, включила на полную мощность душ и понежилась под ним секунд тридцать. Затем надела чистое белье, джинсы и скромный топ с длинными рукавами. Даже мазнула по губам помадой. Обула сандалии, спустилась по лестнице и вышла в сад.

Натаниель и Гейгеры уже возвращались. Каблуки Триш глубоко вдавливались в почву; и она, и Эдди выглядели недовольными.

— Добрый день, — поздоровалась я, когда они приблизились.

— А, это вы, — проговорил Натаниель. — Я вас целый день не видел.

— Изучала кулинарные рецепты, — отозвалась я и повернулась к Триш. — Как съездили, миссис Гейгер?

Слишком поздно я заметила жест Натаниеля, приложившего палец к губам за спинами Гейгеров.

— Спасибо за заботу, Саманта. — Триш затянулась сигаретой. — Я бы не хотела вспоминать.

Эдди то ли фыркнул, то ли кашлянул.

— Никак не угомонишься, да? Я ведь только...

— Важно, не что ты сказал, а как! — Триш мгновенно перешла на крик. — Мне иногда кажется, что единственная радость в твоей жизни — это изводить меня!

Эдди молча развернулся и зашагал к дому, не замечая, что панама сидит набекрень.

Ой-ой! Я вопросительно поглядела на Натаниеля, который ухмыльнулся мне в ответ над головой Триш.

— Не хотите ли чаю, миссис Гейгер? — спросила я, желая разрядить обстановку. — Или смешать вам «Кровавую Мэри»?

— Благодарю вас, Саманта, — промолвила Триш, высокомерно вздернув подбородок. — «Кровавая Мэри» будет очень кстати.

Пока мы шли к дому, Триш немного успокоилась. Она даже сама смешала себе «Кровавую Мэри», вместо того чтобы шпынять меня, и налила по порции мне и Натаниелю.

— Между прочим, — произнесла она, когда мы все расселись и сделали по глотку, — я вам кое-что собиралась сказать, Саманта. У нас будут гости.

— Замечательно. — Я прилагала немалые усилия к тому, чтобы не рассмеяться: Натаниель, сидевший рядом, исподтишка старался стащить с моей ноги сандалию.

— К нам приезжает моя племянница. Она приедет завтра и проведет у нас несколько недель. Ей нужны деревенский уют и покой. У нее много работы, которая требует полной сосредоточенности, потому-то мы с мистером Гейгером и предложили ей пожить у нас. Приготовьте, пожалуйста, для нее комнату.

— Хорошо, мадам. — Я деловито кивнула.

— Там должна быть кровать, письменный стол... По-моему, она везет с собой компьютер.

— Хорошо, мадам.

— Мелисса — очень умная девочка. — Триш щелкнула зажигалкой от «Тиффани». — Очень способная. Знаете, из современных городских девушек.

— Понятно. — Я едва не расхохоталась: Натаниель таки ухитрился стащить с меня сандалию. — А чем она занимается?

— Она юрист, — ответила Триш.

Я замерла.

Юрист? В этот дом приезжает юрист?

Натаниель принялся щекотать мою пятку, но я лишь криво усмехнулась. Вот так незадача. Самая настоящая катастрофа.

А если я ее знаю?

Триш взялась смешивать себе новую «Кровавую Мэри», а я между тем лихорадочно перебирала в памяти всех знакомых Мелисс. Может, Мелисса Дэвис из «Фрешуотер». Или Мелисса Кристи из «Кларк Форрестер». Или Мелисса Тейлор, с которой мы работали над поглощением «Дельты». Сутками сидели в одной комнате. Она меня узнает с первого взгляда.

— Она ваша племянница, миссис Гейгер? — уточнила я, когда Триш снова села. — Ее фамилия тоже Гейгер?

— Нет, ее фамилия Херст.

Мелисса Херст. Не помню такой.

— И где она работает? — *Пожалуйста, скажи, что за границей*...

— Не помню точно. Где-то в Лондоне. — Триш неопределенно повела рукой с коктейльным бокалом.

Допустим, мы с ней незнакомы. Все равно хорошего в этом мало. Лондонский юрист, да еще **263** «очень способный». Если она работает в одной из крупных компаний, то наверняка слышала обо мне. Там все знают о бывшем сотруднике «Картер Спинк», профукавшем пятьдесят миллионов фунтов и сбежавшем из города. То есть известны все скандальные подробности моего позора.

Вдоль позвоночника поползли мурашки. Едва она услышит мое имя, ей не составит труда сопоставить одно с другим... и правда выйдет наружу. И тогда меня ожидает не меньший позор. Все узнают, кто я такая. Узнают, что я скрывала и почему.

Я покосилась на Натаниеля и ощутила приступ дурноты.

Я не допущу этого. Ни за что.

Натаниель перехватил мой взгляд и подмигнул. Я от души приложилась к «Кровавой Мэри». Ответ прост: мне придется сделать все возможное и невозможное ради того, чтобы моя тайна так и осталась тайной.

18...

Скорее всего, наша гостья меня не знает. Тем не менее я приняла меры предосторожности. Приготовила комнату, как велела Триш, а потом вернулась к себе и занялась маскировкой: собрала волосы в пучок на затылке, оставив впереди лишь несколько прядей, которые в артистическом беспорядке падали на лоб и закрывали глаза. Еще надела солнцезащитные очки, которые обнаружила в ящике стола. Судя по дизайну, привет из восьмидесятых; за большими зелеными стеклами моего лица было практически не разглядеть. В этих очках я подозрительно смахивала на Элтона Джона, но ничего, переживем. Главное — что я абсолютно не похожа на себя.

Я спустилась вниз, и мне попался Натаниель, с недовольным видом выходивший из кухни. Заслышав мои шаги, он поднял голову — и остолбенел.

— Саманта, ты чего?

— Нравится? — Я небрежно поправила волосы. — Решила сменить имидж.

— А очки зачем?

— Голова болит, — сымпровизировала я и поспешила сменить тему: — Какие новости?

265

— Да все то же. — Он скривился. — Триш прочитала мне лекцию насчет шума. Сплошные запреты. Запрещается подстригать лужайку с десяти до двух. Запрещается включать косилку без предварительного уведомления. Зато разрешается ходить на цыпочках. На цыпочках!

— Это из-за чего?

— Да из-за племянницы, будь она неладна! Нам всем придется танцевать вокруг нее. Поганые адвокатишки! — Он словно выплюнул последнее слово. — У нее, видите ли, важная работа. А я так, дурью маюсь.

— Едет! — воскликнула Триш, внезапно появляясь из кухни. — Все готово? — Она распахнула переднюю дверь. Я услышала, как открывается автомобильная дверца.

Сердце бешено заколотилось. Момент истины. Я приспустила на лоб еще несколько прядей, стиснула кулаки. Если эта женщина мне знакома, я не буду поднимать глаз, стану отделываться короткими фразами. Я — экономка. Я всегда была экономкой. Что вы, какая юридическая практика?!

— Мелисса, здесь тебя никто не потревожит, — заворковала Триш. — Я проинструктировала прислугу, они приложат все усилия...

Мы переглянулись. Натаниель закатил глаза.

— Вот сюда, милая! Давай, я подержу дверь...

Я затаила дыхание. Секунду спустя в дом вошла Триш, за которой следовала совсем молоденькая девушка в джинсах и обтягивающем белом топике, волочившая за собой рюкзак.

И это высокооплачиваемый лондонский юрист?

Я недоверчиво разглядывала гостью. Длинные темные волосы, симпатичное личико, лет, наверное, двадцать или около того.

— Мелисса, это наша замечательная экономка... — Триш наконец заметила мой прикид. — Саманта, что с вами? Вы прямо как Элтон Джон!

А я-то надеялась остаться незаметной серой мышкой. Перестаралась, похоже.

— Здравствуйте, — проговорила я, снимая очки, но голову не подняла. — Очень приятно.

— Тут так *шикарно*. — Произношение выдавало в Мелиссе выпускницу пансиона, равно как и прическа. — Лондон меня достал.

— Миссис Гейгер сказала, что вы юрист... и занимаете важный пост...

— Ну да. — Она самодовольно улыбнулась. — Я учусь в юридическом колледже в Челси.

Что?

Никакой она не юрист. Всего лишь студентка. Младенец. Я рискнула встретиться с ней взглядом. Ни проблеска узнавания. Хвала небесам, эта девчонка не представляет для меня угрозы. От облегчения я чуть не расхохоталась.

— А это кто? — Мелисса повернулась к Натаниелю, обольстительно похлопала накрашенными ресницами. Натаниель нахмурился.

— Это Натаниель, наш садовник, — сказала Триш. — Не волнуйся, я выдала ему четкие инструкции, чтобы он тебя не беспокоил. Предупредила, что тебе необходим полный покой.

— Ой, у меня столько работы! — Мелисса тяжко вздохнула и провела рукой по волосам. — Я так устаю, тетя Триш. Сплошные стрессы.

— Милая моя, как я тебе сочувствую! — Триш обняла Мелиссу за плечи. — Ну, чего бы ты хотела? Мы все в твоем распоряжении.

— Распакуйте мои вещи, — попросила Мелисса меня. — Они наверняка помялись, так что их придется погладить.

От подобной наглости я слегка опешила. Она что, сама не может распаковать свой чемодан? Или меня назначили к ней в служанки?

— А заниматься я буду в саду, — продолжала Мелисса все тем же тоном избалованной и капризной девчонки. — Может, садовник поставит для меня столик в тени?

Триш с восхищением следила, как Мелисса копается в рюкзаке и достает книги.

— Вы только посмотрите, Саманта! — воскликнула она, когда Мелисса извлекла «Введение в судопроизводство». — Какие длинные слова!

— Вау! — Что еще я могла ответить?

— Приготовьте нам, пожалуйста, кофе, — сказала Триш. — Мы будем на веранде. И прихватите какого-нибудь печенья.

— Конечно, миссис Гейгер. — Я сделала книксен, что называется, на автомате.

— Мне пополам, с кофеином и без, — уточнила Мелисса. — Не хочу, знаете ли, чрезмерно *возбуждаться*.

А что ты вообще хочешь, жеманная скудоумная телка?!

— Разумеется. — Я изобразила улыбку. — С удовольствием.

Что-то подсказывало мне, что мы с Мелиссой едва ли поладим.

Пять минут спустя я принесла кофе на веранду. Триш с Мелиссой восседали в креслах под зонтиками от солнца, к ним присоединился и Эдди.

— Вы уже познакомились с Мелиссой? — спросил он, когда я поставила на стол поднос. — Наша юридическая звездочка, наша гордость.

— Да. Ваш кофе, — прибавила я, вручая чашку Мелиссе. — Как вы просили.

— У Мелиссы чудовищная нагрузка, — продолжал Эдди. — Мы должны облегчить ей жизнь.

— Вы не представляете, какой это стресс, — встряла Мелисса. — Приходиться работать по вечерам и допоздна. Никакой личной жизни. — Она отпила кофе и повернулась ко мне. — Кстати, я хотела... — Она нахмурилась. — Как вас зовут, простите?

— Саманта.

— Ах да. Саманта, поосторожнее с моим расшитым топом, хорошо? — Она откинула волосы со лба и снова поднесла к губам чашку.

— Я буду очень осторожной, — пообещала я. — Что-нибудь еще, миссис Гейгер?

— Погодите-ка! — Эдди отставил кружку. — У меня для вас кое-что есть. Я не забыл наш разговор! — Он сунул руку под кресло и достал бумажный пакет, битком набитый какими-то книжками. — Вы должны развивать свои способности, Саманта. И я вам в этом помогу.

О Господи. Нет. Неужели он... Только не это.

— Мистер Гейгер, вы так добры, но...

— Не желаю ничего слушать, — отмахнулся он. — Однажды вы меня поблагодарите.

— О чем речь? — поинтересовалась Мелисса, наморщив от любопытства носик.

— Саманте нужно учиться! — Эдди гордо взмахнул двумя книжками, которые извлек из пакета. Яркие обложки, крупные буквы, иллюстрации в мультяшном стиле. Я разглядела слова «Математика», «Английский» и «Образование для всех».

Эдди раскрыл одну на картинке, изображавшей тучную корову, изо рта которой вылетал пузырь. В пузыре было написано: «Что такое местоимение?»

Я напрочь утратила дар речи.

— Видите? — торжествующе воскликнул Эдди. — Все просто и доступно! А золотые звездочки отмечают успехи.

— Я уверена, Мелисса не откажется помочь с трудными местами, — прощебетала Триш. — Правда, солнышко?

— Ну конечно. — Мелисса покровительственно улыбнулась. — Вы молодец, Саманта. Учиться никогда не поздно. — Она пододвинула мне свою чашку, **269** практически полную. — Налейте другую, хорошо? Этот кофе слишком слабый.

Я вернулась на кухню, швырнула книжки на стол. Налила чайник, включила, выплеснула кофе Мелиссы в раковину.

— Как дела? — справился Натаниель, неожиданно возникший в дверном проеме. — Как тебе девица?

— Жуть! — не сдержалась я. — Никаких мозгов. Обращается со мной как со служанкой. Потребовала разобрать ее вещи... заварить этот идиотский кофе без кофеина...

— Могу дать совет. — Натаниель усмехнулся. — Плюнь ей в чашку.

— Ну уж нет! — Я состроила гримасу. — На такое я не способна. — Я насыпала в кофейник нормального кофе, потом добавила ложку без кофеина. Поверить не могу, что мне приходится выполнять дурацкие распоряжения какой-то взбалмошной девчонки!

— Не заводись. — Натаниель подошел ко мне, обнял, поцеловал. — Она того не стоит.

— Знаю. — Я бросила ложку и прижалась к нему, чувствуя, как отступает раздражение. — М-м... Я по тебе скучала.

Он провел ладонью по моей спине, и я замурлыкала от восторга. Прошлой ночью мы были в пабе, домой я прокралась около шести утра. Что-то подсказывало мне, что столь поздние приходы войдут у меня в привычку.

— И я по тебе скучал. — Он загадочно улыбнулся, надавил пальцем на кончик моего носа. — Между прочим, я кое-что знаю.

Я напряглась.

— Ты о чем?

— У тебя целая куча секретов. — Он лукаво поглядел на меня. — Один из них уже не секрет. И ты ничего не сделаешь.

Один секрет не секрет? О чем это он?

— Натаниель, что ты имеешь в виду? — Я старалась говорить весело, но в голове вовсю гремели колокола тревоги.

— Не притворяйся. Сколько можно строить из себя глупенькую девочку? Мы все знаем.

— Знаете что? — растерянно спросила я.

Натаниель покачал головой.

— Вот тебе намек. Завтра. — Он усмехнулся, снова поцеловал меня и направился к двери.

Что «завтра»? Какой-такой намек? Похоже, я разучилась понимать простую человеческую речь.

К середине следующего дня я по-прежнему пребывала в неведении насчет намеков Натаниеля. Честно говоря, у меня просто не было времени присесть и подумать. Мелисса, как говорится, припахала меня по полной.

Я приготовила ей с полсотни чашек кофе, причем половину из них она не потрудилась хотя бы пригубить. Я носила ей холодную воду. Разогревала сандвичи. Перестирала все грязное белье, которым был набит ее рюкзак. Погладила ей белую блузку — «чтобы было, что надеть вечером». И всякий раз, когда я пыталась заняться привычными обязанностями, раздавался противный голосок Мелиссы, и мне приходилось спешить к ней.

Триш ходила по дому на цыпочках с таким видом, будто у нас квартировал сам Томас С. Элиот, заканчивавший последнюю из своих эпических поэм. Когда я начала пылесосить в гостиной, Триш подошла к окну и посмотрела на Мелиссу, сидевшую за столиком на лужайке

— Она так много работает. — Триш затянулась сигаретой. — Наша Мелисса такая умная.

— М-м...

— Знаете, Саманта, в юридический колледж поступить не так-то просто. Особенно в лучший из них. — Триш многозначительно кивнула. — Мелисса обошла *сотни* претендентов!

271

— Фантастика. — Я провела тряпкой по экрану теле‍визора. — Даже не верится.

Колледж в Челси — далеко не самый лучший. Так, для справки.

— Долго она у нас пробудет? — спросила я как бы невзначай.

— Как пойдет. — Триш выпустила дым. — Экзамены у нее через несколько недель. Я ей сказала, что она может оставаться здесь столько, сколько захочет.

Несколько недель? Мне хватило одного дня, чтобы возненавидеть эту стерву.

Покончив с уборкой, я удалилась на кухню и притворилась, что меня поразила избирательная глухота. Когда раздавался голос Мелиссы, я включала радио, запускала блендер или принималась греметь посудой. Если я ей нужна, сама придет.

В конце концов так и произошло. Она появилась на кухне олицетворением справедливого негодования. Я как раз резала масло для выпечки.

— Саманта, сколько вас можно звать?!

— Вы меня звали? — деланно удивилась я. — Не слышала.

— Надо повесить колокольчик. — Мелисса топнула ногой. — Подумать только, на какие глупости приходится отвлекаться?

— А что вам было нужно?

— Вода в кувшине кончилась. И я хотела бутерброд или что-нибудь в этом духе. Мне нужна пища, чтобы поддерживать силы.

— Принесли бы кувшин сюда, — невинно предложила я. — Заодно бы и бутерброд себе сделали.

— У меня нет времени на бутерброды! — отчеканила она. — Я должна заниматься! Экзамены совсем скоро, и мне нужно подготовиться как следует! Вы не представляете, какая сложная у меня жизнь!

Я промолчала, чтобы не сорваться и не наорать на нее.

— Хотите сандвич? — спросила я чуть погодя.

— Большое спасибо. — Она саркастически усмехнулась, потом встала посреди кухни, сложив руки на груди, будто чего-то ждала.

— Что-нибудь еще?

— Давайте. — Она мотнула головой. — Приседайте. Да что же это такое, черт побери?!

— Перед вами? С какой стати? — Меня разбирал смех.

— Вы же приседаете перед тетей. И перед дядей.

— Они — мои работодатели, — твердо сказала я. — Это другое дело. — *И поверь мне, девочка, если бы я могла повернуть время вспять, никаких книксенов не было бы и в помине.*

— Я живу у них в доме, — заявила Мелисса. — Значит, я тоже ваш работодатель. И вы должны выказывать мне соответствующее уважение.

Мне захотелось поколотить ее. Будь она моей подчиненной в «Картер Спинк», я бы ее... по стенке размазала, честное слово!

— Хорошо. — Я отложила нож. — Пойдемте и спросим у миссис Гейгер. — Прежде чем она успела ответить, я вышла из кухни. С меня хватит! Если Триш встанет на ее сторону, я увольняюсь!

Внизу Триш не было, пришлось подняться на второй этаж. С бьющимся сердцем я подошла к двери спальни Гейгеров и постучалась.

— Миссис Гейгер! Могу я с вами поговорить?

Мгновение спустя дверь приоткрылась. В щель высунулась голова Триш, слегка взлохмаченная.

— Что такое, Саманта?

— Мне не нравится ситуация. — Я старалась говорить спокойно. — Нам нужно обсудить мой статус.

— Какая ситуация? Какой статус? — Она наморщила лоб.

— Мелисса. И ее... э... потребности. Меня постоянно отвлекают от выполнения прямых обязанностей. Если я и дальше буду вынуждена ухаживать за ней, моя основная работа останется несделанной.

Триш, похоже, меня не услышала.

— Ах, Саманта... Не сейчас, ладно?.. — Она махнула рукой. — Поговорим потом.

Из спальни донеслось ворчание Эдди. Понятно. Опять занимались сексом. Решили вспомнить, как это будет по-турецки...

— Хорошо. — Я изо всех сил пыталась скрыть разочарование. — Значит, все остается, как есть?

— Подождите. — Триш словно опомнилась. — Через полчаса к нам приедут... э... друзья. Подайте шампанское на веранду. И наденьте что-нибудь поприличнее. — Она осуждающе поглядела на мое форменное платье. — Это не самый выигрышный ваш наряд.

«Сама же выбирала!» — чуть не выкрикнула я. Но сдержалась, присела в книксене и бросилась к себе в комнату.

Проклятая Триш! Проклятая Мелисса! Небось ждет своего сандвича! Ничего, перетопчется!

Я захлопнула дверь, рухнула на кровать и уставилась на свои руки. Кожа красная — и все от того, что вещички дорогой Мелиссы пришлось стирать вручную.

Что я здесь делаю?

Иллюзии таяли на глазах, разочарование ощущалось все острее. Наверное, я была чересчур наивна, но мне вправду казалось, что Триш и Эдди относятся ко мне уважительно. Что для них я не просто экономка, а человек. Личность. Но то, как Триш обошлась со мной сейчас... Выходит, я для них всего лишь прислуга. Предмет домашнего обихода, чуть более полезный, чем пылесос. Может, и в самом деле собрать манатки?

Мне представилось, как я слетаю по лестнице, распахиваю настежь дверь, кричу через плечо

Мелиссе: «У меня тоже юридическое образование! И получше твоего!»

Чушь собачья! Стыдоба. Жалкое зрелище.

Я помассировала виски. Сердце стучало уже не так громко, мысли постепенно упорядочивались.

Я согласилась на эту работу. Сама. Никто меня не заставлял. Возможно, это был не самый рациональный в мире поступок, возможно, я долго здесь не задержусь. Но раз я согласилась, то должна терпеть. Такова наша прислужная доля.

Я же профессиональная экономка. Или стану ей. Когда выясню, что такое «форма для саварена».

Я покачала головой, села на кровати, потом сбросила униформу, надела платье и причесалась. Даже подкрасила губы. Затем взяла мобильник и послала сообщение Натаниелю:

ПРИВЕТ, КРОШКА РУ!

Подождала минут пять, но ответа не было. Внезапно я сообразила, что не видела Натаниеля с самого утра. О чем же он говорил вчера? Какой из моих секретов просочился наружу? Что имелось в виду? Встретившись взглядом со своим отражением в зеркале, я неуверенно повела плечами. Не мог же он...

В смысле, откуда ему...

Нет. Невозможно. Тоже мне, любитель чужих тайн. Что он там напридумывал?

Когда я спустилась в холл, меня поразила царившая в доме тишина. Интересно, когда приедут эти друзья Гейгеров, о которых говорила Триш? Может, я успею приготовить запеканку? И овощи почистить?

По дороге в кухню меня перехватил Натаниель.

— Вот ты где!.. — Он обхватил меня руками, поцеловал, увлек под лестницу — мы обнаружили, что там очень удобно прятаться. — М-м... Я скучал.

275

— Натаниель!.. — запротестовала было я. Но он лишь крепче сжал руки. Все же мне удалось высвободиться. — Натаниель, у меня много дел. Я и так опаздываю, а еще придется подавать напитки...

— Погоди. — Он притянул меня к себе, посмотрел на часы. — Всего минутку, ладно?

Я недоуменно посмотрела на него. В душе зашевелились нехорошие предчувствия.

— Что ты имеешь в виду?

— Продолжаешь притворяться? — Он покачал головой в притворном изумлении. — Неужели ты думала, что сможешь нас одурачить? Мы глупые, конечно, но не настолько же! Мы все узнали.

Меня охватила паника. Они узнали. Что они узнали? Черт побери, что они раскопали?

Во рту неожиданно пересохло. Я сглотнула.

— Что именно...

— Нет-нет. — Натаниель приложил палец к моим губам. — Слишком поздно. Тебя ждет сюрприз, хочешь ты того или нет.

— Сюрприз?

— Так, пошли. Тебя ждут. Закрой глаза. — Одной рукой он обнял меня за талию, другой прикрыл мне глаза. — Сюда. Я тебя поведу.

Я шагала, направляемая Натаниелем, и чувствовала, как ноги становятся ватными. Мысли путались, я лихорадочно пыталась сообразить, что все это означает. Кто меня ждет и зачем?

Пожалуйста, ну, пожалуйста, пускай окажется, что они не вздумали восстановить мое прошлое. Не решили уладить мои «личные проблемы». Мне вдруг представилось, что на лужайке стоит Кеттерман, стальная оправа очков сверкает на солнце. А рядом с ним Арнольд. И мама.

— Вот она! — Натаниель вывел меня в сад. Я ощутила кожей солнечный свет, услышала какие-то хлопки и музыку. — Ну, теперь можешь открыть глаза.

276

Не могу. Не хочу ничего видеть.

— Да перестань! — рассмеялся Натаниель. — Тебя никто не съест! Ну же!

Я набрала полную грудь воздуха. Медленно открыла глаза. Несколько раз моргнула. Может, я сплю наяву?

Что... что происходит?

Между двумя деревьями была растянута простыня с надписью «С днем рождения, Саманта!». Это она хлопала на ветерке. Столик застелен белой скатертью, на ней букет цветов и несколько бутылок шампанского. К стулу привязана гроздь воздушных шариков, на каждом написано мое имя. Компакт-плейер играл джаз. Эдди и Триш стояли под самодельным транспарантом, вместе с Айрис, Эамонном и Мелиссой, — и все улыбались, даже Мелисса, капризно кривившая губы.

Я словно очутилась в каком-то параллельном измерении.

— Сюрприз! — воскликнули они хором. — С днем рождения!

Я раскрыла рот, но слова не шли с языка. Не шли, и все. Почему Гейгеры решили, что день рождения у меня сегодня?

— Поглядите на нее, — сказала Триш. — Она не ожидала. Правда, Саманта?

— Правда... — выдавила я.

— Не подозревала, — прибавил Натаниель с усмешкой.

— Поздравляю, милая. — Айрис обняла меня, расцеловала в обе щеки.

— Эдди, открывай шампанское! — велела Триш. — Ну, давай!

Ничего не понимаю. Что мне делать? Что говорить? Как объяснить людям, которые устроили тебе праздник, что твой день рождения давно прошел?

Почему они решили, что мой день рождения сегодня? Я что, ляпнула что-нибудь на собеседовании? Не помню. Вроде бы ничего такого не говорила... **277**

— Шампанское новорожденной! — Эдди ловко вынул пробку и наполнил мой бокал.

— Поздравляю. — Эамонн широко улыбнулся. — Видели бы вы свое лицо!

— И не говорите, — согласилась Триш. — Так, у меня есть тост!

Пора остановить это безумие.

— Э... миссис Гейгер, мистер Гейгер... большое спасибо... я потрясена... — Я сглотнула, заставляя себя продолжать. — Но... мой день рождения не сегодня...

К моему изумлению, все расхохотались.

— Я так и знала! — воскликнула Триш. — Она предупреждала, что вы будете все отрицать!

— Не нужно настолько стесняться своего возраста, — поддразнил Натаниель. — Мы знаем, понятно? Давай, бери бокал и получай удовольствие.

Я растерянно огляделась.

— Кто сказал, что я стану все отрицать?

— Леди Эджерли, конечно! — Триш приосанилась. — Это она выдала нам ваш маленький секрет!

Фрейя? За всем этим стоит Фрейя?

— А... что конкретно она сказала? — рискнула спросить я. — Ну, леди Эджерли.

— Она сказала, что ваш день рождения сегодня, — ответила Триш. — И что вы от нас это скрываете. Ах вы, негодница!

Поверить не могу! Моя лучшая подруга подложила мне такую свинью!

— Еще она сказала, — Триш сочувственно понизила голос, — что ваш прошлый день рождения не удался. И что мы просто обязаны вас порадовать. Это она предложила устроить вам сюрприз. — Триш подняла свой бокал. — Итак, за Саманту! С днем рождения!

— С днем рождения! — подхватили остальные.

278   Я не знала, плакать мне или смеяться. Наверное, и то и другое одновременно. Посмотрела на транспарант, на шарики, на бутылки с шампанским. Все вокруг улыбались. Господи! Придется соглашаться. Все равно уже ничего не изменишь.

— Э... спасибо... Я тронута...

— Извините, что я утром была с вами немножечко сурова. — Триш пригубила шампанского. — Мы как раз возились с шариками, когда вы постучали. И без того у нас были проблемы. — Она метнула уничтожающий взгляд на Эдди.

— А ты сама попробуй запихнуть эти чертовы шары в машину! — проворчал тот. — Вот я посмотрю! У меня же не три руки, в конце концов!

Мне воочию представилось, как Эдди сражается с ворохом разноцветных воздушных шариков, пытаясь затолкать их в салон «порше», и я закусила губу, чтобы не расхохотаться.

— Мы не стали писать на шарах ваш возраст, Саманта, — сообщила Триш. — Думаю, как женщина, вы меня поймете. — Она вновь подняла бокал и едва заметно подмигнула.

Я перевела взгляд с ее раскрасневшегося, несмотря на тонны макияжа, лица на багрового от праведного гнева Эдди и вдруг почувствовала себя такой счастливой. Они старались. Готовились. Рисовали транспарант. Заказывали шарики.

— Миссис Гейгер, мистер Гейгер, я... Я не знаю...

— Еще не все! — Триш поглядела мне за плечо.

— «С днем рождения тебя!» — запел кто-то у меня за спиной. Мгновение спустя пели уже все. Я обернулась и увидела Айрис, которая шла к нам через лужайку. В руках у нее был огромный двухъярусный торт, покрытый нежнорозовой глазурью, украшенный сахарными розами и клубникой. Макушку торта венчала элегантная белая свеча; под ней кремовой вязью значилось: «С днем рождения, милая Саманта, от всех нас!»

В жизни не видела ничего прекраснее! К горлу подкатил комок, на глаза навернулись слезы. Мне еще никогда не дарили на день рождения тортов.

— Задувай свечку! — крикнул Эамонн, когда они допели.

Я кое-как с этим справилась. Все захлопали в ладоши.

— Нравится? — спросила Айрис.

— Так здорово... — Я сглотнула. — Никогда такого не видела.

— С днем рождения, цыпленок. — Она погладила мою руку. — Ты заслужила праздник.

Когда Айрис поставила торт на стол и принялась его нарезать, Эдди постучал ручкой по бокалу.

— Минуточку внимания, пожалуйста. — Он выступил вперед, прокашлялся. — Саманта, мы все очень рады тому, что вы с нами. Вы замечательная помощница, мы вас очень ценим. — Он отсалютовал мне бокалом. — Ваше здоровье!

— Спасибо, мистер Гейгер, — проговорила я с запинкой. Голубое небо, вишневый цвет, дружеские лица... Я... Я тоже рада, что я здесь... Вы так добры ко мне... — Еще разрыдаться не хватало! — Думаю, лучших хозяев не найти...

— Ой, перестаньте! — Триш всплеснула руками, потом быстро вытерла глаза салфеткой.

— «Она — отличный парень! — завел Эдди. — Она — отличный парень!..»

— Эдди! Прекрати мучить Саманту своими дурацкими песенками! — Триш по-прежнему держала салфетку у глаз. — Кто-нибудь, откройте еще шампанское!

Вечер выдался на редкость теплым. Когда солнце начало клониться к закату, мы все расселись на траве, пили шампанское и разговаривали. Эамонн рассказал мне о своей девушке Анне, которая работает в отеле в Глостере. Айрис накормила всех крошечными, почти

280

невесомыми тартинками с начинкой из куриного мяса и зелени. Натаниель развесил на ветках рождественскую гирлянду — в качестве праздничной иллюминации. Мелисса пару-тройку раз громко заявляла, что ей пора и что у нее много дел, но явно не собиралась никуда уходить, только просила, чтобы ей подлили шампанского.

Небосвод постепенно темнел, в воздухе пахло жимолостью. Негромко звучала музыка, рука Натаниеля покоилась на моем бедре. В жизни не чувствовала себя такой умиротворенной.

— Подарки! — воскликнула вдруг Триш. — Мы забыли про подарки!

По-моему, в количестве поглощенного шампанского она перещеголяла всех. Тем не менее она встала, покачнулась, добрела до стола, покопалась в сумочке и извлекла конверт.

— Маленькая премия, Саманта, — проговорила она, протягивая конверт мне. — Не сомневаюсь, вы найдете, на что ее потратить.

— Спасибо, миссис Гейгер, — растерянно поблагодарила я. — Вы очень добры.

— Мы не повышаем ваше жалованье, — уточнила Триш, поглядывая на меня с толикой подозрения во взгляде. — Вы понимаете? Это премия по конкретному поводу.

— Понимаю. — Я постаралась спрятать улыбку. — Все равно спасибо.

— У меня тоже кое-что есть. — Айрис сунула руку в корзинку и достала пакет в оберточной бумаге. Внутри оказались четыре новехоньких формы для хлеба и гофрированный фартук с розами. Я рассмеялась.

— Большое спасибо! Это мне пригодится.

Триш недоуменно посмотрела на подарок Айрис.

— Но у Саманты и без того достаточно посуды, — сказала она, подцепляя одну из формочек наманикюренным ногтем. — И фартуков тоже.

281

— Лишний не повредит. — Айрис подмигнула мне.

— Это вам, Саманта. — Мелисса вручила мне косметический набор для тела — тот самый, который я заметила в ванной Триш в первый день своего появления у Гейгеров.

— Спасибо, — вежливо сказала я. — Очень любезно с вашей стороны.

— Мелисса, — неожиданно вмешалась Триш, утратившая интерес к хлебным формочкам, — перестань загружать Саманту своими просьбами. Она не должна целый день бегать за тобой! Мы же не хотим ее потерять!

Судя по выражению лица Мелиссы, Триш с тем же успехом могла ее прилюдно отшлепать.

— Это от меня, — сказал Натаниель. Он протянул мне нечто, завернутое в белую бумагу.

Все смотрели, как я осторожно разворачиваю подарок. В мою ладонь лег серебряный браслет с подвеской в форме крошечной деревянной ложки. Я хихикнула. Сначала фартук, теперь ложка.

— Он напомнил мне о нашей первой встрече, — пояснил Натаниель с улыбкой.

— Здорово. — Я обняла его, поцеловала. — Спасибо, — прошептала я ему в ухо.

Триш не сводила с нас глаз.

— Я поняла, что привлекло вас в Саманте! — сказала она Натаниелю. — Ее умение готовить, верно?

— Особенно горох, — с серьезным видом подтвердил Натаниель.

Эамонн поднялся, подошел ко мне и протянул бутылку вина.

— От меня, — сказал он просто. — Не бог весть что, конечно...

— Ну что ты, Эамонн! Большое спасибо!

— Кстати, ты не против нам помочь?

282   — В пабе? — уточнила я. Он покачал головой.

— Нет, в деревне. У нас там что-то вроде семейного предприятия. Ничего особенного, даем друзьям подзаработать. Лишние деньжата не помешают, правда?

«Даем друзьям подзаработать». В груди разлилось тепло. Эти славные люди считают меня своей.

— С удовольствием, — ответила я. — Спасибо, что вспомнили.

Эамонн ухмыльнулся.

— Если заглянешь в паб, налью тебе кружечку-другую.

— Ну... э... — Я покосилась на Триш. — Может, как-нибудь потом...

— Ступайте, ступайте! — Триш махнула рукой. — Веселитесь! Не думайте о работе! Мы отнесем грязную посуду на кухню, — прибавила она, — вы сможете вымыть ее завтра.

— Спасибо, миссис Гейгер. — Я сумела подавить смешок. — Вы очень добры.

— Я тоже пойду, — сказала Айрис, вставая. — Спокойной ночи всем.

— Айрис, тебя мы в паб не заманим? — спросил Эамонн.

— Не сегодня. — Она улыбнулась. На ее лицо падали разноцветные тени от гирлянды. — Спокойной ночи, Саманта. Спокойной ночи, Натаниель.

— Спокойной ночи, мам.

— Пока, Эамонн.

— Пока, Айрис.

— Спокойной ночи, дедушка, — сказала я.

Слова вырвались, прежде чем я спохватилась. Я замерла, покраснела от смущения. Будем надеяться, никто не слышал. Но Натаниель медленно повернулся ко мне. Судя по улыбке, он-то слышал.

— Спокойной ночи, Мэри-Эллен, — проговорил он, выгибая бровь.

— Спокойной ночи, Джим-Боб, — отозвалась я.

— По-моему, я больше похож на Джон-Боя. **283**

— Гм... — Я оглядела его с головы до ног. — Ладно, будешь Джон-Боем.

В детстве Джон-Бой мне безумно нравился. Но Натаниелю я этого говорить не стану.

— Пошли. — Натаниель протянул мне руку. — Как насчет таверны Айка?

— Айк владел магазином. — Я закатила глаза. — Ты ничего не помнишь!

Проходя мимо дома, мы заметили Эдди и Мелиссу. Они сидели за столиком в саду, заваленным какими-то брошюрами.

— Это так тяжело! — плакалась Мелисса. — Это же решение, которое повлияет на всю мою жизнь! Откуда мне знать, что выбрать?

— Мистер Гейгер, — позвала я. — Позвольте поблагодарить вас за чудесный вечер.

— Рад стараться! — шутливо откликнулся Эдди.

— Развлекайтесь, — вздохнула Мелисса. — А у меня столько дел...

— Оно того стоит, голубушка. — Эдди потрепал ее по плечу. — Когда ты окажешься в... — Он подобрал со стола брошюру и всмотрелся в название на обложке. — Скажем, в этом «Картер Спинк».

Я застыла как вкопанная.

Мелисса хочет устроиться в «Картер Спинк»?

— Это... — Я постаралась не выдать своих чувств. — Это название компании, куда вы собираетесь подать заявление?

— О, я не знаю, — томно протянула Мелисса. — Это самая известная фирма. Но там *такая* конкуренция! Мало кто получает там должность.

— Выглядит впечатляюще, — сказал Эдди, листая брошюру и поглядывая на фотографии. — Только посмотри на обстановку!

Я с замиранием сердца следила за тем, как он переворачивает страницы. Вот фойе. Вот этаж, на котором был мой кабинет. Я не могла отвести взгляд — и в то же время боялась смотреть. Прошлая жизнь. Ей не место здесь.

Когда Эдди пролистнул брошюру дальше, я едва устояла на ногах.

Мое лицо. Моя фотография.

Я в черном костюме, волосы собраны в пучок, сижу за столом для переговоров рядом с Кеттерманом, Дэвидом Элддриджем и тем парнем из Штатов. Помнится, когда нас заставили сфотографироваться, Кеттерман буквально позеленел от злости. Его посмели оторвать от работы...

Какая я бледная. И какая серьезная.

— Мне придется отдавать им все свое время. — Мелисса ткнула пальцем в брошюру. — Эти люди работают даже по ночам. Никакой личной жизни!

Мое лицо было видно совершенно отчетливо. Я обреченно ждала, когда кто-нибудь нахмурится, скажет: «Погодите-ка!», повернется ко мне.

Но мои страхи не оправдались. Мелисса продолжала жаловаться. Эдди сочувственно кивал. Натаниель со скучающим видом пялился в небеса.

— Хотя, конечно, деньги там платят сумасшедшие... — Мелисса со вздохом перевернула страницу.

Фотография исчезла. Прежняя я пропала.

— Пойдем? — Ладонь Натаниеля нашла мою. Я крепко стиснула его пальцы.

— Да. — И улыбнулась своему кавалеру.

19...

В следующий раз я наткнулась на рекламную брошюру «Картер Спинк» через две недели, когда пришла в кухню, чтобы заняться обедом.

Не знаю, что случилось со временем. Я едва его замечала. Минуты и часы уже не тикали столь отчетливо, как раньше, — нет, они текли, уплывали, исчезали без следа. Я даже перестала носить наручные часы. Вчера днем мы с Натаниелем забрались на скирду и бездумно следили за полетом семян одуванчиков, и единственным звуком, похожим на тиканье часов, был стрекот кузнечиков.

Я и сама изрядно переменилась. Я загорела от постоянного пребывания на солнце, волосы сделались золотистыми на кончиках, щеки налились румянцем, руки заметно окрепли от ежедневной протирки пыли, полировки мебели, замешивания теста и возни с тяжелыми кастрюлями.

Лето было в разгаре, каждый новый день оказывался жарче предыдущего. Утром, еще до завтрака, Натаниель провожал меня до дома Гейгеров, и даже в этот ранний час в воздухе почти не ощущалось свежести. Зной разморил все и вся вокруг. Былые тревоги и заботы напрочь утратили значение. Все пребывали в ленивом, праздничном настроении — все за исключением Триш, которая демонстрировала чудеса активности. Через неделю был назначен большой благотворительный обед (она вычитала в каком-то журнале, что все дамы высшего света регулярно устраивают такие мероприятия). По суматохе, которой сопровождались приготовления, можно было предположить, что в доме Гейгеров устраивают бракосочетание членов королевской семьи.

Я смахнула в ящик стола бумаги, которые не удосужилась убрать после себя Мелисса, — и вдруг заметила брошюру «Картер Спинк». Искушение было слишком велико: я взяла буклет, пролистала знакомые страницы. Ступеньки, по которым я поднималась семь лет подряд. Гай, все такой же деловитый и уверенный в себе. Сара, девушка из отдела судопроизводства, грезившая, подобно мне, полноправным партнерством. Интересно, добилась ли она своей цели...

— Что это вы делаете? — резко спросила вошедшая в кухню Мелисса. Она смерила меня подозрительным взглядом. — Это мое.

Можно подумать, я собиралась стащить эту брошюру!

— Прибираю за вами, — язвительно ответила я. — Мне нужен чистый стол.

— А... Спасибо. — Мелисса потерла виски. Она выглядела... изнуренной: под глазами залегли глубокие тени, волосы как-то поблекли.

— Вы слишком много работаете. — Я решила не усугублять наши размолвки.

— Да уж... — Она вскинула подбородок. — Но все окупится! Поначалу приходится пахать, как лошадь, но потом тебя признают.

Лицо усталое, посеревшее — и высокомерное. Даже скажи я ей чистую правду, она мне все равно не поверит.

— Наверное, вы правы, — проговорила я после паузы. Снова посмотрела на брошюру «Картер **287**

Спинк», раскрытую на фотографии Арнольда. Ярко-голубой галстук в мелкую точку, платок подходящего оттенка, доброжелательная улыбка. От одного его вида мне захотелось улыбнуться.

— Значит, вы подали заявление в эту компанию? — спросила я.

— Ну да. Они ведь лучшие. — Мелисса достала из холодильника банку диетической колы. — Вот к этому типу я должна была идти на собеседование. — Она мотнула головой на фотографию. — Но он уходит.

Не может быть! Арнольд уходит из «Картер Спинк»?

— Вы уверены? — ляпнула я, не подумав.

— Конечно. — Мелисса пристально поглядела на меня. — А вам-то что?

— Ничего. — Я поспешно положила брошюру. — Просто... он не выглядит человеком... э... пенсионного возраста.

— Я знаю только, что он уходит. — Мелисса передернула плечами и вышла из кухни, оставив меня изумляться в одиночестве.

Арнольд уходит из «Картер Спинк»? Он же всегда хвастался, что уйдет не раньше, чем еще через двадцать лет. Чтобы в сумме, как он говорил, получилось сорок. Почему же он не изменил себе?

Что-то я совсем от жизни оторвалась, последние недели провела словно в барокамере, не что в «Юрист» — даже в ежедневные газеты толком не заглядывала. Все сплетни прошли мимо меня. И Бог бы с ними, конечно, но вот Арнольд...

Меня разобрало любопытство. Да, я больше не принадлежу *тому* миру, но ведь интересно! С какой стати Арнольду втемяшилось в голову уйти из «Картер Спинк»? Что там случилось такого, о чем я не знаю?

Днем, убрав посуду после обеда, я проскользнула в кабинет Эдди, включила компьютер и загрузила «Гугл». Набрала в строке поиска: «Арнольд Сэвилл» — и на второй странице результатов увидела материал, извещающий о его отставке. Я перечитала статейку длиной в пятьдесят слов несколько раз, пытаясь понять причины. Почему Арнольд собрался в отставку? Может, он болен?

Я проглядела список результатов дальше, но иных материалов не обнаружила. После недолгого размышления — твердя себе, что это лишнее — набрала: «Саманта Свитинг». На экране мгновенно высветился миллион ссылок. На сей раз я отреагировала куда спокойнее. Будто речь шла не обо мне, а о какой-то другой Саманте.

Я просматривала ссылку за ссылкой. Везде одно и то же. После пятой страницы я добавила к запросу: «Третий Юнион-банк». Потом набрала: «Третий Юнион-банк, БЛСС», потом «Третий Юнион-банк, Глейзербрукс». А затем, поддавшись импульсу: «Саманта Свитинг, 50 миллионов фунтов, крах карьеры». Пожалуй, сейчас мне должны выдать статейки самого гнусного толка. Казалось, я наблюдаю за экране за автокатастрофой, в которую сама угодила.

Да, «Гугл» — как наркотик. Я сидела за чужим компьютером, кликая по ссылкам, читая, набирая и снова кликая, изучала бесконечные страницы, автоматически вводила пароль «Картер Спинк», когда от меня его требовали. Где-то через час я обессилено откинулась на спинку кресла, чувствуя себя зомби. Спина ныла, шея затекла, слова на экране сливались. Я совсем забыла, каково это — долго сидеть за компьютером. Неужели я когда-то просиживала так целыми днями?

Я потерла глаза, посмотрела на страницу на экране. И что я хочу таким образом выяснить? Что, например, может мне сообщить список гостей на званом обеде в Пейнтерс-холле? Где-то в середине списка упоминалась компания «БЛСС», потому-то, наверное, мне эту страницу и выдали. Словно на автопилоте я повела **289** курсор вниз — и на экране высветилось «Николас Хэнфорд Джонс, директор».

Что-то заставило меня насторожиться. Николас Хэнфорд Джонс. Почему это имя кажется знакомым? Почему в моей памяти оно связано с Кеттерманом?

Может, «БЛСС» — клиент Кеттермана? Нет, вряд ли. Я бы знала об этом.

Я крепко зажмурилась, постаралась сосредоточиться. Николас Хэнфорд Джонс. Эти три слова возникли перед моим мысленным взором. Кажется, я ухватила нечто... Ассоциация... Образ... Ну давай...

Это общая беда всех, кто наделен почти фотографической памятью. Люди считают, что такая память — штука весьма полезная, однако она способна довести до безумия.

Внезапно я вспомнила! Затейливая надпись на свадебном приглашении! На доске объявлений в офисе Кеттермана. Года три назад. Висела несколько недель. Я видела ее всякий раз, когда входила в офис.

Мистер и миссис
Арнольд Сэвилл
будут искренне рады приветствовать Вас
на бракосочетании их дочери Фионы
и мистера Николаса Хэнфорда Джонса

Выходит, Николас Хэнфорд Джонс — зять Арнольда? Выходит, у Арнольда семейные связи с «БЛСС»?

Я откинулась на спинку кресла в полной растерянности. Почему он никогда не упоминал об этом?

И тут меня посетила другая мысль. Пару минут назад я была на страничке «БЛСС». Но там Николас Хэнфорд Джонс как директор не значился. Что за бред? Это незаконно, в конце концов.

Я потерла лоб, потом, из чистого любопытства, набрала в строке поиска: «Николас Хэнфорд

Джонс». Когда на экран высыпали результаты, я подалась вперед в предвкушении... сама не знаю чего.

Интернет — большая свалка. Сотни Николасов, десятки Хэнфордов, тысячи Джонсов, упомянутых вместе и порознь во всевозможных контекстах. Я в отчаянии уставилась на экран. Неужели «Гугл» не понимает, что мне нужно не это? На кой черт мне материал о канадских гребцах, которых зовут Грег Хэнфорд, Дэйв Джонс и Чип Николас?

Ничего я так не найду.

Ладно, попробуем разобраться. Я принялась шерстить ссылки подряд, открывая в браузере окошко за окошком. Я уже собиралась бросить эту безнадежную затею, когда взгляд упал на строчки внизу очередной страницы: «Уильям Хэнфорд Джонс, финансовый директор компании "Глейзербрукс", поблагодарил Николаса Дженкинса за его выступление...»

Несколько секунд я не могла поверить собственным глазам. Финансовый директор «Глейзербрукс» — тоже Хэнфорд Джонс? Они что, родственники? Ощущая себя кем-то вроде частного детектива, я вошла на поисковый сайт «Дружеские связи» и спустя две минуты получила ответ. Да, они братья.

Ну и ну! Какое удачное совпадение... Финансовый директор компании «Глейзербрукс», которая объявила о банкротстве и осталась должна «Третьему Юнион-банку» 50 миллионов фунтов стерлингов. Директор компании «БЛСС», которая ссудила «Глейзербрукс» такую же сумму тремя днями ранее. И Арнольд как представитель банка. Все трое родственники, члены одной семьи. И об этом последнем факте, как ни удивительно, никто не знает. Я уверена.

Арнольд никогда не упоминал об этом. В «Картер Спинк» вообще об этом не заговаривали. И в отчетах о банкротстве ни о чем таком не говорилось. Арнольд умеет хранить секреты.

Я поморгала, пытаясь собраться с мыслями. Тут же налицо потенциальный конфликт интересов. Ему следовало известить о факте родства все заинтересованные стороны. Почему он предпочел сохранить столь важное обстоятельство в тайне? Или...

Нет.

Нет. Не может...

Он бы никогда...

Я покрутила головой, чувствуя себя так, будто рухнула с обрыва в омут. Умозаключения сменяли друг друга с лихорадочной быстротой, выводы возникали и рушились, разбиваясь о стену неверия.

Может, Арнольд что-то раскопал? И что-то скрывает?

И поэтому уходит?

Я встала, провела руками по волосам. Ладно, пора остановиться. Это же Арнольд. Арнольд! Я превращаюсь в маньяка, наслушавшегося теорий заговора. Еще немного — и я напечатаю: «инопланетяне, Розуэлл, они живут среди нас».

С внезапной решимостью я схватилась за телефон. Позвоню Арнольду. Пожелаю ему удачи. И заодно избавлюсь от всех этих одолевающих меня идиотских подозрений.

Мне понадобилось шесть попыток, прежде чем я таки сумела набрать номер и дождаться ответа. От мысли о том, что придется разговаривать с «Картер Спинк» — хотя бы в лице Арнольда — неприятно засосало под ложечкой. Шесть раз подряд я отключалась до того, как на том конце линии отвечали, роняла трубку, будто она жгла мне пальцы.

Но на седьмой раз я заставила себя дождаться. В конце концов, иначе я так ничего и не выясню. Уж если с кем и разговаривать, то с Арнольдом. Он не станет меня унижать.

292

После трех гудков трубку сняла Лара.

— Офис Арнольда Сэвилла.

Я живо представила себе картину: она сидит за большим деревянным столом, в неизменном ярко-красном жакете, постукивает пальцами по столешнице. Такое ощущение, будто все это происходит за миллион миль отсюда.

— Привет, Лара, — сказала я. — Это... Саманта. Саманта Свитинг.

— *Саманта*? — Лара от изумления закашлялась. — Боже мой! Как ты? Как твои дела?

— Неплохо. Честное слово. — Я сглотнула. — Я звоню, потому что узнала про Арнольда. Это правда, что он уходит?

— Правда, — ответила Лара. — Я так поразилась! Знаешь, Кеттерман пригласил его на обед, уговаривал остаться, но он не согласился. Представляешь, он уезжает на Багамы!

— На Багамы? — озадаченно повторила я.

— Купил там дом. Фотографии шикарные. Провожать будем на следующей неделе. Меня переводят к Дереку Грину, помнишь его? Отдел налогообложения. Очень приятный человек, хотя, говорят, под горячую руку ему лучше не попадаться..

— Лара, — прервала я ее щебетание (вспомнила, что она способна трепаться часами без перерыва), — передай, пожалуйста, Арнольду мои наилучшие пожелания. Или... может, ты меня с ним соединишь?

— Как мило с твоей стороны! — Похоже, она удивилась. — Ты молодец. После всего, что случилось...

— Ну... Арнольд был ни при чем. Он сделал что мог.

Наступила пауза.

— Да, — сказала наконец Лара. — Хорошо, я тебя с ним соединю.

Несколько секунд спустя в трубке зазвучал знакомый голос.

— Саманта, милая! Это правда вы?

— Правда я. — Хотя он не мог меня видеть, я все равно улыбнулась. — Еще не исчезла с лица земли.

— Надеюсь, что так! С вами все в порядке?

— Ну да... — Я слегка замялась. — Спасибо. Знаете, я очень удивилась, когда узнала, что вы уходите.

— Сколько ж можно нести это бремя! — хохотнул он. — И так тридцать три года оттрубил на ниве юриспруденции! Столько не живут, Саманта. Уж юристы точно.

Его голоса в трубке оказалось достаточно, чтобы унять мои подозрения. Наверное, я спятила. Арнольд не может быть причастен ни к чему... неподобающему. Ему нечего скрывать. Это же Арнольд!

Спрошу у него в лоб, решила я. Чтобы окончательно удостовериться.

— Э... Надеюсь, у вас все хорошо, — проговорила я. — Теперь с семьей будете чаще видеться...

— Будут меня изводить с утра до вечера. — Он снова рассмеялся.

— А я и не знала, что ваш зять — директор «БЛСС», — обронила я небрежно. — Какое совпадение!

Пауза.

— Извините? — переспросил Арнольд. Голос вроде бы все такой же... обволакивающий, но тон уже далеко не дружелюбный.

— Ну, «БЛСС». — Я сглотнула. — Та компания, которая была связана с кредитом «Третьего Юнион-банка». Они выдвинули претензию. Я случайно наткнулась...

— Увы, Саманта, мне пора, — прервал Арнольд. — Рад бы поболтать, но я улетаю в пятницу, а надо многое успеть. Дел невпроворот, так что на вашем месте я бы не перезванивал.

Он отключился прежде, чем я успела хоть что-то сказать. Я опустила трубку и уставилась на бабочку за окном.

Это... неправильно. Неестественная реакция. Он избавился от меня, едва я упомянула его зятя.

Что-то происходит. Определенно.

* * *

Но что именно? Я махнула рукой на домашние дела, уселась на кровати у себя в комнате с блокнотом и карандашом в руках и стала чертить схемы.

Кому выгодно? Я перечитала названия фирм, снова изучила стрелки между ними. Два брата. Миллионы фунтов стерлингов переводятся в банк и из банка. Думай. Думай.

Раздраженно фыркнув, я вырвала листок и скомкала его. Начнем сначала. Выстроим факты в логическом порядке. «Глейзербрукс» получила статус банкрота. «Третий Юнион-банк» потерял деньги. «БЛСС» оказалась первой в очереди кредиторов...

Я постучала карандашом по блокноту. И что с того? Они всего-навсего вернули деньги, которые ссудили. Никаких доходов, никакой прибыли. Ничего.

Если только... Если только они на самом деле не ссужали ни фунта!

Мысль возникла словно из ниоткуда. Я выпрямилась, поняла, что затаила дыхание. Неужели дело в этом? Неужели я раскусила их план?

Так. Будем последовательны. Есть два брата. Им известно, что у компании «Глейзербрукс» серьезные финансовые проблемы. Они знают, что компания только что получила банковский кредит, но сделка не зарегистрирована. Отсюда следует, что у компании имеется пятьдесят миллионов *необеспеченных* фунтов стерлингов, доступных всякому, кто поспешит выдвинуть претензию...

Не в силах оставаться на месте, я вскочила и принялась мерить шагами комнату. В мозгу словно замкнуло электрическую цепь — столь яркой была вспышка осознания. «Получается», — думала я, грызя карандаш. Получается. Они смухлевали! «БЛСС» присвоила деньги «Третьего Юнион-банка», а страховщики «Картер Спинк» возместили убытки...

Я остановилась. Нет. Все-таки не получается. У меня паранойя. Страховщики покрыли пятьдесят миллионов фунтов только потому, что я допустила ошибку. Ключевой элемент ситуации — моя небрежность. Иначе выходит, что весь план строился на мне. На том, что Саманта Свитинг ошибется.

Но как... Как они могли на это рассчитывать? Нелепо! Невозможно! Нельзя заранее просчитать чужие ошибки. Нельзя заставить человека что-то забыть, нельзя убедить его сесть в лужу...

Или... Кожа внезапно покрылась мурашками. Та записка!

Я обнаружила записку на своем столе, когда было уже слишком поздно. Раньше я ее не видела.

Что, если...

Господи!

Ощутив слабость в ногах, я присела на подоконник. Что, если кто-то специально подсунул эту записку мне на стол? Зарыл ее среди бумаг в последний момент?

Сердце готово было выскочить из груди. Я покачнулась, ухватилась за штору, чтобы сохранить равновесие.

Что, если я не совершала ошибку?

Мир вокруг распадался на глазах, осыпался мелкими брызгами. Что, если Арнольд намеренно не зарегистрировал сделку, а потом представил это как мою небрежность?

В сознании снова и снова, как на поставленной на повтор кассете, проигрывался мой разговор с Арнольдом. Я тогда сказала, что не помню записки у себя на столе. А он тут же сменил тему.

Я решила, что записка попала ко мне вовремя. Решила, что это я опростоволосилась. Моя ошибка. Мой непрофессионализм. Но что, если это не так? В «Картер Спинк» все прекрасно знали, что мой стол — самый захламленный во всей компании. Подсунуть на него еще одну бумажку ничего не стоит. Я все равно не замечу...

Дыхание становилось все более тяжелым, будто я бежала пятикилометровую дистанцию. Я прожила со своей ошибкой два месяца. Она будила меня по утрам и укладывала спать вечерами. Она всегда была со мной, как неотступная боль, а в голове непрерывно звучало: «Саманта Свитинг оскандалилась. Саманта Свитинг уничтожила свою карьеру».

Но... Похоже, меня подставили. Похоже, я ни в чем не виновата. Я не делала ошибок!

Нужно установить раз и навсегда. Нужно узнать правду. Немедленно. Дрожащей рукой я взяла мобильник и набрала номер.

— Лара, соедини меня снова с Арнольдом, — попросила я, едва услышав ее голос.

— Саманта... — Тон у Лары был извиняющийся. — Арнольд распорядился не принимать твоих звонков. И просил передать, чтобы ты больше не приставала к нему по поводу работы. Я цитирую.

Что? Что он наговорил обо мне?

— Лара, я к нему вовсе не приставала. — Я старалась говорить ровно. — Мне нужно... обсудить с ним кое-что. Если он не хочет говорить по телефону, я приду в офис. Организуешь мне встречу?

— Саманта... — Ее тон сделался еще более... смущенным, если такое возможно. — Он сказал... что если ты придешь, охрана тебя выкинет.

— Выкинет? — Я не поверила собственным ушам.

— Мне очень жаль. Знаешь, я тебе правда сочувствую! Он с тобой несправедливо обошелся. Многие так считают.

В чем это она меня убеждает? Что значит «несправедливо обошелся»? Или Лара знает о записке?

— Что... Что ты имеешь в виду? — выдавила я.

— Ну, он же тебя уволил! — воскликнула Лара.

— То есть как? — Я чуть не задохнулась от неожиданности. — О чем ты?

— Я как раз гадала, знаешь ты или нет. — Она понизила голос. — Поскольку он все равно уходит, **297** я могу сказать. Я вела протокол на том собрании, где тебя обсуждали. Арнольд уговорил остальных партнеров. Он сказал, что ты не справилась с обязанностями, что компания не может рисковать, и все такое. А большинство поначалу были за то, чтобы дать тебе шанс. — Она прицокнула языком. — Я была в шоке! Конечно, ему я ничего не сказала...

— Разумеется, — хрипло проговорила я. — Спасибо за информацию, Лара. Я... я не знала.

Голова шла кругом. Все воспринималось как-то искаженно. Арнольд вовсе не сражался за меня. Он добился моего увольнения. Я совсем не знала этого человека. Весь его шарм, все дружелюбие — не более чем маска. Маска!

Мне вдруг вспомнилось, как на следующий день после катастрофы он уговаривал меня не приезжать в Лондон, оставаться там, где я есть. Теперь понятно. Он не хотел, чтобы я мешалась под ногами, чтобы отстаивала свое доброе имя. И я послушалась.

А я ему верила! Всегда и во всем. Идиотка, дура набитая, коза безрогая!

Грудь сдавило. Все сомнения исчезли. Арнольд явно затеял какую-то игру. Нечистоплотную игру. И подставил меня. Подсунул мне записку, сознавая, что она разрушит мою карьеру.

Через три дня он улетит на Багамы. Как мне быть? Если я хочу что-то сделать, нельзя терять времени.

— Лара, — сказала я, прилагая все усилия, чтобы голос не дрожал, — ты не могла бы соединить меня с Гаем Эшби?

Гай, конечно, слизняк, но он единственный, кто способен мне помочь. Других что-то не вспомнить.

— Он в Гонконге, — ответила Лара. — Ты разве не знаешь?

— А-а... — протянула я разочарованно. —

Нет... я не знала.

— У него с собой наладонник, — прибавила она. — Можешь послать ему мейл.

— Хорошо. — Я глубоко вдохнула. — Пожалуй, я так и сделаю.

20...

Не могу. Не могу, и точка. Что бы я ни писала, как бы ни пыжилась, результат один — бред параноика.

Я перечитала последний, десятый по счету вариант письма.

> *Дорогой Гай,*
> *Мне нужна твоя помощь. По-моему, Арнольд меня подставил. По-моему, это он подложил записку на мой стол. Происходит что-то нехорошее. Он связан семейными узами и с «БЛСС», и с «Глейзербрукс», представляешь? Почему он никому не рассказывал? Он распорядился не пускать меня в здание, что само по себе подозрительно...*

Шизофрения. Типичный лепет уволенного сотрудника, уязвленного до глубины души несправедливостью начальства.

Мой случай.

Когда я перечитывала эти строки, мне почему-то виделась та старуха с безумным взором, что стояла на углу нашей улицы и твердила: «Они до меня добрались».

Теперь я искренне ей сочувствовала. Быть может, *они* и вправду до нее добрались.

Гай посмеется и забудет. Я бы на его месте тоже посмеялась. Арнольд Сэвилл — мошенник? Чушь. Должно быть, я спятила. В конце концов, это лишь теория: доказательств-то у меня нет. Одни подозрения, никаких фактов. Я уронила голову на руки. Никто мне не поверит, даже слушать никто не станет.

Будь у меня доказательства... Но откуда их взять?

Телефон пискнул. Я подскочила от неожиданности, тупо уставилась на экранчик, едва осознавая, кто я такая и где нахожусь. Пришло сообщение. От Натаниеля.

Я ВНИЗУ. ХОЧУ КОЕ-ЧТО ПОКАЗАТЬ. СПУСКАЙСЯ

Придется выйти. Меня душила злость, стоило вспомнить жизнерадостную улыбку Арнольда, его дружеские насмешки, слова насчет того, что он обо мне позаботится, участие, с каким он выслушивал мои исповеди, извинения и причитания...

Хуже всего то, что я не пыталась защищаться. Не пыталась объяснить, что не видела эту чертову записку у себя на столе. Когда все произошло, я сразу решила, что это моя вина, что это я напортачила, не разобрав вовремя собственный стол.

Арнольд хорошо меня знал. На том и строился расчет. Ублюдок. Ублюдок!

— Привет. — Натаниель помахал рукой перед моим лицом. — Земля вызывает Саманту.

— Ой... Извини. — Я ухитрилась улыбнуться. — Что ты хочешь мне показать?

— Иди сюда. — Он вывел меня на улицу, подвел к своему старенькому «фольксвагену». Как обычно, заднее сиденье было заставлено горшочками с саженцами, на полу лежала лопата. — Мадам. — Он галантно распахнул дверцу.

— Куда ты меня повезешь? — спросила я, усаживаясь вперед.

— В магическое путешествие. — Он загадочно улыбнулся, завел двигатель.

Мы выехали из Лоуэр-Эбери, свернули на дорогу, которой я еще не ездила, проскочили через крохотную соседнюю деревушку и поднялись в холмы. Натаниель был бодр и весел и рассказывал мне обо всех фермах и пабах, которые попадались нам по пути. Но я почти не слушала. Мысли были заняты другим.

Что же делать? Благодаря Арнольду мне теперь и в здание не войти. И как прикажете добывать доказательства? У меня всего три дня. Когда Арнольд улетит, все будет бесполезно: попробуй достань его с Багам.

— Приехали. — Натаниель свернул с дороги, припарковался у невысокой кирпичной стены, выключил двигатель. — Что скажешь?

Усилием воли я заставила себя вернуться в настоящее.

— Э... — Я растерянно огляделась по сторонам. — Очень красиво.

На что я, собственно, должна смотреть?

— Саманта, ты в порядке? — Натаниель вопросительно поглядел на меня. — Какая-то ты странная сегодня.

— Ерунда, — отмахнулась я. — Просто немного устала.

Я открыла дверцу, выбралась из машины, подальше от проницательных глаз Натаниеля. Сделала несколько шагов и снова огляделась.

Мы находились в каком-то дворе, купавшемся в лучах заходящего солнца. По правую руку виднелся ветхий домик с табличкой «Продается» у входа. Прямо передо мной уходили вдаль оранжереи, пламеневшие в огне заката. Грядки с овощами, еще один домик, на сей раз с надписью «Центр садоводства»...

302   Минуточку.

Я обернулась. Натаниель тоже выбрался из машины и с улыбкой глядел на меня. В руке он держал стопку бумаг.

Перехватив мой взгляд, он начал читать:

— Садоводческий проект. Четыре акра земли, с возможностью увеличения площади участка до четырнадцати акров, десять тысяч квадратных метров оранжерей и теплиц, фермерский дом в четыре спальни, требует ремонта...

— Ты хочешь это купить? — Я наконец полностью сосредоточилась.

— Обдумываю. Хотел сперва показать тебе. — Он повел рукой. — Участок вполне приличный. Главное — земля, все остальное можно построить. Проложим дорожки, расширим офис...

Уф! Что-то я совсем растерялась. Когда это в Натаниеле успела проклюнуться предпринимательская жилка?

— А как же пабы? Ты вот так взял и...

— Благодаря тебе. Тогда, в саду, ты мне столько всего наговорила. — Он помолчал. Ветерок шевелил его волосы. — Ты права, Саманта. Никакой я не владелец паба. Я садовник. Мне действительно нравится копаться в земле. Ну... Мы потолковали с матушкой, она меня поняла. Мы прикинули, что Эамонн с пабом вполне справится. Правда, ему еще не говорили.

— Ясно. — Я окинула взглядом груду деревянных ящиков, гору поддонов для семян, потрепанный плакат, призывавший покупать рождественские елки. — Ты твердо решил?

Натаниель пожал плечами, но выражение его лица говорило само за себя.

— Такой шанс в жизни выпадает лишь однажды.

— По-моему, здорово. — Я широко улыбнулась.

— Тут есть дом. — Он мотнул головой. — Или будет. Сама видишь, он вот-вот развалится.

— Угу. — Я покосилась на развалюху. — Захирел без присмотра, бедненький.

303

— Его я тоже хотел тебе показать, — продолжал Натаниель. — Чтобы ты одобрила. Быть может, когда-нибудь ты...

Он не закончил фразу. Наступила тишина. Все мои романтические сенсоры бешено закрутились, как «Хаббл», обнаруживший инопланетный флот. Так-так... Что именно он собирался сказать?

— Что я... решу задержаться? — уточнила я с запинкой.

— Да. — Натаниель потер нос. — Пошли поглядим?

Дом оказался просторнее, чем выглядел снаружи. Голые стены, старинные камины, скрипучая деревянная лестница. В одной из комнат осыпалась штукатурка, кухня производила впечатление седой старины — вероятно, из-за буфетов 1930-х годов.

— Шикарная обстановка, — поддразнила я.

— Я переоборудую кухню по стандартам «Кордон блё», как ты привыкла, — парировал Натаниель.

Мы поднялись наверх, прошли в огромную спальню, окна которой выходили на сад. Сверху овощные грядки образовывали строгий геометрический узор, за ними виднелся луг. Я заметила внизу крошечную веранду и клумбы с цветами — сплошные клематисы и розы.

— Здесь и правда красиво, — тихо сказала я, облокачиваясь о подоконник. — Мне нравится.

Лондон, «Картер Спинк» и Арнольд воспринимались как другая жизнь — в другом мире, на другой планете. Я не просто, как сегодня модно говорить, соскочила с иглы; я вырвалась из замкнутого круга.

Тем не менее ни этот идиллический пейзаж, ни все, что он подразумевал, не заставили меня полностью отрешиться от мыслей об Арнольде. Я не могу просто взять и забыть. Не могу. Всего-то и требуется, что один телефонный звонок — подходящему человеку...

Если бы у меня были доказательства...

304   Хоть что-то...

Я снова принялась крутить в сознании факты. Как голодная птица, переворачивающая клювом пустые «домики» улиток. Этак и до безумия себя можно довести.

— Я хотел узнать...

Внезапно я сообразила, что Натаниель что-то говорит. Причем достаточно давно. А я не расслышала ни словечка. Я поспешно обернулась к нему. Он почему-то покраснел, и вообще вид у него был какой-то смущенный. Что бы он там ни говорил, это явно потребовало от него усилий.

— ...чувствуешь ли ты то же самое.

Он кашлянул и замолчал, выжидательно глядя на меня.

Черт! Черт, черт, черт! Он наверняка спрашивал что-то важное. Может, в любви признавался? И я *это* пропустила?

Ну что я за невезучая такая? Мужчина, которого я полюбила, заговорил со мной о своих чувствах — впервые в моей жизни, между прочим, — а я его не слушала!

Пойти, что ли, повеситься?

Он ждет ответа. И как быть? Он излил мне душу, а я... Не могу же я сказать: «Извини, я не расслышала».

— М-м... — Я поправила волосы, чтобы потянуть время. — Ну... Мне надо подумать.

— Но ты согласна?

С чем, интересно? С ужесточением наказания для грабителей? Или с увеличением инвестиций в пищевую промышленность?

Это же Натаниель. Значит, можно соглашаться не глядя, что бы он ни предложил.

— Да. — Я заставила себя взглянуть ему в глаза. — Да, я согласна. Целиком и полностью. Знаешь... я сама об этом подумывала...

На лице Натаниеля промелькнуло странное выражение.

— Согласна, — повторил он, будто пробуя слово на вкус. — Со всем.

— Ну да. — Я слегка занервничала. На что я соглашаюсь?

— Даже с шимпанзе?

— *Шимпанзе?*

Натаниель скривил губы. Его, очевидно, позабавило мое изумление.

— Ты не слышала ни слова из того, о чем я говорил, верно? — спросил он.

— Я же не знала, что ты говоришь о чем-то важном! — Я покачала головой. — Мог бы предупредить.

Натаниель поморщился.

— Знаешь... Мне было непросто это сказать.

— Пожалуйста, скажи снова, — попросила я. — Я буду слушать, клянусь!

— Ага. — Он хмыкнул. — Как-нибудь в другой раз.

— Прости меня, пожалуйста. Я не нарочно. — Я повернулась к окну, прижалась лбом к стеклу. — Просто... отвлеклась.

— Я заметил. — Он подошел поближе, обнял меня, накрыл мои ладони своими. Я чувствовала, как бьется его сердце. Ровно, уверенно, успокаивающе. — Саманта, что с тобой? Старые проблемы?

— Угу, — призналась я после паузы.

— Расскажи мне. Может, я смогу помочь.

Я обернулась к нему. Солнце отражалось в его зрачках и на загорелой коже. Он выглядел таким... мужественным, таким привлекательным. Мне представилось, как он дает Арнольду по физиономии.

Нет. Я не могу поделиться с ним. Это чересчур личное. Слишком тяжело. Слишком стыдно.

— Я не хочу тебя в это втягивать, — проговорила я. — Не хочу.

Он раскрыл было рот, но я отвернулась прежде, чем он успел произнести хотя бы слово. Солнце било прямо в глаза. Пасторальный пейзаж за окном вдруг утратил свое очарование.

306

Может, и правда постараться забыть? Выкинуть из головы. Было и прошло. Вряд ли я сумею что-либо доказать. Арнольд располагает кучей возможностей, а у меня — ноль целых шиш десятых. Вполне вероятно, если я что-нибудь предприму, все закончится новой порцией унижений.

Проще всего ничего не делать. Забыть обо всем. Захлопнуть дверь в прошлое, навсегда. У меня есть работа. У меня есть Натаниель. В конце концов, у меня есть будущее.

Но я понимала, что не успокоюсь. Не угомонюсь. Не смогу забыть.

21...

Ладно. Судя по всему, мне необходим пароль Арнольда. Если я не смогу его раздобыть, то не получу доступа к персональным файлам и ничего не выясню. Кроме того, дверь его кабинета наверняка заперта. И как я туда попаду?

Два препятствия. Весьма серьезных.

А надо еще проникнуть в здание. И чтобы меня никто не узнал.

И чтобы никто из уборщиков не застал врасплох за компьютером Арнольда.

Черт! Зачем я сюда приперлась?

Я глотнула густого кофе латте, пытаясь успокоиться. Легко сказать...

Само возвращение в Лондон подействовало на меня угнетающе. Город выглядел не таким, каким я его помнила. Ужас, сколько тут грязи! И сколько суеты. Я вышла на перрон Паддингтонского вокзала и растерялась при виде толпы пассажиров, сновавших, точно муравьи, по центральному залу. Тысячи запахов. Груды мусора. Я никогда раньше не обращала на все это внимания. Неужели сознание отфильтровывало ненужные впечатления, неужели я настолько привыкла к атрибутам городской жизни, что ничего не замечала?

И в то же время, едва мои ноги ступили на перрон, я ощутила... ритм города. Когда я вошла в метро, моя походка уже ничем не отличалась от походки окружавших меня людей; я двигалась быстро и уверенно, вставила карточку в турникет под нужным углом, вытащила ее, не замешкавшись ни на секунду.

Сейчас я сидела у окна в кафе «Старбакс», наискосок от здания «Картер Спинк», наблюдала за проходящими мимо людьми в деловых костюмах. Они разговаривали между собой, жестикулировали, вели беседы по телефону. Сердце частило — видно, сказывался приток адреналина; я ведь еще даже не вошла в здание.

При мысли о том, что мне предстоит, к горлу комом подкатила тошнота. Теперь я поняла, почему преступники предпочитают объединяться в банды. Эх, пригласить сюда бы всех одиннадцать друзей Оушена!..

Я вновь посмотрела на часы. Почти пора. Нельзя появиться слишком рано. Чем меньше времени я проведу внутри, тем лучше.

Телефон запищал, но я не стала его доставать. Наверняка очередное послание от Триш. Она буквально взбеленилась, когда я сказала, что должна на пару дней уехать; попробовала даже остановить меня и смирилась только тогда, когда я сообщила, что мне нужно показаться врачу в Лондоне.

Надо было, конечно, придумать что-нибудь поизящнее, поскольку Триш мгновенно проявила участие к моей нелегкой доле и настояла на том, чтобы я сняла сандалию и показала ей больную (*якобы больную*, разумеется) стопу. Пришлось добрых десять минут импровизировать по поводу «смещения костей», а она подозрительно посматривала на мою ногу и приговаривала: «Выглядит вполне нормально».

До самого вечера она с подозрением косилась на меня, а уходя в спальню, оставила на столе номер «Marie Claire», раскрытый на рекламе под заголовком «Беременны? Нужен конфиденциальный совет?» Пожалуй, по возвращении придется объяснить, что к чему, иначе слух разойдется по всей деревне и Айрис примется вязать ползунки.

Я снова посмотрела на часы. Пора. Господи, до чего же страшно! Я прошла в дамскую комнату, глянула на себя в зеркало. Блондинка с распущенными волосами. Очки-хамелеоны. Ярко-красная помада. Никакого сходства с прежней Самантой.

Не считая лица, конечно. Если присмотреться...

Но с какой стати кому-либо ко мне присматриваться? Именно на это я и рассчитывала.

— Привет, — произнесла я низким, грудным голосом. — Приятно познакомиться.

Такими голосами обычно говорят геи. Плевать! Главное, что не юристы.

Не поднимая головы, я вышла из «Старбакс» и двинулась вдоль по улице; обогнула угол и увидела впереди знакомые гранитные ступени и стеклянные двери «Картер Спинк». При взгляде на фасад здания я ощутила, как внутри все сжимается. В последний раз я проходила через эти двери в тот приснопамятный день, вне себя от ужаса, уверенная, что уничтожила свою карьеру и что моя жизнь кончена.

Страх сменился злостью. Я на мгновение зажмурилась, стараясь совладать с эмоциями. У меня по-прежнему нет доказательств, поэтому я должна быть хладнокровной. Ладно, пошли. Ты можешь, подруга.

Я пересекла улицу и решительно поднялась по ступеням. Перед мысленным взором упорно маячила прежняя я: призрачная фигура, сбегающая вниз в смятении и отчаянии. Казалось, это случилось сотню лет назад. Теперь я не просто выглядела иначе — я ощущала себя другим человеком. Меня словно... перекроили.

Я глубоко вдохнула, запахнула плотнее плащ и вошла в стеклянные двери. Уже в фойе накатило чувство нереальности происходящего. Я действительно это делаю? Действительно пытаюсь тайком проникнуть в офис «Картер Спинк»?

Ну да. Ноги подгибались, ладони взмокли, но я твердо направилась к стойке, заранее наметив себе жертву — Мелани, новенькую, которая приступила к работе за пару недель до моего бегства.

— Здравствуйте, — сказала я своим гейским голосом.

— Чем могу помочь? — поинтересовалась Мелани с профессиональной улыбкой. Ни проблеска узнавания во взгляде. Я и не думала, что все окажется настолько легко.

Признаться, я даже оскорбилась. Неужели я раньше ничем не выделялась из массы сотрудников?

— Я на мероприятие, — пробормотала я, не поднимая головы. — Ну, официантка. Из «Бертрама».

— А! Это на четырнадцатом этаже. — Она набрала что-то на клавиатуре. — Как вас зовут?

— Триш, — ответила я. — Триш Гейгер.

Мелани уставилась на экран, нахмурилась, постучала ручкой по зубам.

— Вас нет в списке, — сообщила она.

— Странно. Должна быть. Ошиблись, наверное.

— Секундочку. — Она подняла трубку и заговорила с какой-то Джен. Потом снова повернулась ко мне.

— Она спустится за вами. — Мелани с улыбкой указала на кожаный диванчик. — Присаживайтесь.

Я направилась было к диванчику, но резко свернула в сторону, заметив Дэвида Спеллмана из корпоративного отдела. Он беседовал с клиентом и не обращал на меня внимания, но — береженого Бог бережет. Я подошла к стенду с красочными рекламными брошюрами и углубилась в изучение философии «Картер Спинк» применительно к разрешению деловых споров.

311

Честно говоря, я никогда раньше эти брошюры не читала. Сколько же в них, оказывается, вранья!

— Триш?

— Э... Да? — Я обернулась. Передо мной стояла женщина в смокинге. Лицо усталое, брови сурово сдвинуты.

— Джен Мартин, старшая над персоналом. — Она сверилась с бумагами, которые держала в руке. — Вас нет в моем списке. Вы уже работали с нами?

— Нет, я новенькая, — ответила я. — Раньше работала в Эбери. Это в Глостершире.

— Угу. — Она снова сверилась со списком, перевернула страницу, раздраженно покачала головой. — Милочка, вас нет в списке. Ничем не могу помочь.

— Со мной разговаривал мужчина, — не отступалась я. — Он сказал, вам пригодятся лишние руки.

— Мужчина? — озадаченно переспросила она. — Какой мужчина? Тони?

— Не помню. Он велел мне прийти.

— Он не мог...

— Это же «Картер Спинк», верно? — Я огляделась. — Чипсайд, дом 95? Прощальный вечер?

— Да. — Уверенность Джен, похоже, дала трещину.

— Значит, мне велели прийти именно сюда. — Я чуть-чуть добавила в голос агрессии. Мол, учти, красавица, просто так я не сдамся.

Размышления Джен было нетрудно угадать: если она прогонит меня, я могу закатить сцену, а у нее и без того достаточно хлопот, да и лишняя официантка не помешает...

— Ладно! — Она фыркнула. — Вам нужно переодеться. Как вас зовут, напомните.

— Триш Гейгер.

— Ну да. — Она занесла мое имя в список. — Идемте, Триш, не задерживайтесь.

Господи, я внутри! Судя по всему, криминальная деятельность — мое истинное призвание. В следующий раз надо будет поднять ставки. **Ограбить казино в Вегасе** или что-нибудь в том же духе.

В лифте, который поднимал нас с Джен, мне захотелось запрыгать от восторга. На моей груди красовался беджик «**Триш Гейгер**». Теперь нужно дождаться подходящего момента, спуститься на одиннадцатый этаж. Для этого придется отыскать плохо закрепленную потолочную панель, взобраться наверх и проскользнуть в вентиляционную шахту.

Или просто воспользоваться лифтом.

Мы вошли в кухню, соседствовавшую с банкетным залом, и я с удивлением огляделась. Оказывается, в этом здании есть кухня. Мы словно попали на задворки сцены. Повара суетились у плит, официанты сновали туда-сюда. Их легко было отличить по зеленой в белую полоску униформе.

— Одежда вон там. — Джен указала на большую корзину, с горкой заполненную сложенной формой. — Поторопитесь.

— Хорошо. — Я порылась в корзине, нашла костюм своего размера и отправилась переодеваться в дамскую комнату. Подновила помаду на губах, слегка взлохматила волосы, потом посмотрела на часы.

Пять сорок пять. Мероприятие начнется в шесть. Минут десять седьмого на одиннадцатом этаже никого не останется. Арнольда в компании уважают, поэтому на его прощальное выступление соберутся все. В «Картер Спинк» заведено, что речи произносятся в начале мероприятия, чтобы те, кому требуется, могли вернуться к работе, когда начнется веселье.

Пока все будут внимать, я проберусь в кабинет Арнольда. Должно сработать. Должно. Разглядывая свое отражение в зеркале, я ощутила, как во мне крепнет угрюмая решимость. Нет уж, голубчик, я не позволю тебе уйти этаким добродушным плюшевым мишкой. Не позволю, старый ты мерзавец.

Без десяти шесть мы собрались на кухне в ожидании распоряжений. Горячие канапе, холодные канапе... Я почти не вслушивалась. Я ведь не собираюсь в самом деле разносить еду и напитки. Когда Джен закончила лекцию, я вместе с остальными вышла из кухни. Мне вручили поднос с бокалами для шампанского; улучив момент, я поставила его на стол, вернулась на кухню, взяла открытую бутылку шампанского и салфетку. Убедившись, что никто в мою сторону не смотрит, я юркнула в туалет.

Так. Сейчас самое сложное. Я заперлась и принялась ждать. Пятнадцать минут в полной тишине и неподвижности. Я не шевелилась, не чихала, не захихикала, невольно подслушав монолог какой-то девушки, обращенный к некоему Майку... Это были самые долгие пятнадцать минут в моей жизни.

Когда они наконец истекли, я осторожно отодвинула задвижку, вышла из туалета, выглянула в коридор. С моего места были видны двери в банкетный зал. Возле них уже собралась толпа, люди оживленно разговаривали, слышался смех, официанты и официантки протискивались мимо гостей, а из дальнего конца коридора подходили все новые и новые приглашенные. Я узнала девушек из отдела по связям с общественностью... парочку стажеров... Оливера Суона, одного из старших партнеров. Проходя мимо столиков, каждый брал себе бокал с шампанским.

Коридор опустел. Ну, вперед!

На негнущихся ногах я миновала двери банкетного зала, прошла мимо лифтов, направляясь к двери на лестницу. Тридцать секунд спустя я уже спускалась по ступенькам, стараясь не шуметь. Конечно, в «Картер Спинк» не принято пользоваться лестницей, но лучше подстраховаться.

Одиннадцатый этаж. Я бросила взгляд на коридор сквозь стеклянную панель двери. Кажется, никого. Впрочем, это ничего не значит. Быть может, по этажу болтается целая орава, просто я их не вижу.

Что ж, придется рискнуть. Я несколько раз глубоко вдохнула, пытаясь приободрить себя. Подумаешь, столкнусь с кем-нибудь! Никто меня не узнает в этом наряде официантки. Вдобавок я располагаю алиби: если кто поинтересуется, меня послали поставить вот эту бутылку в кабинет мистера Сэвилла. Сюрприз от компании.

Пошли. Времени и так в обрез.

Я приотворила дверь, ступила на синюю ковровую дорожку — и с облегчением вздохнула. Пусто. Весь этаж словно вымер. Должно быть, никто не пожелал остаться в стороне от проводов. Правда, откуда-то доносится мужской голос — видимо, говорит по телефону... Я крадучись двинулась к кабинету Арнольда. Все чувства обострились. Никогда в жизни не чувствовала себя такой... уязвимой.

Теперь необходимо правильно распределить время. Начну с компьютера, пожалуй. Или с бюро? Точно, загляну в бюро, пока компьютер загружается. Или сперва ящики стола? Там может быть наладонник. И как я сразу не сообразила?!

Честно говоря, я не слишком хорошо продумала эту часть операции. В глубине души я не очень-то верила, что мне удастся проникнуть в здание, не говоря уже о том, чтобы попасть в кабинет Арнольда. Плюс я толком не представляла, что именно следует искать. То ли переписку, то ли расчеты, то ли диск с надписью «Информация о криминальных сделках»...

Я замерла. За спиной зазвучали голоса. Это со стороны лифтов. Черт! Быстрее, девочка, пока тебя не застукали.

Я запаниковала, бросилась бежать, подскочила к кабинету Арнольда, распахнула дверь, шмыгнула внутрь, закрыла дверь и скрючилась на корточках под дверной ручкой. Голоса приближались. Дэвид Эллдридж, Кийт Томпсон и кто-то третий, незнакомый. Они прошли мимо; я пошевелилась, лишь когда голоса стихли в отдалении. Пронесло...

Я медленно выпрямилась, выглянула в коридор. Никого. Лишь удостоверившись в этом, я позволила себе обернуться и осмотреть кабинет.

Пусто.

Прибрано.

Я оторвалась от двери, шагнула вперед. Стол пуст. Полки пусты. На стене остались темные пятна — там раньше висели фотографии в рамках. В кабинете не было ничего, кроме мебели, рулона шпагата на полу и нескольких канцелярских кнопок в панели объявлений.

Не могу поверить! После всех усилий... После того как я забралась сюда... Выходит, искать негде?

Должны быть коробки, внезапно сообразила я. Да. Все документы сложили в коробки, чтобы вывезти, и эти коробки наверняка в коридоре. Я выскочила из кабинета, заметалась по этажу. Никаких коробок. Никаких ящиков. Ничего. Я все-таки опоздала. Как всегда. Мне захотелось набить кому-нибудь морду. Непривычное ощущение.

Тяжело дыша, я вернулась в кабинет и снова огляделась. Пожалуй, надо проверить. Так, на всякий случай.

Я подошла к столу и принялась методично выдвигать ящики, заглядывать внутрь, ощупывать стенки и днище. Потом перевернула мусорную корзину, потрясла ее. Потом провела ладонью по доске объявлений. Ничего. И в бюро ничего... и во встроенном в стену баре тоже...

— Прошу прощения?

Я застыла, не успев вытащить руку из бара. Черт! Черт!

— Да? — Я повернулась, тряхнула головой, чтобы волосы упали на лоб.

— Что вы тут делаете?

Стажер. Билл... Как его там? Он время от времени выполнял мои поручения.

Спокойно, девочка. Он тебя не узнал.

— Я принесла шампанское, сэр, — пробормотала я и кивнула на бутылку на полу. — Мне сказали, это сюрприз для хозяина кабинета. Я просто думала, куда ее поставить.

— Ну не в бар же! — язвительно заметил Билл. — Поставьте на стол. Вам не следует здесь находиться.

— Уже ухожу, сэр. — Не поднимая головы, я вышла в коридор. Черт побери! Чуть не попалась.

Я вышла на лестницу, двинулась вверх, изнывая от бессильной злости. Пора сматываться отсюда, пока меня не опознали. Все равно я ничего не найду. Это факт. С Арнольдом разберемся позднее. Сейчас главное — потихоньку слинять.

Мероприятие было в самом разгаре. Я притворила за собой дверь на лестницу и поспешила к тому помещению, где оставила свою одежду. Захвачу ее с собой, переодеваться некогда. А форму потом пришлю по почте.

— Триш? — окликнул меня из-за спины голос Джен. — Это вы?

Черт! Пришлось остановиться и обернуться. Миз Мартин выглядела разъяренной фурией.

— Где вы были?

— Я... э... обслуживала...

— Не лгите! Я не видела вас в зале! Больше мы с вами работать не будем, учтите! Вот, держите. И чтобы без фокусов! — Она сунула мне в руки поднос с крошечными эклерами и подтолкнула меня в направлении банкетного зала.

Я запаниковала.

Только не туда! Ни за что!

— Конечно! Мне надо... э... салфетки собрать... — Я было попятилась, но она схватила меня за руку.

— Куда? Вы хотели поработать, так работайте, черт возьми!

Она грубо пихнула меня, и я влетела в переполненный зал. Наверное, так чувствовали себя гладиаторы, которых выталкивали на арену. Я обернулась. Джен стояла в дверях, сложив руки на груди. Она меня не выпустит. Я покрепче перехватила поднос, склонила голову и медленно шагнула вперед.

Ноги не слушались. Колени подгибались. По спине поползли мурашки, волосы на затылке встали дыбом. В ушах грохотал пульс. Я двигалась мимо роскошных костюмов и вечерних платьев, не смея поднять голову, не смея остановиться, чтобы не привлечь к себе внимание. Господи, за что?! Саманта Свитинг в наряде официантки угощает эклерами своих бывших коллег...

Как ни удивительно, никто меня словно не замечал.

Нет, эклеры-то замечали, брали с подноса, но на меня никто не смотрел. Все были слишком заняты — болтали, смеялись. Гомон стоял чудовищный.

Арнольда видно не было. Однако он должен присутствовать. От одной этой мысли мне стало дурно. Отчаянно хотелось найти его, оглядеться по сторонам и найти. Но нет, я не могу рисковать. Идем дальше, Саманта. Повсюду знакомые лица. До меня доносились обрывки чужих разговоров.

— А где Кеттерман? — спросил кто-то.

— Улетел на сутки в Дублин, — ответил Оливер Суон. Я перевела дух. Будь Кеттерман здесь, его глаза-лазеры вычислили бы меня в первый же миг.

— О, эклеры! Самое то!

С десяток рук потянулось к подносу, и мне пришлось остановиться. Группа стажеров. Как и положено стажерам на банкетах, метут все подряд.

— Умф! Еще хочу!

— И я!

Я занервничала. Чем дольше я стою, тем выше вероятность попасться. Но как уйти? Вон сколько рук на подносе...

— Вы, случайно, не знаете, тартинки с клубникой еще будут? — спросил меня паренек в очках без оправы.

— Э... Не знаю... — выдавила я.

Черт! Он *всматривается* в меня. Наклоняется вперед... А я не могу закрыть лицо волосами, потому что обе руки заняты.

— Это Саманта Свитинг? — изумленно проговорил он. — Это вы?

— Саманта Свитинг? — Одна из девушек выронила свой эклер. Другая пискнула, прижала ладонь к губам.

— Э... Да, — прошептала я, чувствуя, как лицо заливает румянец. — Это я. Пожалуйста, не говорите никому. Я хотела бы остаться неузнанной.

— Значит, вот чем вы теперь занимаетесь? — Парень в очках, похоже, не мог прийти в себя от изумления. — Вы *официантка*?

Стажеры глядели на меня так, словно перед ними возник призрак. Призрак юриста, лишенного будущего.

— Все не так уж плохо. — Я выдавила улыбку. — Канапе сами в руки падают...

— Из-за одной ошибки? — выдохнула девушка, уронившая эклер. — И с карьерой покончено?..

— Видимо, так, — подтвердила я. — Еще пирожное?

Они дружно замотали головами. Вид у них стал какой-то... нездоровый.

— Я... пойду к себе, — промямлил парень в очках. — Проверю... не забыл ли... чего важного...

— И я тоже, — поддержала его девушка.

Я было вздохнула с облегчением, но тут еще один стажер не сдержался.

— Саманта Свитинг здесь! — прошипел он, обращаясь к группе младших сотрудников. — Она официантка!

— Нет! — простонала я. — Пожалуйста!..

Слишком поздно. Все повернулись ко мне, на всех лицах было одно и то же шокированное выражение.

319

На мгновение я так перетрусила, что едва не хлопнулась в обморок. С этими людьми я когда-то работала. Эти люди меня уважали. А теперь я их обслуживаю, разношу еду...

Затем страх и стыд отступили, им на смену пришла... уязвленная гордость.

Да провались вы пропадом! Почему я должна стыдиться того, что работаю официанткой?

— Привет, — поздоровалась я, поправляя волосы. — Как насчет десерта?

Все больше и больше людей поворачивались ко мне, выпучивали глаза. Я слышала, как разносится по залу мое имя, повторяемое многократно. Другие официантки сбились в уголке и тоже глазели на меня. Народ отчаянно крутил головами, будто это были не головы, а железные опилки в магнитном поле. И ни одного дружеского лица...

— Господи Боже! — услышала я. — Вы только посмотрите на нее!

— А почему она здесь? — спросил кто-то. — Разве ей тут место?

— Совершенно верно, — сказала я. — Мне здесь не место.

И повернулась, чтобы уйти, но меня, оказывается, окружили со всех сторон. Не протолкнуться. А в следующую секунду сердце ушло в пятки. В толпе вдруг образовалась прореха, и сквозь эту прореху я заметила знакомую копну седых волос. Румяные щеки. Доброжелательную улыбку.

Арнольд Сэвилл.

Наши взгляды встретились. Он продолжал улыбаться, но в его взоре было нечто, невообразимое для меня прежней. Злость, гнев, ярость. Направленные персонально на меня.

Я сглотнула. Мне стало страшно. Я испугалась не гнева Арнольда — я испугалась его двуличности. Он одурачил всех. Для любого человека в зале Арнольд Сэвилл был ближайшим родственником Рождественского деда. Толпа раздалась, пропуская его, и он направился ко мне с бокалом шампанского в руке.

— Саманта, — проговорил он с улыбкой. — Разве это прилично?

— Вы приказали не пускать меня в здание! — услышала я собственный голос. — Что мне оставалось?

Неверный ответ. Слишком жалобно. Как-то по-детски. Нужно успокоиться, иначе я выставлю себя полной дурой. И без того преимущество не на моей стороне: я стою в банкетном зале в наряде официантки и все пялятся на меня так, будто я не человек, а собака. Надо успокоиться, собраться с мыслями, обрести уверенность...

Но увидеть Арнольда во плоти после всего, что случилось, — это оказалось слишком серьезным испытанием для моей нервной системы. Как я ни старалась, успокоиться не получалось. Лицо горело, грудь ходила ходуном. Все эмоции последних месяцев рвались наружу, подпираемые ненавистью.

— Вы меня уволили, — выплюнула я ему в лицо. — Вы солгали!

— Саманта, я знаю, что вам пришлось нелегко. — Арнольд выглядел как учитель, делающий внушение нерадивому ученику. — Но стоило ли... — Он повернулся к незнакомому мне мужчине и закатил глаза. — Бывшая сотрудница. Проблемы с психикой.

Что? *Что?!*

— У меня с психикой все в порядке! — крикнула я. — Я всего лишь хочу получить ответ на один вопрос. Один-единственный. Когда именно вы положили ту записку мне на стол?

Арнольд рассмеялся.

— Саманта, я ухожу в отставку. Зачем устраивать сцену? Может кто-нибудь ее вывести? — бросил он в сторону.

— Вы поэтому приказали меня не впускать, верно? — Мой голос дрожал от негодования. — **321**

Чтобы я не начала задавать вопросы. Я ведь могла докопаться до правды.

В помещении послышался ропот. Меня не одобряли. Я слышала, как одни бормочут: «Ради всего святого!», а другие интересуются, кто меня сюда пустил. Если я хочу сохранить достоинство, мне следует замолчать. Прямо сейчас. Но я не могла остановиться.

— Я не делала ошибки! — воскликнула я, шагая навстречу Арнольду. — Вы меня использовали. Уничтожили мою карьеру, разрушили мою жизнь...

— Это уже не шутка! — процедил Арнольд, отворачиваясь.

— Ответьте мне на один вопрос! — крикнула я ему в спину. — Когда вы положили записку на мой стол, Арнольд? Я же знаю, ее там не было. Ну, когда?

— Разумеется, была. — Арнольд посмотрел на меня как на назойливую муху. — Я пришел к вам 28 мая.

Двадцать восьмого мая?

Откуда взялось это число? И почему оно кажется... неправильным?

— Я вам не верю, — проговорила я, топая ногой. — Не верю, и все. Вы меня подставили! Вы...

— Саманта? — Кто-то положил руку мне на плечо. Я резко обернулась и увидела охранника Эрнеста. Он старательно прятал глаза. — Извините, но я вынужден попросить вас покинуть помещение.

Какой позор! Меня выставляют из здания! И это после того, как я практически прожила здесь целых семь лет? Последние остатки мужества разлетелись вдребезги. На глаза навернулись слезы, слезы отчаяния и ярости.

— Уходите, Саманта, — сочувственным тоном сказал Оливер Суон. — Не усугубляйте ситуацию.

Я уставилась на него, потом обвела взглядом остальных старших партнеров.

— Я была хорошим специалистом, — проговорила я. — Я хорошо работала. Вы все это знаете.

Но вы *стёрли* меня, будто я никогда не существовала. — Я сглотнула. — Что ж, вам же хуже.

В полной тишине я поставила поднос с эклерами на ближайший стол и вышла из зала. Едва я оказалась за дверью, за моей спиной оживлённо загомонили.

Под присмотром Эрнеста я спустилась на лифте в фойе. Мы оба молчали. Я чувствовала, что если произнесу хоть слово, из глаз хлынут слёзы. Какой хороший был план и как глупо я его испортила! Не смогла ничего выяснить. Оказалась узнанной. Опозорилась публично. Похоже, надо ждать новой волны шуток по моему поводу.

Выйдя из здания, я достала телефон. Было сообщение от Натаниеля — он спрашивал, как дела. Я несколько раз перечитала текст, но не смогла заставить себя чиркнуть ответ. Возвращаться к Гейгерам было тоже выше моих сил. Я могла бы успеть на поезд, но мне совершенно не хотелось являться к ним в таком состоянии.

На автопилоте я спустилась в метро, перешла на знакомую ветку. Моё отражение в стекле вагона было неестественно бледным. А в голове крутилось: «28 мая, 28 мая».

Меня осенило, когда я уже подходила к своему дому. Ну конечно. Выставка цветов в Челси. Мы провели там целый день — Кеттерман, Арнольд, Гай и я. У нас было что-то вроде корпоративного выезда на природу. Арнольд утром прилетел из Парижа, потом его отвезли домой. И в офисе он не появлялся!

Он солгал. Опять. Я раздражённо тряхнула головой. Какая разница? Всё равно я ничего не могу сделать. Никто мне не поверит. До конца моих дней меня будут считать Юристом, Который Допустил Ошибку.

Я поднялась на свой этаж, нащупала в кармане ключ, тихо надеясь, что миссис Фарли меня не услышит. Сейчас приму ванну, буду лежать в горячей воде долго-долго... И у самой двери квартиры я остановилась. Поймала промелькнувшую мысль, крепко призадумалась.

Потом медленно повернулась и направилась к лифту. Последний шанс. Терять уже нечего.

Я поднялась двумя этажами выше. Почти не отличить — тот же ковер, те же обои, те же лампы, только номера на квартирах другие — 31 и 32. Я не помнила точно, какая именно мне нужна, поэтому выбрала номер 31 — там дверной коврик был мягче. Плюхнулась на него, поставил на пол сумочку и стала ждать.

К тому времени, когда Кеттерман наконец вышел из лифта, я окончательно скисла. Просидела целых три часа под дверью, ни поесть, ни попить — я боялась отойти и пропустить его. Глаза слипались, голова клонилась на грудь. Однако стоило мне увидеть его, как я кое-как встала — и вцепилась в стену, чтобы сохранить равновесие.

На мгновение Кеттерман утратил невозмутимость. Потом на его лицо вернулось привычное равнодушное выражение.

— Саманта, что вы здесь делаете?

Интересно, ему уже доложили, что я пробралась в офис? Наверняка. И во всех красочных подробностях. Но он все равно не сознается.

— Что вы здесь делаете? — повторил он. В руке у него был громадный металлический кейс, лицо его при искусственном освещении выглядело осунувшимся.

Я шагнула вперед.

— Я понимаю, со мной вы меньше всего хотели бы встретиться. — Я потерла ноющий лоб. — Честно говоря, я бы тоже сюда не приходила. Из всех людей на свете вы последний, к кому я обратилась бы за помощью... Последний, кто остался.

Я помолчала. Кеттерман терпеливо ждал, ничем не выдавая своих чувств.

— В общем, я пришла к вам... и это должно сыграть за меня... — Я умоляюще поглядела на него. — Я серьезно. Мне нужно вам кое-что рассказать, а вы должны это выслушать. Просто обязаны.

Наступила тишина. На улице затормозила машина, кто-то заливисто рассмеялся. Лицо Кеттермана хранило неподвижность. О чем он думает? Наконец он сунул руку в карман, достал ключ. Прошел мимо меня, открыл дверь квартиры 32 — и обернулся ко мне.

— Заходите.

22...

Я проснулась и увидела над собой мрачный, в трещинах потолок. Взгляд задержался на паутине в углу, спустился по стене до кривобокого книжного стеллажа, битком набитого книгами, кассетами, письмами, рождественскими украшениями; на одной из полок лежало нижнее белье.

Я жила среди *этого* целых семь лет?

Почему я ничего не замечала?

Я откинула одеяло, выбралась из кровати и растерянно огляделась. Ковер колол ступни. Я поморщилась; надо бы его пропылесосить. Кажется, уборщица перестала заглядывать ко мне после того, как я прекратила платить...

По полу были раскиданы вещи. Я походила между ними, разыскивая халат. Надела его, направилась на кухню. Совсем забыла, насколько неуютная, *спартанская* там обстановка. В холодильнике, разумеется, пусто. Я пошарила по закромам, наткнулась на пакетик чая, налила воду в чайник, уселась на стул и уставилась на кирпичную стену.

Уже девять пятнадцать. Кеттерман давно в офисе. Предпринимает необходимые шаги, как он сам вчера выразился. Я ждала, что вот-вот вернется вчерашняя паника... но она не возвращалась. Я была на удивление спокойна. Теперь от меня ничто не зависит, я сделала все, что могла.

Он выслушал меня. Действительно выслушал, задавал уточняющие вопросы, даже угостил чаем. Я провела у него больше часа. Он не сказал, к каким выводам пришел и что намерен делать. Не сказал, верит мне или нет. Но что-то убедило меня — верит.

Чайник закипел в тот самый миг, когда в дверь позвонили. Я помедлила, потом запахнула халат и вышла в коридор. В дверной глазок я увидела миссис Фарли с грудой пакетов в руках.

Ну конечно. Кто еще мог явиться в такую рань?

Я открыла дверь.

— Здравствуйте, миссис Фарли.

— Саманта, я так и подумала, что это вы! — воскликнула она. — Где же вы пропадали? Я не знала, куда звонить, где искать...

— Уезжала, — с улыбкой ответила я. — Извините, что не предупредила. Мне самой даже собраться не дали.

— Понятно. — Взгляд миссис Фарли так и шнырял по сторонам, цеплялся то за мои волосы, то за лицо, потом перескакивал на коридор, словно искал какие-то подсказки.

— Спасибо, что забирали почту, — поблагодарила я и протянула руки. — Давайте.

— Ну да, ну да! — Она вручила мне несколько пакетов и картонную коробку. На ее лице было написано живое любопытство. — Ох уж эти современные девушки! Так и норовят за границу удрать...

— Я была не за границей. — Я сложила почту на столик. — Еще раз спасибо.

— Не за что, голубушка! Я-то знаю, каково приходится, когда у человека... в семье неприятности!

Перебираем варианты, значит.

327

— У меня в семье все в порядке, — вежливо сказала я.

— Конечно! — Она прокашлялась. — Ладно, голубушка, главное, что вы вернулись. А уж откуда — это не важно...

— Миссис Фарли, — спросила я намеренно строго, — вы хотите узнать, где я была?

Соседка отпрянула.

— Да что вы, что вы! Упаси Боже! Я бы никогда... Ой, мне пора...

— Спасибо за почту! — крикнула я, прежде чем она захлопнула свою дверь.

И тут зазвонил телефон. Я подняла трубку, мельком прикинув, сколько народу набирало мой домашний номер за минувшие недели. Автоответчик был забит сообщениями, однако, прослушав первые три, все от мамы, причем каждое более негодующее, чем предыдущее, я решила дальше не разбираться.

— Алло?

— Саманта, это Джон Кеттерман.

— А! — Я поежилась. Ничего не могу с собой поделать. — Доброе утро.

— Пожалуйста, никуда сегодня не пропадайте. Вполне возможно, с вами захотят поговорить.

— Кто?

Кеттерман помолчал, потом сообщил, кратко и сухо:

— Дознаватели.

Господи. Господи! Мне словно заехали в солнечное сплетение. Почему-то захотелось разрыдаться, но я кое-как с собой справилась.

— Вы что-нибудь выяснили?

— На данный момент не могу ничего сказать. — Кеттерман остается Кеттерманом в любых обстоятельствах. — Вы гарантируете свое присутствие?

— Разумеется! Мне придется куда-то подъехать?

— Да, к нам в офис, — ответил он. Ни намека на иронию в голосе.

Я чуть не расхохоталась. Подъехать в офис, из которого меня вчера публично выкинули?! В офис, в котором мне совсем недавно запретили появляться?!

— Я вам перезвоню, — прибавил Кеттерман. — Не выходите из дома без телефона. Возможно, нам потребуется еще несколько часов.

— Хорошо, — согласилась я. Набрала полную грудь воздуха. — Я понимаю, вы не можете вдаваться в подробности, но... Скажите мне хотя бы, была я права или нет.

Он молчал. В трубке слабо потрескивало. Я затаила дыхание.

— Не во всем, — сказал наконец Кеттерман. Я ощутила прилив горькой радости. Если «не во всем» — значит, в чем-то я все-таки права!

Он отключился. Я положила трубку и посмотрела на свое отражение в зеркале. Щеки раскраснелись, глаза светятся.

Я права! И они это признали!

Меня словно осенило: мне предложат вернуться. И признают партнером. Господи! Я задохнулась от восторга — а в глубине души нарастал непонятный страх.

Ладно, не будем торопить события.

Я прошла в кухню, принялась расхаживать от стены к стене, не в силах усидеть на месте. Чем бы мне заняться в ближайшие несколько часов, чтобы убить время? Я налила в чашку кипяток, опустила в него чайный пакетик, посмотрела на него, пошевелила ложкой. И поняла, что я сделаю.

Мне потребовалось двадцать минут, чтобы купить все необходимое. Масло, яйца, мука, ваниль, сахарная глазурь. Формы для выпечки. Миксер. Весы. Я и понятия не имела, сколь скудно оборудована моя кухня. И как только я ухитрялась на ней готовить?

А я и не готовила.

329

Фартука в доме не нашлось, так что я обернула вокруг талии старую блузку. Миски для взбивания тоже не было — совсем забыла купить, так что пришлось воспользоваться пластиковым тазиком из ароматерапийного набора.

Час спустя я уже любовалась собственноручно испеченным тортом. Три ванильных коржа с прослойками из сливочного крема, сверху лимонное глясе и сахарные розочки.

Я понаслаждалась зрелищем. Это был мой пятый торт, и впервые я отважилась сделать не два коржа, а три. Наконец я сбросила старую блузку, убедилась, что мобильник лежит в кармане, взяла торт и вышла из квартиры.

Миссис Фарли немало удивилась моему появлению.

— Здрасьте! — воскликнула я. — Я вам кое-что принесла. В знак благодарности.

— Ой! — Она изумленно разглядывала торт. — Саманта! Это же очень дорого!

— Я его не покупала, — скромно сказала я. — Сама испекла.

Миссис Фарли чуть не хватил удар.

— *Сами?*

— Угу. — Я улыбнулась. — Позвольте я налью вам кофе?

Она еще не пришла в себя от потрясения, поэтому я протиснулась мимо нее в квартиру. К своему стыду, я осознала, что ни разу не заходила к миссис Фарли в гости. За три года нашего знакомства я ни разу не преступала ее порог. Чисто, уютно, полным-полно всяких безделушек старинного вида, на кофейном столике чаша с розовыми лепестками...

— Да вы садитесь! Я принесу все, что нужно. — Миссис Фарли, озадаченно качая головой, послушно опустилась в глубокое кресло.

— Пожалуйста, только ничего не разбейте, — тихо попросила она.

— Я не собираюсь ничего бить! Вам молока принести? А мускатного ореха?

Через десять минут я вышла из кухни с двумя чашками кофе и тортом.

— Вот. — Я вручила миссис Фарли кусочек торта. — Попробуйте.

Она взяла тарелку и уставилась на мое творение.

— Вы сами его испекли, — проговорила она.

— Да!

Она поднесла кусочек ко рту. Потом ее рука дрогнула. Похоже, она занервничала.

— Все в порядке! — Я откусила от своего. — Видите? Я умею готовить. Честное слово!

Очень осторожно миссис Фарли попробовала мой торт. Прожевав, она изумленно воззрилась на меня.

— Как вкусно! Такой легкий! Вы правда сами его пекли?

— Я взбила белки отдельно, — сообщила я. — Поэтому торт и получился таким легким. Если хотите, могу дать рецепт. Вот ваш кофе. — Я протянула ей чашку. — Ничего, что я воспользовалась вашим миксером, чтобы взбить молоко? Он работает нормально, надо только температуру подобрать.

Миссис Фарли смотрела на меня так, словно я изъяснялась на неведомом ей языке.

— Саманта, — сказала она наконец, — где вы были последние недели?

— Я? Скажем так, неблизко. — Мой взгляд задержался на щетке и на флаконе чистящего средства. Видно, я оторвала миссис Фарли от уборки. — На вашем месте я бы не пользовалась этим средством. Есть препараты получше.

Старушка отставила кофе и подалась вперед.

— Саманта, вы, часом, ни в какую религиозную секту не вступили? — озабоченно осведомилась она. **331**

— Ну что вы! — Я рассмеялась. — Просто я... занималась другими делами. Еще кофе?

Я сходила на кухню, снова взбила молоко. Когда я вернулась в гостиную, миссис Фарли доедала второй кусок торта.

— Очень вкусный, — проговорила она с набитым ртом. — Спасибо, Саманта.

— Не за что. — Я потупилась. — Это вам спасибо, что за мной приглядывали.

Миссис Фарли дожевала торт, поставила чашку на стол и повернулась ко мне, по-птичьи склонив голову набок.

— Голубушка, я не знаю, где вы были и чем занимались, да и знать не хочу. Но вы изменились.

— Да, я перекрасила волосы...

Миссис Фарли покачала головой.

— Я привыкла видеть вас приходящей поздно и уходящей рано, вечно куда-то торопящейся и такой утомленной. Такой беспокойной. Привыкла к тому, что вы выглядите... как тень. Как высохший лист. Снаружи вроде человек, а внутри пустота.

Высохший лист? — вознегодовала я мысленно. — *Тень?*

— Но теперь вы просто расцвели! Вы выглядите здоровее, увереннее, счастливее... — Она отпила кофе и вновь подалась вперед. — Чем бы вы ни занимались, милая, вам это пошла исключительно на пользу.

— О... Спасибо. — Я смущенно улыбнулась. — Знаете, я и чувствую себя иначе. Пожалуй, я наконец-то расслабилась. — Я пригубила кофе, откинулась на спинку кресла, переваривая услышанное. — Больше вижу, больше замечаю...

— А что телефон звонит, не замечаете, — мягко укорила миссис Фарли, указывая на мой карман.

И правда. Я достала аппарат.

332   — Извините, надо ответить.

Я откинула флип, и в динамике прозвучал голос Кеттермана.

— Саманта, мы вас ждем.

Я провела в офисе три часа, общалась по очереди с представителем Юридического общества, с двумя старшими партнерами и с каким-то типом из «Третьего Юнионбанка». К обеду я совсем выдохлась. Сколько можно повторять одно и то же и смотреть на одинаково каменные физиономии?! От офисных ламп разболелась голова. Я забыла, насколько в помещениях «Картер Спинк» душно и сухо.

Понять, что происходит, мне не удалось. Юристы — чертовски скрытная публика. Я узнала только, что кто-то ездил к Арнольду домой. Ну и ладно. Пускай никто мне этого не говорит, но я-то знаю, что была права. Что сумела реабилитироваться.

После очередной беседы мне принесли тарелку сандвичей, бутылку минеральной воды и булочку. Я встала, потянулась и подошла к окну. Чувствуешь себя заключенным, честное слово. В дверь постучали, и вошел Кеттерман.

— Еще не все? — спросила я. — Уже несколько часов прошло.

— Возможно, мы опять захотим с вами побеседовать. — Он указал на сандвичи. — Подкрепитесь.

Я больше не могла оставаться в этом помещении. Надо хотя бы ноги размять.

— С вашего разрешения я пойду прогуляюсь. — Я выскочила из комнаты прежде, чем он успел возразить.

Едва я вошла в дамскую комнату, все женщины, которые там находились, умолкли и повернулись ко мне. Я шмыгнула в кабинку; мне было слышно, как они перешептываются. Стоило выйти, как в меня буквально вонзился десяток любопытных взглядов.

Ни одна ни ушла!

— Значит, вы вернулись, Саманта? — спросила Люси (мы с ней сталкивались по работе).

— Не совсем. — Я подошла к раковине, пустила воду, чувствуя спиной их взгляды.

— Вы так изменились, — проговорила другая девушка.

— Ваши руки загорели, — заметила Люси. — У них такой *оттенок*! Вы были на курорте?

— Э... Нет. — Я загадочно улыбнулась. — Но спасибо, приятно слышать. А у вас как дела?

— Неплохо. — Люси кивнула в подтверждение своих слов. — Работы много. На прошлой неделе записали дополнительно к оплате шестьдесят шесть часов. Две ночные смены.

— А у меня три, — сообщила другая. Тон был небрежный, но я видела, что она гордится собой. А под глазами вон какие тени. Я что, тоже так выглядела? Бледной, замученной, напряженной?

— Здорово! — похвалила я, вытирая мокрые руки. — Ладно, я пойду. Увидимся.

Я вышла из дамской комнаты и направилась в комнату, где оставила Кеттермана, погруженная в мысли. Тут меня окликнули.

— Саманта! Боже мой, это ты!

— Гай?! — Я вскинула голову. Он спешил ко мне по коридору, стройный, загорелый, улыбка даже ослепительнее обычного.

Я никак не ожидала его увидеть. Пожалуй, наша встреча слегка выбила меня из колеи.

— Какая ты! — Он схватил меня за плечи, вгляделся в лицо. — Выглядишь фантастически!

— Я думала, ты в Гонконге.

— Прилетел сегодня утром. Меня уже ввели в курс дела. Черт побери, Саманта, в это невозможно поверить. — Он понизил голос. — Только ты и могла

334

его раскусить. Чтобы Арнольд... Кто угодно, но не он. Все шокированы. Ну, те, кто знает. — Гай перешел почти на шепот. — Расследование еще продолжается.

— Я понятия не имею, что там происходит, — пожаловалась я. — Мне никто и слова не сказал.

— Скажут, — уверил Гай. Он сунул руку в карман, достал наладонник, сощурился. — Все только о тебе и говорят. Я знал с самого начала. — Он поднял голову. — Знал, что ты не ошибалась.

Я не поверила своим ушам. Да как он смеет?!

— Разве? — ядовито переспросила я, когда ко мне вернулся дар речи. — Видно, меня память подводит. Помнится, кто-то говорил, что я совершила ошибку. И назвал меня безответственной.

Застарелая обида обожгла сердце. Я отвернулась.

— Я говорил, что другие считают, что ты совершила ошибку. — Гай перестал набирать текст на своем «Блэкберри», нахмурился. — Брось, Саманта. Я поддерживал тебя. Был на твоей стороне. Спроси любого!

Ну да. И потому отказал мне, когда я просилась немного у него пожить.

Вслух я этого говорить не стала. Было и прошло. Замнем для ясности.

— Ладно, проехали.

Мы пошли по коридору. Гай не отрывался от наладонника. Да он как наркоман, подумалось мне, ни на секунду расстаться с этой штукой не может.

— Куда ты все-таки пропала? — Он наконец соизволил убрать «Блэкберри». — И чем все это время занималась? Ты ведь не официантка, правда?

— Правда. — Меня позабавило выражение его лица. — Я нашла себе работу.

— Я знал, что ты не сломаешься. — Он удовлетворенно кивнул. — У кого?

— Э... — Я замялась. — Ты их не знаешь.

— Но хоть в той же области? По тому же профилю?

Вот пристал. Мне вдруг воочию представилось, как я расхаживаю по дому Гейгеров в своем форменном платье, как навожу порядок в ванной Триш.

— Ну... не совсем. — Мне удалось подавить смешок.

Гай, похоже, удивился.

— Ты по-прежнему занимаешься банковским правом, верно? Только не говори, что сменила род деятельности. — Он внезапно подобрался. — Ты ведь не подалась в торговое право, а?

— Нет, не подалась. Знаешь, мне пора. — Я взялась за ручку двери. — Увидимся.

Я съела сандвичи. Выпила минеральную воду. Полчаса меня никто не беспокоил. Возникло даже ощущение, будто меня поместили в карантин из-за какой-то жуткой болезни. Могли бы журналов, что ли, дать. Благодаря Триш с ее бесконечными запасами «Heat» и «Hello» я пристрастилась к изучению светских сплетен.

Наконец в дверь постучали, и появился Кеттерман.

— Саманта, позвольте пригласить вас в зал заседаний совета директоров.

Ого! Ни фига себе!

Следом за Кеттерманом я вышла в коридор. Встречные провожали нас сосредоточенными взглядами, за моей спиной слышались шепотки. Кеттерман распахнул тяжелые створки дверей, и я вступила в зал заседаний. Нас поджидали партнеры компании — примерно половина от общего числа, насколько я могла судить. Кеттерман молча прикрыл дверь. Я посмотрела на Гая; он ухмыльнулся в ответ, но этим и ограничился.

Я что-то должна сказать? Или нет, сейчас не моя очередь?

336 Кеттерман занял место среди партнеров и повернулся ко мне.

— Саманта, как вам известно, ведется... расследование недавних событий. О результатах говорить пока преждевременно. — Он сделал паузу; я заметила, как другие партнеры обменялись взглядами. — Тем не менее мы готовы признать, что с вами поступили несправедливо.

Что? Я растерялась. Он это *признает*? Заставить юриста признать, что он допустил ошибку, — все равно что вынудить кинозвезду честно рассказать о липосакциях и прочих хирургических процедурах, которым она обязана своей красотой.

— Извините? — Я притворилась, что не поняла, чтобы услышать эти слова еще раз.

— С вами поступили несправедливо, — повторил Кеттерман и нахмурился. Ему явно не доставляла удовольствия эта часть разговора.

Так и подмывало захихикать.

— Простите, что сделали?

— Поступили! — рявкнул Кеттерман. — Несправедливо!

— А-а! — протянула я с вежливой улыбкой. — Спасибо. Я вам очень признательна.

В голову вдруг пришла мысль, что в качестве компенсации они предложат мне какой-нибудь бонус. Денежную сумму. Или отпуск.

— И потому, — Кеттерман помедлил, — мы хотели бы предложить вам место полного равноправного партнера. При согласии решение вступает в силу немедленно.

Я так обалдела, что едва не села на пол посреди зала. Полный равноправный партнер?

Я раскрыла рот, но слова не шли с языка. Ноги стали ватными. Я беспомощно огляделась, напоминая сама себе рыбу на крючке. В юридической компании не существует более высокого статуса. Это самое престижное место. Я о таком и мечтать не смела.

— Добро пожаловать домой, Саманта, — сказал Грег Паркер.

337

— Добро пожаловать, — подхватили другие. Дэвид Эллд-ридж тепло улыбнулся. Гай показал мне большой палец.

— Принесите шампанское. — Кеттерман кивнул Гаю, и тот распахнул дверь. В следующий миг в зале появились официанты из столовой для партнеров; они несли подносы с бокалами. Один бокал тут же вручили мне.

Как-то слишком быстро все происходит. Надо что-нибудь сказать.

— Э... Прошу прощения. Я ведь не сказала, что принимаю предложение.

Публика замерла, словно видеокассету поставили на паузу.

— Извините? — Кеттерман обернулся ко мне с выражением крайнего недоверия на лице.

Господи! Я так и знала, что они болезненно это воспримут.

— Дело в том... — Я запнулась, пригубила шампанского, раздумывая, как бы высказаться потактичнее.

Я думала об этом весь день, снова и снова. Быть партнером «Картер Спинк» — этим я грезила всю свою сознательную жизнь. Недостижимая высота. Желанная награда. Счастье.

Вот только как быть со всем остальным? Со всеми теми маленькими радостями, о существовании которых я и не подозревала несколько недель назад? Со свежим воздухом? Со свободными вечерами? С выходными в моем полном распоряжении? С посиделками в пабе после рабочего дня, с сидром, с дружеской болтовней, с блаженным бездельем, с жизнью, лишенной постоянных забот и тревог?

Даже статус полного равноправного партнера не имеет в сравнении с этим никакого значения. Я изменилась. Миссис Фарли права — я расцвела. Перестала быть тенью.

И чего ради мне снова ею становиться?

338 Я прокашлялась, оглядела зал.

— Для меня ваше щедрое предложение — высочайшая честь, — сказала я искренне. — Я бесконечно вам признательна. Однако... я вернулась не для того, чтобы возобновить работу в компании. Я всего лишь хотела восстановить свое доброе имя. Доказать, что я не совершала ошибок. — Я не удержалась и покосилась на Гая. — Дело в том, что, покинув «Картер Спинк», я... нашла себе новую работу. Она мне очень нравится. Поэтому позвольте мне отказаться.

Ошеломленное молчание было мне ответом.

— Большое спасибо, — прибавила я вежливо. — За все... и за шампанское.

— Она серьезно? — спросил кто-то в задних рядах. Кеттерман и Эллдридж мрачно переглянулись.

— Саманта, — произнес Кеттерман, выступая вперед, — я вполне допускаю, что вы могли найти другую работу. Но вы же выросли в «Картер Спинк». Здесь вы стали профессионалом. Вы принадлежите этой компании.

— Если проблемах в деньгах, — присоединился Эллдридж, — думаю, мы сможем удовлетворить ваши запросы. — Он посмотрел на Гая. — В какую фирму она перешла?

— Назовите ваше место работы, — деловито предложил Кеттерман. — Я переговорю со старшими партнерами, с директором по персоналу — словом, с тем, кто принимает решения подобного рода. Мы все уладим. Какой номер телефона? — Он достал свой наладонник.

Я крепко стиснула зубы, чтобы не расхохотаться.

— Там нет директора по персоналу, — объяснила я, кое-как совладав с собой. — И старших партнеров нет.

— Нет старших партнеров? — Кеттерман досадливо покачал головой. — Как такое возможно?

— Я не говорила, что работаю юристом.

С тем же успехом я могла заявить, что мир — плоский. В жизни не видела столько вытянувшихся от изумления лиц.

339

— Вы не... не юристом? — выговорил наконец Эллдридж. — Но кем же вы тогда работаете?

Я надеялась, что до этого не дойдет. С другой стороны, зачем от них скрывать?

— Я работаю экономкой, — сказала я с улыбкой.

— Экономкой? — переспросил Эллдридж, пристально глядя на меня. — Это что, новомодное словечко? Очередное жаргонное обозначение специалиста по улаживанию конфликтов? Я вечно путаюсь в этом сленге.

— Вы занимаетесь согласованиями экономических показателей? — уточнил Кеттерман. — Это вы хотите сказать?

— Нет, не это, — терпеливо объяснила я. — Я экономка. Застилаю кровати. Готовлю еду. Веду домашнее хозяйство.

Секунд шестьдесят никто не шевелился. Эх, надо было камеру с собой захватить. Эти лица...

— Вы действительно... экономка? — переспросил потрясенный Эллдридж.

— Угу. — Я демонстративно посмотрела на часы. — Я довольна и счастлива, чего и вам желаю. Вообще-то мне пора возвращаться. — Я повернулась к Кеттерману. — Отдельное спасибо, что выслушали меня. Вы единственный согласились.

— Вы отказываетесь от нашего предложения? — недоверчиво проговорил Оливер Суон.

— Да, я отказываюсь от вашего предложения. — Я пожала плечами. — Извините. Всего хорошего.

Я вышла из зала на негнущихся ногах. В душе бушевали эмоции. Я отказалась! Отказалась от статуса партнера «Картер Спинк».

Страшно даже представить, что скажет по этому поводу моя мама.

340   Вспомнив о маме, я истерически захихикала.

Лифта ждать не хотелось — буря чувств не давала стоять на месте. Я вышла на лестницу и, цокая каблуками, устремилась по ступенькам вниз.

— Саманта! — окликнул меня сверху Гай.

Ну что еще? С какой стати он за мной увязался?

— Я ухожу! — крикнула я. — Оставь меня в покое!

— Но ты не можешь уйти!

Я слышала, как он бежит по лестнице, и потому сама запрыгала сразу через две ступеньки, держась за поручни, чтобы случайно не потерять равновесие. Я уже все сказала, добавить мне нечего.

А он упорный. Догоняет...

— Саманта, это безумие!

— Нет, не безумие!

— Я не позволю тебе спустить карьеру в унитаз! — возмутился он. — Из-за глупой прихоти!..

Я остановилась, обернулась, чуть не упала.

— И вовсе не из-за прихоти! — с негодованием воскликнула я.

— Я понимаю, ты злишься на нас. — Гай спустился ко мне, тяжело дыша. — Тебе наверняка доставило удовольствие отказаться. И ты наверняка нарочно всех шокировала, выдав себя за экономку...

— Я сказала чистую правду! А от предложения отказалась не ради того, чтобы отыграться. Я отказалась потому, что не хочу здесь работать.

— Саманта, ты же мечтала о партнерстве! — Гай схватил меня за руку. — Вспомни, сколько лет ты угробила, чтобы этого добиться! И что теперь? Такими предложениями не бросаются. Это дар богов!

— А что, если он мне больше не нужен?

— Прошло всего несколько недель! Разве это срок, чтобы все *так* переменилось?

— Да, вполне.

Гай потряс головой.

— Так ты в самом деле работаешь экономкой? Серьезно?

— Серьезно, — подтвердила я с вызовом. — Тебя что-то смущает?

— Ради всего святого... — он сдержался. — Послушай, Саманта, давай поднимемся наверх. Все спокойно обсудим. Там как раз подошел отдел человеческих ресурсов. Ты потеряла работу... с тобой дурно обошлись... неудивительно, что ты утратила ориентиры. Они предлагают посоветоваться.

— Да не собираюсь я с ними советоваться! — Я развернулась на каблуках и устремилась вниз. — Что, если я не желаю больше быть юристом, значит, я рехнулась?

Я достигла подножия лестницы и выскочила в фойе. Гай мчался за мной по пятам. Хилари Грант, начальница отдела по связям с общественностью, сидела на одном из кожаных диванов, беседуя с незнакомой мне женщиной в красном костюме. Наше появление изрядно их удивило.

— Саманта, нельзя так поступать! — крикнул мне в спину Гай. — Ты — один из самых талантливых юристов, которых я знаю! Я не допущу, чтобы ты отказалась от партнерства ради того, чтобы... возиться с чужим бельем!

— А если мне это нравится? — Я остановилась, повернулась к нему. — Гай, я наконец-то узнала, что такое настоящая жизнь! Я не хочу работать по выходным, не хочу все время находиться в цейтноте. Не хочу!

Он меня не слушал. Не желал понимать.

— То есть ты готова пожертвовать партнерством «Картер Спинк», чтобы и дальше чистить чужие туалеты? — Его лицо побагровело от злости.

— Да! — выкрикнула я. — Да, готова!

— Кто это? — с интересом спросила женщина в красном костюме.

— Саманта, ты совершаешь величайшую ошибку в своей жизни! — возопил Гай, когда я добралась до дверей. — Если ты сейчас уйдешь...

Я не стала дожидаться окончания фразы. Выскользнула из дверей. Спустилась по ступеням. И ушла.

Быть может, я и вправду совершила величайшую ошибку в своей жизни. Сидя в поезде, который нес меня обратно в Глостершир, и потягивая вино для успокоения нервов, я продолжала размышлять над словами Гая.

Еще совсем недавно меня при этой мысли с головой накрыла бы волна паники. Но не теперь. Хотелось не биться в истерике лбом о стекло, а смеяться, смеяться, смеяться. Бедный Гай и не догадывается...

Из всего, что произошло со мной в последнее время, я твердо усвоила одно: не существует такой штуки, как величайшая ошибка в жизни. Невозможно разрушить жизнь. Потому что, как выяснилось, жизнь — материя весьма упругая.

Приехав в Лоуэр-Эбери, я прямиком со станции направилась в паб. Натаниель стоял за стойкой, в рубашке, которой я у него не видела, и разговаривал с Эамонном. Несколько секунд я наблюдала за ним от двери. Эти сильные руки, эта посадка головы, эта морщинка на лбу, когда он хмурится... Сразу понятно, что он не согласен со словами Эамонна. Но — ждет, пока тот выскажется, не перебивает собеседника.

Может, я зря на себя клевещу? Может, я таки обладаю способностями к телепатии?

Словно уловив мои мысли, Натаниель повернулся. Его лицо мгновенно просветлело. Он улыбнулся, однако в этой улыбке чувствовалось напряжение. Последние дни, похоже, дались ему нелегко. Неужели он решил, что я не вернусь?

Оттуда, где играли в дартс, донесся гул одобрения. Один из игроков обернулся и заметил меня.

— Саманта! — крикнул он. — Наконец-то! Без тебя нам каюк!

— Иду, иду! — отозвалась я через плечо, подходя к стойке. — Привет. — Это уже Натаниелю. — Шикарная рубашка.

343

— Привет, — сказал он совершенно обыденным тоном. — Удачно съездила?

— Вполне. — Я кивнула.

Натаниель поднял перекладину, пропуская меня за стойку, вгляделся в мое лицо.

— Ну... все кончено?

— Ага. — Я обвила его руками, прижалась крепко-крепко. — Все кончено.

В тот момент я действительно так думала.

23...

До обеда все было спокойно.

С утра я приготовила завтрак для Триш и Эдди. Потом надела подаренный Айрис фартук, достала разделочную доску и принялась выжимать сок из апельсинов. Для благотворительной акции Триш я собиралась приготовить горький шоколад и апельсиновый мусс. Вниз положим апельсиновые дольки в глазури, а каждую тарелку украсим серебряным ангелочком из каталога рождественских подарков.

Эта идея пришла в голову Триш. Еще она придумала повесить ангелочков под потолком.

— Как дела? — Триш впорхнула в кухню, встревоженно завертела головой. — Мусс уже готов?

— Пока нет, — ответила я, выдавливая очередной апельсин. — Не волнуйтесь, миссис Гейгер, мы все успеем.

— Знали бы вы, сколько сил у меня отняли последние дни! — Она театрально закатила глаза. — Гостей все больше, план рассадки приходится постоянно переделывать...

— Мы справимся, — заверила я. — Вы бы передохнули...

345

— Правильно! — согласилась она, потом обхватила голову руками. — Нет, мне нужно проверить пакеты с подарками.

Она не жалела денег на подготовку, швыряла направо и налево. Всякий раз, когда я интересовалась, так ли нам нужен белый шелковый балдахин в гостиной или орхидея в петлице для каждого гостя, Триш отмахивалась со словами: «Это все на добрые дела!»

Кстати, надо бы у нее уточнить, а то опять забуду.

— Миссис Гейгер, — проговорила я, — вы собираетесь брать с приглашенных плату за обед?

— Ну что вы! — возмутилась она. — Как можно? Это же благотворительность!

— А лотерею проводить будете?

— Не думаю. — Она наморщила носик. — Люди не любят лотерей.

Следующий мой вопрос прозвучал несколько наивно, но я не могла его не задать.

— Тогда как вы собираетесь... гм... заработать средства на благотворительный взнос?

Триш замерла, уставилась перед собой невидящим взором.

— Так-растак! — с чувством проговорила она.

Ну естественно, ни о чем подобном она и не задумывалась. Я постаралась сохранить на лице почтительное выражение, приличествующее экономке в разговоре с хозяйкой.

— Быть может, объявим сбор добровольных пожертвований? — предложила я. — Например, за кофе пустим по кругу мешочек?

— Правильно. Правильно! — Триш глядела на меня как на нобелевского лауреата. — Замечательно! — Она тяжело вздохнула. — Это такая нагрузка, Саманта! Как вам удается сохранять спокойствие?

— Э... Не знаю, мадам. — Я улыбнулась. При всех ее недостатках она — добрая душа. Накануне я пришла поздно вечером, и меня не отпускало чувство, что я вернулась домой. Даже несмотря на груду немытой посуды на столе и на записку, гласившую: «Саманта, будьте любезны, отполируйте завтра все серебро».

Триш вышла из кухни, а я принялась взбивать яичные белки. Случайно поглядела в окно — и заметила человека, шагающего по дорожке к дому. Джинсы, рубашка-поло, на шее камера. Я озадаченно нахмурилась. Что бы это значило? Наверное, новый разносчик газет... Я отмерила сахарной пудры, прислушиваясь, не звонят ли в дверь, потом высыпала пудру в белки, в точности как учила Айрис. И вдруг незнакомец возник у окна и попытался заглянуть внутрь.

Подождет. Не стану я бросать свой мусс ради какого-то незнакомого типа. Он явно не газеты разносит. Видно, коммивояжер, из тех, что занимаются прямым маркетингом, ходят из дома в дом, предлагая свои товары. Я закончила сыпать пудру, размешала мусс, потом подошла к кухонной двери.

— Чем могу помочь?

Он несколько секунд молчал, переводя взгляд с моего лица на вполовину сложенный таблоид в своей руке и обратно.

— Вы Саманта Свитинг? — спросил он наконец.

— С чего вы взяли? — насторожилась я.

— Я из «Челтенхэмского вестника». — Он предъявил корреспондентский бейдж. — Меня отправили взять у вас эксклюзивное интервью. «Почему я укрылась в Котсуолде». Идет?

Я захлопала ресницами.

— Э... Вы о чем, собственно?

— Так вы что, не видели? — удивился он. — Ведь это вы, правда? — Он развернул газету, показал мне.

Я почувствовала, как душа проваливается в пятки. **347**

Моя фотография. В газете. На треть полосы.

Тот же снимок, что висел на сайте «Картер Спинк». Я в черном костюме, волосы стянуты на затылке. Над фотографией шел заголовок, набранный жирными черными буквами: «Я ЛУЧШЕ БУДУ ЧИСТИТЬ УНИТАЗЫ, ЧЕМ ВЕРНУСЬ В "КАРТЕР СПИНК"».

Что за бред?

Дрожащими руками я взяла газету и стала читать.

Они — повелители вселенной, предмет зависти простых смертных. Юридическая компания «Картер Спинк» — самая престижная фирма подобного рода в нашей стране. Однако вчера молодая женщина отвергла предложение стать партнером компании и заявила, что вполне довольна должностью экономки.

ЖИЗНЬ ДОРОЖЕ

Партнеры оказались в неудобном положении после того, как юрист Саманта Свитинг, чей доход составляет 500 фунтов стерлингов в час, отказалась от их предложения, подразумевавшего зарплату в шестизначных цифрах. Будучи уволенной, эта женщина сумела раскрыть финансовый скандал в компании. Когда ей предложили статус полного равноправного партнера, Саманта отказалась, мотивировав свой отказ нежеланием находиться под постоянным давлением и испытывать нехватку свободного времени.

«Я привыкла к другой жизни», — заявила она в ответ на уговоры партнеров.

Бывший сотрудник компании на условиях анонимности подтвердил нам, что условия работы в «Картер Спинк» являются фактически рабскими.

«Тебя заставляют продавать душу, — сказал он. —

Мне пришлось уйти из-за нервного срыва. Неудивительно, что она предпочла ручной труд».

Представитель «Картер Спинк» защищает репутацию компании. «Мы — современное предприятие с гибкой кадровой политикой и объединяющей сотрудников корпоративной этикой. Мы готовы обсудить с Самантой ее точку зрения и отнюдь не заставляем работников продавать их души».

ИСЧЕЗЛА

Представитель компании подтвердила, что предложение, сделанное мисс Свитинг, остается в силе и что партнеры «Картер Спинк» ищут с ней встречи. Однако нам стало известно, что эта Золушка наших дней скрылась без следа, едва покинув офис.

ГДЕ ОНА?

См. комментарии на стр.34.

Я передернула плечами. Комментарии? Это еще не все?

Так, и что там на странице 34?

ЦЕНА УСПЕХА СЛИШКОМ ВЫСОКА?

Высокооплачиваемый юрист с блестящими перспективами отказывается от зарплаты с шестью нулями и превращается в домработницу! В сколь неприглядном свете выставляет эта история наше общество! Мы изнуряем женщин работой и карьерой. Они буквально сгорают. Быть может, эта невероятная история — лишь первая ласточка нового тренда в жизни социума?

Наверняка можно сказать одно — на все вопросы может ответить только Саманта Свитинг.

349

Я утратила дар речи. Как они... Откуда... Каким образом...

Меня ослепила вспышка. Я вскинула голову и обнаружила, что незнакомец направляет на меня камеру.

— Перестаньте! — воскликнула я, закрывая лицо ладонями.

— Может, возьмете в руку ершик? — спросил он, вручную выставляя диафрагму. — В пабе меня заверили, что это вы. Пришлось заплатить, конечно. — Снова сработала вспышка.

— Нет! Нет! Вы ошибаетесь! — Я скомкала газету, швырнула в него. — Я... Эт-то не я. Меня звать Мартина. Я не быть юрист!

Журналист с подозрением посмотрел на меня, потом поглядел на фотографию в газете. Я видела, как по его лицу пробежала тень сомнения. И то сказать, я сама себя с трудом узнаю, когда в зеркало смотрюсь, — и прическа новая, и вообще.

— Акцент у вас не французский, — заметил он.

Наблюдательный! Акценты мне никогда не давались.

— Я... быть бельгийка. Наполовину. — Я не поднимала головы. — Пожалуйста, уходите. Или я вызвать полиция.

— Да бросьте вы! Какая из вас бельгийка!

— Уходите! Это есть частная собственность! Запретно!

Я спихнула его с крыльца, захлопнула дверь, повернула ключ в замке. Потом опустила штору на окне и прижалась спиной к двери. Сердце бешено колотилось. Черт. Черт! И что мне теперь делать?

Ладно. Главное — не паниковать. Надо постараться сохранить рассудок и логически осмыслить ситуацию.

С одной стороны, общенациональный таблоид раскопал всю мою подноготную. С другой стороны, Триш и Эдди не читают эту газету. И «Челтенхэмский вестник» — тоже. Подумаешь, глупая статейка в глупой газетенке! О ней забудут уже завтра. Не надо торопить события и бежать к Гейгерам с повинной. Не надо раскачивать лодку. Займусь лучше муссом, как будто ничего не произошло. Верно. Полное отрицание — лучший способ победить.

Приободрившись, я взяла шоколад и принялась крошить его в стеклянную миску.

— Саманта, кто там? — Из-за двери выглянула голова Триш.

— Никто. — Я натянуто улыбнулась. — Вам послышалось. Давайте я налью вам кофе и принесу в сад.

Спокойствие. Решительность. Все будет в порядке.

Как выяснилось, мой метод не сработал. У дома появились еще трое журналистов.

Это случилось минут двадцать спустя. Я окончательно забросила мусс и с ужасом поглядывала на улицу в щелку между шторой и окном. Два парня и девушка возникли словно из ниоткуда. У всех камеры. Они заговорили с типом в рубашке-поло, он махнул рукой в сторону кухни. Один из новоприбывших с независимым видом вошел во двор, снял с шеи камеру, сделал снимок дома. В любой момент кто-то из них может позвонить в дверь...

Нельзя этого допустить. Нужен новый план. Нужно... Диверсия! Точно! Чтобы выиграть время.

Я направилась ко входной двери, прихватив по пути одну из широкополых соломенных шляп Триш. Осторожно выскользнула наружу и двинулась к воротам. Меня тут же окружили.

— Вы Саманта Свитинг? — спросил один журналист, подсовывая мне диктофон.

— Вы сожалеете об отказе от партнерства? — уточнил другой.

— Меня звать Мартина, — сказала я, не поднимая головы. — Вы прийти в неправильный дом. **351**

Я знать Саманта, она жить вон там. — Я махнула рукой в сторону дальнего конца деревни.

Как ни странно, никто даже не пошевелился.

— Это неправильный дом! — повторила я. — Пожалуйста, уходите! Быть добры!

— И что это за акцент, позвольте спросить? — поинтересовался парень в темных очках.

— Бельгийский, — ответила я с запинкой.

— Бельгийский? — Он всмотрелся в мое лицо под полями шляпы. — Это она, Нед! Она! Живо сюда!

— Это она? Она вышла?

— Это она!

Голоса раздавались с другой стороны улицы. К моему величайшему ужасу, на мостовую высыпала целая орава журналистов. Они мчались к воротам, размахивая камерами и диктофонами.

Откуда они взялись?

— Мисс Свитинг, я — Энгус Уоттс из «Дейли Экспресс». — Парень в темных очках поправил микрофон. — Что бы вы могли сказать молодым женщинам нашего времени?

— Вам вправду нравится мыть туалеты? — вклинился другой, тыча камерой мне в лицо. — Каким чистящим средством вы пользуетесь?

— Прекратите! — крикнула я. — Оставьте меня в покое! — Захлопнула створки ворот, развернулась и побежала к дому. Влетела в дверь, юркнула в кухню.

Что делать?

Мое собственное отражение глядело на меня со двери холодильника. Лицо раскраснелось, выражение затравленное. И эта дурацкая соломенная шляпа сверху!

Я стянула шляпу, швырнула ее на стол, и в этот миг в кухню вошла Триш. Она держала в руках книгу «Ваш элегантный званый обед» и пустую чашку из-под кофе.

— Вы не знаете, что происходит, Саманта? — осведомилась она. — Что там за шум на дороге?

— Разве? — Я пожала плечами. — Я ничего не слышала.

— Будто очередной марш протеста. — Она наморщила лоб. — Надеюсь, завтра их тут не будет. Эти *протестанты* такие назойливые... — Ее взгляд упал на стол. — Саманта, вы до сих пор не приготовили мусс! Как можно! Чем вы занимались?

— Э... ничем, — призналась я со вздохом. — Скоро закончу, миссис Гейгер. — Я потянулась за миской, принялась раскладывать шоколадную смесь по вазочкам.

Ощущение было такое, словно я перенеслась в параллельную реальность. Все откроется. Это лишь вопрос времени. Что мне делать?

— Ты видел эту публику? — спросила Триш у Эдди, который вальяжно вплыл в кухню. — Протестуют у наших ворот! Надо сказать им, чтобы шли прочь.

— Это не демонстрация, — ответил он, открывая холодильник и заглядывая внутрь. — Это журналисты.

— Журналисты? — недоверчиво переспросила меня Триш. — И что им здесь понадобилось?

— Может, у нас по соседству поселилась какая-нибудь «шишка», — предположил Эдди, наливая себе пиво.

Триш прижала ладонь ко рту.

— Джоанна Ламли!* Ходил слух, что она собирается купить дом. Саманта, вы ничего не знаете?

— Э... Нет, — пробормотала я. Мое лицо пылало.

Надо им сказать. Хватит прятаться. Ну же! Но что? С чего начать?

— Саманта, мне нужно погладить рубашку! — В кухню вошла Мелисса, держа в руках рубашку без рукавов. — И поосторожнее с воротничком, хорошо? — Она сурово свела брови к переносице. — В прошлый раз вы оставили стрелку!

— Извините, — проговорила я. — Положите в прачечную, я...

_____

* Известная британская актриса и продюсер.

— И пропылесосьте мою комнату, — продолжала Мелисса. — Я просыпала на пол пудру.

— Не уверена, что успею...

— Так постарайтесь, — процедила она и надкусила яблоко. — Что творится снаружи?

— Никто не знает, — ответила Триш. — По-моему, это из-за Джоанны Ламли!

В дверь внезапно позвонили.

Мой желудок сделал кульбит. Удрать, что ли, через заднюю дверь?

— Ой, звонят! — по-детски обрадовалась Триш. — Эдди, сходи открой. Саманта, приготовьте кофе! И поскорее, — добавила она нетерпеливо.

Меня словно парализовало. Надо им сказать. Объяснить. Но язык не слушался. И губы не раскрывались.

— Саманта! — Триш пристально поглядела на меня. — Что с вами?

— Э... Миссис Гейгер... — Чудовищным усилием воли я заставила себя разжать зубы. — Я... Я должна... Ну, понимаете...

— Мелисса! — перебил меня Эдди, врываясь в кухню с улыбкой во всю физиономию — Мелисса, девочка! Им нужна ты!

— Я? — изумилась Мелисса. — Вы о чем, дядя Эдди?

— Это «Дейли Мейл». Они хотят взять у тебя интервью! — Эдди повернулся к Триш, лучась гордостью. — Ты знала, что наша Мелисса — один из лучших юристов страны?

О нет. О нет!

— Что? — Триш едва не выронила свою книгу насчет званых обедов.

— Они так сказали! — Эдди утвердительно кивнул. — Сказали, что мы, наверное, удивимся, когда узнаем, что в нашем доме живет такой блестящий юрист. Я им, конечно,·объяснил, что к чему. — Он обнял Мелиссу за плечи. — Мы всегда знали, что ты у нас молодец.

— Миссис Гейгер, — мой голос окреп, но никто не обращал на меня внимания.

— Это, наверно, из-за приза, который я получила в колледже! Они как-то про него узнали. — Мелисса задохнулась от счастья. — О Господи! «Дейли Мейл»!

— Они попросили разрешения сфотографировать тебя, — прибавил Эдди. — Им нужен эксклюзив!

— Ой, у меня же макияж стерся! — Мелисса кокетливо повела плечиком. — Как я выгляжу?

— Держи. — Триш раскрыла свою косметичку. — Вот тушь... вот помада... вот пудра...

Надо их остановить. Надо вмешаться.

— Мистер Гейгер... — Я прокашлялась. — Вы уверены... В смысле, они... назвали Мелиссу по имени?

— Зачем? — Он подмигнул мне. — У нас в доме только один юрист!

— Приготовьте кофе, Саманта, — строго напомнила Триш. — Возьмите розовые чашки. Скорее! Вымойте их.

— Дело в том... Я... Мне надо вам кое-что сказать...

— Не сейчас, Саманта! Вымойте эти чашки. — Триш сунула мне резиновые перчатки. — Не знаю, что с вами сегодня такое...

— Я не думаю, что им нужна Мелисса, — в отчаянии выпалила я. — Я... Мне надо было...

Ноль эмоций. Все внимание Мелиссе.

— Как я выгляжу? — Мелисса нарочито медленно поправила волосы.

— Чудесно, милая! — Триш подалась вперед. — Чуть-чуть добавь помады... чтобы было совсем *гламурно*...

— Готова она? — справился незнакомый женский голос из-за двери в сад. Все замерли.

— Сюда! — Эдди распахнул дверь. На пороге стояла темноволосая женщина средних лет в брючном костюме. Ее взгляд обежал кухню, как бы фиксируя картинку. — Вот наша звездочка! — Эдди с широкой улыбкой указал на Мелиссу.

355

— Добрый день. — Мелисса тряхнула головой, шагнула навстречу, протянула руку. — Я Мелисса Херст.

Женщина смерила ее взглядом.

— Не та, — сказала она. — Вон та. — И ткнула пальцем в меня.

В наступившей тишине все ошарашенно повернулись ко мне. Мелисса сощурилась, словно оправдывались ее худшие подозрения. Гейгеры недоуменно переглянулись.

— Это же Саманта, — сказала Триш. — Наша экономка.

— Вы Саманта Свитинг, правильно? — Женщина достала из кармана блокнот. — Могу я задать вам несколько вопросов?

— Вы собираетесь брать интервью у экономки? — Мелисса саркастически хмыкнула.

Журналистка ее проигнорировала.

— Вы Саманта Свитинг?

— Я... Да... — Нехотя признала я. — Но я не хочу давать интервью. Никаких комментариев.

— Комментариев? — Изумление Триш возрастало с каждой секундой. — По поводу чего?

— Вы им не сказали? — Журналистка оторвалась от своего блокнота. — Они не знают?

— Не сказала что? — Триш, что называется, учуяла сенсацию. — О чем мы не знаем?

— Она — нелегальная иммигрантка! — торжествующе воскликнула Мелисса. — Я знала это! С самого начала знала!

— Ваша так называемая экономка — один из ведущих лондонских юристов. — Журналистка кинула на стол экземпляр таблоида со статьей обо мне. — И она только что отказалась от партнерства и кругленькой суммы, чтобы продолжать работать на вас.

В кухню словно швырнули гранату. Эдди побледнел. Триш покачнулась на своих высоких каблуках, схватилась за стул, чтобы не упасть. Мелисса побагровела.

— Я хотела вам сказать... — Я закусила губу. — Я... Ну... Собиралась, когда вы...

Триш прочла заголовок статьи. Ее глаза вылезли из орбит, губы то расходились, то смыкались, совершенно беззвучно, как у выброшенной на берег рыбы.

— Вы... юрист? — выдавила она наконец.

— Это ошибка! — Лицо Мелиссы цветом напоминало переспелый помидор. — Я юрист! Я получила приз в колледже! А она — уборщица!

— Она получила в колледже три приза, — сообщила журналистка, мотнув головой в мою сторону. — И у нее были самые высокие оценки на всем курсе.

— Но... — Мелисса сделалась лиловой. — Это невозможно!

— Самый молодой партнер «Картер Спинк». — Журналистка сверилась со своими записями. — Это так, мисс Свитинг?

— Нет! — воскликнула я. — Ну... да... что-то вроде... Никто не хочет чаю?

Мой лепет остался неуслышанным. Мелисса выглядела так, словно ее вот-вот стошнит.

— Вы знаете, что IQ вашей экономки равен 158? — Журналистка явно наслаждалась происходящим. — И что она — фактически гений?

— Мы знали, что она умна! — обиженно отозвался Эдди. — Мы это заметили! Мы даже решили научить ее... — Он замялся, потом все-таки закончил: — ...английскому... и математике... для средней школы...

— Вы были очень добры ко мне! — поспешила вмешаться я.

Эдди вытер лоб кухонным полотенцем. Триш по-прежнему держалась за стул, словно боялась его отпустить.

— Не понимаю... — Эдди положил полотенце и повернулся ко мне. — Как вы ухитрялись совмещать домашнее хозяйство с юридической практикой?

— Вот именно! — внезапно ожила Триш. — Вот именно! Как вы могли работать юристом и учиться у Мишеля де ля Рю де ля Блана?

О Боже! Они еще не сообразили?

— Я не экономка... на самом деле... — проговорила я. — И кулинарному мастерству не училась. Никакого Мишеля де ля Рю де ля Блана не существует. Я его придумала. И как эта штука называется, — я взяла в руки «трюфеле-взбивалку», лежавшую на краю стола, — я понятия не имею. Я... обманывала.

Стыд заставил меня опустить голову. Жуткое ощущение...

— Я понимаю, что должна уйти, — пробормотала я. — Я ведь устроилась на работу обманом. Я — фальшивка.

— Уйти? — ужаснулась Триш. — Мы не хотим, чтобы вы уходили. Правда, Эдди?

— Ни в коем случае! — Он выглядел таким раздосадованным, таким... беспомощным, что ли. — Вы нас вполне устраиваете, Саманта. Не ваша вина, что вы еще и юрист.

— Я — фальшивка, — повторила журналистка, записывая мои слова. — Вы чувствуете себя виноватой, мисс Свитинг?

— Прекратите! — крикнула я. — Я не даю интервью!

— Мисс Свитинг заявила, что предпочтет чистить туалеты партнерству «Картер Спинк», — проговорила журналистка, поворачиваясь к Триш. — Могу я взглянуть на них?

— На наши туалеты? — Щеки Триш заалели румянцем. Она кинула на меня удивленный взгляд. — Ну да, мы недавно их отремонтировали, сменили оборудование, везде «Ройял Дултон»...

— Сколько у вас туалетов? — Журналистка занесла ручку над блокнотом.

— Перестаньте! — Я вцепилась себе в волосы. — Послушайте... Я сделаю заявление для прессы. А потом вы оставите меня и моих хозяев в покое.

Я выскочила из кухни, журналистка следовала за мной по пятам. Я распахнула входную дверь, посмотрела на толпу корреспондентской братии у ворот. Мне кажется, или их еще прибавилось?

— Вот и Мартина, — саркастически заметил парень в темных очках, когда я приблизилась к воротам.

Я проигнорировала его.

— Дамы и господа! Я была бы вам крайне признательна, если бы вы удалились. Тут не о чем писать.

— Вы намерены остаться экономкой? — спросил толстяк в джинсах.

— Да. — Я выпятила подбородок. — Я сделала свой выбор по личным причинам и ничуть о нем не жалею.

— Как вы относитесь к феминизму? — требовательно спросила какая-то девушка. — Женщины десятилетиями отстаивали свое равноправие. А вы теперь убеждаете их в том, что они должны вернуться на кухни?

— Я никого ни в чем не убеждаю, — опешила я. — Я всего-навсего живу своей жизнью.

— Но вы не видите ничего дурного в том, что женщина снова окажется прикованной к кухне? — свирепо вопросила седовласая дама.

— Нет! — воскликнула я. — В смысле, да. Я считаю...

Мне не дали закончить, засыпали вопросами со всех сторон, ослепили вспышками.

— Можно ли назвать «Картер Спинк» сексистским логовом?

— Вы набиваете себе цену?

— По-вашему, женщина должна делать карьеру?

— Мы предлагаем вам вести регулярную колонку по домашнему хозяйству, — прощебетала девчушка в голубом плаще. — Она будет называться «Саманта советует».

359

— Что? — Я обалдело уставилась на нее. — Какая-такая колонка?!

— Домашние советы, кулинарные рецепты. — Она улыбнулась. — Какие у вас любимые блюда?

— Попозируете нам в переднике? — Толстяк с камерой игриво подмигнул.

— Ни за что! Мне больше нечего добавить. Никаких комментариев. Уходите!

Я повернулась и, не обращая внимания на возгласы за спиной, на негнущихся ногах направилась к дому.

Мир сошел с ума.

Я добрела до кухни — и увидела, что Триш, Эдди и Мелисса жадно изучают газету.

— О нет! — Сердце ухнуло в пятки. — Не читайте, пожалуйста! Это... глупая газетенка...

Все трое подняли головы и уставились на меня так, словно перед ними возник инопланетянин.

— Вы... берете... 500... фунтов... в час? — выговорила Триш, запинаясь на каждом слове.

— Вам предлагали полное партнерство! — Мелисса позеленела от зависти. — И вы отказались. Вы что, спятили?

— Не читайте эту ерунду! — Я попыталась выхватить газету. — Миссис Гейгер, с вашего разрешения я бы оставила все, как есть. Я ваша экономка и...

— Вы один из лучших юристов страны! — Триш ткнула пальцем в газету. — Здесь так написано!

— Саманта? — В дверь постучали, и в кухню вошел Натаниель, держа в руках горсть свежевыкопанных клубней картофеля. — Этого на обед хватит?

Я молча глядела на него, чувствуя, как скребутся в душе многочисленные кошки. Он еще не знает. Ничегошеньки не знает. О Господи!

Надо было ему признаться. Почему я не сказала? Почему? Почему?!

360

— А вы кто такой? — обернулась к нему Триш. — Физик-ядерщик? Или тайный правительственный агент?

— Не понял? — Натаниель вопросительно посмотрел на меня.

— Натаниель... — Улыбнуться бы, что ли. Слов все равно нет.

Натаниель оглядел поочередно всех, кто находился в кухне, недоуменно нахмурился.

— Что происходит? — спросил он наконец.

Никогда в жизни я не чувствовала себя такой скованной. Я мямлила, запиналась, начинала снова, повторялась, но в конце концов рассказала Натаниелю.

Он слушал молча, прислоняясь спиной к старинному каменному столбу перед скамейкой, на которой сидела я. Повернулся ко мне боком, и я не могла по его профилю определить, о чем он думает.

Когда я закончила, он медленно поднял голову. Я надеялась увидеть улыбку, но ее не было. Честно скажу, *таким* я Натаниеля еще не видела.

— Ты юрист, — сказал он наконец.

— Да. — Я смущенно кивнула.

— Я думал, у тебя личные проблемы. — Он неопределенно повел рукой. — И поэтому ты не хочешь говорить о своем прошлом. Поверил. Когда ты уехала в Лондон, я беспокоился за тебя. Дурак...

— Извини, пожалуйста, — прошептала я. — Я... я не хотела, чтобы ты узнал...

— Почему? — В его голосе звучала обида. — Не доверяла?

— Да что ты! — Я всплеснула руками. — Если бы... Ну, понимаешь... — Я опять запнулась. — Натаниель, ты должен меня понять. Когда мы познакомились, я не могла тебе сказать. Все знают, что ты юристов терпеть не можешь. У тебя даже объявление в пабе висит.

— Это шутка. — Он тряхнул головой.

— Нет, не шутка. Или не совсем шутка. — Я посмотрела ему в глаза. — Перестань, Натаниель. Скажи я тебе при первой встрече, что я — юрист из Сити, ты бы отнесся ко мне точно так же?

Он промолчал. Впрочем, и без слов было понятно, каков ответ на этот вопрос.

— Что изменилось? — Я подалась вперед, взяла его за руку. — Ну, юрист, подумаешь! Это же я, посмотри.

Он продолжал молчать, глядя себе под ноги. Я затаила дыхание, мысленно умоляя небеса о снисхождении. Потом он поднял голову и поглядел на меня с кривой усмешкой.

— Сколько ты возьмешь за наш разговор?

Я облегченно вздохнула. Все в порядке. Он со мной.

— Думаю, тысячу фунтов, — небрежно бросила я. — Пришлю счет по почте.

— Саманта Свитинг, юрисконсульт. — Он покачал головой. — Что-то я такой тут не вижу.

— И я не вижу! С этим покончено, Натаниель. — Я сжала его пальцы. — Извини, пожалуйста, ладно? Я не хотела, чтобы все так вышло.

— Ладно. — Он пожал мою руку, и я откинулась на спинку скамьи. На колени упал лист с дерева за моей спиной. Я автоматически потерла его между пальцами, вдохнула сладкий запах.

— Что теперь? — спросил Натаниель.

— Ничего. Пресса угомонится. Им быстро наскучит. — Я встала, положила руки ему на плечи. Он обнял меня. — Я вполне довольна жизнью. Хорошая работа, хорошее местечко. И ты. Я хочу, чтобы все так и оставалось.

24...

Я ошибалась. Пресса не желала утихомириваться. На следующее утро перед домом Гейгеров толпилось журналистов вдвое больше, чем накануне, и к газетчикам добавились два фургона с телеоператорами. Спустившись вниз с подносом, на котором стояли пустые чашки, я столкнулась с Мелиссой: та глядела в окно, изучая диспозицию.

— Привет, — поздоровалась она. — Как вам это сборище?

— Занятно. — Я остановилась и тоже посмотрела в окно. — Безумие какое-то.

— Делать им нечего, — проворчала Мелисса, повертела руками, разглядывая свой маникюр. — Знаете, а я вас ждала...

Я решила, что ослышалась.

— Э... Прошу прощения?

— Я ждала вас. — Мелисса тряхнула головой. — Я ваш друг. Я помогу вам с этим разобраться.

От подобной наглости я опешила настолько, что даже рассмеяться не смогла.

— Мелисса, вы мне не друг, — сказала я, стараясь быть вежливой.

363

— Друг, друг! — ее, похоже, ничто не смущало. — Я всегда восхищалась вами, Саманта. Я всегда знала, что вы не простая экономка. Я чувствовала, что в вас что-то такое есть.

Не верю. Ни единому слову. Если она знала и чувствовала, то почему всячески меня третировала?

— И что это вы мне в друзья набиваетесь? — Я не пыталась скрыть скепсис. — По-моему, вас моя прежняя профессия соблазняет? Вы ведь мечтаете о юридической карьере?

— Я всегда вами восхищалась, — упрямо повторила она.

— Мелисса, перестаньте, — сказала я со всей возможной суровостью в голосе. К моему несказанному удовлетворению, ее щеки слегка порозовели. Однако выражение лица не изменилось.

Вынуждена признать, что у девочки очевидные способности к юридической практике.

— Значит, вы действительно хотите мне помочь? — Я притворилась, что обдумываю ее слова.

— Ну да! — Она быстро закивала. — Я могу связаться с «Картер Спинк»... или вы назначите меня своим представителем...

— Может, возьмете вот это? — Со сладкой улыбкой я вручила ей поднос. — Еще у меня есть рубашка, которую надо погладить. Только поосторожнее с воротничком, хорошо?

За *такое* зрелище не жалко любых денег. Тихонько посмеиваясь, я прошла на кухню. За столом сидел Эдди. Он изучал газеты, но вскинул голову, едва заслышав мои шаги.

— Вы повсюду, — проинформировал он. — Смотрите. — И предъявил мне разворот «Сан». Моя фотография, наложенная на снимок унитаза; не постеснялись даже вставить мне в руку ершик. Над моей головой большими буквами значилось: «Я БУДУ ЧИСТИТЬ ТУАЛЕТЫ».

— Боже мой! — Я опустилась на стул. — Ну почему?..

— Август, — объяснил Эдди, листая «Телеграф». — Других новостей нет. Тут говорится, что вы — жертва современного «зацикленного на работе» общества. — Он повернул газету и ткнул пальцем в маленькую статейку, озаглавленную «ЮРИСТ "КАРТЕР СПИНК" ПОСЛЕ СКАНДАЛА УХОДИТ В ДОМРАБОТНИЦЫ». — Еще тут сказано, что вы — «Иуда среди женщин, делающих карьеру».

За моей спиной Мелисса с грохотом поставила на стол поднос с посудой.

— А вот колумнист Минди Мэлоун из «Геральд» на вас злится.

— Злится? — удивилась я. — С какой стати?

— Зато «Дейли Мейл» называет вас спасительницей традиционных ценностей. — Эдди развернул газету. — Слушайте. «Саманта Свитинг считает, что женщины должны вернуться к домашнему очагу ради собственного благополучия и душевного здоровья нации».

— Что? Я этого не говорила! — Я выхватила у Эдди газету, пробежала глазами текст. — Как одержимые, честное слово!

— Мертвый сезон, — сказал Эдди, берясь за «Экспресс». — Это правда, что вы в одиночку раскрыли мафиозные связи вашей компании?

— Конечно, нет! — ужаснулась я. — Где это написано?

— Уже не помню, но где-то я вычитал. — Он порылся в газетах. — А тут есть фотография вашей мамы. Симпатичная леди.

— Моей мамы? — Да что же это, черт возьми!

— «Скромная дочь честолюбивой матери, — прочитал Эдди. — Чем приходится платить за карьерный рост».

365

Мама убьет меня. При первой же встрече.

— А здесь опрос устроили. — Эдди раскрыл очередную газету. — «Саманта Свитинг: героиня или дурочка? Звоните или присылайте сообщения». И номер дается. — Он потянулся за телефоном, нахмурился. — За что бы мне проголосовать?

— За дурочку, — вставила Мелисса. — Давайте я.

— Саманта, вы уже встали!

В кухню вошла Триш с кипой газет под мышкой. На ее лице было то же благоговейно-озадаченное выражение, что и накануне вечером. Она смотрела на меня так, словно я — некий бесценный предмет искусства, неведомым образом очутившийся на ее кухне. — А я как раз про вас читаю!

— Доброе утро, миссис Гейгер. — Я отложила «Дейли Мейл» и встала. — Что желаете на завтрак? Кофе, для начала?

— Не вздумайте, Саманта! — остановила она меня. — Эдди, завари кофе! Ну!

— Не буду я ничего заваривать, — пробурчал Эдди.

— Тогда Мелисса! — воскликнула Триш. — Милая, приготовь нам кофе. Саманта, а вы посидите. Вы — наш гость! — Она натянуто улыбнулась.

— Я не гость! — запротестовала я. — Я ваша экономка!

Эдди и Триш с сомнением переглянулись. Что они себе напридумывали? Что я собираюсь уходить?

— Все остается по-прежнему, — твердо произнесла я. — Я — ваша экономка. Я хочу и дальше выполнять свою работу.

— Спятила, — проговорила Мелисса, закатывая глаза. — Вы хоть видели, *сколько* «Картер Спинк» вам предлагает?

— Вы все равно не поймете. — Я фыркнула. — Миссис Гейгер, мистер Гейгер, но вы-то понимаете? Я многому научилась, живя здесь. Я изменилась, стала другим человеком. Нашла свой путь в жизни. Да,

366

будучи юристом в Лондоне, я смогу заработать гораздо больше денег. Да, я смогу достичь невероятных карьерных высот. Но мне это не нужно. — Я обвела рукой кухню. — Вот чем я хочу заниматься. Вот где я хочу быть.

Мне казалось, моя речь проймет если не Эдди, то хотя бы Триш. Но они оба уставились на меня как на умалишенную, потом отвели глаза, переглянулись.

— По-моему, вам стоит задуматься над предложением, — сказал Эдди. — Если верить газетам, компания просто жаждет вас вернуть.

— Мы не обидимся, если вы решите уйти, — прибавила Триш. — Можете рассчитывать на нашу поддержку.

И это все, что они могут сказать? Они что, не рады моему решению остаться? Они не хотят, чтобы я была их экономкой?

— Я не собираюсь уходить! — воскликнула я в сердцах. — Я хочу остаться здесь и жить своей жизнью и в своем темпе!

— Ясно, — проговорил Эдди после паузы. Затем со значением покосился на Триш.

Тут зазвонил телефон. Триш сняла трубку.

— Алло? Да, Мэвис, конечно. И Труди. До встречи. — Она задумчиво покачала головой. — Еще двое гостей на наш благотворительный обед.

— Кстати. — Я посмотрела на часы. — Пожалуй, пора заняться закусками.

Когда я раскрыла холодильник, телефон зазвонил вновь. Триш вздохнула.

— Если снова гости... Алло? — Выражение ее лица изменилось, она прижала ладонь к микрофону. — Саманта, — прошипела она, — это звонят из рекламной компании. Спрашивают, не хотите ли вы сняться в рекламе чистящего средства. Вам наденут адвокатскую мантию и парик, и вы должны будете...

— Нет! — воскликнула я. — Ни в коем случае! **367**

— От телевидения не отказываются, — наставительно произнес Эдди. — Вся страна вас увидит.

— Не хочу! Не нужна мне никакая реклама! — Эдди раскрыл было рот, но я не дала ему высказаться. — И интервью не нужны! И актрисой я становиться не собираюсь! Господи, скорее бы все стало как раньше!

К обеду мое желание оставалось нереализованным. Более того, обстановка с каждым часом становилась все более сюрреалистической.

Я получила еще три предложения сняться для телевидения и одно — на «элитную» фотосессию в «Сан» в наряде французской горничной. Триш дала эксклюзивное интервью «Мейл». Мелисса настояла на том, чтобы послушать посвященную мне радиопередачу; звонившие в студию именовали меня «антифеминистской тупицей», «женщиной, которой не дают покоя лавры Марты Стюарт»* и «паразиткой, плюющей на налогоплательщиков, которые оплатили своими деньгами мое образование». Я так разъярилась, что чуть было не позвонила на радиостанцию сама.

Но потом просто выключила приемник и трижды глубоко вздохнула. Я не позволю довести себя до белого каления. У меня достаточно других забот. Четырнадцать гостей уже приехали и толпились на лужайке. Надо запечь тарталетки с грибами, приготовить спаржевый соус и поджарить филе лосося.

Хорошо бы Натаниель был здесь. Он бы меня успокоил. Но он уехал в Букингем за японскими карпами — Триш внезапно решила, что ей хочется иметь этих рыб в своем пруду. Они ведь стоят сотни фунтов, и все знаменитости их разводят. По-моему, глупость полная. В пруд-то, как правило, никто не смотрит.

---

* Популярная американская журналистка, «главная домохозяйка Америки», ведущая ряда телепрограмм по домашнему хозяйству.

Дверной звонок динькнул в тот момент, когда я открывала духовку. Я вздохнула. Только бы не очередной гость. Четверо добавились к первоначальному списку сегодня утром; на такое количество приглашенных я не рассчитывала. А тут еще эта журналистка из «Миррор», которая вырядилась в розовый костюм с цветочками и долго втолковывала Эдди, что она буквально на днях поселилась в нашей деревне...

Я поставила в духовку поддон с тарталетками. Собрала со стола остатки теста и принялась оттирать скалку.

— Саманта? — Триш постучала в дверь. — У нас прибавление!

— Еще гости? — Я обернулась, смахнула муку со щеки. — Но я уже поставила запекаться...

— Это ваш друг. Утверждает, что ему необходимо переговорить с вами. По делу. — Триш многозначительно выгнула бровь, кивнула и отступила в сторону.

Я замерла.

Гай. На кухне Гейгеров. В своем безупречном костюмчике с Джермин-стрит* и в накрахмаленной рубашке.

Я утратила дар речи. Ну нельзя же так, в самом деле!

Судя по выражению его лица, он был шокирован не меньше.

— Боже мой! — проговорил он, переводя взгляд с моего форменного платья на скалку в моей руке. — Ты действительно готовишь!..

— Ну да. — Я выпятила подбородок.

— Саманта, — подала голос Триш, — я не хочу вам мешать, но... Закуски через десять минут?

— Хорошо, миссис Гейгер. — Я автоматически присела в книксене.

У Гая отвисла челюсть.

— Ты делаешь книксен?

---

* Лондонская улица, на которой находятся многочисленные ателье.

— Ошибка первых дней, — со вздохом признала я. Перехватила его взгляд и не сдержала смех. — Ладно, Гай, что ты здесь делаешь?

— Я приехал переубедить тебя.

Ну разумеется. Могла бы и сама догадаться.

— Я не собираюсь возвращаться. Извини. — Я взяла щетку и совок и принялась сметать муку с пола. — Подвинься, пожалуйста.

— Ой! — Гай неуклюже посторонился.

Я ссыпала мусор в ведро, потом достала из холодильника спаржевый соус, вылила его на сковородку, поставила ее разогреваться.

Гай с изумлением наблюдал за мной.

— Саманта, — сказал он, когда я повернулась, — нам надо поговорить.

— Я занята. — Таймер пронзительно запищал. Я открыла нижнюю духовку и посмотрела, как там мои чесночные рулеты с розмарином. Ну как не загордиться от такой красоты — ровненькие, золотисто-коричневые, источающие чудесный запах. Я не удержалась, попробовала один. А другой предложила Гаю.

— Ты сама это сделала? — Он покачал головой. — Я и не знал, что ты умеешь готовить.

— Не умела. Меня научили. — Я снова заглянула в холодильник, достала несоленое масло, отрезала кусочек и опустила в спаржевый соус. Потом покосилась на Гая, стоявшего у стены. — Передай мне, пожалуйста, сбивалку.

Он беспомощно уставился на кухонную утварь.

— Э... Какая из них...

Я прыснула.

— Ладно, сама возьму.

— Меня уполномочили сделать тебе предложение, — сказал Гай, когда я взяла сбивалку и начала размешивать масло в соусе. — По-моему, к нему стоит прислушаться.

370

— Не интересуюсь. — Я даже не обернулась.

— Ты же еще не слышала. — Он сунул руку во внутренний карман пиджака и извлек белый конверт. — Вот, взгляни.

— Не интересуюсь, — повторила я. — Ну сколько раз объяснять? Я не хочу возвращаться. Я не хочу быть юристом.

— Конечно, экономкой быть куда приятнее. — В его тоне было столько язвительности, что я разозлилась.

— Да! Приятнее! Мне здесь хорошо, понял? Тихо, спокойно. Это другая жизнь, Гай.

— Ага. — Гай поглядел на щетку. — Саманта, приди в себя! — Он достал мобильный телефон. — С тобой очень хотят поговорить. — Набрал номер, потом поднял голову. — Я обсуждал ситуацию с твоей матерью.

— Ты *что*? — взвилась я. — Да как ты посмел...

— Саманта, я забочусь о тебе. И она тоже. Добрый день, Джейн, — сказал он в трубку. — Я ее нашел. Передаю.

Не могу поверить. На мгновение мне захотелось вышвырнуть телефон за окно. Нет, не стоит. Я справлюсь.

— Привет, мам, — сказала я в микрофон. — Давно не слышались.

— Саманта. — Ее тон был таким же ледяным, как и во время нашего последнего разговора. Но почему-то я не испугалась, даже не занервничала. Она не может указывать мне, что делать, а чего не делать. Она понятия не имеет, кем я стала и чем живу. — Как, по-твоему, что ты вытворяешь? Ты что, и вправду подалась в прислуги?

— Да, мама. Я работаю экономкой. Полагаю, ты хочешь, чтобы я вернулась в компанию? Могу тебя разочаровать — я не собираюсь возвращаться. — Прижимая телефон плечом к уху, я попробовала соус, добавила в него соли.

— Видимо, ты находишь это забавным, — проговорила она сухо. — Саманта, подумай о своей жизни. О карьере. Мне кажется, ты не учитываешь... **371**

— Ты не понимаешь! — перебила я. — Никто из вас не понимает. — Свирепо поглядела на Гая, потом привернула газ под сковородкой и оперлась на стол. — Мама, я научилась жить иначе. Когда мой рабочий день заканчивается, я свободна. Мне не нужно тащить домой бумаги. Не нужно держать наладонник включенным двадцать четыре часа семь дней в неделю. Я могу пойти в паб, могу строить планы на уик-энд, могу просидеть целый час в саду, задрав ноги, — и ничего не случится! Я устала от постоянного напряжения. Мне надоели вечные стрессы. Я хочу жить так, как живу. — Я потянулась за стаканом, налила в него воду, сделала большой глоток, вытерла губы. — Извини, но я изменилась. У меня появились друзья. Я перезнакомилась с местными. Это как... как в «Уолтонах».

— В «Уолтонах»? — переспросила она. — Что, и дети здесь замешаны?

— Нет! — воскликнула я в отчаянии. — Ну почему ты не хочешь понять? Здешние люди — они... заботятся друг о друге. Пару недель назад мне устроили совершенно сногсшибательный день рождения...

Тишина. Может, я сумела пронять ее? Может, она чувствует свою вину... И поймет меня...

— Весьма странно, — проговорила она. — Твой день рождения был два месяца назад.

— Знаю, — вздохнула я. — Послушай, мам, все решено. — Таймер духовки тренькнул, и я взялась за прихватку. — Мне пора.

— Саманта, разговор не закончен! — процедила она. — Мы не договорили!

— Ничего подобного. Все, пока. — Я нажала «Отбой», кинула телефон на стол. Ноги слегка дрожали. — Спасибо большое, Гай, — поблагодарила я ядовито. — Удружил, нечего сказать. Какие еще сюрпризы ты мне припас?

— Саманта... — Он виновато развел руками. —

Я пытался достучаться до тебя...

— Не надо до меня достукиваться! — Я отвернулась. — Прости, но меня ждут.

Я открыла духовку, извлекла противень с тарталетками и принялась перекладывать их на подогретые тарелки.

— Я помогу, — неожиданно сказал Гай.

— Вряд ли, — усмехнулась я.

— Почему же? — К моему изумлению, он снял пиджак, закатал рукава рубашки и обвязал вокруг талии фартук с вишенками. — Что надо делать?

Я захихикала. Он выглядел таким... чужеродным, как смокинг на бродяге.

— Ладно. — Я всучила ему поднос. — Понесем закуски.

Гаю достались тарталетки, мне — чесночные рулеты. Когда мы вошли в столовую с белым шелковым балдахином под потолком, застольная беседа стихла, и четырнадцать крашеных голов повернулись к нам. Гости — точнее, гостьи — коротали время за шампанским; все они были в светлых костюмах разного оттенка. Мы словно перенеслись в фирменную палитру «Дьюлакс».

— А вот и Саманта! — воскликнула раскрасневшаяся Триш. — Вы все знаете Саманту. Она наша экономка... и первоклассный юрист!

К моему смущению, гостьи дружно захлопали.

— Мы видели ваши фотографии в газетах, — сообщила дама в кремовом.

— Мне нужно поговорить с вами. — Дама в джинсах подалась вперед. — Об условиях развода.

Пожалуй, притворюсь, что не слышала.

— Это Гай, он мне сегодня помогает, — представила я своего спутника и начала расставлять по столу тарелки.

— Партнер «Картер Спинк», — с гордостью прибавила Триш.

Я заметила, как гостьи обменялись взглядами, закивали. Одна пожилая дама не выдержала.

— У вас что, все помощники — юристы? — спросила она у Триш.

— Нет, не все, — откликнулась та и пригубила шампанское. — Но знаете, после того как у меня появилась экономка с кембриджским дипломом, уже как-то неприлично отступать.

— Где вы их берете? — живо заинтересовалась рыжеволосая гостья. — Что, существует какое-то агентство?

— Называется «Оксбриджские домохозяйки»*, — поведал Гай, ставя перед ней тарталетку. — Очень дорогое. Принимает заявки только от сливок общества.

— Ну надо же! — Рыжеволосая недоверчиво покрутила головой.

— А я учился в Гарварде, — продолжал он. — И числюсь поэтому в штате «Гарвардских помощников». Наш девиз: «Вот для чего нужна Лига Плюща»**. Верно, Саманта?

— Заткнись, — прошипела я. — Просто подавай еду — и молчи.

Наконец все гостьи оказались при еде, и мы вернулись на кухню.

— Очень смешно, — сказала я, швыряя поднос на стол. — Ты, оказывается, такой остроумный.

— Да перестань, Саманта. Ты что, ждала, что я восприму это всерьез? — Он снял фартук, кинул его на спинку стула. — Подавать еду деревенским кумушкам! Млеть от их похвал! Опомнись!

— У меня есть работа. — Я открыла духовку, проверила, как там лосось. — Так что если ты не намерен мне помогать...

---

* Оксбридж — принятое в Великобритании «объединенное» название двух самых известных университетских городов страны Оксфорда и Кембриджа.

** Лига Плюща — объединение восьми старейших привилегированных учебных заведений на северо-востоке США, включает среди прочих Корнельский и Колумбийский университеты, Гарвард, Принстон и Йель.

— Это не та работа, которой ты должна заниматься! — перебил он. — Саманта, хватит валять дурака! У тебя одной мозгов больше, чем у всей этой компании, а ты их обслуживаешь! И приседаешь перед ними! И чистишь их туалеты!

Признаться, я не ожидала от Гая такой экспрессии. Он больше не дразнил меня, нет — говорил совершенно серьезно.

— Саманта, умнее тебя я мало кого встречал, уж поверь. — Его голос срывался от сдерживаемой ярости. — Как юристу тебе из нас никто и в подметки не годится! Я не позволю тебе променять карьеру на это... дерьмо собачье!

Я оскорбилась.

— Выбирай выражения, Гай. Только потому, что я не желаю пользоваться своим образованием, только потому, что я не сижу в офисе, моя жизнь должна считаться потраченной впустую? Гай, я счастлива! Я радуюсь жизни, как никогда ей не радовалась. Мне нравится готовить. Мне нравится управлять домом. Я могу пойти в сад и сорвать клубнику...

— Ты грезишь наяву! — рявкнул он. — Саманта, очнись! Неужели ты не понимаешь, что пока для тебя все это в новинку? Но уверяю тебя, новизна ощущений пропадет, острота притупится. И что тогда?

Он сумел заронить в мою душу зерно сомнения. Но я не желала сдаваться.

— Ничего не пропадет! — Я помешала спаржевый соус. — Мне нравится так жить.

— Посмотрим, как ты запоешь через десять лет! Представляешь — десять лет чистить нужники? — Он подошел поближе, встал у плиты. Я отвернулась. — Тебе нужно было отдохнуть. Требовался перерыв. Ты его получила. Но теперь пора возвращаться к реальности.

— Для меня реальность — здесь, — проговорила я. — И другая мне ни к чему.

375

Гай покачал головой.

— В прошлом году мы с Шарлоттой ездили в Тоскану, учились рисовать акварелью. Мне понравилось. Оливковое масло, итальянские закаты, все такое... — Он посмотрел мне в глаза. — Но это вовсе не означает, что я собираюсь стать долбаным художником и переселиться в Тоскану!

— Не вали все в кучу! — Я не выдержала его взгляда. — Гай, я не хочу трудиться сутки напролет, не хочу прыгать из стресса в стресс. Я и так отпахала семь лет по семь дней в неделю, без единого выходного...

— Вот именно! Твои усилия наконец отметили и адекватно оценили, а ты решила удрать?! — Он схватился за голову. — Саманта, по-моему, ты не понимаешь выгод своего положения. Тебе предложили должность полного равноправного партнера. Ты можешь потребовать фактически *любую* зарплату. Ты — королева!

— Что? — озадаченно переспросила я. — Что ты имеешь в виду?

Гай тяжело вздохнул, закатил глаза, будто призывая на подмогу небесных покровителей юриспруденции.

— Ты не просчитывала последствия той бучи, которую учинила? Или до сих пор не сообразила, в какую лужу посадила «Картер Спинк»? Если верить прессе, в последний раз такое было в восьмидесятых, когда все обсуждали падение Сторсонов.

— Я этого не планировала, — попыталась оправдаться я. — И не приглашала прессу к себе в дом.

— Я знаю, они сами прискакали. Но репутация «Картер Спинк» изрядно подмочена. Отдел человеческих ресурсов буквально вне себя. После всех этих разрекламированных программ улучшения деловой этики, после всех университетских призывов ты встаешь и заявляешь, что лучше чистить туалеты! — Он неожиданно фыркнул. — Черный пиар во всей красе.

— Но это же правда, — растерянно возразила я. — Я правда так думаю.

— Не глупи! — Гай стукнул кулаком по столу. — «Картер Спинк» у тебя вот где сидит! Они спят и видят, как ты возвращаешься! Они заплатят тебе столько, сколько ты запросишь. От таких предложений не отказываются.

— Мне не нужны деньги, — заявила я. — У меня их достаточно.

— Нет, ты точно не понимаешь! Саманта, если ты вернешься сейчас, то через десять лет выйдешь в отставку обеспеченной до конца своих дней! Вот тогда срывай в свое удовольствие клубнику с грядок, подметай полы и занимайся прочей фигней!

Я открыла было рот, но внезапно обнаружила, что все слова, еще секунду назад вертевшиеся на языке, куда-то пропали. И мысли разбежались. В голове царила полная сумятица.

— Ты заслужила награду, — сказал Гай, немного успокоившись. — Понимаешь, Саманта? Так бери.

На этом мы и закончили. Гай прекрасно знает, когда следует остановиться; ему бы в барристеры податься. Он помог мне вынести лосося, потом обнял и предложил позвонить, когда я одумаюсь. И уехал, а я осталась в кухне, наедине с сумбурными мыслями.

Еще утром я была так уверена в себе, так тверда. Но теперь...

Его доводы казались все более убедительными. Все более разумными. Может, и я вправду обманываю себя? Может, действительно новизна впечатлений сказывается? Может, после нескольких лет деревенской жизни я пойму, что не гожусь для нее? Мне вдруг представилось, как я мою полы; голова обмотана нейлоновым шарфом, в руках швабра, и всем вокруг рассказываю: «Знаете, я когда-то была юристом...»

У меня есть мозги. И неплохие перспективы. **377**

Гай прав. Я заслужила награду. Столько лет гробилась!

Я уронила голову на руки, облокотилась на стол, прислушалась к стуку собственного сердца, которое словно отбивало ритм простого вопроса: «Что мне делать? Что мне делать?»

Ответ был очевиден. Он казался единственно верным. Рациональным. Осмысленным.

Я знала этот ответ. Но сомневалась, что готова его принять.

Так продолжалось до шести. Обед благополучно закончился, я убрала со стола. Гостьи Триш поблуждали по саду, выпили чаю и удалились. Когда я домыла посуду и вышла на улицу, Натаниель и Триш стояли возле пруда. У ног Натаниеля примостился пластиковый бачок.

— Это кимонрю, — сообщил Натаниель, извлекая из бачка нечто в зеленой сетке. — Нравится? — Подойдя поближе, я увидела огромную пятнистую рыбину, лениво шевелящуюся в сетке. Триш испуганно отпрянула.

— Уберите ее! Бросьте в пруд!

— Она обошлась вам в две сотни фунтов. — Натаниель пожал плечами. — Я подумал, что вы захотите с ней поздороваться. — Заметив меня, он усмехнулся. Я сумела улыбнуться в ответ.

— Бросьте их всех в воду. — Триш поежилась. — Позовите меня, когда они окажутся в пруду.

Она повернулась на каблуках и двинулась к дому.

— Все в порядке? — спросил Натаниель. — Как наше суаре?

— Отлично.

— Ты слышала? — Он опустил в пруд следующую рыбу. — Эамонн собрался жениться! В следующие выходные устраивает в пабе вечеринку по случаю помолвки.

— Это... это здорово.

Во рту пересохло. Ладно, давай, подруга. Скажи ему.

378

— Думаю, в питомнике тоже надо будет завести карпов, — сказал Натаниель, вываливая в воду содержимое бачка. — Знаешь, маржа на продаже этих...

— Натаниель, я возвращаюсь. — Я зажмурилась — так мне стало нехорошо от собственных слов. — Я возвращаюсь в Лондон.

Он застыл. Потом медленно обернулся, продолжая сжимать в руке сетку.

— Понятно, — проговорил он задумчиво.

— Я возвращаюсь на прежнюю работу. — Мой голос дрогнул. — Тут приезжал Гай, мой бывший коллега, он убедил меня... доказал... заставил понять... — Я беспомощно махнула рукой.

— Заставил понять что? — уточнил Натаниель, морща лоб.

Он не улыбнулся. Не сказал: «Отличная идея! Я как раз хотел тебе это предложить». Ну почему он не может облегчить мне выбор?

— Я не могу оставаться экономкой до скончания дней! — воскликнула я чуть запальчивее, чем собиралась. — Я — профессиональный юрист! У меня есть мозги!

— Это я знаю. — Господи, совсем помрачнел. Что же я творю-то?!

— Я заслужила свою награду. Полный равноправный партнер «Картер Спинк». — Я поглядела на Натаниеля. Отчаянно стараясь внушить ему взглядом всю важность этого статуса. — Это самая престижная должность... наивысшая... самая-самая... Я заработаю кучу денег и через несколько лет смогу уйти.

Натаниеля мои слова, похоже, не впечатлили.

— Какой ценой? — негромко спросил он.

— О чем ты? — я отвела глаза.

— О том, что ты, когда появилась у нас, была вся на нервах, как перепуганный кролик. Бледная как смерть. Зажатая, как в гипсе. Ты выглядела так, **379** словно никогда не видела солнца, как будто в жизни ничему не радовалась...

— Ты преувеличиваешь.

— Ни капельки! Ты больше не комок нервов. Не трясешься, как лист на ветру. Смотри. — Он взял меня за руку, отпустил. — Не дрожит.

— Ну да, я отдохнула. — Я всплеснула руками. — Я знаю, что изменилась. Успокоилась, научилась готовить, и гладить, и наливать пиво. Мне здесь хорошо, правда! Но это... как в отпуске. А отпуск не может продолжаться вечно.

Натаниель покачал головой.

— Выходит, ты собираешься вернуться, подхватить, так сказать, поводья и притвориться, будто ничего не было?

— Все будет иначе. Я их заставлю! Я сумею справиться.

— Кого ты обманываешь? — Натаниель схватил меня за плечи. — Саманта, пойми! Те же самые стрессы, тот же образ жизни...

Меня вдруг обуяла такая злость — злость на него, не желающего понять и поддержать.

— Я хотя бы попыталась! — выпалила я. — Я-то рискнула попробовать!

— И что это означает? — Он отпустил меня, слегка попятился.

— Это означает, что не тебе меня наставлять! — Я сознавала, что веду себя как дура, но не могла остановиться. — Ты такой узколобый! Ты засиделся здесь! Живешь в той же самой деревне, в которой родился, управляешь семейным бизнесом, покупаешь участок земли по соседству... Словно и не вылезал из утробы. Так что, прежде чем учить меня жизни, измени сначала свою, понял?!

Я умолкла, тяжело дыша. Натаниель смотрел на меня так, будто я его ударила.

Мне захотелось откусить себе язык.

380 — Я... я не хотела...

На глаза навернулись слезы. Все шло не так, как я себе воображала. Я думала, что Натаниель одобрит меня, обнимет, скажет, что я приняла правильное решение. В итоге же мы стояли друг напротив друга, старательно пряча глаза.

— Я прикидывал, как бы расправить крылья, — проговорил Натаниель глухо. — В Корнуолле есть питомник, на который я давно облизываюсь. Замечательный участок, и весьма прибыльный... Но я даже не стал прицениваться, потому что не хотел работать в шести часах езды от тебя. — Он пожал плечами. — Наверное, ты права. Я и вправду узколобый.

Я не нашлась с ответом. Установилась тишина, только ворковали на ветвях голуби. Вечер выдался чудесный — теплый, благоуханный... Сквозь листву ивы, под которой мы стояли, пробивались лучи заходящего солнца, трава пахла так приятно...

— Натаниель, я должна вернуться. — Я запнулась. — Ну... У меня нет выбора. Но мы сможем быть вместе. У нас получится. Выходные... уик-энды... Я приеду на вечеринку Эамонна... Ты и не заметишь, что я куда-то уезжаю.

Он помолчал, поглаживая ручку бачка, потом вскинул голову. От выражения его лица у меня внутри все сжалось.

— Ошибаешься, — тихо сказал он. — Еще как замечу.

25...

Я стала знаменитостью. Попала на первую полосу «Дейли Мейл». Заголовок гласил: «САМАНТА БРОСАЕТ ТУАЛЕТЫ И ВОЗВРАЩАЕТСЯ К ЗАКОНУ». Когда я утром вошла на кухню, Триш и Эдди изучали газету — у каждого был свой экземпляр.

— Интервью Триш напечатали! — сообщил Эдди. — Глядите! Вот!

— «"Я всегда знала, что Саманта — не простая экономка", — говорит Триш Гейгер, 37 лет, — процитировала Триш с гордостью. — Мы с ней часто обсуждали за домашней работой философские вопросы и проблемы этики».

Она подняла голову и забеспокоилась.

— Саманта, с вами все в порядке? Вы такая... помятая!

— Плохо спала, — коротко ответила я и включила чайник.

Ночь я провела у Натаниеля. Мы больше не обсуждали мое решение. Но около трех я повернулась к нему и увидела, что он тоже не спит, — лежит и смотрит в потолок.

— Соберитесь! — велела Триш. — Сегодня ваш день! Вы должны выглядеть на все сто!

— Попробую. — Я скривила губы в подобии улыбки. — Сейчас вот кофе выпью...

День в самом деле обещал получиться нерядовым. Отдел общественных связей компании начал действовать, едва я позвонила в «Картер Спинк». Мое возвращение решили обставить со всей возможной помпой. В районе обеда на лужайке перед домом Гейгеров назначили пресс-конференцию; мне предстояло сообщить журналистам, что я безмерно рада вернуться. Затем несколько партнеров обменяются со мной рукопожатиями перед камерами, я дам короткое интервью, и мы все отправимся поездом в Лондон.

— Ну, — проговорил Эдди, когда я насыпала кофе в чашку, — все упаковали?

— Почти. Миссис Гейгер... вот. — Я вручила Триш аккуратно сложенное голубое форменное платье. — Я его постирала и погладила. Что называется, готово к употреблению.

У Триш вдруг задрожали губы.

— Ах, Саманта... Благодарю вас. — Она прижала к глазам салфетку.

— Ладно, ладно. — Эдди похлопал ее по плечу, сам подозрительно шмыгая носом. Честно говоря, у меня тоже глаза были на мокром месте.

— Я вам очень признательна, — выдавила я. — За все. И простите, что бросаю вас вот так, впопыхах.

— Вы приняли правильно решение. — Триш промокнула глаза. — Не извиняйтесь.

— Мы гордимся вами, — прибавил Эдди и отвернулся.

— Ну, все! — Триш взяла в руки чашку. — Я хочу выступить на пресс-конференции. Уверена, журналисты этого ждут.

— Конечно, — согласилась я, постаравшись скрыть изумление. — Отличная идея.

— В конце концов, мы теперь *раскрученные* люди!

383

— Раскрученные? — удивился Эдди. — Когда это нас успели раскрутить?

— Не перебивай! Меня напечатали в «Дейли Мейл». — Триш слегка зарделась. — И это только начало, Эдди. Если мы найдем хорошего агента, он обеспечит нам телевидение. Реалити-шоу. Или... съемки в рекламе «Кампари»!

— «Кампари»? — снова встрял Эдди. — Триш, ты же не пьешь «Кампари»!

— Начну пить! — Триш надула щеки. — В конце концов, они могут налить мне подкрашенную воду...

Тут прозвонил звонок

Улыбаясь, я вышла в холл, запахнула халат. Быть может, это Натаниель заглянул пожелать мне удачи.

На пороге стоял весь отдел общественных связей «Картер Спинк», в одинаковых брючных костюмах.

— Саманта, — проговорила Хилари Грант, начальница отдела, окидывая меня оценивающим взором, — вы готовы?

К двенадцати часам меня нарядили в черный костюм и черные туфли на высоком каблуке, а блузку выдали накрахмаленную так, что она скрипела при каждом движении. Профессиональная гримерша нанесла макияж, парикмахер уложил мои волосы в пучок.

И гримершу, и парикмахера, и одежду привезла Хилари. Мы с ней уселись в гостиной, и она принялась втолковывать мне, что и как отвечать прессе. В миллионный раз.

— Что вы должны запомнить прежде всего? — требовательно спросила она. — Чтобы от зубов отскакивало?

— Что нельзя упоминать туалеты, — устало ответила я. — Не буду, обещаю.

— А если начнут спрашивать о рецептах? — Хилари прекратила расхаживать по комнате и сурово посмотрела на меня.

— Я отвечу: «Я юрист. Мой единственный рецепт — это рецепт успеха». — Я как-то ухитрилась выговорить эту ахинею и не рассмеяться.

Совсем запамятовала, насколько серьезно наш отдел общественных связей относится к своей работе. Впрочем, за это им и платят. Могу представить, какие усилия они приложили, чтобы все прошло гладко. Хилари была со мной безупречно вежлива и доброжелательна, но на столе у нее наверняка стоит моя восковая фигурка, вся утыканная булавками.

— Мы просто хотим убедиться, что вы не скажете ничего неподобающего. — Она хищно усмехнулась.

— Клянусь! Все исключительно по сценарию!

— Журналисты из «Ньюс Тудэй» поедут вместе с вами в Лондон. — Она сверилась со своим наладонником. — Мы дали им разрешение до вечера. Не возражаете?

— Э... Нет, наверное.

Не могу поверить, с каким размахом они все обставили. Съемочная группа телевизионной программы будет делать документальный фильм о моем возвращении! Что, в мире совсем ничего не происходит?

— Не смотрите в камеру, — продолжала инструктаж Хилари. — Вы должны держаться уверенно, позитивно. Можете рассказать о карьерных перспективах, которые открываются перед вами в «Картер Спинк», о том, как вы рады вернуться. Не упоминайте зарплату...

Дверь отворилась. Я услышала голос Мелиссы.

— Значит, я перезвоню вам насчет работы? Или мы встретимся в кафе?

— Конечно! Прекрасная мысль. — Гай вошел в гостиную и быстро прикрыл дверь, оставляя Мелиссу в холле. — Кто эта девчонка?

— Мелисса. — Я закатила глаза. — Дальше не спрашивай.

— Она назвалась твоим протеже. Ты научила ее всему, что знаешь, так она утверждает. — Гай ухмыльнулся. — Интересно, чему именно — корпоративному праву или кулинарным штучкам?

— Ха-ха, — откликнулась я.

— Хилари, там снаружи шумят, — сообщил Гай. — Какой-то тип с телевидения требует особых условий.

— Черт! — Хилари покосилась на меня. — Подождете минуточку, Саманта?

— Разумеется. — Я постаралась скрыть облегчение. — Не волнуйтесь.

Когда она ушла, я вздохнула.

— Ну? — Гай заломил бровь. — Как ощущения? Довольна?

— Да. — Я улыбнулась.

Вообще-то все происходящее напоминало дурной сон: черный костюм, сотрудники «Картер Спинк» в доме Гейгеров... Ни Эдди, ни Триш я не видела с самого утра. В доме целиком и полностью распоряжалась Хилари.

— Ты молодец, — сказал Гай.

— Наверное. — Я смахнула с юбки приставшую нитку.

— Выглядишь шикарно. Все журналисты твои. — Он уселся на диван напротив меня. — Господи, Саманта, как мне тебя не хватало! Плохо мне было, понимаешь?

Я искоса поглядела на него. Он что, не ощущает иронии своих слов? Или в Гарварде все такие толстокожие?

— Значит, ты опять мой лучший друг, — проговорила я с усмешкой. — Забавно.

— И что сие означает? — удивился Гай.

— Да брось. — Мне захотелось рассмеяться. — Когда у меня были неприятности, ты не желал со мной знаться. А теперь мы снова не разлей вода.

— Это нечестно! — воскликнул он. — Я делал, что мог, Саманта. Я сражался за тебя. Это Арнольд настоял на твоем увольнении. Мы же не догадывались, что он...

— Но в свой дом ты меня не пустил! — перебила я. — Еще бы! Настолько далеко наша дружба не зашла.

Гай выглядел оскорбленным в лучших чувствах.

— Извини, пожалуйста. — Он провел ладонями по волосам. — Я тут ни при чем. Это Шарлотта. Я накричал на нее...

— Ну да.

— Правда!

— Хорошо, хорошо. — Я саркастически усмехнулась. — Короче говоря, вы разругались и на следующий день расстались.

— Так и есть, — просто сказал он.

Я обалдела.

— Что?

— Мы разбежались, — подтвердил он, пожав плечами. — Ты не знала?

— Откуда? Я не... Прости, ладно? Мне и в голову... — Я замялась. — Это... не из-за меня, надеюсь?

Гай не ответил, зато взгляд его карих глаз сделался более настойчивым, что ли. В душе у меня зашевелились нехорошие предчувствия.

— Саманта, — произнес он, не отводя взгляда, — я всегда хотел... — Он сунул руки в карманы. — Мне всегда... было жаль, что мы... упустили наш шанс.

Нет. Нет. Только не это.

Мы упустили наш шанс?

Он так считает?

— Я всегда восхищался тобой. Между нами ведь что-то было, правда? — Он помедлил. — Ты ко мне вроде... тоже относилась...

Не верю. Не может быть. Сколько миллионов раз я представляла, как Гай произносит эти слова? Сколько раз рисовала себе этот призывный взгляд? Слишком поздно, дружок. Раньше надо было думать. А теперь — место занято.

— Саманта?

Я вдруг сообразила, что таращусь на Гая, как зомби. **387**

— Извини. — Я попыталась собраться с мыслями. — Да... относилась... было дело... — Я потеребила юбку. — Но, понимаешь... Я кое-кого встретила... В смысле, здесь...

— Садовник, — проговорил Гай ровно.

— Да! — Я удивленно вскинула голову. — Как ты...

— Кто-то из журналистов рассуждал об этом.

— А-а... Ну да. Его зовут Натаниель. — Я почувствовала, что краснею. — Он... очень милый.

Гай нахмурился, словно не понимая, о чем я говорю.

— Это же всего-навсего курортный роман.

— С чего ты взял? — изумилась я. — Это настоящий роман! Мы серьезно друг к другу относимся.

— Он переезжает в Лондон?

— Э... Нет. Он ненавидит Лондон. Но мы справимся.

Гай недоверчиво покачал головой, потом откинулся на спинку дивана и — расхохотался!

— Боже мой, ты такая смешная! Нельзя же жить в сказке!

— Ты о чем? — обиженно спросила я. — Говорю тебе, мы справимся. Если мы оба...

— Похоже, ты не до конца поняла ситуацию. — Гай перестал смеяться. — Саманта, ты уезжаешь. Ты возвращаешься в Лондон, в реальную жизнь, на работу. Поверь мне, ты скоро забудешь о своих курортных увлечениях.

— Не смей так говорить! — крикнула я. Тут дверь распахнулась, и в гостиную вошла Хилари, подозрительно оглядела нас с Гаем.

— Все в порядке?

— Да уж, — пробурчала я, отворачиваясь. — Лучше не бывает.

— Отлично. — Она постучала по своим часам. — Время начинать!

Дом Гейгеров словно вместил в себя целый мир. Когда я в сопровождении Хилари и двух ее помощниц вышла из гостиной, меня оглушил многоголосый гомон. Казалось, на лужайке перед домом столпились сотни людей. Телевизионные камеры нацелились на входную дверь, за ними кишели фотографы и пишущая братия, повсюду сновали сотрудники «Картер Спинк», отгоняя самых нетерпеливых журналистов и разнося кофе с лотка, возникшего как по мановению волшебной палочки. У ворот я приметила группу постоянных клиентов паба. Они с любопытством глазели по сторонам.

Я натянуто улыбнулась.

— Сейчас начнем. — Хилари поднесла к уху мобильник. — Не хватает только «Дейли Телеграф».

Я увидела Дэвида Эллдриджа и Грега Паркера. Они стояли возле автомата для капучино и оживленно чиркали что-то в своих наладонниках. Отдел по связям с общественностью сначала настаивал на приезде всех партнеров, но вырваться смогли лишь эти двое. И то, можно сказать, повезло. Я с ужасом заметила, что к ним приближается Мелисса, вырядившаяся в строгий костюм и держащая в руках... Это что, *резюме*?

— Добрый день, — услышала я ее голос. — Я — близкий друг Саманты Свитинг и Гая Эшби. Они оба рекомендовали мне подать заявку на работу в «Картер Спинк».

Я не смогла сдержать улыбку. Девочка далеко пойдет.

— Саманта. — Ко мне подошел Натаниель. Лицо осунувшееся, но взгляд вполне нормальный. — Как дела?

— Неплохо. — Я помолчала, глядя на него. — Знаешь, как-то все странно.

Он накрыл мою ладонь своей. Наши пальцы переплелись.

Гай ошибается. У нас все получится. Должно получиться. Должно.

Я чувствовала, как его большой палец гладит мою ладонь, заставляя вспомнить о том дне, когда мы были одним целым... Словно некий тайный язык, словно кожа говорит с кожей...

389

— Ты не хочешь меня представить, Саманта? — К нам приблизился Гай.

— Это Гай, — сказала я неохотно. — Мы с ним вместе работаем. Гай. Натаниель.

— Очень рад! — Гай протянул руку. Натаниелю пришлось ответить на рукопожатие. — Спасибо, что приглядели за нашей Самантой.

Почему он держится так покровительственно? И когда я успела стать «нашей»?

— Не стоит, — мрачно усмехнулся Натаниель.

— Значит, вы ухаживаете за садом. — Гай огляделся. — Что ж, очень мило. Симпатичный садик.

Я заметила, что пальцы Натаниеля сжались в кулак.

Пожалуйста, не бей его, мысленно взмолилась я. Пожалуйста!

К моему великому облегчению, через ворота прошла Айрис, с интересом поглядывая на толпу журналистов.

— Смотри, твоя матушка, — сказала я Натаниелю.

Помахала ей рукой. На ней были пестренькие хлопковые брючки и сандалии, волосы аккуратно уложены. Подойдя ближе, она внимательно поглядела на меня — на пучок на голове, на черный костюм, на туфли на высоком каблуке.

— Ух ты! — сказала она наконец.

— Да уж... — Я фыркнула. — Совсем другая, да?

— Что ж, Саманта, — она посмотрела мне в глаза, — ты выбрала свою дорогу.

Я сглотнула.

— Да. Понимаете, Айрис, я должна была... Я юрист, всегда была и всегда буду. Такой возможности может больше не представиться, грех от нее отказываться.

Айрис кивнула.

— Натаниель рассказывал мне. Я уверена, ты все решила правильно. — Она помолчала, отвернувшись. — Ну, удачи тебе, цыпленок. Мы будем скучать.

Обнимая ее, я вдруг ощутила слезы на своих щеках.

— Айрис... Не знаю, как отблагодарить вас, — прошептала я, — за все...

— Я тут ни при чем. — Она прижала меня к себе. — Это ты сама. Я горжусь тобой.

— Мы же не навсегда прощаемся, правда? — Я вытерла глаза платком. Только бы макияж не потек. — Я скоро вернусь. Буду приезжать по выходным...

— Дай-ка сюда. — Она взяла у меня платок и промокнула мне глаза.

— Спасибо. — Я попробовала улыбнуться. — Этот грим должен продержаться до вечера.

— Саманта! — окликнула меня Хилари. Она стояла у лотка с кофе, рядом с Эллдриджем и Паркером. — Идите сюда.

— Сейчас, — отозвалась я.

— Саманта, пока ты не ушла... — Айрис взяла меня за руки, с беспокойством заглянула мне в лицо. — Милая, я уверена, что ты поступаешь как должна. Только помни — юность дается всего однажды. — Она погладила мою руку. — Потом эти драгоценные годы уже не вернуть.

— Я запомню. — Я закусила губу. — Обещаю.

— Хорошо. — Она подтолкнула меня. — Ну, ступай.

К Хилари мы направились вдвоем с Натаниелем, держась за руки, снова переплетя пальцы. Через пару часов нам предстояло расстаться.

Нет. Не могу даже думать об этом.

Хилари выглядела несколько встрепанной.

— Речь не забыли? — справилась она. — Готовы выступать?

— Не забыла. — Я достала из кармана сложенный листок бумаги. — Хилари, это Натаниель.

Она поглядела на моего спутника без всякого интереса.

391

— Добрый день. Итак, Саманта, давайте в последний раз все повторим. Вы произносите речь, потом вопросы, потом фотографии. Начнем через три минуты. Мои люди размещают прессу... — Она оборвала себя и вгляделась в мое лицо. — Что с вашим макияжем?

— Э... Я прощалась со знакомой, — промямлила я. — Что, так заметно?

— Придется накладывать по новой. — Она топнула ногой. — Только этого мне не хватало. — И унеслась прочь, окликая помощниц.

Три минуты. Еще три минуты — и ко мне вернется мое прошлое.

— Ну... Я приеду к Эамонну, — сказала я, стискивая ладонь Натаниеля. — Всего несколько дней осталось. Сяду на поезд в пятницу вечером, все выходные будут наши...

— Следующий уик-энд у тебя занят, — сообщил Гай, подливая горячий шоколад в капучино. — Ты будешь в Гонконге.

— Нет, — проговорила я, с ужасом поворачиваясь к нему. — Меня никто не предупреждал...

Гай пожал плечами.

— Я думал, ты знаешь. Пять дней в Гонконге, потом Сингапур. Нам с тобой придется обхаживать потенциальных клиентов. — Он пригубил кофе. — Пора приниматься за дело, партнер Саманта Свитинг. Сколько можно почивать на лаврах?

Я еще не приступила к работе, а меня уже упрекают в почивании на лаврах?

— И когда мы возвращаемся?

Гай снова пожал плечами.

— Не раньше, чем через пару недель.

— Саманта Свитинг! — К нам подошел Эллдридж. — Гай сказал, что мы приглашаем вас на корпоративный выезд на охоту в конце сентября? Поедем в Шотландию, будет весело.

— Понятно. Звучит чудесно. — Я потерла нос. — Знаете, мне бы хотелось иметь свободные выходные... чтобы не вот так, сразу...

Эллдридж явно удивился.

— У вас же был отпуск, Саманта, — добродушно хохотнул он. — Пора браться за работу. Кстати, напомните мне потом, нам надо потолковать насчет Нью-Йорка. — Он похлопал меня по плечу и повернулся к лотку. — Еще один эспрессо, пожалуйста.

— Если говорить прямо, то свободных выходных у тебя, думаю, не будет до Рождества, — вмешался Гай. — Я тебя предупредил. — Он многозначительно выгнул бровь и направился к Хилари.

Мы молчали. Я попросту растерялась. Все происходило слишком быстро. Мне казалось, что на сей раз будет иначе, что я смогу управлять ситуацией...

— До Рождества, — наконец произнес Натаниель. Вид у него был... пришибленный.

— Он преувеличивает, — бодро отозвалась я. — Не может быть настолько плохо. Я все организую. — Я потерла лоб. — Натаниель, я приеду раньше, честно. Чего бы мне это ни стоило.

По его лицу пробежала тень.

— Не превращай наши встречи в обязанность, хорошо?

— Обязанность? — переспросила я. — Да что ты! Я о другом, совсем о другом.

— Две минуты! — Хилари привела ко мне гримершу, но я отмахнулась.

— Натаниель...

— Саманта! — прикрикнула Хилари, увлекая меня за собой. — У нас нет времени!

— Иди. — Натаниель мотнул головой. — Тебя ждут.

Ужас. Мир словно распадался по кускам. Надо что-то сделать, немедленно. Надо.

393

— Натаниель, скажи мне одну вещь. — Мой голос дрогнул. — Скажи. Тогда на ферме... о чем ты говорил?

Натаниель пристально посмотрел на меня, и вдруг в его глазах будто захлопнулись шторки.

— Не стоит вспоминать. Это было долго и нудно. — Он передернул плечами.

— Пожалуйста, сделайте что-нибудь с этими разводами! — умоляла Хилари. — А вы отодвиньтесь! — бросила она Натаниелю.

— Не буду вам мешать. — Натаниель отпустил мою руку и отошел прежде, чем я успела что-либо сказать.

— Ты не мешаешь! — крикнула я ему вслед, но он, похоже, не услышал.

Гримерша принялась колдовать над моим лицом, а я пыталась собрать отчаянно разбегающиеся мысли. Внезапно вся моя уверенность куда-то испарилась.

Правильно ли я поступаю?

Господи, как бы это выяснить?

— Ближе, пожалуйста. — Гримерша занялась моими ресницами. — Теперь откройте глаза.

Я послушалась — и увидела невдалеке Натаниеля с Гаем. Натаниель слушал, Гай говорил. Мне не понравились выражения их лиц. Что там Гай излагает?

— Ближе, — повторила гримерша. Я неохотно подчинилась. Ну сколько можно? Хватит уже, черт побери. Какая разница, как я выгляжу?

Наконец она убрала кисточку.

— Открывайте.

Я открыла глаза. Гай стоял на том же месте, в нескольких ярдах от меня. Натаниель исчез. Куда он делся?

— Сдвиньте губы. — Гримерша достала помаду.

Я сидела не шевелясь, только рыскала взглядом по сторонам, высматривая Натаниеля. Он мне нужен. Я должна поговорить с ним до того, как начнется пресс-конференция.

394

Правильно ли я поступаю? У меня одна жизнь; *так ли я хочу ее прожить?* Хорошенько ли я все обдумала?

— Ну, готовы? Речь не забыли? — Рядом возникла Хилари, распространяя аромат свеженанесенных духов. — Так гораздо лучше! Выше голову! — Она взяла меня за подбородок. Я моргнула от неожиданности. — Вопросы есть?

— Э... Да. Я хотела спросить... можем ли мы отложить мероприятие? Всего на несколько минут?

Хилари застыла.

— Что? — прошипела она. Казалось, она вот-вот лопнет от ярости.

— Ну... я не знаю... — Я сглотнула. — Не знаю, правильно ли... Мне надо подумать...

Выражение лица Хилари заставило меня замолчать.

Она подошла ко мне вплотную, наклонилась так, что ее лицо оказалось вровень с моим. Она улыбалась, но глаза метали молнии, ноздри раздувались. Я отшатнулась, а она схватила меня за плечи; ее ногти вонзились мне в кожу.

— Саманта, — процедила она, — вы выйдете к журналистам, вы произнесете свою речь и скажете, что «Картер Спинк» — лучшая юридическая компания в мире. А если откажетесь... я вас убью.

Я поняла, что она не шутит.

— Все растеряны, Саманта. Всем надо подумать. Такова жизнь. — Хилари встряхнула меня. — Привыкайте. — Она глубоко вдохнула и оправила костюм. — Так, я вас объявляю.

Она вышла на лужайку. А я осталась стоять и дрожать.

У меня всего тридцать секунд. Тридцать секунд, чтобы решить, как жить дальше.

— Дамы и господа! — раскатился над лужайкой усиленный микрофоном голос Хилари. — Я рада приветствовать всех присутствующих!

Внезапно я заметила Гая, который взял с лотка бутылку минеральной воды.

— Гай! — крикнула я. — Гай! Где Натаниель?

— Не знаю. — Он удивленно пожал плечами.

— Что ты ему сказал? О чем вы говорили?

— Да мы всего парой слов перекинулись. — Гай усмехнулся. — Он сам почуял, куда ветер дует.

— Ты о чем? Какой еще ветер?

— Саманта, не будь наивной. — Гай глотнул воды. — Он взрослый человек. Он все понимает.

— ...нового партнера компании «Картер Спинк» Саманту Свитинг! — донесся до меня голос Хилари. Послышались аплодисменты.

— Понимает что? — не отступалась я. — Что ты ему наговорил?

— Саманта! — Ко мне подскочила Хилари, злобно оскалилась. — Идемте! Люди ждут! — Она схватила меня за руку и с удивительной для столь хрупкого на вид создания силой повлекла за собой. — Давайте, пошевеливайтесь! Все, вперед! — Она ткнула меня под ребра и отодвинулась.

Тридцать секунд — это совсем мало. Я стояла перед журналистами, которые собрались ради меня, и никак не могла понять, чего же все-таки хочу. И что мне делать.

В жизни не чувствовала себя такой беспомощной.

— Пошла, пошла! — прошипела Хилари. Ни дать ни взять конвейер. Только вперед. Назад дороги нет.

На подгибающихся ногах я прошла в центр лужайки, где была установлена стойка с микрофоном. Блики солнца на объективах теле- и фотокамер слепили глаза. Я огляделась, продолжая высматривать Натаниеля, но его нигде не было. Триш стояла чуть в стороне, в своем розовом костюме, и радостно махала мне рукой. Рядом пристроился Эдди с видеокамерой.

Я медленно развернула листок, разгладила его.

— Доброе утро, — проговорила я в микрофон неживым голосом. — Мне не терпится поделиться с вами своей радостью. Получив весьма щедрое предложение от компании «Картер Спинк», я решила принять его и вернуться на работу как полноправный партнер. Не передать, как я счастлива...

Что-то по голосу не похоже, мысленно отметила я. Слова, которые я читала с бумаги, казались пустыми.

— Меня до глубины души поразили тепло и радушие, которые продемонстрировала компания... — Я запнулась. — ...Я польщена тем, что вливаюсь в штат столь престижной корпорации, партнеров которой объединяют...

Я все выглядывала Натаниеля и потому не могла никак сосредоточиться на тексте.

— Талант и глубокие познания! — подсказала Хилари из-за спины.

— Э... Да... — Я наконец нашла это место в тексте. — Талант. И познания.

Журналисты начали переговариваться. Видимо, мое выступление их не впечатлило.

— Качество услуг, предоставляемых компанией «Картер Спинк»... э... превосходит все ожидания... — Я попыталась придать голосу убедительности.

— Даже по сравнению с туалетами, которые вы привыкли чистить? — выкрикнул какой-то румяный корреспондент.

— Все вопросы потом! — Хилари выскочила на лужайку. — Кроме того, мисс Свитинг не будет отвечать на вопросы о туалетах, ванных комнатах и санитарном оборудовании. Продолжайте, Саманта.

— Стесняетесь, значит? — Румяный тип хохотнул.

— Продолжайте, Саманта! — прошипела лиловая от бешенства Хилари.

— Ну почему же стесняемся? — На лужайку выступила Триш. Ее каблуки оставляли глубокие следы в траве. — Я не допущу насмешек над своими туалетами! Это «Ройял Дултон», между прочим! Да, «Ройял Дултон»! — выкрикнула она в микрофон. — Высочайшее качество! Молодцом, Саманта, так держать! — И похлопала меня по плечу.

Журналисты захохотали. Хилари позеленела.

— Прошу прощения, — процедила она, обращаясь к Триш. — У нас здесь официальная пресс-конференция! Будьте добры, уйдите.

— Это моя лужайка! — заявила Триш, задирая подбородок. — Прессу интересует и мое мнение! Эдди, где моя речь?

— Что? — опешила Хилари. — Какая речь?

Эдди подбежал к супруге и вручил ей листок бумаги.

— Я хочу поблагодарить своего мужа Эдди за всемерную поддержку, — начала Триш, не обращая внимания на Хилари. — Хочу также поблагодарить газету «Дейли Мейл»...

— Какого хрена! — рявкнула Хилари. — Это вам что, «Оскар», что ли?

— Не смейте выражаться! — сурово проговорила Триш. — В моем доме не выражаются. Или вы забыли, где находитесь, юная леди?

— Миссис Гейгер, вы не видели Натаниеля? — Я в сотый раз оглядела толпу. — Он куда-то пропал.

— Кто такой Натаниель? — поинтересовался один из журналистов.

— Садовник, — ответил румяный тип. — Вроде как ухажер. Что, разбежались? — спросил он у меня.

— Нет! — воскликнула я. — Мы сохраним наши отношения.

— И каким же это образом?

Я почувствовала, как журналисты насторожились, предвкушая откровения.

— Вас не касается.

На мои глаза вдруг без причины навернулись слезы.

— Саманта! — цыкнула Хилари. — Вернитесь, пожалуйста, к тексту заявления. — Она отпихнула Триш от микрофона.

398

— Не трогайте меня! — взвизгнула Триш. — Я вас засужу! Саманта Свитинг — мой юрист, понятно?

— Эй, Саманта! А что думает Натаниель о вашем решении вернуться в Лондон? — крикнул кто-то.

— Вы предпочли карьеру семье? — осведомилась просветленного вида девица.

— Нет! Мне нужно... поговорить с ним. Где же он? Гай! — Я углядела Гая на краю лужайки. — Куда он ушел? Что ты ему сказал? — Я споткнулась на каблуках, чуть не плюхнулась носом в траву. — Отвечай, что ты ему сказал?!

— Посоветовал сохранять достоинство. — Гай надменно повел плечами. — Ну и глаза открыл. Растолковал, что ты не вернешься.

— Как ты посмел? — Я задохнулась от ярости. — Как ты посмел? Я вернусь! И он может приехать в Лондон...

— Да перестань! — Гай приподнял бровь. — Он не хочет надоедать, болтаться под ногами, смущать тебя...

— Смущать? — ошеломленно переспросила я. — *Это* ты ему сказал? Так вот почему он ушел!

— Ради всего святого, Саманта! — Терпение Гая истощилось. — Это же *садовник*!

Рука отреагировала сама. Я с размаху двинула Гаю в челюсть.

Послышались изумленные возгласы, засверкали вспышки. Мне было плевать. Лучшего поступка я в жизни не совершала.

— Совсем охренела? — Гай схватился за лицо. — Ты что творишь, мать твою?!

Журналисты окружили нас, принялись забрасывать меня вопросами.

— Это ты меня смущаешь! — бросила я Гаю. — По сравнению с ним ты — пустое место. Ничтожество!

Из глаз хлынули слезы. Надо найти Натаниеля. Сейчас же.

— Все в порядке! Все в порядке! — Хилари подлетела к нам, замахала руками, как ветряная мельница. — Саманта не очень хорошо себя чувствует! — Она железной хваткой стиснула мою руку, оскалила зубы в подобии улыбки. — Всего лишь дружеское недоразумение! Саманта с нетерпением ожидает момента, когда приступит к работе во всемирно известной компании. Правда, Саманта? — Она сжала мне пальцы. — Правда?

— Я... я не знаю, — простонала я. — Не знаю, слышите?! Извините, Хилари. — И вырвала руку.

Хилари попыталась схватить меня снова, но я увернулась и побежала к воротам.

— Остановите ее! — завопила Хилари, обращаясь к своим помощницам. — Не выпускайте!

Девушки в брючных костюмах кинулись на меня со всех сторон, как какой-нибудь отряд быстрого реагирования. Я сумела выскользнуть. Одна все-таки схватила меня за жакет, но я на бегу высвободилась из него. Скинула туфли, чтобы не споткнуться, и побежала быстрее, морщась от камешков под ногами.

У ворот меня поджидали три помощницы Хилари. Они выстроились в ряд, загораживая дорогу.

— Успокойтесь, Саманта! — сказала одна из них тоном хорошего полицейского. — Не глупите. Возвращайтесь на пресс-конференцию. — Они дружно шагнули мне навстречу, расставляя руки.

— Пропустите ее! — раздался вдруг трубный глас. Я обернулась. Следом за мной поспешала Триш на своих высоченных каблуках. — Помогите, олухи! — крикнула она стоявшим поблизости журналистам.

Мгновение спустя девушек Хилари оттеснили, Триш распахнула ворота. Я выскочила наружу и бросилась бежать вдоль улицы.

Когда я добралась до бара, колготки были все в дырках, потому что пришлось продираться сквозь кусты, волосы растрепались, макияж растекся от пота, грудь ходила ходуном, сердце бешено стучало.

Плевать! Мне требовалось найти Натаниеля. Я скажу ему, что он для меня важнее всего на свете, важнее любой работы.

Скажу, что люблю его.

Не знаю, почему не сообразила этого раньше, почему не сказала до сих пор. Это же очевидно. Заметно с первого взгляда.

— Эамонн! — позвала я. Он поднял голову, явно удивленный моим появлением. — Мне надо поговорить с Натаниелем! Он здесь?

— Натаниель? — Эамонн как будто растерялся. — Ты его упустила, Саманта. Он уехал.

— Уехал? — Я остановилась, тяжело дыша. — Куда?

— Поглядеть на тот питомник, который он собирался покупать. Укатил на машине, совсем недавно.

— Это в Бингли? — Я рассмеялась от облегчения. — Ты меня туда не подбросишь, а? Мне срочно надо с ним поговорить.

— Нет... — Эамонн потер щеку, нахмурился. Я молчала, обуреваемая дурными предчувствиями. — Он уехал... в Корнуолл.

Меня словно ударили в солнечное сплетение. Я не могла пошевелиться. Я словно умерла.

— Я думал, ты знаешь. — Эамонн шагнул вперед, прикрывая глаза ладонью от солнца, вгляделся в мое лицо. — Он сказал, что пробудет там пару недель. Разве он тебе не говорил?

— Нет, — прошептала я. — Не говорил.

Ноги внезапно подкосились. Я опустилась на один из бочонков, уронила голову... Он уехал в Корнуолл. Вот так. Даже не попрощался. Даже не упомянул, что уезжает.

— Он оставил тебе записку. — Эамонн порылся в кармане, достал маленький конверт. — На случай, если ты вдруг заглянешь. Мне жаль, Саманта, — прибавил он. Его лицо выражало искреннее сочувствие. **401**

— Ничего. — Я выдавила улыбку. — Спасибо, Эамонн. Взяла конверт, разорвала по краю.

С.
Думаю, мы оба понимаем, что все кончено. Давай расстанемся по-хорошему.
Лето было чудесное.

Н.

Слезы потекли по щекам. Как же это может быть? Почему? Почему он отказался от меня? Что бы ни наговорил ему Гай, что бы он ни думал обо мне... Почему он бросил меня?

Мы бы справились. Неужели он не понимал? Неужели не чувствовал?

Я услышала шаги. Подняла голову. Вокруг стояли журналисты и с ними Гай. Я и не заметила, как они подошли.

— Уходите, — сдавленно проговорила я. — Оставьте меня в покое.

— Саманта, — негромко сказал Гай, — я понимаю твои чувства. Извини, если обидел. Я не хотел.

— Я тебя снова ударю. — Тыльной стороной ладони я вытерла глаза. — Серьезно.

— Тебе кажется, что жизнь кончена. — Гай покосился на записку в моей руке. — Но перед тобой фантастические перспективы.

Я не ответила. Плечи обмякли, в носу защипало, волосы упали мне на лоб лакированными прядями.

— Давай рассуждать здраво. Ты не вернешься к чистке туалетов. Тебя здесь ничто не держит. — Гай приблизился, поставил на столик мои туфли на высоком каблуке. — Пошли, партнер. Нас все ждут.

26...

Я чувствовала себя преотвратно. Все действительно кончено. Мы с партнерами сидели в купе первого класса. Скорый поезд до Лондона, через два часа будем на месте. Меня снабдили новыми колготками, восстановили макияж, я даже выступила с новым заявлением для прессы, на скорую руку состряпанным Хилари: «Я навсегда сохраню теплые воспоминания о своих друзьях в Лоуэр-Эбери, однако на данный момент для меня нет ничего приятнее и важнее, чем работа в компании "Картер Спинк"».

Я сумела произнести этот короткий текст довольно убедительно, сумела улыбнуться, пожимая перед камерами руку Дэвиду Эллдриджу. Надеюсь, газеты напечатают именно эту фотографию, а не ту, где я луплю Гая. Хотя с них станется...

Поезд отошел от станции. Я на мгновение зажмурилась, чтобы не расплакаться. Перестань, твердила я себе, ты поступаешь правильно. Все тебя поддерживают. Я пригубила капучино, сделала еще глоток. Может, кофе приведет меня в чувство? Может, исчезнет наконец это идиотское ощущение сна наяву?

В углу купе, прямо напротив меня, пристроились телеоператор и продюсер — Доминик, кажется, тип в стильных очках и джинсовой куртке. Камера была нацелена на меня, следила за каждым моим движением, то делала наплыв, то отдалялась, ловила мимику. Могли бы их и отдельно посадить.

— Итак, юрист Саманта Свитинг покидает деревню, где ее знали исключительно как домашнюю работницу, — негромко произнес Доминик в микрофон своим хорошо поставленным, телевизионным голосом. — Вопрос в том, испытывает ли она сожаление. Давайте спросим. — Он выжидательно посмотрел на меня.

— По-моему, вам велели не высовываться, — процедила я. Не буду я с ним церемониться!

— За дело! — Гай положил мне на колени стопку контрактов. — Сделка с «Саматроном». Давай, вгрызайся.

Стопка была в несколько дюймов толщиной. Когда-то один только вид свеженького контракта заставлял меня встряхнуться, вызывал приток адреналина. Я всегда стремилась первой углядеть несоответствие, первой отыскать неувязку. Но сейчас контракты оставили меня равнодушной.

Все прочие погрузились в работу. Я полистала контракты, пытаясь ощутить былой энтузиазм. Отныне это снова моя жизнь. Стоит мне прочувствовать ее, я снова начну получать удовольствие.

— От кулинарных книг к контрактам, — пробормотал в микрофон Доминик. — От деревянных ложек к исковым заявлениям.

Этот парень определенно начинал действовать мне на нервы.

Я перевернула страницу. Буквы расплывались перед глазами. Не сосредоточиться. Мысли продолжали возвращаться к Натаниелю. Я пыталась ему позвонить, но его телефон не отвечал. На сообщения он тоже не реагировал. Такое впечатление, будто он разорвал всякую связь с внешним миром.

404

Как это могло случиться? Почему он взял и уехал?

На глаза вновь навернулись слезы. Я раздраженно смахнула их рукой. Не стану плакать. Партнеры не плачут. Чтобы справиться с собой, я повернулась к окну. Поезд почему-то замедлял ход.

— Вниманию пассажиров, — прохрипел вдруг мужской голос из динамика под потолком. — Наш поезд далее проследует со всеми остановками. Мы остановимся в Хизертоне, Марстон-Бридж, Бридбери...

— Что? — насторожился Гай. — Со всеми остановками?

— Господи Иисусе. — Дэвид Эллдридж состроил гримасу. — Сколько же мы будем тащиться?

— ...прибудем на Паддингтонский вокзал с опозданием на полчаса, — сообщил голос в динамике. — Приносим извинения за...

— Полчаса?! — Эллдридж выхватил из кармана телефон. — Придется перенести встречу.

— А мне придется передоговориться с ребятами из «Пэттинсон Лобб». — Гай раздосадованно покрутил головой и набрал номер. — Привет, Мэри. Это Гай. Слушай, наш поезд еле ползет. Я опоздаю на полчаса...

— Предупредите Дерека Томлинсона... — продолжал давать инструкции Дэвид.

— Нам надо передвинуть «Пэттинсон Лобб», отменить встречу с тем парнем из «Юриста»...

— Давина, — сказал Грег Паркер в свой телефон, — этот чертов поезд опаздывает. Передайте остальным, что я задержусь на полчаса. Я пошлю мейл. — Он отложил телефон, достал наладонник и принялся тыкать стилом в экран. Мгновение спустя тем же занялся и Гай.

Я недоверчиво наблюдала за этим приступом коллективного безумия. Они все буквально позеленели. Но ведь поезд опаздывает всего на полчаса! Тридцать минут. Разве можно сходить с ума из-за каких-то тридцати минут?

405

И я такой же стану? Честно говоря, я уже подзабыла, каково это. Может, я вообще забыла, что значит быть юристом?

Хизертон. Поезд медленно остановился. Я бросила взгляд в окно — и невольно вскрикнула. Всего в нескольких футах над зданием вокзала парил огромный воздушный шар, красный с желтым; люди в его корзине радостно махали прохожим. Казалось, мы перенеслись в сказку.

— Эй, смотрите! — позвала я. — Там воздушный шар!

Никто даже не поднял головы. Все продолжали набирать тексты сообщений.

— Посмотрите! — не отступалась я. — Ой, как здорово!

Никакой реакции. Моих попутчиков интересовали исключительно их наладонники. Шар поплыл прочь. Еще чуть-чуть — и совсем скроется из глаз. А они так его и не увидели.

Сливки юридического мира, в своих тысячефунтовых костюмах ручного пошива, с наисовременнейшими компьютерами в руках. Ни на что не отвлекаются. Чихать они хотели на то, что происходит за окном. Они живут в собственном мире.

Я этому миру не принадлежу. Уже не принадлежу. Я перестала быть одной из них.

Мне это вдруг стало ясно совершенно отчетливо. Я другая, я не из них. Когда-то я была с ними заодно, но все изменилось. Я не хочу. Не собираюсь тратить свою жизнь на совещания и переговоры. Не желаю считать каждую секунду. Не хочу упускать то, что происходит за окном.

Я сидела, вжавшись в спинку сиденья, со стопкой контрактов на коленях. Напряжение внутри меня ощутимо нарастало. Я допустила ошибку. Большую ошибку. Меня здесь быть не должно. Не этого я хочу от своей жизни. Не этим мечтаю заниматься. Не к этому стремлюсь.

Пора сматываться. И поскорее.

По всему поезду хлопали двери, люди выходили на платформу, выносили сумки и чемоданы. Я глубоко вдохнула, взяла свою сумочку и встала.

— Извините, — сказала я. — Я ошиблась. Только сейчас сообразила.

— Что? — переспросил Гай.

— Извините, что отняла у вас время. — Мой голос дрогнул. — Но... я не могу здесь оставаться. Не могу.

— Господи! — простонал Гай. — Саманта, ты опять за свое?!

— Не пытайся меня остановить, — предупредила я. — Я все решила. Одной из вас мне не стать, это очевидно. Не надо мне было уезжать.

— Это все тот садовник? — Гай тоже встал. — Саманта, ну сколько...

— Это не он! Это я! Гай... — Я замялась, подыскивая нужные слова. — Я не хочу становиться человеком, который не смотрит в окно.

Понимания на лице Гая не отразилось. Впрочем, я и не рассчитывала его увидеть.

— Прощайте. — Я открыла дверь купе и хотела было выйти, но Гай схватил меня.

— Саманта, в последний раз прошу, прекрати ломать комедию! Я тебя знаю! Ты юрист, помни об этом!

— Ты меня не знаешь, Гай. — Я неожиданно рассвирепела. — И нечего ко мне ярлыки лепить! Я не юрист! Я человек!

Я вырвала руку, захлопнула за собой дверь купе и остановилась, вся дрожа от ярости. В следующую секунду дверь снова открылась, и на меня вывалились Доминик с оператором.

— И вот, — возбужденно заговорил Доминик в микрофон, — какой неожиданный поворот! Саманта Свитинг отвергает блестящую юридическую карьеру!

Нет, я точно его прибью.

Мы вышли на перрон. Поезд тронулся. Мимо меня проплыли лица Гая и других партнеров. Они осуждающе смотрели на меня. Похоже, больше мне никто вернуться в компанию не предложит.

Перрон постепенно опустел; проходя мимо меня, люди с любопытством косились на камеру в руках оператора. Я осталась в гордом одиночестве на вокзале Хизертона. С дамской сумочкой в руках. И что теперь? Я ведь даже понятия не имею, где этот Хизертон находится.

Что мне делать?

— Глядя на уходящие вдаль рельсы, Саманта начинает жалеть о своем поступке, — донесся до меня голос Доминика.

— Фигушки, — мрачно пробормотала я.

— Этим утром она потеряла человека, которого любила. Теперь она лишила себя карьеры. — Он помолчал, потом прибавил похоронным тоном: — Кто знает, какие горькие мысли посещают ее в это миг?

На что это он намекает? Что я собираюсь броситься под ближайший поезд? Ах, какой замечательный материал получится! Какие кадры! Глядишь, «Эмми» дадут.

— Со мной все в порядке. — Я вздернула подбородок, крепко сжала сумку. — Понятно? Я... я сделала то, что должна была сделать.

Впрочем, оглядывая опустевший перрон, я слегка запаниковала. Узнать, что ли, когда следующий поезд? Хорошо бы заодно решить, куда я хочу попасть.

— У вас есть план, Саманта? — спросил Доминик, подсовывая мне микрофон. — Или цель?

Ну почему он не отвяжется?!

— Иногда можно обойтись без цели, — сурово сказала я. — И картинку целиком видеть не обязательно. Достаточно знать, что будешь делать в следующую минуту.

— И что вы сделаете в следующую минуту?

— Я... Я... Сейчас решу. — Я повернулась и пошла прочь, в направлении зала ожидания. Когда я приблизилась к дверям, мне навстречу вышел станционный служащий.

— Добрый день, — поздоровалась я. — Не подскажете, как мне... — И запнулась. Куда я все-таки хочу попасть?

408

— Да, миз? — подбодрил он.

— Как мне добраться до Корнуолла? — выпалила я.

— До Корнуолла? — изумился он. — А куда именно в Корнуолле?

— Не знаю. — Я сглотнула. — Но мне нужно попасть туда, и чем быстрее, тем лучше.

Не думаю, что в Корнуолле много питомников на продажу. Я разыщу тот, что меня интересует. Как-нибудь разыщу.

— Так... — Служащий почесал в затылке. — Надо глянуть в расписание.

Он ушел. Доминик что-то деловито бубнил в микрофон. Я не прислушивалась.

Вскоре служащий вернулся, держа в руках лист бумаги с карандашными пометками.

— До Пензанса шесть пересадок, иначе никак. Билет стоит сто двадцать фунтов. Поезд подойдет на вторую платформу.

— Спасибо. — Я перехватила сумочку и направилась к мосту над путями. Доминик с оператором устремились за мной.

— Саманта не справляется с шоком, — наговаривал Доминик в микрофон. — Ситуация осложняется, она теряет контроль над собой. Кто знает, какой опрометчивый поступок она еще может совершить?

Ему прямо-таки не терпится, чтобы я прыгнула под колеса. Ничего, переживет. Я спустилась на вторую платформу, остановилась, отвернулась от камеры.

— Не располагая ни адресом, ни багажом, — продолжал Доминик, — Саманта отправляется в долгое путешествие с неведомым исходом, на поиски мужчины, который отверг ее сегодня утром. Мужчины, который исчез, даже не попрощавшись. Разумно ли это?

Ну все, с меня хватит.

— *Может, и неразумно!* — Я повернулась к нему, тяжело дыша. — *Может, я не найду его. Может, он не захочет меня видеть. Но я должна попытаться.* **409**

Доминик раскрыл было рот.

— Заткнитесь, — устало сказала я. — Просто заткнитесь.

Прошло, казалось, несколько часов, прежде чем я услышала шум поезда. Не мой. Очередной экспресс на Лондон. Поезд подошел к станции, притормозил; послышались шипение открываемых дверей, людские голоса.

— На первом пути поезд на Лондон, — объявили по вокзалу. — Поезд на Лондон на первом пути.

Будь я в здравом уме, справься я с шоком, если перефразировать Доминика, я бы села на этот поезд. Мой взгляд скользил вдоль вагонов. Я видела пассажиров — разговаривающих, смеющихся, спящих, читающих, слушающих музыку...

И вдруг мир словно застыл. Я что, сплю?!

Натаниель. В поезде на Лондон. В трех ярдах от меня, сидит у окна, смотрит прямо перед собой.

Что... Почему...

— Натаниель! — К моему ужасу, вместо крика из горла вырвалось какое-то сипение. — Натаниель! — Я отчаянно замахала руками, пытаясь привлечь его внимание.

— Боже, это он! — вскричал Доминик. — Натаниель! — гаркнул он во всю глотку. — Обернись, приятель!

— Натаниель! — Наконец-то я обрела голос. — На-та-ни-ель!

Последний вопль он все-таки услышал. Поднял голову, вздрогнул. Глаза изумленно расширились. А в следующий миг его лицо словно осветилось изнутри.

Я услышала, как двери поезда закрываются.

— Скорее! — завопила я, размахивая руками.

Он вскочил, схватил свой рюкзак, протиснулся мимо соседки. Потом исчез из виду. И в этот миг поезд тронулся

— Поздно, — мрачно заметил оператор. — Не успел.

Ответить я не могла — из груди будто выкачали весь воздух. Я смотрела вслед уходящему поезду, который постепенно набирал скорость, двигался быстрее и быстрее... и, наконец, укатил вдаль.

410

Натаниель стоял на перроне. И смотрел на меня.

Не сводя с него взгляда, я зашагала вдоль платформы сторону моста. Мало-помалу перешла на бег. Он в точности повторял мои движения. Мы оба взлетели по ступенькам, добежали до середины моста и остановились в нескольких футах друг от друга. К лицу прилила кровь, дыхание было частым и прерывистым, я испытывала одновременно восторг, смятение и неуверенность.

— Я думала, ты уехал в Корнуолл, — выдавила я. — покупать питомник.

— Я передумал. — Натаниель смотрел на меня по-прежнему недоверчиво. — Решил... навестить друга в Лондоне. — Он поглядел на мою сумочку. — А ты куда собралась?

Я прокашлялась.

— Э... В Корнуолл.

— В Корнуолл? — изумился он.

— Угу. — Я показала ему расписание поездов. Меня разбирал нервный смех.

Натаниель облокотился на ограждение, большие пальцы в карманах брюк, и притворился, что изучает деревянные ступеньки.

— Ну... Где твои приятели?

— Понятия не имею. Уехали. И они мне не приятели. поколотила Гая, — гордо прибавила я.

Натаниель расхохотался.

— Значит, тебя уволили?

— Я их уволила, — поправила я.

— Да ну? — Помедлив, Натаниель протянул мне руку, я отстранилась. В глубине души я все еще чувствовала неуверенность, недоговоренность. Утренняя обида не заялась. Не хочу лицемерить.

— Я прочла твое письмо. — Я взглянула ему в глаза. Натаниель моргнул.

— Саманта... В поезде я написал тебе другое. случай, если мы в Лондоне не увидимся.

Он покопался в кармане, достал несколько листков, явно выдранных из блокнота — и исписанных с обеих сторон. Я взяла листки, но читать не стала.

— И... что там написано? — спросила я с запинкой.

— Много чего. Длинно, нудно. — Он буквально обжег меня взглядом. — И коряво.

Я медленно поднесла листки к глазам, пробежалась по строчкам. Там то и дело попадались слова, от которых мои глаза наполнились слезами.

— Ну... — протянула я.

— Ну! — Натаниель обхватил меня за талию, его губы прильнули к моим. Я чувствовала, как по щекам стекают слезы. Вот мое место. Вот кому я принадлежу.

Некоторое время спустя я оторвалась от него, вытерла глаза.

— Куда теперь? — Он посмотрел вниз. Я проследила его взгляд. Под нами в обоих направлениях разбегались рельсы, теряясь вдали. — В какую сторону?

Я прищурилась — солнце светило прямо в глаза. Мне всего двадцать девять лет. Я могу отправиться куда захочу. Заняться чем угодно. И стать кем пожелаю.

— Не будем торопиться, — сказала я и снова потянулась к нему.

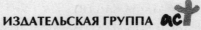

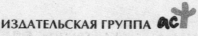

Литературно-художественное издание

16+

Кинселла Софи
Богиня на кухне

Роман

Общероссийский классификатор продукции
ОК-005-93, том 2; 953000 — книги, брошюры

Наши электронные адреса: WWW.AST.RU
E-mail: astpub@aha.ru

ООО «Издательство «Астрель»
129085, г. Москва, пр-д Ольминского, д. 3а

Издание осуществлено при техническом участии
ООО «Издательство АСТ»

Типография ООО «Полиграфиздат»
144003. г. Электросталь, Московская область, ул. Тевосяна д. 25